黄霖 編著

歷代小説話

七

鳳凰出版社

説小説

了磨 撰

載於一九一三年《游戲雜志》第六期。作者了磨，不詳。此文着重論證《六經》、《左》、《國》、《莊》、《騷》、馬、班、韓、柳諸文所以膾炙人口者，因皆具有『小説之性質』，從而批駁了桐城派論文忌小説語等輕視小説的觀點。作者所謂的『小説之性質』，即就耳目之近，世俗之情，談怪説奇，無美不備，并以雅麗之筆出之，以求境真情摯，動人心志，發人深省。其論述雖未周備，然也有獨到之處。

説部之書，大雅宏達每輕視之。雖然，狂夫之言，聖人擇焉。里巷委瑣之事、鄙陋之談，往往有至理存。文人學士，以潤色出之，其境也真，其情也摯，最足以動人心志，啓人智慧而發人之深省。小説一家，顧可輕乎哉！自古作家，莫不知此，故莊言正論之中，間雜以小説。就耳目之近、世俗之情，以雅麗之筆寫之。深入黄泉，高出蒼天，談怪説奇，無美不備。使後之覽斯文者，如登大庭廣厦，賓主酬酢，循規蹈矩，進退揖讓，拘攣束縛，無何而堂下樂奏，百戲并陳，妙舞妍歌，聲色并擅。於斯時也，有不心曠神怡者乎！故文之可行於世，可傳之千百年而不廢者，其必間具有小説之性質者也。否則，談理説辭，平行直叙，枯寂無聊，乾燥無味，讀未數行，輒厭倦思睡矣。尚望其文之見重於世，是楚人適越而北其轍也！

文之正者，無如《六經》。然而，豕負塗，鬼載車；眇能視，跛能履；枯楊生稊，老夫得其女妻；枯楊生華，老婦得其士夫；則著於《易》。飛雉升耳，牝鷄司晨，則見於《書》。杜蕢揚觶，杷妻近柩，則詳於《禮》。凡如此類，何莫非委巷瑣談，深閨逸事之流也。古人所以娓娓言之而不厭者，非此無以明其理，且無以博其趣耳。至若《三百篇》中，風詩居其半；十五國風中，言情之詩又居其半。歌偕老，賦懷春，盛瀰瀰之河水，制綏綏之雄狐，《谷風》以寫閨怨，《墻茨》以彰君惡，推而至於《桑中》、《株林》之作，其義則正，其詞則蕩矣。例之以唐人之説薈，相去直唯阿耳。左氏以紀述爲體，尤好談神鬼怪異之事。龍門蛇戰，星而石，豕而人，新鬼大，故鬼小，離奇飄忽，莫不載之。至若志吴兵之處楚宫，陳君之淫夏姬，尤復細意描摹，繪聲繪影，曲折殆盡，雖以段成式、沈亞之、洪容齋數公之沉博絶麗，亦未必能如是之情事逼真也。其卓然爲千古文章祖，豈不宜哉！

六藝而外，雄於文者，無如諸子。持之各有故，言之皆成理，果未能稍示軒輊於其間。然而秦漢以降之談古文者，必以《南華》、《離騷》爲首屈。何哉？漆園説理，多涉寓言；靈均言情，悉事寄托；懸擬虚構，思愈高遠，言愈切近，宏其鄙，雅其俗，化其朽腐爲神奇，小説之類也。惟其體大思精，詞雖涉於譎詭，義益新其宏大，斯後之論文品者，不得以詹詹小言目之耳。然二子之文，震今鑠古，百家諸子，望塵不及，其得力終在是。不然，文子亦道家者流，入理非不深，寄意非不遠，徒以立言質而不文，樸而不華，説者遂以爲卑卑不足道矣。吾於是益嘆行文之不可不具小説性質也。餘如《列子》、《冲虚》、《淮南鴻烈》，構詞設想，迂誕詼詭，核其大端，不減《莊》、《騷》。劉氏《文心》謂《列子》有移山跨海之談，《淮南》有傾天折地之説，則居然爲小説之先河矣。故其文亦并爲世所重。至若墨家之墨子、晏子，名家之公孫、慎子，兵家之孫、吴、尉繚，法家之管、商、申、韓，大都皆質家之言，意主辨白事理，分别得失，故無意爲文，而文亦不甚足稱。然而比事類情，巧譬曲喻，如墨子之善比附，晏子之好詼諧，間見雜出，亦何嘗不含有小説性質者？太史公曰：『此言雖小，可以喻大。』是喻言，皆小言，即小説也。然則烏有不涉小説藩籬，而可謂雄於文者！

儒家立論好持正，然議論所至，亦往往出之以奇者。虎兕出柙，龜玉毁櫝，小言也，而尼山遺訓著之。挾山超海，逾墻而摟，鑽穴而窺，奇譚也，妍語也，而鄒嶧名賢娓娓言之。蘭陵著書，益崇斯旨，女頭馬首，有類《齊諧》，伏鬼立魅，幾同《周説》，賦篇必冠以有物，正論多採夫俗説，搜奇探秘，下儕稗官，三十二篇之中，層見迭出，不可更僕數。自漢以來，斯文稍替。然長沙《新書》，蘭臺《新序》，遺文軼事，搜採靡遺，蓋亦《隋唐嘉話》、《朝野僉載》之流也。并且好談神怪，楚王吞蛭，孫叔斬蛇，二子亦採摭及之。揚雄爲文，非獨詞賦擅長，即《法言》一書，辭醇理正之中，每攙以纖辭麗句，蜾蠃祝子，樓航濟海，凡如此類，慨乎言之，固小説之擅場，而爲文中之龍也。魏製晋造，楚謡漢風，遠宗屈宋，近法揚馬，故皆藻思綺合，清麗芊綿，炳若縟綉，凄若繁弦。楊隋李唐，和聲繼軌，巨子鴻筆，先後輩出。若徐庾，若燕許，莫不標新領異，馳神元邈，力排枯索，迹其著作，類有小説性質存焉。昌黎崛起，柳州并驅，意欲大變斯旨，然而《毛穎傳》、《送窮文》，及柳州之《宋清》、《蝜蝂》、《郭橐駝》等傳，搜奇探奥，葩艷陸離，實得漢魏六朝之精而用之。文家之雄，亦小説之雄也；然正惟雄於小説，故爲文家雄。不然，若李翶、歐陽修、曾鞏諸公所爲之文，多質直，少精采，未能如韓、柳之時含有小説性質也。眉山父子，小蘇爲劣，弊亦坐是。今觀明允、子瞻所作，每於崇論閎議中，攙以俗情瑣語，即覺風神駘蕩，栩栩欲活，潁濱安得有此致？介甫何嘗不馳驟縱横，抑揚頓挫，擺落浮淺，而力追古昔？顧其文名終不逮者，正以其摛詞結想，多骨力，直欲突過大蘇，而風韻終不逮，蓋介甫學韓非而得其峭，質家之言，未足與於斯文也。震川之文，直接八家，然《援鶉堂筆記》誚其平順流衍，亦操紙染翰時，無小説意，故丘壑少耳。國朝文字，首推三家，而侯氏尤特出。吴仲倫謂其雅近大蘇，信然；乃又惜其有唐人小説氣，不知此正其出入《莊》、《騷》，馳騁班馬，所以勝人處耳。桐城、陽湖兩派，文高旨遠，而人多不滿意者，以其學韓之氣骨，而無其神韻，好正言莊論，而無小説之性質也。然則，爲文之道，觀於此亦可睹矣。

世之論文者吾惑焉：文有五忌，小説居首，此初月樓之説也，信如斯言。談奇説怪，莫過於周秦諸子，宋元而下，文多純粹，顧反不逮者，何也？小説固不可概文，而文不可不具有小説之性質。華實兼備，奇正間出，於理無礙，於辭益足以玩。《左》、《國》、《莊》、《騷》、馬、班、韓、柳諸子之文，所以膾炙人口，爲百世所宗仰者，此也。若其平行直達，不加藻飾，雖文從字順，終落恒蹊，何從而見其新穎？莊周云：『辯雕萬物。』韓非云：『艷采辯説。』姚南青曰：『文字自是貴藻麗奇怪。』夫所謂『雕萬物』者何在？所謂『艷采』者何指？所謂『藻麗奇怪者』從何而得至？先正名言，方策俱在。承學之士，試一從而思之，則可以信吾説之不欺矣。

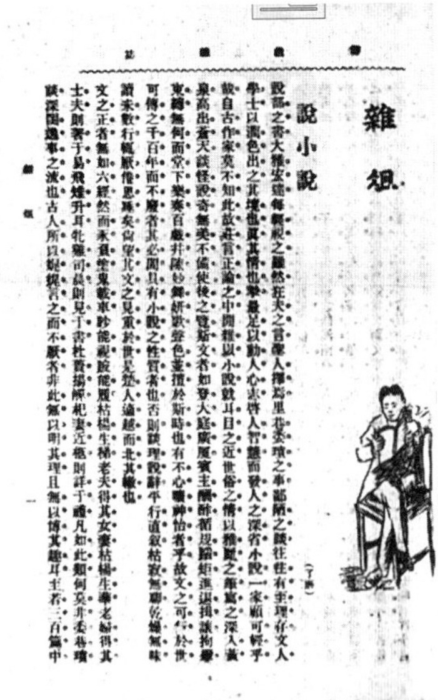

游戲雜誌

雜俎

說小說

（丁悚）

說部之書大雅每輒視之蔑然狂夫之言聖人擇焉里巷委瑣之事諧俗之談往往有至理存文人學士以潤色出之其境也真其情也摯最足以動人心啟人智慧而發人之深省小說一家顧可輕乎敍自古作家莫不知此故莊言正論之中間雜以小說歎耳目之近世俗之情以推闡之鋒寓之深入義皋高出蒼天談怪說奇無奚不備使後之覽斯文者如登大庭廣厦賓主酬酢循規蹈矩進退揖讓拘攣束縛無何而堂下樂奏百戲并陳妙舞妍歌聲色畫擅於斯時也有不心曠神怡者乎故文之可行於世可傳之千百年而不廢者其必涵具有小說之性質者也否則談理說辭平行直敍枯寂無聊乾燥無味讀未數行輒厭倦思睡矣尚望其文之見重於世是猶人適越而北其轅也

文之正者無如六經然而豕負塗鬼載車眇能視跛能履枯楊生稊老夫得其女妻枯楊生華老婦得其士夫則著于易飛燕升耳牝雞司晨則見于書杜蕢揚觶杞妻近棺則詳于禮凡如此類何莫非委巷瑣談深閨逸事之流也古人所以娓娓言之而不厭者非此無以明其理且無以博其趣耳至若三百篇中

雜俎　一

小説閒話

張行 撰

刊於一九一三年上海廣益書局《古今文藝叢書》第二集，署『雲間張行海鷗』撰。作者生平不詳。其中多數章節係評述和考證如《蝶階外史》、《浮生六記》等具體作品，然也有如『小説筆法』、『小説結構』、『小説材料』、『真情之動人』等概括性論述。寫得條理清晰，觀點平允，也頗可觀。

神怪小說

中國小說多神怪之事，爲識者所譏，然此非特中國爲然也。歐美著名小說家若沙士比亞，若歐文等，無不以神怪爲得意之筆。林琴南所譯，神怪居其半。夫是則俱是之，非則俱非之；短中國而長歐美。時彥所談，吾不解也。

神怪小說最易作。蓋荒謬不經，可以隨意道來。中國婦女通讀之小說（難盡舉其名），大抵人至困頓之處，必有神仙來救之。非其人困頓也，乃作者作至此處，實難再道下去，半空中出神仙來解此難，而遂得續其詞。有此一訣，無論說至如何窘境，皆有法可救。此所以雖非神怪小說，而亦夾一神仙於其間也。

大禹治水小說

清之中葉，有作大禹治水之小說者，以《禹貢》爲主，參以《山海經》，多神怪之事。書凡百二十回，未刻，舟覆於揚子江，書沉焉，遂不傳。案：此書若能不涉神怪，當爲一冒險小說，而在《魯濱孫飄流記》之上。惟在當時人爲之，必不能脱此巢臼。吾雖未見其書，而可決其爲《西遊記》之類，禹王一唐僧耳。一笑。

《經國美談》

《經國美談》述希臘英雄復國事，能使讀者精神振作，誠爲佳本。譯者全用平話，明白曉暢，尤爲得體。吾因此怪乎譯《魯濱孫飄流記》、《愛國二童子傳》者，不用白話，而用文話，其意在專餉兒童，而文則非兒童所能解，此譯者之過也。吾聞《魯濱孫》一書在西國以爲學校課本，計分數種，隨程度之高下，判文字之難易。吾國譯者，宜知此意，縱以白話俚俗爲兒童他日學文之害，亦當以淺易文字出之，或分數本，自淺而深，則兒童受益多矣。又此書譯者有三：一載《大陸報》（清光緒乙巳間《叢報》；二名《絶島飄流記》，譯者姓氏忘矣；三林琴南譯本。前二者文字不雅馴，殊非佳構。林譯又嫌過深，失著此書者之本意，世有以吾言爲然者乎？可從事於此也。《經國美談》譯出最早，體例文字皆佳，而名反不彰，何也？《十五小豪傑》亦可與《經國美談》并稱。

寫情小説

中國人道德墮落，人多歸咎於舊小説。是誠然矣，吾有辯者。小説者，叙述事實者也，作者大都有所本；即全屬空中樓閣，然其人發爲言也，亦必耳目濡染久乃能隨筆寫出。試問使作者耳目濡染，是風俗乎，抑小說乎？先有風俗，而後有小說，此可斷言也。使中國古無妾婢，則作小說必不能別生異想而造此妾婢之名；使中國古無妓女，作小說者亦不能獨出心裁造此妓女一物。風俗先不良，然後小說乃不良。小說不良，揚之播之，而風俗乃愈敗。互相爲因，互相爲果，遂一敗而不可收拾。頑固者乃禁人誦讀，而卒不可禁；開通者乃借西法因勢利導以爲補救之法，而實效未見其收。吾是以知道德之敗，非專在小說；小說不過爲推波助瀾之具耳。然則，遂將任其墮落而不思補救乎？曰：否、否。補救之道，固非一端；小說居其一，吾今專言小說。今日若盡去言情之作，而但有偵探小說、冒險小說、教育小說等，則驟然爲此，國人多不喜閱是，仍不得不借途於情而導之以正，此固人人所能道也。而吾則謂當先辨情淫。中國舊小說，淫也，非情也。最下乘者無論矣，即最高者，如《西厢》仍不免於苟合。此範圍有若無人能跳出者，此吾所以服西國小說之纏綿愷惻而終不及於亂也，此吾所以謂情與淫之別若霄淵也。然則，中國人獨喜淫乎？則又不然。曰：由於風俗而已矣。由於風俗有二：一曰淘溶，一曰逼迫。淘溶者，即平日之耳聞目見是也。逼迫者，則婚姻制度之不良是也。即《西厢》而論，鶯鶯與張生苟可以如西國訂婚，則豈非正式夫婦？而必曲曲折折演出如許故事，而卒未成夫婦！始則由許彼鄭恒，非鶯鶯之願也（苟爲鶯之願，則斷不再戀張生，此可推測而知者）。後張生既奪鶯鶯於飛虎之手，使老夫人不悔婚，亦成正式夫婦。而夫人必悔婚者，一則嫌張生之貧，二則畏重婚之譏。此二則亦皆紐於時習也。有此種種曲折，而遂使清白之鶯鶯陷於污泥，又豈非時習之有以逼迫而成之乎？此其一也。他如孀婦不得再嫁，怨偶不得離婚，癡男怨女有苦莫訴，遂一躍而有過分之舉，事可耻而情實可原。故風俗不改，新小說無間而入。而人亦喜讀舊小說，明知爲禍物，姑讀之以一快其胸中之憤，遂陷於淫而不自惜，是可悲也。

《庚子國變彈詞》

此書李南亭作，記庚子拳禍，使讀者惕然驚心，且以韻語出之，感人尤易。此書當在《官場現形記》上。又，彈詞之作，講新小說者，都不及此。余謂移風易俗，尤當以於此入手。質之高明，以爲何如？

《情網》、《空谷蘭》

《情網》、《空谷蘭》結構絶佳，洵爲西國名著。《情網》尤能於頃刻間變死爲生，變仇爲恩，誠非他書所能及，譯筆清暢，惜稍繁。《空谷蘭》純用白話，較《情網》爲勝。又《梅花落》與前二書爲一人手譯，皆佳本也。

教育小說

教育小說者，乃專爲學生課餘所披覽，或竟以爲課本。歐美各國多有之。中國新小說以教育名者，有《馨兒就學記》一小册，係前載之《教育雜志》，今乃印爲單行本者也。不知冒險小說、倫理小說等，皆教育小說，非必所述爲求學之事，始以置之教育之列也。

此種小說，在小說中别爲一格。若謂作小說必當如是，非若是即當屏棄之，則不盡然也。西人至今猶盛稱古時名家之作，而其書則荒唐怪異，較《西遊記》、《聊齋》爲尤甚焉，而人喜讀之者，何也？取其文也。讀中國舊小說者，動輒以語多不經而輕棄之，抑何不思之甚耶！

至於小學生徒，誠宜以新出之教育小說供其披閱，而資模範。若因此而并舊小說悉去之，又烏乎可！

《技擊餘聞》

林氏之書，不下百種，然皆出自歐美人之腦及仁和魏氏之口，林執筆而記之也。以文彩言，於并世作者中，自當首屈一指。若其他，雖長，則非林之力也。林自著之書，僅《技擊餘聞》一小册，爲札記體，計二十餘首。首記一人，自無結構可言，文彩亦不若其翻譯諸作之絢爛，甚無意味。可見林之得名，他人之助之者不少也。

《紅樓夢》異聞

《紅樓夢》一書，談者多謂記清相明珠家事。其説起於《郎潛紀聞》。該書略謂：小説《紅樓夢》即記明珠家事，金釵十二皆納蘭所奉爲上客者也。寶釵影高澹人，妙玉影姜西溟。妙爲少女，姜亦婦人之美稱，如玉如英，義可通假。妙玉以看經入園，猶姜以借觀藏書就館相府。以妙玉之孤潔而横罹盗窟，并被以喪身失節之名，以影西溟之貞廉而庾死獄中，并加以嗜利受賕之謗，作者蓋痛之也云云。此説出，和者遂多，或又謂寶玉即納蘭，引《飲水集》中句以證。《别意》六首中一首云：『獨擁餘香冷不勝，殘更數盡思騰騰。今宵便有隨風夢，知在紅樓第幾層？』又詞云：『却憶紅樓半夜燈。』又云：『守取團圓終必遂，此夜紅樓，天上人間一樣愁。』、『紅樓』二字凡三見。又其亡婦忌日作《金縷曲》，首三句云：『此恨何時已？滴空階，寒更雨歇，葬花天氣。』、『葬花』二字始見於此。

余按：前説近是，後説不免附會。近更見《醒吾叢談》一則，謂乃記清初大事，而非一家故實。謂賈政父名代善，代善即禮烈親王之名。林、薛二人争寶玉，當係康熙末允禩諸人奪嫡事。寶玉非人，寓言玉璽耳，著者固明言頑石矣。黛玉之名，取『黛』字下半『黑』字，與『玉』字相合，去其四點，則

『代理』二字。代理者，代理親王也。理親王本皇旗次子，故以雙木之『林』字影之。猶慮閱者不解，又於迎春名之曰『二木頭』，迎春亦行二也。寶釵之影子爲襲人，寫寶釵不能盡情極致者，則寫襲人以足之。襲人者，龍衣人也。海外女子，指延平王之據台灣。焦大，指洪承疇，大醉後自表戰功，極與承疇符合。妙玉必係吴梅村，走魔遇劫，紀其家居被迫不得已而出仕。梅村吴人，王亦吴人；居大觀園自稱檻外人，寓不臣之意。王熙鳳，即宛平相國王熙。康熙一朝，漢大臣有權者，熙爲第一，書中明言熙鳳爲男子也云云。較明珠之説，爲眼巨心細。然余謂作書者本興之所至，隨手拈來，無心影射實事。而於實事適合者，亦可强求硬索，亦或有十一二實事，十八九子虚者。後之人多方附會，必欲謂彼八九皆實事也，不亦懵耶！《紅樓》一書，讀者賞其文可矣，何必問其事也！必欲問之，吾謂《醒吾》之説較好，因并列之，以餉喜讀是書者。

《蝶階外史》

《蝶階外史》四卷，清道、咸時人著，不自署姓名，不知何人手筆也。叙事簡而該，吐詞清而腴，誠札記小説中之不可多得者也。近數年，市上始有石印本。

小説筆法

讀名家小説，輒不忍釋手。盡觀其所取材料，亦無異於他人。他人之作，閲未終而思睡；名手之作，百讀之而不厭。其故何也？此用筆之有别也。大抵小説之筆，一宜簡，二宜雅，三宜顯。不簡，則拖泥帶水，令人惡。不雅，則鄙俗，令人厭。不顯，則沉晦，令人悶。至於能具此數長，則不外四種筆法。一曰襯筆。如叙一女子，只叙其侍婢之美，則此女子之美不叙而自見；叙一拳師，只叙其弟子之藝，則此拳師之藝不叙而自如陳。又叙一人於其未見面時，極力寫之；或其人之種種事績，悉從他人口中道出，至本人一登場，只寥寥數語而已。此所謂襯筆也。一曰補筆。欲叙一事，頭緒紛繁，叙之既嫌雜沓，略之又不顯豁，於是利用補筆，先叙其一二，其他則於空閒時補之，讀者終篇，自能於此事本末終始了了於胸。此所謂補筆也。一曰反筆。如并叙二人，極力描寫甲之丑，不知正所以彰乙之美；極力摩繪乙之愚，不知正所以見甲之智。此所謂反筆也。一曰縮筆。一人一事，他人非數百言不能了者，能以數十言了之，而所叙又絲毫無遺也。此所謂縮筆也。吾讀有名之小説，細心察之，無非以此制勝。其例甚多，今欲舉之，則當先列原文，次加批語，區區尺幅，萬難盡列。讀者先知此種筆法之用處，然後讀各種名著，誰爲襯筆？誰爲補筆？誰爲反筆、縮筆？自可即文而求之矣。

粗心之病

作小説，雖爲小技，然極宜細心。心一不細，則謬誤百出。最甚者，則前後矛盾也，挂誤遺漏也。此種謬誤，余屢見之，姑就記憶所及，舉一則於下，以見一斑。《遁窟讕言》，王紫詮（韜）得意之筆也（紫詮之書，有數種，此其一也。予他日當另論之）。第三卷《骷髏》一則，略謂：江東燕生，夜宿齋中。有麗人推扉入，詰所自來，麗人自述爲燕生昔日鄰舍餅師女，他徙已七年，今復至此者也。燕亦恍惚記之，遂與狎，朝去夕來，燕漸羸瘠。燕妻促歸内室，不應，私於窗隙窺之，聞男女狎褻聲。頃之，見夫與一骷髏從帳内出，俄聞如犬齧人骨聲，乃骷髏踞床嚼人足，腰懸一首，頗類夫。越窗入，骷髏滚地出門，旋滅。妻呼集婢僕，燃燭照之，骨肉狼藉，首已無矣。原文甚長，節録如此，然其有關係者，皆存之。讀者試思此則之誤處安在？細心一求，當可知也。蓋燕之與女狎，未嘗叙及有他人知其事也。妻之見之也，亦未與燕一語也。及越窗入，則夫已骨肉狼藉，骷髏亦出門而滅矣。試問『餅師女』云云，此語從何處來？小説雖爲空中樓閣，隨意杜撰，然此乃其用筆不周到處，斷不可引『空中樓閣』以自掩。妻之所見骷髏也，非麗人也。妻知燕與骷髏狎，諒自夫視之必爲麗人，而夫未嘗爲人道也。是骷髏之爲麗人，乃懸測而得之，并不可直寫爲麗人，又況『餅師女』云云乎！偶爾粗心，遂罹此病。此小説之所以不易言也。

《封神傳》之所本

中國舊小説，大都有所本。荒唐如《西遊記》、《鏡花緣》、《封神傳》，可謂極矣。然《西遊記》中玄奘和尚、《鏡花緣》中武則天及《封神傳》中姜太公諸人，皆出正史中者也。《封神》中他人亦有來歷。《舊唐書・禮儀志》引《六韜》云：『武王伐紂，雪深丈餘，有五車二馬，行無足迹……武王怪而問焉。太公曰：「此必五方之神，來受事耳。」乃以其名詔入，各以其職命焉。』五車、二馬、四海之神，祝融、句芒、顓頊、蓐收、河伯、風伯、雨師也。又《史記・封禪書》：『八神……太公以作來之。』此皆《封神傳》之所本也。

《蕩寇志》、《續紅樓》

《水滸》之後，有《蕩寇志》，其主人則《水滸》中人之還魂也。《紅樓夢》之後，有《續紅樓》，其主人皆《紅樓夢》中人還魂也。此等惡劣思想，可厭已極。在作者不過欲藉此以便於傳耳，究竟傳不傳，豈在是二書文字！《蕩寇志》尚可，《續紅樓》甚惡。《蕩寇志》今市上猶可購得，《續紅樓》則稀見矣。於此尤可見傳與不傳，自有道也。

小説結構

小説結構，約分三種：一曰包括廣博，如《三國》、《列國》是也；一曰布置精妙，如《水滸》是也；一曰結束離奇。此種於中國舊小説中難以一書當之，即全書許多變幻，閲者讀其前，逆料其後，必若是，及閲之，則偏不若是；或突來一人一事，出人意料之外，而其人其事，又率在情理之中。新譯小説間或有之。前一種是在魄力，不關心思；後一種是在心思，不須魄力；中一種亦在心思，然須魄力助之。

作小説，在不落窠臼，然有意翻新，適見弄巧成拙。如李笠翁之《十種曲》，專以翻花樣見長，其實殊無味。此種花樣，偶一用之，未嘗不可。笠翁《十種》，種種如此，自以爲巧，我以爲拙也。《三國》、《列國》，此等小説在尋得大題目。後人如欲步其後塵者，亦以尋大題目爲入手第一事，布局措詞尤其次也。

有大題目，然後可做大文章。無大題目而作大文章者：一《水滸》，二《紅樓》，三《西遊》。《西遊》荒唐，可隨意而説，不足言。《水滸》、《紅樓》所以爲傑作也。《紅樓》尤平平叙去，毫無波浪，而愈閲愈不能相捨，愈閲愈見其精細，真非他作所能比擬也。

或嫌《紅樓》過繁，此乃未讀終《紅樓》者。斯人也，使之自頭至尾細讀一遍，則不覺其繁矣；再讀一遍，則喜其繁矣；復讀一遍，則反覺其簡矣。世有爲此言者乎，曷一試之！

《化身奇談》

此書爲譯本，述一人得異藥一丸，吞丸於腹，則魂附他人之體，屢吞屢變，自達官貴人，以至流氓乞丐，無不變遍，故曰『化身奇談』。在作之意，蓋謂人生一世，貧富貴賤，無常碌碌，數十年亦如書中人之化身也，故托言以寄慨，其意甚深也。書中夾以詼諧滑稽之語，亦本書所應爾。惟千變萬變，其變法終不外吞丸。初讀之，若覺生面別開；讀過一半，趣味漸減，以至於拋書而睡。此我一人之經驗也。質之曾讀是書者，以爲何如？

又前數年，上海某某等報，有載《易形新術》者，有載《離魂記》者，皆數日即停，俱未終篇，其用筆乃仿之《化身奇談》，絲毫無異，惟一恃丸藥，一恃催眠術，爲稍不同耳。此等筆法，本可一，不可再。在《化身奇談》，吾讀過半本已不欲再讀，又況效顰之東施乎！

戲本、傳奇、彈詞

今日梨園所演之劇，多取材於小説。然則，小説與戲本爲一體，惟一出之散文，一出之韻語，是其别耳。故吾謂小説與戲本不宜分而爲二，况傳奇即爲劇本，可以扮演，而《桃花扇》、《燕子箋》等悉納之小説範圍之内。然則今所通行之戲本，亦當統謂之爲小説也。

《長生殿》，戲本也。《長恨歌傳》，札記體之小説也。《長恨歌》，彈詞之類耳。《四弦秋》，戲本也。《琵琶行》，亦彈詞之類也。白江州詩，本是老嫗可解，而此兩章所叙，又純係小説家言，吾目之爲彈詞之祖，或有當乎！

彈詞乃介於演義與傳奇之間。演義白話，不及彈詞易於感人。傳奇又過高深，非粗識文字者所能領悟。吾逆他日小説發達，彈詞之勢力必在演義、傳奇二者之上。故吾曾謂，欲假新小説以移風俗者，當從彈詞入手較易爲力也。

舊小説、彈詞中，無佳者，非如演義中之有種種名著也。姑求其次，必推《筆生花》。其所述事，置之不論。論其文，當爲舊有彈詞中之冠也。

新出小説中，傳奇不多見，可知此事并非易爲，舊有之作益可珍矣。

《桃花扇》與《西厢》

《桃花扇》以氣慨雄厚勝，《西厢》以字句精細勝，其長處自不可同日而語。讀《桃花扇》者，當取其氣慨而略其字句；讀《西厢》者，當取其字句而略其氣慨，此讀兩書者之公論也。顧余有不滿意於

《桃花扇》者，非苛求也，實其字句粗俗之處，令人不能入目也。如『雖是客況不堪，却也春情難按』，又『要打着美人心上癢』，此等言語出於侯公子之口，吾恐侯公子决不承認也。

《西厢》一字不苟，而一字不俗，意雖極褻，而字面却極雅。此其佳處，非傖父所知。此《西厢》一書，聖歎之所以不許傖父讀也。

文字各有所能。作《桃花扇》者，固不可與作《西厢》；作《西厢》者，亦不可與作《桃花扇》也。且《桃花扇》之題目，以《西厢》之筆寫之，亦頗不宜。吾所惜乎《桃花扇》者，不能除鄙俗語耳。《倚晴樓七種》中，《帝女花》極力摹仿《桃花扇》，雖不能似，然《桃花扇》後當推佳作。笠翁、心餘之書，比之韻珊瞠乎後矣。

小説材料

小説取材，有本之實事者，有憑空構造者。二者自不可同日而語。於是，讀者遂有謂本之實事易爲，亦有謂憑空構造易爲者。自余論之，各有難處，亦各有易處。本之實事者，可以不費心思，自可據事而演，此其易也。然必天生此種實事，可以摭爲我著書之材料，然後可據事演而爲文。不有孫劉之割據，何從作《三國》？不有侯朝宗、李香君之艷事，何從作《桃花扇》？其他諸書莫不如是。不有然古今來，歷史上事績天造地設爲小説之好材者，正復不多，即有一二，已被前人作去。我生古人之後，每一秉筆，苦於尋不着好材料，此本於實事者之難處也。更有難者，既尋得實事可爲材料，然其事紛繁雜沓，不知若何叙起，誰當先言，誰當後及，誰當删節，誰當加點，凡此種種，頗費苦心，固非率爾握管者所能辨也。至於憑空構造，則可隨意杜撰，無須實證，只取離奇巧妙，能博閲者之歡，便爲佳作，故但有心思，當不難辨。其所難者，則細心是也。蓋事績既由虚造，使偶一粗心，則前後或相矛盾矣，又或脱漏挂誤矣。此節前已專言之。若爲實事，此病當少。又况虚造者，大抵不近人情，俗人或喜讀之，究爲無味而不得稱爲佳作。虚造而能近人情，則非閲世極深者不能辨，此憑空構造者之難處也。虚實兩種取材法，大抵如是。又有虚造而專以荒唐爲事者，如《西遊記》之類，是别一種，當另論也。

《浮生六記》

《浮生六記》六卷，爲清乾隆時蘇州沈三白所著，一曰《閨房記樂》，二曰《閒情記趣》，三曰《坎坷記愁》，四曰《浪游記快》，五曰《中山記歷》，六曰《養生記道》。七八年前，上海《雁來紅叢報》曾載之。幽芳凄艷，余讀之已爲心醉。前復於市上購得單行本，爲明明學社印行，末二卷闕，六僅存其四。首有楊君引傳小序，謂得於郡城冷攤，就所記推之，知爲沈姓號三白，而名已逸，遍訪城中無知者云云。然楊君所謂郡城，未指爲何城。以余推之，當爲蘇城也。要之，此書筆墨，可與清初人筆記頡頏，而逸其二，惜哉！

《夢花雜志》

《夢花雜志》，江都李練江撰。今所行於世者，蓋非全書也。然叙事簡該，斷語嚴謹，自是佳構，吉光片羽，至足珍也。

《雌蝶影》

此書爲一譯本，於小説界亦爲有名之作。曾讀其書者，莫不喜其離奇變幻，出人意料之外。此其佳處，不待吾言。吾翻閲一過，輒記數言於下，以質之同閲者以爲何如？穠麗芬之喬裝爲男兒，及與紅櫻結婚，忽露爲女子。吾閲至此，眼光爲之一閃，此真出吾意料之外者也。玉約喬裝爲女郎，及在石洞中忽露爲男子。吾閲至『今夜須索早睡』一句，便已猜着九分，及閲下文，果然不爽。此無他，亦穠麗芬之舊例耳。且非如此，無以安置穠麗芬也。

大俠查納者，即榡谷也。勞揩者，榡谷之仇。其子玉約，出死入生，欲報之而甘心者也。乃查納一則半夜警紅櫻，止殺勞揩；二則至法場，爲勞揩辯白，稍爲不近人情。然全書許多曲折處，又皆從救勞揩而生也。

死而不死，男女喬裝，此全書之迷眩人目者也。男女喬裝，吾既略言之矣。死而不死者三人：一榞谷，二基培楠，三蝶嫣。佳處在榞、基二人，開首即言其死，閱者斷不料爲未死，至卷末乃爲揭出，是爲妙手。

蝶嫣死而未死，亦爲意料所不及。惟華爾福之舉動，間有不近人情者耳。

紅櫻者，淫毒之女子也。極力媚蜻答，淫也；涎産害兄，毒也。末乃死於穠麗芬之一擊，作書者其有深意乎！

書末塞雲洞外大炮震天，彈子如雨一節，最爲佳筆。然可一，不可再，他人如有學之者，一錢不值矣！

真情之動人

小説所恃以動人者，不外二事：一曰結構離奇，二曰筆墨優美。不知非也，亦有平鋪直叙，毫不離奇，平話淺文，不見優美而能令閱者爲之心醉者。此何故也？則真情是已。真情云者，乃就尋常習見之事，瑣瑣碎碎載之於書，讀者纔一展卷，便如身入其境焉。所謂真情也，擅此者當自寫身之所歷，無飾無諱，然後能得手。非然者，善爲文，無濟也。《浮生六記》一書，吾前已論之。此書筆墨固佳矣，然其所以佳者，則尤在真情也。能得真情，則在自述所歷，而又在不飾不諱也。無論何人，一生必有所謂悲歡哀樂者，豈獨沈三白哉！ 無論何人，苟筆墨清通，肯記其悲歡哀樂，無增無略，不飾不諱，必皆可歡也，豈獨《浮生六記》哉！ 惜乎世之作者之少也！

唐明皇遺事

洪昇昉思之《長生殿》，乃本之白居易之《長恨歌》，故讀《長生殿》者，必讀《長恨歌》也。白居易之《長恨歌》，又有陳鴻爲之作《長恨歌傳》，讀《長恨歌》者，亦須讀《長恨歌傳》也。一歌一傳，《長生殿》卷首皆載之，然《長恨歌傳》寥寥千字，於太真事迹，不若唐史官作《太真外傳》言之詳也。《太真外傳》兩卷，於太真事巨細畢載。昨閲《哀恨集》内載《明皇軼事》兩則，《長恨歌傳》、《太真外傳》皆不及言。今録於此，以餉讀《長生殿》者：

明皇在南内，夢見妃子於蓬山太真院，覺來悲感不置，因作詩遺之，使力士焚於馬嵬山下。詩云：『風急雲驚雨不成，覺來仙夢甚分明。當時苦恨銀屏影，遮隔仙姬只聽聲。』又作《羅襪銘》曰：『羅襪羅襪，香塵生不絶；細細圓圓，地下得瓊鈎；窄窄彎彎，手中弄新月。又如脱履露纖圓，恰似同衾見時節。方知清夢事非虚，暗引相思幾時歇？』

明皇幸蜀，貴妃藁葬馬嵬山下。既夕焉，明皇命高力士潛易葬地，至則肌膚已消釋矣，惟胸前綉香囊在焉。力士取歸以獻，明皇大慟。自此，時時悲悼。每當風塵月夕，四顧淒愴，《擁鼻吟》云：

『刻木牽絲作老翁，鷄皮鶴髮與真同。須臾舞罷無些事，還似人生一世中。』

按：《哀恨録》所述如此，吾閲《太真外傳》有云：『妃之死日，馬嵬媪得錦袎襪一只。相傳過客一玩百錢，前後獲錢無算。』云云。觀明皇《羅襪銘》，當作於妃死之後，不知即外傳所謂羅襪否也？《哀恨集》者，錢振芝輯，所採皆悲哀幽怨之事，上自唐宋，下迄明末，凡數百則，而詩詞尤多，略近詩話，而其體例實爲小説也。

《竊聞記》

《竊聞記》、《竊聞續記》兩首，爲明末叶天寥撰，記神仙降乩言其亡女昭齊、小鸞事，事涉神怪，文極凄惋。又有天寥祭昭齊、小鸞文各一篇。此四文《午夢堂集》載否，吾不知。要之，《午夢堂集》今既不可得，則此文亦足珍矣。小鸞之《鴛鴦夢》，吾友叶楚傖覓得原本，特爲刊入《民立報》。《返魂香詩》近來江左書局有石印本。讀此二書者，尤當讀《竊聞》二記也。《竊聞》二記及二祭文，均載《哀恨集》中。

《紅樓》記聞

余前記『《紅樓夢》異聞』一則，乃得之某書，謂爲《醒吾叢談》。越日，醒吾來函，謂亦述他人之言，而非自爲也云云，亦未言此説究出誰氏。《紅樓》一書，揣測者不知凡幾。作復見《賃廡剩筆》一則，記《紅樓》亦謂叙納蘭故事，皆實録也。其所引證，則與他人之指爲叙納蘭事者不相同，因節録其大略於下，想亦讀《紅樓》者之所樂研究者也。《賃廡剩筆》，著者署一『虎』字，不知爲何許人稱此説得之袁爽秋，袁則得於鍾子勤者也。

其略云：納蘭眷一女，絶色也，有婚姻之約。旋此女入宫，頓成陌路。容若愁思鬱結，誓必一見，了此宿因。會遭國喪，喇嘛每日應入宫唪經。容若賄通喇嘛，披袈裟，居然入宫，果得一見彼姝。而宫禁森嚴，竟如漢武帝重見李夫人故事，始終無由通一詞，悵然而出。故書中林黛玉之稱瀟湘妃子，乃係事實，否則黛玉未嫁，而詩社遽以『妃子』題名，以作者才思之周密，不應疏忽乃爾。其卷百十六回寶玉重游幻境，即指入宫事，故始終亦未與妃子通一語。而寶玉出家做和尚，即指披袈裟，冒充喇嘛時也。又云：雪芹初無他種著作，無從參考。嗣閲其父《楝亭先生集》，知與納蘭氏往還甚密，則容若生平艷史，雪芹以通家無弗知，宜也。又云：《側帽詞·减字木蘭花》六闋與此一一吻合，其第三闋即指入宫事也云云。原詞六闋，均附於後，兹特録其第三闋云：『相逢不語，一朵芙蓉著秋雨。小暈紅潮，斜溜鬟心雙翠翹。　待將低唤，直爲凝情恐人見。欲訴幽懷，轉過回欄叩玉釵。』此説所引證妃子一節，尤爲有力。吾不敢謂必是，要之，大可供讀者之推求也。醒吾見之，又以爲何如？

《露漱格蘭小傳》

《露漱格蘭小傳》，譯者自署『信陵騎客』，不知爲何許人也。筆墨雖不惡，然亦無佳處。卷首有林琴南序，略謂『讀《茶花女遺事》者，不可不讀是書。蓋書中主人陰險奸詐，適與馬克之爲人成反對者也』云云。吾讀一過，深以林氏之言爲然。世人有讀小説而爲婦人所迷罔者，急投以此書，其不啻一劑清凉散乎！略記書中大事於下，以與閲者共研究焉。

書中所敘，爲一英國少年曰喬治太保，其妻曰海倫喬治，貧，無以爲生，别妻至澳大利亞掘金，遺書與妻謂『辛苦皆爲汝也』云云。既至澳十餘年，停辛貯苦，果獲金而富，乃治裝歸，滿擬與妻同安樂也。而檢閲日報，則海倫已先死矣。乃往哭於其墓，悲苦萬狀，不知人生樂趣。初，有醫生登報延一女教師，即有自投者，曰露漱格蘭。復有男爵奥特留者，見露漱於醫生家，遂娶焉。初不知所謂露漱者，即海倫之化身也。僑治有友曰洛勃忒，男爵之侄也。於是喬治遂得因洛勃忒而往來男爵之家，因與露漱相遇。露知事將泄，引喬治至井旁，推而墮焉。洛勃忒早窺其隱，乃卒爲喬治復仇。而喬治墮井亦未死，後乃重遇洛勃忒。其中曲折甚多，而大略如上所舉。處處極力摹寫露漱之陰險：初詐死，繼復嫁，終乃殺人放火。舉凡所謂欺詐淫殺諸惡事，無不爲之。於此知蠑首蛾眉之列，未嘗無蛇心蝎腹之人也。嗚呼！

《牡丹亭》本事

《堅瓠集》載：明時有一木姓茂才，年少學博，倜儻好義，與其父執杜姓之女有白頭約。女父微有所聞，頗重茂才爲人，然以其屢試不售，思擇配豪門以絶木。女偵知之，遂仰藥死。父檢其囊篋，得《美人圖》一秩，則女自描之小像也。題詩有『不在梅邊在柳邊』，蓋隱示『木』字之意。杜恐醜事宣播，遂草草殮之，而厝於後園之牡丹亭側。數年後，杜就撫軍之職。忽一日，茂才來謁，席間出舊畫一軸求售。展視之，則女之殉葬物也。疑茂才爲竊冢者，撻之，不認；遂囚之，并欲送刑部而嚴懲焉。會有送登科録至者，啓視之，第一名乃茂才名，籍貫年歲皆無少異，不得已而釋之。越月，茂才率其妻來見，杜以其輕薄也，愈不欲見。事爲杜夫人所聞，私遣婢女窺之，則確爲己女，乃言於杜。翁婿始歸於和好，始知前者女死皆詐術也。湯臨川之《牡丹亭》，大約即志此事。試以曲中事按之，當吻合也。

《西樓記》談異

袁韞玉《西樓記》初成，往就正於馮猶龍。馮覽畢，置案頭，不測所以而别。時馮方絶糧，室人以告，馮曰：『無憂，袁大今夕饋我百金矣！』乃誡閽人：『勿閉門，袁相公饋銀來必在更餘，徑引至書室可也。』家人皆以爲誕。袁歸，躊躇至夜，袁呼燈，持百金就馮。及至，見門尚洞開，問其故，曰：『主人方秉燭在書室相待。』驚趨而入，馮曰：『吾固料子必至也！』詞曲俱佳，尚少一齣，今已爲增入矣！』乃《錯夢》也。袁不勝折服。是記盛行，而《錯夢》所以尤膾炙人口者也。見《堅瓠集續》。

右兩則，皆爲憶紅館主寄贈。《牡丹亭》一則，誠爲此書之本事。吾謂昔人傳奇、雜劇，或藉寫情愫，或寓言譏諷，有所本者十居八九，惟年遠日久，其事不傳，世遂不知耳。安得好事者一一爲之考證也。海歐記。

（一九一三年刊第二集《古今文藝叢書》）

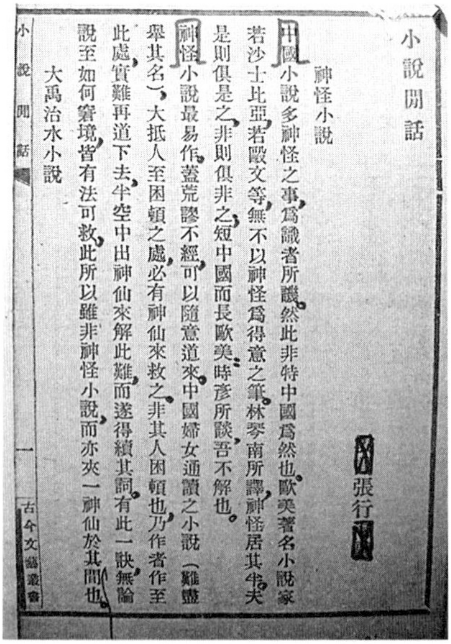

小說閒話

張行

神怪小說

中國小說多神怪之事爲識者所譏然此非特中國爲然也歐美著名小說家若沙士比亞若歐文等無不以神怪爲得意之筆林琴南所譯神怪居其半夫是則俱是之非則俱非之短中國而長歐美時彥所談吾不解也

神怪小說最易作蓋荒謬不經可以隨意道來中國婦女通讀之小說（雖豔舉其名）大抵人至困頓之處必有神仙來救之非其人困頓也乃作者作至此處實難再道下去半空中出神仙來解此難而遂得續其詞有此一訣無論說至如何窘境皆有法可救此所以雖非神怪小說而亦夾一神仙於其間也

大禹治水小說

小說閒話　一　古今文藝叢書

小説叢考

泖東一蟹　撰

原載於《小説月報》一九一三年四月二十五日第四卷第一號至一九一八年九月二十五日第七卷第九號。一九一六年出單行本，先後由上海商務印書館、古典文學出版社於二十年代至一九五六年重印過。作者泖東一蟹，係錢静方（一八七五—一九四〇）的筆名。錢氏又名學坤，江蘇青浦（今屬上海）人。早年留學日本，回國後曾主編《青浦報》，組織『謳青曲社』。此書與蔣瑞藻的《小説考證》一樣，所謂『小説』包括戲劇、彈詞等叙事作品。它與《小説考證》稍異的是，主要致力於引證史料，以考證故事的來源。所引的資料，有的現在已很少見，所以儘管偶有失誤或牽强之處，但仍足資研究者參考。

序

余友泖東一蟹者，積學士也，性詼諧，善談笑，每當賓朋雜坐，議論風生，君間發一語，輒解人頤，謔而不虐，有淳于子之遺風。家富藏書，自十三經、二十四史，以至諸子百家，稗官小説，無不搜儲架上，君寢饋其中，窮探秘奥，故下筆爲詩文歌曲，無不登峰造極，卓然成家；而於撰述小説，尤擅勝場，蓋其嗜好有獨至也。今秋小駐滬瀆，於顧曲評茶之暇，纂成《小説叢考》一書，從《開闢演義》至近時之各種小説，搜索殆盡。余受而讀之，不意其便便大腹中，經笥外，乃更有《説郛》也。夫説部浩如煙海，作者無慮數萬家，雖間有散佚，而存者亦不下數千種，况義多附會，事半假托，縱採輯遺聞，不無述者，而争年鄭市，本自兩非，議瓜驪山，難定一是，其能本鴻都之舊説，訂家亥之訛文者，殊不多覯。推其流弊，又有數端：沿流失源，數典忘祖，夜郎來自浮竹，伊尹生於空桑，此引書而不言所自者。其病一。指鹿爲馬，以目混珠，認虎賁爲中郎，奉陽貨爲尼父，此引據似是而非者。其病二。黼扆靡箴，讒鼎代證，異子正之索隱，同通德之解經，此信作者而巧爲附會者。其病三。就樹移堂，誦賦易韻，點竄堯典舜典字，塗改清廟明堂詩，此就原書而妄爲損益者。其病四。能離此諸蔽，方爲信史。鈎玄撮要，括垢磨光，剖析毫釐，甄别原委，如閲《吕覽》無一字可增減，讀杜詩無一字無來歷。蓋網羅百餘種之奇書，乃始能成此數萬言之鉅製，雖功止於述，而實較詁經注詩爲難，洵古訓之所式，多識之所資也。凡文學家、歷史家以及彈詞演劇者流，欲得考鏡而助談資者，知必有取於是矣。余無以名之，名之曰著述界破天荒之傑作。

時在民國元年七月，瑣尾生撰。

目録

小説傳奇考

小説起於宋仁宗時。按《七修類稿》云：『宋仁宗時，太平盛久，國家閒暇，日欲進一奇怪之説以娱之；故小説得勝頭回之後，即云「話説趙宋某年」云云。』如《今古奇觀》一書，即其例也。今之小説，則紀載矣。《傳奇》者，裴鉶著小説，多奇異，可以傳示，故號《傳奇》。而今之傳奇，則曲本矣。

張平子《兩京賦》云：『稗官小説，肇自虞初。』似小説於宋前久已有之。不知平子所云，乃指説部而言，非指此文不雅馴之小説。此種小説，實始於宋。

開闢演義考

《演義》謂盤古開闢天地，布置日月星辰，其説本之佛經。按《大集經》，殊致羅婆菩薩告諸龍言：『賢劫初有一天子，名大三摩多，其夫人與驢交而生人，委棄坑厠，有羅刹婦收之。及至長成，身體端正，福德莊嚴，惟唇尚屬驢體，故號怯驢虱吒大仙。怯驢虱吒者，以漢言譯之，即驢唇也。驢唇大仙學於聖法，然日夜翹起一脚，經六萬餘年不下。天見大仙受如是苦，時諸梵衆及帝釋天，并餘上方欲色界等和合，悉來禮拜，問：「大仙聖人，欲求何等？」驢唇言：「我念前過去劫中，虚空有列宿日月五星，晝夜運行，此賢劫中，尚無是事，汝等憐我，願説日月星辰法用，置立安施，如我願。」諸天聞之，皆極歡喜，於是二十八宿及日月星辰，皆次第安置。』據此，則日月星辰，乃驢唇仙人之所爲也。演義家敷衍此事，而乃以屬之盤古，今泰西又屬之天主，同一荒邈無稽，識者可置之一笑已耳。然余嘗考諸他書，以盤古爲開天闢地之人，頗亦有本。按：徐整《三五曆紀》云：『天地混沌如鷄子，盤古生其中，萬八千歲，天地開闢，陽清者爲天，陰濁者爲地，盤古在其中，一日九變，神於天，聖於地。天每日高一丈，地每日厚一丈，盤古每日長一丈，如此萬八千歲，天至極高，地至極深，盤古極長。』語極荒誕，演義因之，遂有右手持斧，左手秉鑿，開闢天地，位置日月之事。

要而言之，盤古者，極古之謂也。我中國最初之帝，不知爲誰，故稱之爲盤古耳。然廣州始興縣南十三里，有鼻天子陵。凌元駒《重訂始興縣志》斷爲盤古之墓。其説曰：『鼻之爲言，始也（胎生之初，必先有鼻，而後支體乃具，故鼻字可作始字解）。盤古始爲天子，故追尊之也。盤古粤産，兩廣盤姓，皆其苗裔。雄州鄉落多盤古倉。會昌有盤古山。湘鄉有盤古堡。雩都有盤古祠。荆州南北以十月十六日爲盤古生日。始興原屬荆州，且古皇帝墓，半在南方。炎帝陵在酃邑，虞舜陵在九陵，皆距不遠。至廣陵有盤古冢，昔人謂其非真。則安知鼻天子陵，非盤古真墓歟？是盤古粤人，爲中國最初之天子者也。』

女媧氏煉石補天之説，出於《列子》。《列子》有云：『共工氏與顓頊争帝，怒觸不周之山，折天柱，絶地維，故天傾西北，日月星辰就焉，地不滿東南，百川水潦歸焉。』又云：『天地亦有不足，故昔者女媧氏煉五色石以補闕。』此係《列子》之寓言，而演義所説，即本乎此。

余考各書之言女媧者，紛紛不一。《列子注》以女媧爲古天子；《三墳》以爲伏羲之后；唐盧仝詩則以爲伏羲婦；《風俗通》以爲伏羲妹；而在《路史》則稱皇母；《易繫・疏》引《世紀》，稱爲女皇；《外紀》稱爲女帝；《淮南・覽冥》注稱爲陰帝；《須彌四城經》稱爲寶吉祥菩薩。唐人諂媚武氏，遂有『吉羊御宇』之語。又《論衡》引董仲舒之言曰：『久雨不霽，則攻社，祭女媧。』俗圖女媧之像作婦人形。』是自漢以來，均以女媧爲女，而實即媧皇氏，蓋男也。以媧字偏旁有女，遂誤爲女主。清金檜門宗伯奉命祭古帝陵，歸奏女媧聖皇，陵殿乃塑女像，村婦咸往祈祀，殊駭聽聞，請有司更正，奉旨照所請頒行。是有識者莫不知其爲男，而世俗猶以爲女者，實爲以上諸書所誤也。

此書於黃帝以前，大率宗《路史》者多。黃帝以後，略隨史鑑敷衍，不足觀也。

封神傳考

武王伐殷，一戎衣而天下大定，未嘗有許多戰事也。而世俗所傳《封神傳》一書，乃費無數戰爭，一切仙佛，皆來助戰，其説實根本於《武成》一篇。《書經》中之《武成》，於周季已非真本。故《孟子》曰：『盡信《書》，則不如無《書》。我於《武成》，取二三策而已。』經東晋人改竄之後，其書更不足憑。中有句云：『維爾有神，尚克相予，以濟兆民。』試思武王大聖，而欲求助於鬼神，有是理乎？《封神傳》附會其説，遂有一切仙佛皆來助戰云。

《傳》中凡釋、道兩教，皆助岐周，而惟闡教則助殷；及其既也，凡入闡教中者，皆爲釋、道二教所殺，是亦有本。考《周書·克殷篇》，武王遂攻四方，凡憝國九十有九國，馘魔億有十萬七千七百七十有九，俘人三億萬有二百三十。魔與人分别言之，作《傳》者遂於釋、道之外，又設一闡教名目。闡教者，即由魔字中生發者也，故其中以魔家四將（魔禮青、魔禮紅、魔禮海、魔禮壽）爲最神勇。

太公封神之説，相傳已久。《史記·封禪書》，載始皇東游海上，祀名山大川及八神。八神自古已有，或云太公以來始作之，此封神之説所由來也。《太公金匱》云：『武王伐紂，都洛邑。之明年，天氣陰寒，雨雪十餘日。甲子平旦，雪深丈餘，五丈夫乘車從兩騎，來謁王門，行無蹤迹。武王怪而問之。太公曰：「此四海之神，祝融、勾芒、顓頊、蓐收，及河伯風師雨伯耳。」使謁者各以其名召之，五神皆驚。武王問神曰：「天陰遠來，何以教朕？」皆曰：「天已伐殷立周，謹來受命。」』此亦太公封神之一證也。

姜太公射死趙公明事，亦有所本，特所射者爲丁侯，非趙公明耳。考《太公金匱》云：『武王伐紂，丁侯不朝，尚父乃畫丁侯於策，三旬射之，丁侯病大劇。卜者占西侯爲祟，丁侯恐懼，乃遣使者至周謝罪，請舉國爲臣虜。太公乃以甲乙日拔其項箭，丙丁日拔其目箭，戊己日拔其腹箭，庚辛日拔其股箭，壬癸日拔其足箭，丁侯病愈。四夷聞之，皆懼，各以其職來貢。』趙公明事即本於此。惟丁侯受射未死，而公明則竟射死，爲稍異耳。

俗傳太公八十遇文王，然考諸書記太公之年歲，各有不同，而無言八十者。宋玉《楚辭》曰：『太公九十，乃顯榮兮，仍未遇其匡合。』《漢書》東方朔曰：『太公體德行仁，年七十二，乃設用於文、武。』要之太公仕周，年已及耄，但或言九十，或言七十二，不知以誰言爲是耳！

太公之名稱最多，諸書所載，各有不同。孟子曰：『若太公望。』是太公名望也。《史記·齊世家》云：『呂尚者，東海上人，其先祖於虞舜時爲四岳，佐禹平水土有功，封於呂，姓姜氏，從其封姓，故曰呂尚也。』《索隱》引譙周之言曰：『姓姜名牙，炎帝之裔，伯夷（此係虞舜時之伯夷，非與太公同時之伯夷也）之後。』是又名牙也。《路史·炎帝紀》云：『呂渭，字子牙。』是又名渭也。《太平御覽·鱗介部》引符子之言曰：『太公涓，釣於隱溪。』是又名涓也。一人五名，將何適從？余以爲惟牙是其真名。尚者，乃其官名，因爾時武王尊之爲師尚父，衆口隨之，遂稱呂尚。渭，則以其所釣之處而得名。涓，則又渭字之訛。若所謂太公望，則又其別號也。《通鑑》言：『西伯出獵，遇尚於渭水之陽，時年已七十餘，與語，大悦，曰：「自吾先君太公曰，當有聖人適周，子真是耶？吾太公望之久矣。」遂號之曰太公望。』然則名稱雖多，而實惟子牙，乃其真名也。

傳言文王九十九子，最後得一雷震子，遂足百數。此説本之《毛詩》。《詩》云：『太姒嗣徽音，則百斯男。』蓋善頌善禱之辭耳。作者因之，遂有百男之説。考陶潛《群輔録》，言太姒十子：伯邑考、武王發、管叔鮮、周公旦、蔡叔度、曹叔振鐸、霍叔武、郕叔處、康叔封、聃季載。一母十男，亦云多矣。郕叔處或作毛叔聞。

文王世子伯邑考爲紂所烹，説亦有本。《史記・管蔡世家》但云伯邑考既已前卒，顧亦未言其所以卒之故也。《殷本紀正義》引《帝王世紀》云：『紂因文王，文王之長子曰伯邑考，質於殷，爲紂御。紂烹以爲羹，賜文王曰：「聖人當不食其子羹。」文王得而食之。紂曰：「誰謂西伯聖者？食其子羹，尚不知也。」』是伯邑考見烹之事，乃真有之，非小説妄言也。然載伯邑考亦有異同處，蓋《史記》謂之前卒，似已先文王、武王而死矣。乃《禮記・檀弓篇》云：『文王舍伯邑考而立武王。』《鄭注》曰：『權也。』《正義》曰：『文王在殷之世，殷禮立君，兄終弟及，今伯邑考尚在而立武王，故云權也。』據此又似文王之崩，伯邑考尚未死也。

妲己見《尚書・牧誓篇》、《史記・殷本紀》，經史明文，彰彰可考也。《晉語》云：『殷辛伐有蘇，有蘇氏以妲己女焉。』韋注曰：『有蘇，己姓之國，妲己，其女也。』《史記索隱》亦云：『姓己，名妲。』而袁子才小説，乃云妲者婦官之號，己者以十干爲次第，爲蘇氏第六女。真無稽之言矣。

《演義》以妲己爲九尾狐精，亦有所本。《古今事物考》謂：『商妲己，狐精也；或云雉精，猶未變足，以帛裹之，宫中效焉。』是後世纏足之作俑者，乃妲己也。考《竹書紀年》云：『帝辛九祀（殷禮稱年爲祀），伐有蘇，獲妲己以歸。』《通鑒》則云八祀。《初學記》引《帝王世紀》云：『紂二年納妲己。』未知究在何年入宫，未敢臆斷。

妲己之死，諸書亦有異同。《藝文類聚》及《御覽》等書引《帝王世紀》曰：『周公爲司徒，使以黄鉞斬紂頭，懸於大白之旗。召公爲司空，又使以元鉞斬妲己頭，懸於小白之旗。』是殺妲己者，召公也。《古今注》云：『武王以黄鉞斬紂，故王者以爲戒。太公以元鉞斬妲己，故婦人以爲戒。』則殺妲己者，又太公也。

《演義》謂妲己有同類姊妹三人，事亦有本。《周書·克殷篇》云：『王適二女之所，二女既縊，王又射之，矢三發，乃擊之以輕呂，斬之以元鉞。』孔晁注云：『二女，妲己及嬖妾也。』《史記》亦云：『王至二女所，二女皆經自殺。』則妲己之外，尚有一人也。《帝王世紀》云：『紂自燔於宣室而死，二嬖妾與妲己亦自殺。』則妲己之外，更有二人也。《演義》謂有姊妹三人者，蓋即本此。但以爲雉精者，則即由《古今事物考》以附會者耳。

傳中仙佛，大半有書可證。如元始天尊爲道教之祖，見《隋唐·經籍志》。廣成子爲古仙人，見《莊子·在宥篇》。赤松子見《史記·留侯世家》。赤精子見《漢書·李尋傳》。九天玄女見《史記·黄帝本紀》。《舊唐書·經籍志·兵書》有《黄帝問玄女兵法書》三卷，云玄女撰。《元史·輿服志》有東南西北天王旗，右手執戟，左手捧搭，是托塔天王亦有所本，特不知其何姓名耳。哪吒見於《夷堅志》。按《夷堅志·程法師》一條云：『法師見黑物如鐘，從林間直出，知爲石精，遂持哪吒火球咒，俄見火球從己身出，與黑塊相擊。』然則傳載哪吒於乾元山與石磯娘娘鬥法一段，亦有所本。所謂風火輪者，蓋即由火球二字化出者也。

列國志考

《列國》係雜采衆書而成，無一虚造之事，大率以《左傳》、《史記》爲底本，而又采《國語》、《國策》、《管》、《晏》諸子、《吴越春秋》等書以補之。故欲逐事考證，不勝其繁。兹特就其他書之與左史有異同者，或事出怪誕，指明來歷，以破積疑。亦讀書之一助也。

首回龍漦成孕一事，及宣王時謡『檿弧箕服』云云，均見《國語》。

杜伯爲厲見《墨子》。《墨子》云，周宣王殺杜伯不以罪；宣王田於圃，杜伯執弓矢以射宣王，宣王伏弓衣而死。事雖怪誕，然亦均有來歷，不盡誣也。左儒從死事，見劉向《説苑》。

秦文公夢見黄蛇，遂作鄜畤事，見司馬遷《秦本紀》。陳寶事亦見《秦本紀》。然考廖文英《正字通》，與陳寶同見之豕，名糟面逑，非名猬也，大約糟面二字，誤讀爲猬耳。又《三秦記》云：『陳倉山上有石鷄（即陳寶所化），與山鷄不别。趙高燒山，山鷄飛去，獨石鷄不去。晨鳴山頭，聲聞三十里。』或云玉鷄，其雄者飛至南陽，爲後漢光武中興之兆。見干寶《搜神記》。伐南山大梓事，亦見《秦本紀》。

鄭莊公寤生，按《左傳》杜注，謂寤寐而生。然天下豈有胎將墜地，而其母睡猶未覺者耶？《風俗通》謂兒生而雙眼不開者，謂之寤生。則解者當引此説爲長。

鄭子都射死考叔事，見《左傳》。惟索命事則不詳，此殆作《演義》者故增益之，爲潁氏伸冤，閲者洩憤而已。

齊襄公見大豕事見《左傳》。齊桓公見俞兒事見《管子》。隰朋掘蟻穴得水，管仲知老馬識途，均見《韓子》。

水有罔象，邱有峷，山有夔，野有方皇，澤有委蛇，語見《莊子》。《演義》謂桓公見委蛇，而皇子能言其狀，則事無可考。惟《管子》載仲既釋俞兒事，桓公立拜於馬前曰：『仲父之聖，至若此乎？』仲曰：『臣聞聖人先知無形，今有形而知之，非聖也。』《演義》或因此數語，爲增一先知無形之皇子，以見齊國人才之多耳。

秦穆公夢覲天帝事，見《秦本紀》。《西京賦》：『昔者天帝悦秦穆公而覲之。』即指此也。

息夫人事，本之《左傳》。然劉向《列女傳》云：『楚伐息，破之，虜其君，使守門，將妻其夫人而納之於宮。楚王出遊，夫人遂出見息君，謂之曰：「人生要一死而已，何至自苦！妾無須臾而忘君也，終不以身更二醮。生離於地上，豈如死歸於地下哉？」乃作詩曰：「穀則異室，死則同穴，謂予不信，有如皎日。」息君止之，夫人不聽，遂自殺，息君亦自殺，同日俱死。楚王賢其夫人守節有義，乃以諸侯之禮，合而葬之。』是息嬀實一節婦，與《演義》所載大異。或曰《左傳》失之誣，殆以此歟？今桃花夫人廟在漢口大別山。清乾隆五十八年，岳州别駕瞿蒼農重修宮寢，肖夫人像，屬其友金匱徐嵩撰碑。其詞曰：『懿歟夫人！靈淑且幽。耀采雄楚，篤生衰周。孤根毓芳，麗質守素。眉攢沙月，衣暗岩霧。獨立南國，胡然而天。蜉蝣溷濁，鸞鶴翩躚。南有喬木，不可休息。桃之夭夭，有蕡有實。夕陽一片，東風五更。長林峰亂，古洞潮生。華開小春，廟對大别。伐石鐫辭，江水勿嚙。』作碑者尚爲左氏所誤，故其中不無微辭。

管仲妾婧，能解寧戚所歌之詩，亦見《列女傳》。惟晏蛾兒事則無可考。

介之推事，《左》、《史》俱載。其死爲三月五日，見《歲時記》。又《鄴中記》云：并州俗爲介之推斷火，冷食三日；作乾粥，今之糗是也（吴語謂之攤粉）。後漢周舉遷并州刺史，以有舉火之禁，有傷民命。乃移書子推廟云：『寒食一月，老小不堪，今定三日即止。』見《後漢書·周舉傳》。魏武帝（曹操）明罰令云：『子胥沉江，未有絶水之事。令并人不得寒食，犯者家長半歲刑。』見《魏書》。寒食之風，由是遞減，至今幾絶矣。或云介推姓王，名光。見《方氏通雅》。

秦弄玉、蕭史事，見《列仙傳》。惟自云太華山主，及此曲爲華山吟第一弄，則皆點綴之詞耳。

晉屠岸賈事，《左傳》不載，而在《史記》則甚詳。《演義》宗《史記》而不宗《左傳》，蓋《左氏》與《史記》載趙朔妻事，貞淫各别。初，趙衰先娶叔隗，生盾。又娶晉文公女，生原同、屏括、樓嬰（原、屏、樓，食采邑。同、括、嬰，其名也。嬰即嬰齊）。《左氏》載嬰齊通盾子趙朔之妻（即成公之姊），同、括怒逐嬰齊，趙朔妻誣奏景公，使殺同、括，并無屠岸賈害趙氏事。是趙朔妻一淫婦也。《史記·趙世家》則不然，言趙氏爲屠氏所害，趙朔妻能撫其子武脱於患難，卒報大仇，一才德兼全之節婦也。今劇場所演之《八義圖》一劇，即由此出。八義者，刺客鉏麑、車右提彌明、翳桑餓人靈輒、門客程嬰、公孫杵臼，實僅五義耳，其三人蓋劇中增益之也。然《史記·晉世家》，則又以靈輒爲即示眯明，爲靈公之宰夫，示眯明與提彌明音相似，不知是一人是二人，姑存疑以俟博學君子。趙武復仇，即在晉景公末年，而《演義》謂在悼公時者，誤也。

齊蕭同笑客事，在《左傳》僅言郤子登，婦人笑於房，餘多不贅。《演義》所本，乃出《穀梁傳》。《穀梁傳》云：『魯季孫行父秃，齊郤克跛，衛孫良夫眇，曹公子首僂，同聘於齊。齊使秃者御秃，跛者御跛，僂者御僂，眇者御眇。蕭同叔子登臺大笑。』即今劇場所演《喜崇臺》一齣，由此出也。

劇場所演《海潮珠》一劇，即崔子弑君事，與《演義》所載大異。《演義》本之《左傳》。棠姜爲慶封用計斃之。而慶封至入吴後，始爲楚靈王所殺。今劇演崔子弑君後，復殺棠姜、慶封二人，此大誤也。且『海潮珠』三字，亦無可考。

華周、杞梁、隰侯重三人，戰死莒門。事見劉向《説苑》。

杞梁妻事，《左》、《史》俱載。《演義》謂後世孟姜女事，即由此附會而成，似也。唐釋貫休《禪月集》有杞妻一首云：『秦之無道兮四海枯，築長城兮遮北胡。築城築土一萬里，杞梁貞婦啼烏烏。』此誤杞梁爲秦時人矣。顧氏《日知録》，謂其并《左傳》、《孟子》兩書，均未讀過，便欲作紀事詩，誠可笑也。然杞梁姓杞，非姓范也。予謂孟姜女事之可附會者，不獨在杞梁一事。《漢書·匈奴傳》：『漢軍乘勝逐北，至范夫人城。』應劭注曰：『本漢將所築。此城將亡，其妻率餘衆完保之，因以爲名。』然則范郎妻疑即范夫人，乃夫死而完保其城，非夫死而一哭崩城。孟姜女事，實以杞梁之名，范夫人之姓，秦時之長城，三事牽合成之，故孟姜女之夫爲范杞梁也。然誤以傳誤，今又稱爲萬喜良矣。

周靈王太子晉，即王子喬，見《列仙傳》。傳云：『晉好吹笙作鳳凰鳴。游伊洛之間，遇道士浮邱公，接上嵩高山，三十餘年。一日，遇桓良曰：「告我家，七月七日待我於緱氏山頭。」至期往，則晉乘白鶴，舉手謝時人而去。』

衛師涓聞濮上之樂，作爲新聲。晉師曠爲平公作清徵之聲，白鶴來集；作清角之聲，疾風暴雨。事見《韓子》。

二桃殺三士事，見《晏子春秋》。《梁父吟》一詩之所從出也。後諸葛孔明之喜誦《梁父吟》者，亦云慕晏子之才耳。巧辨服楚一事，亦見《晏子春秋》。

漁父渡伍員事，見《史記本傳》及《吕氏春秋》，皆未言其死也。《吕氏春秋》云：『伍員至江上欲涉，見一丈人刺小船，方將漁，從而求焉。丈人渡之絶江，問其名族，則不肯告；解劍予之，亦不肯受。至吴後使人求之，則不能得也。』今《演義》謂其沉江而死，殆以下有浣紗女事，故亦以死附會之耳。漁父有子仕鄭，亦《演義》增飾之辭，非紀實也。溧陽女子投瀨而死，事見《吴楚春秋》。然在劉向《列女傳》則稍異。《列女傳》謂：『子胥奔吴，至溧陽瀨上，楚軍追之急。有一女子浣布，欲脱子胥，示以濟渡處。楚軍至，恐不免辱，因抱石沉水而死。』似此女爲楚軍逼死者，與《演義》異矣。

劇場有《臨潼鬥寶》一齣，謂係伍員幼年事。此不獨子史諸書不載，即《演義》亦未言及，想係演劇者增飾無疑。《演義》載伍員至昭關，幸賴東皋公、皇甫納二人得出。此二人亦無可考。

《演義》謂西施實沉於江，不隨范蠡同去，此係一偏之見。蓋此事係千古疑案，不可下定論也。按《墨子·親士篇》云：『比干之殪其抗也，孟賁之殺其勇也，西施之沉其美也。』然則西施固不得其死者。《修文御録》引《吴越春秋·逸篇》云：『吴亡後，越浮西遊於江，令隨鴟夷以終。』且爲之解説曰：『浮，沉也，反言之耳。隨鴟夷者，伍子胥之死，西施與有力焉；子胥死，吴人盛以鴟夷（大魚之皮），投之於江，今沉西施，所以報子胥也。故云令隨鴟夷以終。』然『鴟夷』有二説。范蠡去越，亦號鴟夷子。杜牧之詩曰：『西子下姑蘇，一舸逐鴟夷。』蓋指范蠡之鴟夷，非謂子胥之鴟夷也。《越絶書》言吴滅後，西施仍歸范蠡，乘扁舟，出三江，入五湖，人莫知其所適。杜牧之詩，即本乎此。西施之若生若死，各有一説，未知孰是。

范蠡入齊爲陶朱公事，本之《史記》。然諸書亦有不同。《吕氏春秋·悔過篇》云：『箕子窮於商，范蠡流於江。』《離謂篇》云：『范蠡、子胥以此流。』是范蠡之死，與子胥相同。賈子《新書·耳痹篇》云：『范蠡負石而蹈五湖。大夫種繫領謝室。渠如處車裂回泉。自此以後，勾踐不樂，憂悲薦至，内崩而死。』可知越之君臣，皆不令終。由是觀之，或者吴亡之後，西子仍歸范蠡，乃范蠡負石蹈湖，越人亦沉西施於江，使從范蠡，若殉葬然。故《吴越春秋·逸篇》云：『令隨鴟夷以終。』此鴟夷仍指范蠡，若指子胥，當云浮西施於江，以謝鴟夷，豈得云從鴟夷以終乎？但由此説言之，則《史記》所載之陶朱公，當又别有其人，非范蠡改名者矣。要之二説不妨并存。今《演義》雖宗沉江之説，而昆劇《採蓮記》，則宗五湖一舸之説也。或云西施姓施，名夷光。鄭旦亦見《吴越春秋》。

《演義》載吳越兩國鑄劍事，其説甚神，均有所本。《吳越春秋》曰：『越王允常聘歐冶子鑄劍五枚，一純鈎，二湛盧，三豪曹（或作盤郢），四魚腸，五巨闕。秦客薛燭善相劍，王以豪曹、巨闕、魚腸示燭，燭曰：「非寶劍也。」以示純鈎，燭矍然曰：「恍乎如屈陽之華，沉沉如芙蓉始生於湖；觀其文如列星之行，觀其光如水之溢塘，觀其色如冰將釋而見日之光。臣聞初造此劍，赤堇之山，破而出錫；若耶之溪，涸而出銅；雨師灑道，雷公發鼓，蛟龍捧爐，天帝裝炭，太乙下觀。於是歐冶子因天地之精，造爲此劍。」示之湛盧，燭曰：「善哉！含金鐵之英，吐銀錫之精，可以折衝伐敵，人君有逆謀，則去之他國。」允常以魚腸、湛盧、豪曹獻吳王僚。後吳王闔閭爲一女殺生送死，湛盧惡其無道，去之楚。昭王寐而得之，召風胡子問之：「此劍值幾何？」風胡子曰：「此歐冶子所鑄湛盧也，雖傾城量金，珠玉滿湖，不借一觀，况可論價乎？」』

干將鑄劍，採五山之鐵精，合六合之金英。其妻莫邪，翦髮斷爪，躍入爐中，冶成二劍。亦見《吳越春秋》。後至晉初張華，見斗牛間有紫氣，補雷焕爲豐城令，掘獄基下得二劍，一題龍泉，一題太阿。華曰：『詳觀劍文，乃干將、莫邪也。』遂與焕各佩其一。後張華爲賈充所殺，干將飛入襄城水中。及焕死，其子佩莫邪，渡延平津，劍忽躍入水中，使人求之，見兩龍相隨而逝。事見《豫章記》。然則龍泉、太阿，即干將、莫邪，非二物也。闔閭作鈎，有工殺其二子吳鴻、扈稽，以血釁金，成鈎以獻；呼其名，能飛貼父胸。其事亦見《吳越春秋》。

越勾踐召南林處女，問以手戰之道。處女應召，道逢老人袁公，請觀試劍。因杖篠簇竹，竹枝上頡橋未墮地，女即接其末。袁公飛上樹，變爲白猿。其事亦見《吳越春秋》。

甘羅早達事，見《戰國策》。位至上卿，非丞相也。今俗語云：『甘羅十二爲丞相，太公八十遇文王。』此二語均未足憑，蓋一在職位之誤，一在年齒之誤。

春秋戰國，一諸子百家雜出之時代也。管子、商鞅，法家也。晏子，墨家也。孫武子、孫臏、吳起，兵家也。張儀、蘇秦，縱横家也。各成一家，以鳴於世。惟鬼谷子王詡則兼數家之學，然隱而不仕，戰國時之游其門者，各得其一學以去，其才蓋不可限量也。袁淑《真隱傳》云：『鬼谷先生隱居韜智，居鬼谷，因以爲稱。蘇秦、張儀師之，遂立功名。先生遺書責之曰：「若二君者，豈不見河邊之樹乎？僕御折其枝，波浪蕩其根，上無徑寸之陰，身被數千之痕。此木豈與天地有仇怨哉？蓋所居然也。子不見嵩、岱之松柏，華、霍之檀桐乎？上枝幹於青雲，下根通於三泉，千秋萬歲，不受斧斤之患。此豈與天地有骨肉哉？蓋所居然也。」』此蓋以功成身退勖儀、秦，惜儀、秦不知，有負師教多矣。

孔子，儒家也，然其時少正卯亦習儒家；孔子設教洙泗，少正卯亦號召生徒，講學於魯，一時向學之士，未知孔與少正二氏之孰賢也，故有時從孔氏，有時從少正氏。孔氏之門，三盈三虛，篤信孔氏數年，而未嘗一去者，惟顏淵一人而已。孔子惡少正之以僞亂真也，故借兩觀之罪以誅之。事見《孔子家語》。《演義》所採孔子事，均本諸《家語》也。

蝴蝶夢劇本考

俗傳莊子使蝴蝶幻化二童，誘妻再嫁，是亦有本。考戰國時莊子名周，楚國蒙縣人，嘗爲漆園吏，棄之而隱，楚王使二大夫徵之不出。嘗自言夢中化爲蝴蝶，栩栩然蝶也，俄而覺，則蘧蘧然周也，不知周化爲蝶歟？抑蝶化爲周歟？又其妻死，惠子往吊之，莊子方箕踞鼓盆而歌。惠子曰：『不哭亦足矣，歌不亦甚乎？』莊子曰：『人且偃然寢乎室，而我噭噭然隨而哭之，自以爲不通乎命，故止也。』事見《莊子》。此蓋莊子曠達之見，視死如生，非其妻有中冓之醜，故不哭也。莊子著《南華》、《秋水》兩篇，文字淡遠，有出塵遺世之想，後人因以莊子爲仙，又附會以化蝶誘妻之事，亦好事者爲之耳。莊子又著《髑髏》一篇，略謂：莊子至楚，見空髑髏，擊以馬棰而問曰：『夫子貪生失理而爲此乎？將有凍餒之患而爲此乎？』語畢，枕髑髏而卧。髑髏見夢曰：『夫死，無君於上，無臣於下，亦無四時之事，與天地爲春秋，雖南面帝王樂，不能過也。』劇本因之，遂又有《嘆骷》一出。

西漢演義考

許負相魏豹，事誠有之。潛確《類書》云：許負至魏，謂魏王豹曰：『貴在後宮。』王出其妻薄氏，令負相之。曰：『此天子妻也。』豹遂反。韓信擊之，擒豹，以薄氏獻高祖，生文帝。漢初許負，固神相也。其後又相鄧通，謂當餓死。時通方貴幸，文帝賜以銅山，使自鑄錢，曰：『如此，豈猶致窮而餓死耶？』後文帝崩，景帝即位，鄧通得罪下獄，竟不食餓死。周勃子亞夫爲河内守時，負亦相之，曰：『君後三歲爲侯，侯八年爲將相，再後九年而餓死。』亞夫笑曰：『既如子言。安得餓死？』負指其口曰：『縱理入口，此餓死法也。』（按：亞夫之口，其相與鄧同。）後亞夫封條侯，定七國之亂，功震朝廷。景帝忌之，曰：『此鞅鞅，非少主臣也。』一日，賜亞夫食而不置箸，亞夫顧謂尚席者取箸，景帝笑曰：『此非不足君所乎？』亞夫免冠謝，知將得禍，遂不食而死。二事均見《漢書》。然許負女也，非男也。《漢書》應劭注曰：許負，河内老媪也，高祖封爲鳴雌侯。《魏春秋》謂：許負，河内温縣人，以女封侯，世所僅見。《演義》以封侯之故，遂誤爲男，實大謬也。

黄石公、赤松子，均見《神仙傳》。黄石公者，修彭祖之術，年數百歲，猶有少容，亦學地仙，不求昇雲。張良所遇，殆其人耶？然讀蘇軾《留侯論》，謂張良所遇者，實當時隱士所詭托，良非真遇其人，此説頗有見地。至穀城山下之黄石，特張良功成名就，故設此言以愚庸衆，果誰見老人之化爲石耶？赤松子，神農時雨師也，服水玉散，能入水不濡，入火不燒，至昆侖山西王母石室中，隨風雨上下，炎帝少女追之，亦得仙俱去。又《神仙傳》載：晋時黄初平亦號赤松子。然黄在張良之後，良所欲從者，必神農時之赤松子也。然子房僅能辟穀，非真能成仙者。《張拱傳》云，有道士語人曰：『神仙辟穀爲下，然却粒則無滓濁，無滓濁則不漏，由此亦可入道。』今《演義》中言子房諸人，以丹藥療饑，固甚迂矣。

《演義》載四皓事，均著姓名，亦有所本。《漢書》載園公、綺里季、夏黄公、甪里先生，著其别號而已。陶潛《群輔録》則云：園公，姓唐名秉，字宣明，陳留襄邑人。自注見《陳留志》。夏黄公，姓崔名廓，字少通，齊人。自注見《崔氏譜》。餘亦僅載别號。今《演義》又云：甪里先生，姓周名術，字元道，諒亦有本，然無可考矣。綺里季乃其别號，非姓名也。

《演義》載陳平獻美人計，以脱白登之圍，與《漢史》大異。史載陳平繪美人圖，使人獻於閼氏（讀作臙脂，漢言皇后），謂漢皇以單于冒頓（音墨特）不肯解圍，近覓得美人數輩，將獻於單於以求解。閼氏恐美人之將奪其寵也，乃説冒頓，解釋漢王，得出白登之圍。今《演義》云，以木偶刻成美人，以賺冒頓，恐冒頓無若是之愚也。

爛柯山劇本考

《爛柯山》一劇，係漢會稽太守朱買臣事。考《漢書·朱買臣傳》，買臣字翁子，會稽人也，家貧好讀書，不事産業，常艾薪樵，賣以給食，擔薪而行，讀書不止。其妻亦樵擔相隨，數止買臣，買臣讀愈疾，妻羞之，求去。買臣笑曰：『我年五十當富貴，今已四十餘矣，汝苦已久，待我富貴，當報汝之功。』妻恚怒曰：『如公等終餓死溝中耳，何能富貴？』買臣不能留，乃聽其去。後買臣負薪墓間，故妻與夫家上冢，見買臣饑寒，呼與之飯。後數年，買臣爲上計吏，御車至長安，詣闕上書，不報，糧用乏絶，流爲乞匄，遇同邑人嚴助。時適貴幸，因薦其才，召見，言《春秋》，説《楚辭》，帝甚説，爲中大夫，與嚴助俱侍中。時東越數反，買臣言發兵浮海，直指泉山，以舟兵席捲南行，可破滅。上喜，拜爲會稽太守。謂之曰：『富貴不歸故鄉，如衣錦夜行。今子何如？』買臣頓首辭謝，乘傳至會稽。前太守發民除道，買臣見其故妻與夫治道，駐車，呼令後車載之，到太守舍，使居園中，給食之。居一月，妻自經死。買臣與其夫錢，令葬之。後買臣因與御史大夫張湯有怨，告湯陰事，湯自殺。帝悔之，亦誅買臣。史言如是。今劇本以買臣妻爲玉天仙，後夫爲張石匠，此增飾之辭也。

宵光劍劇本考

《宵光劍》一劇，演衛青事。衛青字仲卿，其父鄭季，河東平陽人，事平陽侯曹壽。壽尚漢武帝姊陽信長公主，季與公主侍女衛氏通，生青，冒姓衛氏。少時歸其父蓄之，父使牧羊，家族以其私生子，均奴視之。嘗從人至甘泉，有一鉗徒相青曰：『貴人也，官至封侯。』青笑曰：『人奴之生，得無笞駡即足矣，安望封侯事乎？』此劇中《相面》一齣之所從出也。其母衛氏，先生一子三女，其小女名子夫，事平陽公主爲謳者。武帝飲平陽公主家，悦子夫，起更衣，子夫侍側，遂幸焉。還坐甚喜，賜公主金千斤，迎子夫入宫。公主拊其背曰：『行矣勉之！即貴，毋相忘。』時皇后陳氏，陳平孫午之女也。午尚武帝姑大長公主，生女阿嬌。帝幼時與阿嬌善，大長公主謂帝曰：『以阿嬌妻汝，汝欲之乎？』帝曰：『若得阿嬌，當以金屋貯之。』後立爲后，無子。及子夫入宮，有身。大長公主妬之，乃遷怒於青。時青從平陽公主爲家騎，捕得，將殺之，其友騎郎公孫敖與壯士往奪得免。此劇中《鬧宴》、《鬧救》諸齣之所從出也。考《漢書·武帝紀》、《公主列傳》、《衛青傳》，則所載如是。今劇中鬧救者謂金日磾，則誤矣。

後衛青爲大將軍，適平陽侯曹壽卒，帝即命青尚平陽公主，此係後事，與劇本無涉，姑附及之。

《金日磾（音密觚）傳》：日磾，字翁叔，匈奴休屠王太子。昆邪王殺休屠王而降漢，日磾與其母閼氏没入官，輸黄門養馬。武帝見其人長八尺二寸，容貌甚嚴，馬又肥好，奇之，拜爲馬監，遷侍中，駙馬都尉，光禄大夫。出則驂乘，入侍左右。莽何羅反，日磾適卧疾，心忽動，急趨入宮，見何羅袖白刃，從東厢上，捽而投之殿下，得擒獲治罪。以功封秺（了胡反）侯。及上病，與霍光同受顧命。由是觀之，日磾事與衛青無涉，蓋雖同事武帝，而一前一後，不相值也。

雙鳳奇緣考（漢宮秋傳奇附）

《漢宮秋》傳奇，係元人馬致遠所作，惜其書久已失傳。（按：《漢宮秋》在《元曲選》中，列於首篇，并未佚失。作者屢提《元人百種曲》，當即指《元曲選》，不知如何竟謂《漢宮秋》久已失傳。）今所見者，惟《雙鳳奇緣》耳。《雙鳳奇緣》，詞甚鄙俚，且以昭君爲與李陵、李廣、蘇武同時，其間相去幾近百年，無端牽合，不值識者一笑。然其用意，即本之《漢宮秋》曲。《漢宮秋》謂明妃和親，行至黑龍江，投江而死。今《演義》亦謂其投江而死，良由惜其淪落，故創此説，爲美人洗刷耳。考之他書，則昭君固失節婦也。

《前漢書·匈奴傳》：竟寧元年，呼韓邪單于復入朝，自言願婿漢氏以自親，元帝以後宮良家子王嬙字昭君，賜單于（漢譯君也），號寧胡閼氏，生一男，名伊屠智牙師，爲右日逐王。呼韓邪死，立雕陶莫皋爲復株累若提單于，復妻王昭君，生二女，長女云（云者，其名也），爲須卜居次（居次漢譯爲公主），小女爲當於居次。新都侯王莽秉政，乃風（音諷）單于，令遣王昭君女須卜居次云入侍。《後漢書·匈奴傳》：『昭君，字嬙，南郡人也。初，元帝時以良家選入掖庭。時呼韓邪來朝，帝敕以宮女五人賜之。昭君入宮，數歲不得見御，積悲怨，乃請掖庭令願行。呼韓邪臨辭大會，帝召五女以示之，昭君豐容靚飾，光明漢宮，顧影裴回，竦動左右。帝見大驚，意欲留之，而難於失言，遂與匈奴。生二子（與《前漢書》異）。及呼韓邪死，其前閼氏子代立，欲妻之。昭君上書求歸，成帝敕令從胡俗（匈奴俗，前單于死，後單于得妻其庶母），遂復爲後單于閼氏。』《前》、《後漢書》所言如此，是以一女而妻二夫者也。

至《西京雜記》，則有誅畫工之説。《西京雜記》云：『元帝後宮既衆，乃使畫工圖形，按圖召幸之。諸宮人皆賄畫工，獨王嬙自恃其貌不與，工乃惡之。後匈奴求美人爲閼氏，上按圖以昭君行，及召見，貌爲後宮第一，帝悔之。時方重信外國，不復更。既去，上書於帝，帝乃窮按其事，誅畫工毛延壽、陳敞、劉白、龔寬、陽望、樊育等。』

至馬上琵琶，實非昭君事。《文選》有石崇《明王君詞》一首，其序曰：『昔漢公主嫁烏孫，令琵琶馬上作樂，以自慰其道路之思。其送明君，亦必爾也。』然則琵琶作樂，乃因烏孫公主而推之昭君，想當然耳。而至今流布丹青，傳之樂府，杜少陵遂有「千載琵琶」之句矣。』

附録：王昭君上漢元帝書

妾嬙拜别紫氣，將染邊塵。凡諸都會班聯之士，關塞甲胄之戍，無不上譽聖明，以爲輕色而重好也。大漢天子，播德四暨。緊茲單于，畏威來朝，請臣請婿，是用稽首。陛下命擇美人，爰册閼氏，妾不揣薄命，振衣請行，荷沐聖願，千萬眷注。然中華之所以貴於外邦者，以其有信耳，陛下豈以一女子失信於呼韓邪哉？承命以來，馳車而至漢關矣。陛下亦鑒而憐之，豪而壯之耶？今朝廷妖氛日靖，邊陲日寧，上有明鑒之君，下有和衷之臣，而妾以一婦人遠嫁要荒，自當朝夕納誨賢王，戒戢部臣，敬供厥守，以無貽帝命羞。鼎鼎芳心，不敢委諸草莽。自古和邊興利，歷歷可數。而我高祖皇帝用婁敬策，嬪長公主爲閼氏。陛下今日，令妾武故事，妾敢不竭忠盡誠，恢封疆之鴻圖，紓朝廷之隱憂乎？妾生於秭歸，父母兄弟，臣於王朝。妾雖閨處，因帝恩之遺聲悦也，不自鄙薄，浸驕顔色，得入掖庭，邇年以來，癡衷未詠昭陽之扇，䜊情不買《長門》之賦。陛下命畫工遴筆宫人，妾自以爲鳳得梧枝，魚游碧府，得少伸忱。而畫工遽張貪喙，兼以丹青吝筆，錯點梅花，使楊柳泣於雪岸，芙蓉瘠於霜條，玉貌冰心，兩相怨恨。時或琵琶訴情，僅能訴人肝腸。一旦天命遥臨，妾乃酸腰而起，此正妾見奇之日也。蛾眉應妬於形影，豐采應憐於御輦。今萬里行事，主持中外大局，又非宫中争妍效嬌之態矣！闕門一字，時達天聽。君王已矣！家鄉邈矣！父母生妾不辰，費青春於寂殿，委香軀於穹廬，毋亦妾之先臣，荷重國恩，幽明難報，故生妾以奉朝堂，異日史策垂名，固亦妾遇之不幸而猶幸也。近聞陛下命搜京師畫工，下之金吾。此輩小人耳，即萬千死罪，惜何足唇。然陛下爲天下社稷主，賜一女於外國，固以賤魂屏棲於風霜，亦妾所甘心爲國家辦事，而何有於畫工哉？恐天下聞之，必以陛下爲戀妾之色。即呼韓邪知之，亦不自安。願陛下憐妾之言，赦畫工之罪，則妾雖死之日，猶生之年也。妾今别矣！妾至漢關，效月支公主婚烏桓事，一拍胡笳，一曲琵琶，音薦蒼雲，腔存丹靄，上謝君王之德，下泣父母之恩，千秋萬歲，傳我陛下有女臣嬙，持節邊庭，則妾之勳名，庶幾侔霍嫖姚，媲傅介子，不猶痛快於帷幄燕私，金屋貯嬌者哉？故日登燕支山，令諸婦人盡削玉顔，淡掃眉黛，奉效至尊，應不笑王嬙有此丈夫妙用也。闕門漢月，以雄妾夢，生離死别，玉門無期。罔知所陳。

又：報元帝書

臣妾幸得備身禁鑾，謂身依日月，死有餘芳。而失意丹青，遠竄異域。誠得捐軀報主，何敢自憐？獨惜國家黜陟，移於賤工，南望漢關，徒增愴結耳！有父有弟，惟陛下幸少憐之。

此二書得自《名媛尺牘》，據此，則昭君馬上琵琶，亦係實事。但文情悱惻，有似六朝文字，真贋莫辨。姑録之以俟博雅君子。

《演義》所載衛律、蘇武、李廣、李陵、毛延壽，信有其人。但衛律漢景帝時人，蘇、李武帝時人。毛延壽元帝時人。蘇、李死，前元帝數十年；衛律死，前元帝百年。延壽，畫工也，今以爲丞相，謬已。且謂衛律乃其弟子，謬之又謬。

蘇武娶胡女爲妻，事誠有之。今謂其娶猩猩，大謬。匈奴以女妻李陵而降之，事誠有之。今謂李陵盡忠，胡女盡節，大謬。

《演義》謂元帝卒取昭君妹王氏爲后。考史，元帝之后，確係王氏，稽其代族，殆是一家。古者娣姪相從，事所當有，然必謂之姊妹者，非也。

或謂《琴操》謂昭君吞藥而死，故後世小説，無不言其殉節。然《漢》、《史》具在，不得爲《琴操》一言所惑也。

東漢演義考

《演義》載二十八將姓名，不免有誤。杜貌應作杜茂，堅譚應作堅鐔，姚期應作銚期。《演義》載王莽所用之巨無霸，其名氏雖著於史，實未真見其人。考《漢書·王莽傳》：『韓博上言：有奇士長一丈，大十圍，來至臣府，謂欲奮擊胡虜，自稱巨無霸，出於蓬萊東南，五城西北，昭如海濱。軺車不能載，三馬不能勝，即日以大車四馬，建虎旗，載霸詣闕。霸卧則枕鼓，用鐵箸食，此皇天所以輔新室也。願陛下作大甲高車，遣大將一人，虎賁百人，迎之於道。京師門户有不容者，高大之。以視百蠻，鎮安天下。』博意欲以風（讀去聲）莽。莽聞之，命留此人於新豐，更其名曰巨母氏，謂因文母太后而霸王符也。以博非所宜言，詔徵下獄，誅之。是巨無霸者，亦僅屬韓博之空言，非真有其人也。今《演義》謂昆陽一戰，霸實與焉，且有異術，真無稽之談也。至王朗處之桓欽法，亦有異術，此不獨無其事，并其人之姓氏，亦未聞之矣。

自來善處宫闈者，首推漢光武帝。光武未得志時，常自云：『仕宦當至執金吾，娶妻當娶陰麗華。』麗華，當世美人。及光武即位，陰尚未嫁，乃迎入宫。皇后郭氏揣合帝意，上表引疾，辭中宫位；帝喜，以表遍示群臣，立麗華爲后。以麗華所生之子爲太子，是爲明帝。然待陰、郭兩后及兩家，則如一轍，無輕重也。范曄《後漢書》，歷歷可考。《演義》言郭氏怨恨，帝怒廢斥，蓋係傳聞之誤。劇場因之，有妃奪后位，致光武有《醉斬銚期》之劇。夫光武之待功臣，所謂推赤心置人腹中，與高祖大異，二十八將，從未加罪一人，安有此事？

《演義》趙壹、梁鴻事，均見《後漢書本傳》。班昭《七誡》，亦本正史。

王忳事雖怪異，亦見《後漢書本傳》。要之此書僅鈔襲《漢》、《史》，而又以怪誕之事增飾之，故讀之甚無趣味。

雙冠誥院本考

院本演馮麟如連去兩婦，一子馮雄，全仗婢妾碧蓮冰霜苦節，教養成人。此即東漢肅宗時馮衍、馮豹事也。按《後漢書本傳》：衍字敬通，京兆杜陵人。《東觀記》謂衍爲馮奉世曾孫，本籍上黨潞縣，故院本猶指爲大同人。仕至司隸從事，以交結新陽侯陰就得罪，衍自詣獄，詔赦不問，西歸故郡，遂廢於家。初娶北地女任氏爲妻，生子豹，悍忌不得蓄媵妾，兒女常自操井臼。衍出之，娶後妻。

附録：馮衍與婦弟任武達書　見本章懷太子注

天地之性，人有喜怒。夫婦之道，義有離合。先聖之禮，士有妻妾。雖宗之眇微，尚欲逾制。年衰歲暮，恨入黄泉，遭遇嫉妬，家道崩壞，五子之母，足尚在門。五年以來，日甚歲劇，以白爲黑，以非爲是，造作端末，妄生首尾，無罪無辜，讒口嗷嗷。亂非降天，生自婦人。青蠅之心，不重破國；嫉妬之情，不憚喪身。牝鷄之晨，維家之索，古之大患，今始於衍。醉飽過差，輒爲桀紂，房中調戲，布散海外。張目抵掌，以有爲無，痛徹蒼天，毒流五臟。愁令人不賴生，忿令人不顧禍。入門着床，繼嗣不育。紡績織紝，子無女工，家貧無童賤，故舊見之，莫不凄愴，曾無憫惜之恩。惟一婢武達所見，頭無釵澤，面無脂粉，形骸不蔽，手足抱土。不原其窮，不揆其情，跳梁大叫，呼若入冥。販糖之妾，不忍其態，計婦當去久矣。念兒曹小，家無他使，哀憐姜豹（傳云兒女自操井臼，此云哀憐姜豹，蓋任氏生男女各一，女名姜，男名豹也），常爲奴婢，惻惻焦心，事事腐腸，訩訩藉藉，不可聽聞。暴虐此婢，不死如髮，半年之間，膿血横流。婢病之後，姜竟春炊，豹又觸冒泥塗，心爲愴然。縑縠放散，冬衣不補，端坐化亂，一縷不負。既無婦道，又無母儀。忿見侵犯，恨見狼藉。依倚鄭令，如居天上，持質相劫，詞語百車。劍戟在門，何暇有讓，百弩環舍，無可强復。舉宗達人解説，詞如循環，口如布穀，懸幡竟天，擊鼓動地，心不爲惡，身不爲摇，宜詳居錯，且自爲計。無以上書，告訴相恐。狗吠不驚，自信其情。不去此婦，則家不寧；不去此婦，則家不清；不去此婦，則福不生；不去此婦，則事不成。自恨以華盛時不早自定，至於垂白家貧身賤之日，養癰長疽，自生禍殃。衍以室家紛然之故，捐棄衣冠，側身山野，絶交游之路，杜仕宦之門，闔門不出，心專耕耘，以求衣食，何敢有功名之路哉！

衍子豹，字仲文，時年十二。母爲父所出，事後母至孝。後母惡之，嘗因夜寐，欲行毒害，豹逃走得免，敬事愈謹，而母疾之益深，衍復出之。

附録：馮衍與宣孟書

居室之義，人之大倫。思厚歡和之節，樂定金石之固。（中略）自傷前遭不良，比有去兩婦之名，事誠不得不然，豈中心之所好哉？

豹長好儒學，以《詩》、《春秋》教麗山下，鄉里爲之語曰：『道德彬彬馮仲文。』舉孝廉，拜尚書郎，忠勤不懈。每奏事未報，常俯伏省閣，或從昏至明。肅宗聞而嘉之，使黄門持被覆豹，敕令勿驚。由是數加賞賜，仕至尚書。卒於官。

院本來歷，即據乎此。惟改馮衍爲馮麟如，馮豹爲馮雄。其所謂三娘碧蓮者，即指前書中頭無釵澤、面無脂粉之粗婢也。本傳於二妻見出之後，不聞以此婢爲第三妻，三娘云云，特院本粉飾者耳。今京劇又改馮姓爲薛，去《漢書本傳》遠矣。

漁家樂傳奇考

傳奇謂馬融附梁冀，及清河王即帝位，梁冀已爲一女子所殺，融賴其女以免。此蓋以梁冀專横，桓帝庸暗，馬融卑鄙，故後世爲清河王鳴不平。殆如《長笛賦》所云『屈平適異國，介推還受禄』，特反言之耳，非事實也。

《後漢書·馬融傳》：融，桓帝時爲南郡太守，嘗有事忤大將軍梁冀旨，冀諷有司奏融在郡貪濁，免官，髡徙北方。自刺不死，得赦還，復拜議郎，重在東觀著述，由是不敢違忤勢家。梁冀欲殺李固，融爲草奏，又作《大將軍西第頌》，此二事得罪名教，遂爲時論所羞，至今蒙垢。

梁冀於順帝時已拜大將軍。順帝崩，冲帝尚在襁褓，太后臨朝，詔冀與太傅趙峻、太尉李固參録尚書事。冲帝又崩，冀立質帝。帝少而聰慧，嘗朝群臣，目冀曰：『此跋扈將軍也。』冀遂令左右置酖煮餅中，進之，帝即日崩，復立桓帝。桓帝延熹二年，使光禄勛袁盱持節，收冀大將軍印綬，徙封冀景鄉侯，冀及妻孫壽即日皆自殺。時桓帝立十三年矣。事見《梁冀本傳》。

清河王蒜者，清河恭王延平之子。據本傳，冲帝崩，徵蒜詣京師，將議爲嗣。會大將軍梁冀與梁太后立質帝，罷歸國。蒜爲人嚴重，動止有度，朝臣太尉李固等，莫不歸心焉。初中常侍曹騰（魏武帝曹操之祖）謁蒜，蒜不爲禮。及質帝崩，公卿復議立蒜，而曹騰説梁冀勿立，遂立桓帝。蒜仍不得立，且由此得罪焉。建和六年，甘陵人劉文通與南郡妖賊劉鮪交通，訛言清河王當統天下，欲共立之，遂起義，劫清河王相謝暠，至王宫門，言當立王爲天子，暠爲公。暠不聽，駡之，文因刺殺暠。朝廷捕文鮪誅之。有司因劾奏蒜，坐貶爵爲尉氏侯，徙桂陽，蒜自殺。是清河王蒜在當日實有賢名，冲、質兩帝之崩，皆議立之，乃一時人望所歸；爲梁賊所阻，不得嗣統，并不得善終，亦可悲已！

馬融女見《後漢書·列女傳》。《傳》曰：汝南袁隗妻者，扶風馬融之女也，字倫，少有才辯。融家世豐豪，裝遣甚盛。及初成禮，隗問之曰：『婦奉箕帚而已，何乃過於珍麗乎？』對曰：『慈親垂愛，不敢逆命，君若欲慕鮑宣、梁鴻之高者，妾亦請從少君（鮑宣妻）、孟光（梁鴻妻）之事矣。』是融女能知大義，安有羞父之事？又倫妹芝，亦有才義，少喪父母，乃因追感而作《申情賦》。是融不止一女，然未聞其嫁簡人同也。

觀此與傳奇事實，百無一合。作者但欲爲清河王鳴不平，故造作子虛烏有之辭，以誣蔑梁氏、馬氏而已。

琵琶記傳奇考

《琵琶記》一書，元末永嘉高則誠撰。按黄溥《閒中今古録》：高明，字則誠，登至正四年進士，歷任慶元路推官，文行之名重於時。見方國珍來據慶元，避世於鄞之櫟社，以詞曲自娱。明初遣使徵辟，辭以心恙不就。使復命，上曰：『朕欲用之，原來無福。』既卒，有以其所作《琵琶記》進者。上覽畢曰：『五經四書如五穀，家家不可缺。高明《琵琶記》如珍羞百味，富貴家其可缺耶？』其見推許如此。蓋此曲貼體人情，描寫物態，皆有生氣，且有裨於風教，宜爲諸南曲冠。原本至《廊會》、《書館》而止，其《賞月》、《掃松》諸闋，爲元教諭宋某所補。

是書爲王四而作，記以琵琶名，以其中有四『王』字也。托名蔡邕者，以王四少賤，嘗爲人種菜也。按唐李肇《國史補》，載江西有驛官某，素以精幹自命，嘗委修理驛館，功竣，請刺史莅視，其酒庫畫神曰杜康，其茶庫畫神曰陸羽，其葅庫畫神曰蔡邕。則蔡、菜同音，沿訛已久，元曲以菜傭爲蔡邕，非無自矣。

相傳高則誠友王某，行四，家貧。後入都事丞相不花氏，不花愛之，引爲贅婿。王固有妻，遂棄不顧。高嘗周恤之。書中所謂張太公者，蓋高自命也。後太祖踐祚，萬幾之暇，旁及野史，廉得其情，命天下捕王四，而其人尚在，因置於法。

蔡邕非農家子。《後漢書本傳》：邕父棱，有清白行，謚曰貞定公。邕祖蔡攜《墓碑》云：攜子叔業，順帝時以司空高第，遷新蔡長，年七十九卒。長子棱，字伯直，處俗孤黨，不協於時，年五十三卒。則中郎家世，犂然可考，不似傳奇所云爲農家子也。

陸放翁詩云：身後是非誰管得，沿街聽唱蔡中郎（或作劉後村詩）。然則中郎事之流傳失真，不自元曲始矣。長洲褚人穫《堅瓠集》引《唐人小說》云：唐有蔡節度者，微時與牛相國僧孺之子繁同學，又同舉進士。繁以蔡生爲才，欲以女弟字蔡。時蔡已有妻趙氏矣，力辭不得。既而牛能將順於趙，趙亦無妨於牛，東嘉感其事而作此書。果有此事，則與《琵琶記》適合。又考《玉泉子》（此書無撰人名氏）云：鄧敞以孤寒不中第，牛僧孺之子謂敞曰：『吾有女弟未出門，子能婚乎？當爲君展力。』時敞已娶李氏，私利其言，許之，果登第，就牛氏親；不日挈牛氏歸。牛氏知其買己也，請見李氏曰『吾父爲丞相，兄弟皆在郎省，何患無嫁處耶？其不幸豈惟夫人，今願一切與夫人同之』云云。此事與牛相府事頗符，然夫非蔡姓，其妻亦非趙姓也。未知《堅瓠集》所引，即此事否？或云《琵琶記》乃指宋蔡卞事。蔡卞棄妻而娶王荆公之女，故人作此以譏之，其曰牛相者，謂介甫之性如牛也。此亦一說。要之蔡邕一劇，本起於宋，未嘗無因，至元末東嘉又潤色之，以刺王四耳。

三國演義考

《三國演義》一書，明郎仁寶《七修類稿》謂係杭人羅本貫中所編，經清查聲山先生重加潤色，而此書遂爲説部中第一。所紀事實，均有來歷，苟欲事事考之，則不勝其繁，故特就其誤者校正之，缺者補全之，惑者解釋之，如是焉而已。

劉、關、張桃園結義，人固知其劉備爲兄，關、張爲弟也。殊不知論其年齒，關羽實長劉備一歲，張飛則少劉備四歲。其認劉備爲兄者，蓋備於此時，身無尺土，關、張雖得其主，未能定君臣之分，故且認之爲兄，其意實已君之也。見柯汝霖《關公年譜》。劉岱同時有二，皆字公山。兖州刺史劉岱，係劉繇之兄。黄巾破兖州，岱死之。曹操破黄巾而取兖州，是曹操之得兖州，非取子岱之手也。後關、張擒王、劉二將，此又一劉岱，非即兖州刺史也。見宋無名氏所著《三國志辨誤》。

今《演義》載劉備語『劉岱昔爲兖州刺史，也是一鎮諸侯，不可輕敵』云云，蓋作者誤二人爲一人，故增飾此語也。

貂蟬事千古艷稱，然諸書無載其名者。惟《後漢書·吕布傳》云：『卓以布爲騎都尉，誓爲父子，甚愛信之，嘗小失意，卓拔手戟擲之，布拳捷得免。布由是陰怨於卓。卓又使布守中閣，而私與傅婢情通，益不自安。』然則俗傳鳳儀擲戟事，固出有因，而所謂貂蟬者，即因傅婢事而附會成之也。《後漢書·董卓傳》："卓朝服升車，既而馬驚墮泥，還入更衣，其少妻止之，卓不從。"此少妻當别有一人，非即吕布所通之傳婢也。要之卓、布之隙，由於婦人，王允因而問之，非有所謂貂蟬者與其事也。

至吕布妻不詳何人。《三國志傳注》引《英雄記》云："布見備甚敬之，請備於帳中坐婦床上，令婦向拜，酌酒飲食。"又云："建安元年六月夜半時，布將河内郝萌反，將兵入布所治下邳府，詣廳事閤外，同聲大呼。布不知反者爲誰，直牽婦，科頭袒衣，相將從溷上排壁出，詣都督高順營。"又曰："布欲令陳宫、高順守城，自將騎斷太祖糧道。布妻謂曰：'宫、順素不和，將軍一出，宫、順必不同心共守城也，如有蹉跌，將軍當於何自立乎？妾昔在長安，已爲將軍所棄，賴得龐舒私藏妾身耳，今不須顧妾也。'布得妻言，愁悶不能自決。"是布固惟婦言是用，然不知妻爲誰氏也。今《演義》謂係嚴姓，恐亦訛傳。

俗傳關公善用刀，至今有關刀之名。考之正史，張翼德之用矛，則信有之。《本傳》云："先主奔江南，曹公追之，一日一夜，及於當陽之長阪。飛據水斷橋，瞋目横矛曰：'身是張翼德也，可來共決死。'"此張翼德用矛之證也。關公《本傳》無一刀字，惟《吴志·魯肅傳》云："肅往益陽，與羽相距，肅邀羽相見，各駐兵馬百步外，但諸將軍單刀俱會。"此處却有刀字。然單刀二字，非側在關羽一方面言之，言使諸將各佩一刀耳。今《演義》謂關公只攜一刀赴會，即本乎此。

關公殺顔良事，固見《本傳》，至文丑則非關公所殺。《魏志·武帝紀》云："紹騎將文丑與劉備將五六千騎前後至，縱兵擊，大破，斬丑。"《演義》以顔良、文丑并爲關公所殺，非事實矣。

關公家世，《演義》不詳，即陳壽《三國》亦未明載，以故世罕知之。至清康熙戊午，解州守王公朱旦浚井，得關公壙磚，上刻公之祖考兩世諱字生卒甲子甚詳，王公因作《關侯祖墓碑記》。侯祖石磐公，諱審，字問之，和帝永元二年庚寅生，居解州常平村寶池里；公冲穆好道，以《易》、《春秋》訓其子，卒於桓帝永壽二年丁酉，享年六十八。子諱毅，字道遠，性至孝，父殁，廬墓三年，既免喪，於桓帝延熹三年庚子六月二十四日生侯。侯長娶胡氏，於靈帝光和元年戊午五月十三日生子平。其大略如此。然則平係關公生子，非養子，而五月十三日乃公子平之生辰，而世俗以爲公之生辰者亦誤也。錢塘馮景山先生嘗據此爲作《漢壽亭侯祖系記》。

吉平實吉丕之論。《後漢書》作吉丕，陳壽《三國・魏紀》及魏郎中魚豢《魏略》，皆作吉本。蓋魏以文帝名丕，因并丕字而亦諱之，故二書改丕爲本，取其字形之相似也。今《演義》以丕爲平，亦由字形相似而誤，宜改正之。

劉備甘、糜、孫、吴四夫人，以甘氏爲最美。按王嘉《拾遺記》：『蜀先主甘后，玉質柔肌，態媚容冶。先主召入綃帳中，於户外望之，如月下聚雪。河南獻玉人高三尺，取置后側，晝則講説軍謀，夕則擁后玩玉人；后與玉人，潔白齊潤，觀者殆相亂惑。争寵者非惟嫉甘后，且嫉玉人。后因欲毁壞玉人，誡先主曰：「昔子罕不以玉爲寶，《春秋》美之。」乃撤玉人，諸嬖寵亦息争。時議以甘后爲神智焉。』

糜竺道遇火神事，見《蜀志本傳》及《搜神記》。然在王嘉《拾遺記》，則與之稍異。《拾遺記》云：

『糜竺家厩旁有古冢，夜聞泣聲，尋之，見一婦人，云：「後漢末爲赤眉賊所害，扣棺見剥，乞敝衣自掩。」竺從其言，後復見婦云：「君應遭火厄，今以青蘆杖一枝，報君之德。」竺挾杖歸。後鄰人見竺家有青氣，如龍蛇之狀。旬日，火從庫起。火盛時，有青衣童數十人來撲火。』

張飛妻夏侯氏，係夏侯淵猶女。時天下方亂，張飛見採桑女美之，掠以爲妻，即夏侯氏也。定軍山一役，淵爲黄忠所殺，夏侯氏爲葬於定軍山下。後主即位，立飛女張氏爲后。魏夏侯霸與張后爲姑表兄妹，故司馬懿誅夏侯玄時，霸即因之入蜀。見陳壽《三國志》裴注。

今之稱郭汾陽者，必曰此郭子儀也，不知三國時郭淮亦封汾陽子，是古今有兩郭汾陽矣。一著一不著，以伯濟之功，去令公遠也。

曹操與楊修讀曹娥碑文事，見《世説》。而劉敬叔《異苑》則以解碑文者爲禰衡，且以所遇女子爲即曹娥之靈，説甚不經，姑録之以資參考。《異苑》謂：『蔡邕渡江，讀曹娥碑，題「黄絹幼婦，外孫齏臼」八字而去。魏武見而不解，以問同僚。有婦人浣紗江渚，曰：「第四車解。」所指乃禰衡也。衡即以離合義解之，爲「絶妙好辭」四字。或曰，婦即娥之靈也。』其説如是。夫曹操從未渡江，曹娥真碑，無由得見。《演義》宗《世説》不宗《異苑》，未爲無見。

曹操既殺楊修，尋亦悔之。操妻卞氏有慰楊彪夫人袁氏書，袁亦有答書，兼録於左。

卞后與楊太尉夫人袁氏書

卞頓首：貴門不遺，賢郎輔佐，每感篤念，情在凝至。賢郎盛德熙妙，有蓋世文才，闔門敬欽，寶用無已。方人騷擾，兵馬屢動。主簿股肱近臣，征伐之計，事須敬咨。官立金鼓之節，而聞命違制。明公性急，忿然在外輒行軍法。卞姓當時亦所不知，聞之心肝塗地，驚愕斷絶，悼痛酷楚，情不自勝。夫人多容，即見垂恕。故送衣服一籠，文絹一匹，房子官錦百斤，私所乘香車一乘，牛一頭。誠知微細，以達往意，望爲承納。

袁夫人答卞后書

袁氏頓首：路歧雖近，不展淹久，嘆想之勞，情抱山積。曹公匡濟天下，遐邇以寧，四海歸仰，莫不咸戴。小兒疏細，謬承採拾，未有上報，果自招罪戾，念之痛楚，五内傷裂。尊意不遺，伏辱惠告，見明公與太尉書，具知委曲。度子之行，不過父母，小兒違越，分應至此。念其始立之年（時修年三十有四），畢命埃土，遺育孤幼，言之崩潰。明公所賜已多，又加重賚，頗非宜荷受，輒付往信。

闗公刮骨療毒事，《本傳》但云醫，不云華佗，則其醫非佗可知。《吕蒙傳》但云蒙自荆州歸，即得病而卒，年只四十二歲，亦不載闗公索命事。至玉泉山顯聖一節，事無可考。惟玉泉顯烈廟至今尚在，相傳爲公顯聖處，殆因《演義》有是説，而後人立此廟以附會者也。

諸葛武侯之出祁山，只有五出，言六出者誤也。考《蜀志·諸葛亮傳》：建興五年，率諸軍北駐漢中。六年，身率諸軍攻祁山。馬謖爲張郃所破，亮拔西縣千餘家，還於漢中。此一出也。是年冬，亮復出散關，圍陳倉，曹真拒之，亮糧盡而還。此再出也。七年，亮遣陳式攻武都、陰平，魏雍州刺史郭淮率衆欲攻式，亮自出，至建威，淮退還，遂平二郡。此三出也。九年，亮復出祁山，糧盡退軍。此四出也。十二年春，亮悉大衆，由斜谷出據武功五丈原。其年八月，亮疾病卒於軍。此五出也。然則亮自出伐魏，止有五次，且惟第一次、第四次至祁山，則六出祁山，非事實矣。《後主傳》：建興五年春，書丞相亮出屯漢中。六年春，又書亮出攻祁山。以亮《本傳》考之，此實一役，蓋以五年出，六年還也。《演義》以爲六出者，或即因《後主傳》分書兩年而致誤耳。

冒頓（音墨特）者，漢初匈奴單於名，即圍高祖於白登者也。三國時烏桓（一作烏丸）主名蹋頓，非冒頓也。《演義》作冒頓，大誤。

華佗、管輅、左慈、于吉事，見《後漢書》、陳壽《三國志》兩書《方伎傳》，非子虚烏有者。惟管輅見趙顔主夭，使謁南斗求壽事，則見《搜神記》。

《三國》一書，無奇不有。有以同母異父兄妹，而配爲夫婦者，則何晏是也。何晏，何進之孫。進之敗也，曹操納其子婦。時晏尚幼，隨之去；後生某公主，即令何晏尚之，是夫婦合一母也。

黑水國劇本考

此演晋鄧伯道事。謂晋時黑水國造反，伯道攜一子一侄而逃，半途勞頓，不能并攜，思弟已亡，只此一子，乃將己子縳於桑園之内，負侄而逃，適其弟婦亦至桑園，乃亦攜侄而行，國亂既平，卒得完聚。此非紀實，蓋後人憫賢者之無後，特反言之，以鳴其不平而已。按《晋史·鄧攸本傳》：攸字伯道，平陽襄陵人。永嘉末年，石勒起事，攸棄子負侄而逃。及渡江，元帝使守吴郡，爲政清廉，及去職，百姓攀舟不得行，乃乘夜逸去。累遷尚書僕射。嘗納一妾甚寵，訊其家屬，乃甥也，感恨不復留，妾卒無子。時人哀之曰：『天道無知，使伯道無兒。』今劇中謂其失兒得兒，是與《長笛賦》所云『屈平適異國，介推還受禄』，同一意也。黑水國即指石勒。然考《晋史》，石勒字世龍，羯種人，爲五胡亂晋之一，既得中原，稱國號爲趙。而此稱黑水國者，殆因羯種本近黑龍江，而黑龍江一名黑水，故劇本稱爲黑水國云。

葛衣記傳奇考

此書不知何人所作，所記均係實事。此種戲劇，足以針砭惡俗，不可没也。考《南史·梁·任昉傳》：昉字彦升，樂安博昌人，官寧朔將軍、新安太守，及卒，謚曰敬。有子四人，東里、西華、南容、北叟，皆無術業，兄弟流離，不能自振。冬日，西華著葛帔練裙，生平舊交，莫肯相恤。道逢劉孝標，泫然驚曰：『我當爲汝作計。』乃作《廣絶交論》，刺其舊交。又劉璠《梁典》云：劉峻（孝標名峻）見任昉諸子西華兄弟等，流離不能自振，生平舊交，莫有收恤。西華冬日著葛布帔練裙，遇於路，峻泫然矜之，乃廣朱公淑絶交論。到溉見其論，抵几於地，終身恨之。傳奇據此而作，蓋紀實也。劉孝標《廣絶交論》歷叙五交三恤，其説甚長，兹姑録其末段云：『樂安任昉，海内髦傑。早綰銀黄，夙昭民譽。類田文之愛客，同鄭莊之好賢。見一善則盱衡扼腕，遇一才則揚眉抵掌。雌黄出其唇吻，朱紫由其月旦。於是冠蓋輻湊，衣裳雲合，輜軿擊轊，坐客恒滿。蹈其閫閾，如升闕里之堂；入其隩隅，謂登龍門之阪。莫不締恩狎，結綢繆，想惠莊之清塵，庶羊左之徽烈。及瞑目東粤，歸骸洛浦，繐帳猶懸，門罕漬酒之彦，墳未宿草，野絶動輪之賓。藐爾諸孤，朝不謀夕，流離大海之南，寄命瘴癘之地。自昔把臂之英，曾無羊舌下泣之仁，寧慕郈成分宅之德。嗚呼！世路險巇，一至於此；太行孟門，豈云嶄絶！是以耿介之士，疾其若斯，裂裳裹足，棄之長騖，獨立高山之頂，歡與麋鹿同群，皦皦然絶其霧濁，誠耻之也，誠畏之也。』今傳奇以到溉爲勢利之尤，遂謂西華乃其故婿，因貧賴婚，此蓋嫉其惡而故甚言之也。

隋唐演義考

《隋唐演義》一書，幾無一事無來歷。其敘隋煬帝土木之功，御女之車，矮民王義，及侯夫人自經詩詞，則見於《迷樓記》。其敘楊素密謀，西苑十六院名號，諸美人之名姓，泛舟北海遇陳後主，楊梅、玉李開花，及司馬戡逼帝，朱貴兒殉節等事，并見於《海山記》。其敘宮中閱《廣陵圖》，麻叔謀開河食小兒，冢中見宋襄公，狄去邪入地穴，皇甫君擊大鼠，殿角女挽龍舟等事，并見於《開河記》。此三書皆唐人韓偓所撰。其敘唐宮事，則雜採劉餗《隋唐嘉話》，曹鄴《梅妃傳》，鄭處誨《明皇雜録》，柳珵《常侍言旨》，鄭棨《開元傳信記》，王仁裕《開元天寶遺事》，無名氏《大唐傳載》，李德裕《次柳氏舊聞》，陳鴻之《長恨歌傳》，樂史之《太真外傳》，復緯之以本記列傳，而成此書。雖諸書所載，非盡實録，而小説家能據以敷衍，較之鑿空撰造者，稍有據矣。惟矮民王義，實自宫，不蓄妻子；帝未遇害，義先自刎死，則《演義》所載，又不無增益其詞也。至煬帝諸子，并無至突厥者。《隋書·煬三子傳》，齊王暕遺腹子政道，與蕭后同入突厥，處羅可汗（音克寒）號爲隋王。中國人没入北藩者，悉配之以爲部落，以定襄城處之。及突厥滅，歸於大唐，授員外散騎侍郎。是入突厥者，煬帝之孫，非趙王杲也。杲死江都之難，未嘗至突厥。而政道又與蕭后偕往，非如《演義》所云，王義夫婦奉之而去也。

又此書托始於秦叔寶，而所載叔寶事，多無稽。考《羅藝傳》：曹州女子李氏爲五戒，自言通於鬼物；高祖聞之，詔赴京師，因往來藝家，謂藝妻孟氏曰：『妃骨相貴不可言，必當母儀天下。』孟篤信之，命密觀藝，又曰：『妃之貴者由於王，王貴色發矣，十日間當升大位。』孟氏由是勸藝反，孟及李皆坐斬。是藝妻孟氏，非秦也。所傳秦叔寶事，多非其實。

秦叔寶用鐧，尉遲敬德用鞭，見明章演《圖書·軍器類》。中列鞭鐧二圖，稱鞭爲敬德所用，鐧爲叔寶所用，殆《圖書》依《演義》而編者耶？抑《演義》宗《圖書》而述者耶？則不可得而知矣。

《演義》稱李元霸神勇無敵，此係訛傳。考《舊唐書·高祖二十二子傳》，衛王元霸，高祖第三子也，早薨無子。武德元年，追贈衛王，謚曰懷，是元霸一無事迹者也。

紅拂記傳奇考

此爲明人張伯起所編，雖本《唐人小説》，實不足據。按《虬髯本傳》：貞觀中，李靖位至僕射。東南蠻奏曰：『有海賊以千艘，積甲十萬人，入扶餘國，殺其主自立，國内已定。』考《新》、《舊唐書》，并無扶餘國，惟高麗、百濟，并云扶餘之別種，高麗國中有扶餘城。武德七年，高麗王建武懼伐其國，乃築長城，東北自扶餘城，西南至海，千有餘里。是高麗方據扶餘城以自固，豈他人所得襲而有之也？又考《薛仁貴傳》云：『乾封初，高麗大將泉男生内附，遣將軍龎同善高等迎接之，男生弟男建率國人逆擊，仁貴領驍勇赴救，乘勝進攻扶餘城，遂拔扶餘城、扶餘川諸處四十餘城，乘風震攝，一時送款。』由是言之，即有虬髯據此，亦不久爲仁貴殘破矣。故問虬髯公事之有無者，以唐初扶餘國之有無爲斷。

征東征西考

俗傳薛仁貴征東，薛丁山征西。仁貴信有其人，丁山則未之聞也。據《舊唐書》本傳：仁貴自恃驍勇，欲立奇功，乃異其服色，著白衣，握戟，腰鞬張弓，大呼先入，所向無前。太宗遥望見之，遣馳問先鋒：『白衣者爲誰？』特引見，賜馬兩匹，絹四十匹。則俗傳爲白袍小將，固有徵矣。高宗稱其『北伐九姓，東擊高麗，漠北遼東，咸遵聲教者，并卿之力也』，則其爲一朝名將，固不待言。其子訥自有傳。始爲藍田令，其後突厥入寇，武后以訥將門子，使攝左武威將軍，安東道經略，久當邊鎮之任，累有戰功。開元二年討契丹，爲所覆敗，訥脱身走免，詔削其官爵。吐蕃寇臨洮，以白衣攝左羽林將軍，爲隴右防禦使，大破賊衆，録功拜左羽林軍大將軍，復封平陽郡公，卒謚昭定。史稱其沉勇寡言，臨大敵而益壯，是訥固不愧將門之子。其弟楚玉，開元中爲幽州大都督府長史，不久遂卒，無甚功績。訥子暢，拜朝散大夫。薛氏一門，可考者如此。《演義》附會之，云薛家世爲名將，三興三敗，仁貴子爲丁山，丁山子爲薛剛，則大謬不然矣。

仁貴之征高麗，以高麗泉蓋蘇文爲亂故也。今《演義》作蓋蘇文，缺一泉字。且以蓋蘇文爲單雄信後身，謬甚。

樊梨花爲薛丁山妻，即無丁山，安有梨花？然今四川松潘廳界，有樊梨花墓，則又奇矣。長沙王先謙祭酒《㛣嫿封傳奇》序云：蜀國搜奇，樊梨花不妨有墓；秦州覽古，王寶釧未必無窑。似真有其人者。

西遊記考

取經之事，自古有之。《隋唐·經籍志》云：『張騫使西域，蓋聞有浮屠之教。哀帝時，博士弟子秦景，使伊存（番僧）口授浮屠經，中土聞之，未之信也。後漢明帝夜夢金人飛行殿廷，以問於朝，而傅毅以佛對。帝遣郎中蔡愔及秦景使天竺求之，得佛經四十二章，及釋迦立像，并與沙門攝摩騰、竺法蘭東還。』此中國遣使求經之第一次也。又云：『甘露中，有朱仕行者，往西域，至於闐國，得經九十章，晉元康中至鄴譯之，題目《放光般若經》。』又云：『晉元熙中，新豐沙門智猛策杖西行，到華氏城，得《泥洹經》，及僧祇律。』又云：『義熙中，沙門支法領從於闐國得《華嚴經》三萬六千偈，至金陵宣譯。又有沙門法顯，自長安游天竺，經三十餘國，隨有經律之處，學其書語，譯而寫之。還至金陵，與天竺禪師跋羅參共辨定。』又云：『後魏熙平中，遣沙門慧生使西域，采諸經律，得一百七十部。』此皆中國至西域求經故事。而法顯之役，至今尚有《佛國記》一卷，備載顛末，始於後秦姚興弘始二年，與慧景、道整、慧應、慧嵬等同發長安，度隴至乾歸國，耨檀國，度養樓山至張掖鎮，又遇智嚴、慧簡、僧紹、寶雲、僧景等諸人，或分或合，或先還。慧景度小雪山道斃，道整留中天竺不還，獨法顯順恒水東下，乘商人大舶，泛海至青州長廣郡界。計自發長安六年到中國（此中國指中天竺），停六年，還三年，往返凡十五年。從陸路往，從海道返。其中事節，頗亦詭異，使敷衍成書，絶好一部《西遊記》也。乃元奘事至今婦孺皆知，而此事湮没不著，事之顯晦，亦有幸有不幸耶！

《舊唐書·方伎傳》：『僧元奘，姓陳氏，洛州偃師人。大業末出家，博涉經論，嘗謂翻譯者多有訛謬，故就西域廣求異本，以參驗之。貞觀初，隨商人往游西域。元奘既辨博出群，所在必爲講釋論難，蕃人遠近咸尊服之。在西域十七年，經百餘國，悉解其國之語，乃採其山川謡俗，土地所有，撰《西域記》十二卷。貞觀十九年，歸至京師，太宗見之，與之談論，大悦。於是詔將梵文六百五十七部，於宏福寺翻譯。』是元奘此行，并非奉敕而往，惟其還也，詔爲翻譯耳。所著《西域記》，惜不得見。唐太宗《三藏聖教序》云：『翹心净土，往游西域，乘危遠邁，杖策孤征，積雪晨飛，途間失地，驚沙夕起，空外迷天；萬里山川，發煙霞而進影，百重寒暑，躡霜雨而前蹤，誠重勞輕，求深願達。』此數語亦足見其梗概矣。

《太平御覽》引《獨異志》及《唐新語》云：『沙門元奘，唐武德初，往西域取經。行至罽賓國，道險，多虎豹，不可過。奘不知爲計，乃鎖房門而坐，至夕開門，見一老僧，頭面瘡痍，身體膿血，床上獨坐，莫知來由。奘乃禮拜勤求，僧口授《多心經》一卷，令奘誦之，遂得山川平易，道路開闢，虎豹藏形，魔鬼潛迹。遂至佛國，取經六百餘部而歸。』小説家即本此説，遂有種種妖魔纏擾，賴悟空、八戒、沙僧三徒保護之説。

元奘歷西域種種危險之境，未嘗無因。《後漢·西域傳論》有曰：『梯山棧谷，繩行沙度之道；身熱首痛，風災鬼難之域。』注引前書杜欽之言曰：『罽賓悔過來順，使者送至懸度，歷大頭痛、小頭痛之山，赤土身熱之阪，臨峥嶸不測之淵。行者騎步相持，繩索相引。』又引釋法顯《游天竺記》云『西度流沙，屢有熱風惡鬼，過之必死』云云。然則火焰之山，流沙之河，乃真有之。

人參果亦有來歷。《述異記》云：『大食王國在西海中，有一方石，石上多樹，幹赤葉青，枝上總生小兒，長六七寸，見人皆笑，動其手足，頭著樹枝；使摘一枝，小兒便死。』此物於《舊唐書·西戎傳》中亦載之。

《歐陽文忠集·于役志》云：『壽寧寺本徐知誥故第，甚宏壯，畫壁尤妙。周世宗入揚州時，以爲行宫，盡圬墁之，惟經藏院畫元奘取經一壁獨在。』然則元奘取經事，在五代時已流布丹青矣。

世傳《西遊記》是邱真人作，藉以演金丹之旨，此妄傳也。按錢大昕《補元史藝文志·地理類》，有《長春真人西遊記》二卷。注云：『李志常述。』蓋别有一書，余嘗購得之，文僅數千字，非此俗傳之《西遊記》也。按《元史·邱處機傳》：『元太祖自奈曼（或作乃蠻）命近臣持詔求之。乃發撫州，經數十國，爲地萬有餘里。蓋蹀血戰場，避寇叛域，絶糧沙漠，自昆侖歷四載而始達雪山。常馬行深雪中，馬上舉策試雪之淺深，策盡，猶未及積雪之半。』此則邱真人之西遊故事。記中所載，多及西域地理，故入地理類。今人不知，乃以俗傳之《西遊記》，爲即邱處機作，大非其實矣。

緑牡丹演義考

此書以駱宏勳爲主，以花、鮑兩家爲輔，所紀爲盧陵復辟事，按之正史，全屬子虚。謂宏勳即賓王之侄，駱賓王信有其人，然其侄無名宏勳者。按《資治通鑒》：武后時，諸武用事，唐室人人自危，衆心憤惋。眉州刺史英公李敬業及弟盩厔（音舟窒）令敬猷（徐世勣之孫，李係賜姓），給事中唐之奇，長安主簿駱賓王，詹事司直杜求仁，皆坐事，敬業貶柳州司馬，敬猷免官，之奇貶括蒼令，賓王貶臨海丞，求仁貶黟令，御史魏思温被黜爲盩厔尉。各以失職怨望，乃謀作亂，以匡復盧陵王爲辭。敬業自稱匡復府上將，領揚州大都督，以之奇、求仁爲左右長史，宗臣、仲璋爲左右司馬，思温爲軍師，賓王爲記室，旬日間得勝兵十餘萬。移檄州縣，略曰：僞臨朝武氏者，性非和潤，地實寒微。昔充太宗下陳，曾以更衣入侍（武后在太宗時爲尚衣，故賓王用衛子夫由更衣得幸事爲句）。洎乎晚節，穢亂春宫（東宫亦爲春宫），密隱先帝之私，陰圖後庭之嬖。踐元后於翚翟，陷吾君於聚麀（《禮記》：『夫惟禽獸無禮，故父子聚麀。』）。又曰：殺姊屠兄（姊謂韓國夫人，兄謂元爽、元慶），弑君鴆母（以高宗晏駕、太原王妃之死爲后罪），人神之所同嫉，天地之所不容。又曰：包藏禍心，窺竊神器。君之愛子，幽之於别宫（謂居睿宗於别殿），賊之宗盟，委之以重任（謂用武承嗣等）。又曰：一抔之土未乾，六尺之孤安在？ 又曰：試觀今日之域中，竟是誰家之天下？ 太后見檄，問：『誰所爲者？』或對曰：『駱賓王。』后曰：『人有如此才，而使之流落不偶，此宰相之過也。』命左玉鈐衛大將軍李孝逸征之。時思温説敬業，山東豪傑，以武氏專制，憤惋不平，宜帥大衆鼓行而進，直指洛陽。薛仲璋謂金陵有王氣，不如劃江自固，先定霸基，然後北向圖中原。敬業從仲璋言。思温嘆曰：『敗在眼中矣。』孝逸進攻，因風縱火，敬業等敗走，入江行，將入海奔高麗，部下王那相斬敬業、敬猷及駱賓王首，來降。餘黨唐之奇、魏思温皆捕得，斬之。亂平。《舊唐書》所載與《通鑒》略同，惟《新唐書》謂敬業敗後，賓王亡命，不知所之。

唐中宗之廢，在光宅元年。中宗立妃韋氏爲后，欲以后父韋元貞爲侍中，裴炎固争。中宗怒曰：『我以天下與韋元貞，何不可？ 而惜侍中耶？』炎懼，白太后。太后集百官於乾元殿，廢中宗爲廬陵王，遷居房州，立豫王旦爲帝，尋亦廢之。后自稱金輪則天皇帝，改國號爲周。見《資治通鑒》。

厥後廬陵王復辟也，恃張柬之等五王之力。按《資治通鑒》：神龍元年春，武后寢疾長生殿（此係洛陽宫長生殿，明皇七月七日之長生殿，在華清宫），麟臺監張易之，春官侍郎張昌宗，居中用事。宰相張柬之，天官侍郎崔元暐，與中臺左丞相敬暉，司刑少卿桓彦范，相王府司馬袁恕己，謀誅二張。謂右羽林尉大將軍李多祚曰：『將軍今日富貴，誰所致也？』多祚泣曰：『大帝也（謂高宗）。』柬之曰：『今大帝之子，爲二豎所危，不思報德乎？』多祚曰：『苟利國家，惟相公處分。』因指天地自誓。時廬陵王已召入都，敬暉、桓彦范密陳其策於廬陵王，王許之。遂帥羽林兵從元武門斬關而入，斬二張於廡下，進逼武后所寢長生殿。后驚起，問曰：『亂者誰耶？』對曰：『張易之、昌宗謀反，臣等奉太子令誅之，恐有漏泄，故不敢以聞。』后見太子曰：『乃汝耶？小子既誅，可還東宫。』彦范進曰：『太子安得還宫？天意人心，久歸李氏，群臣不忘太宗之德，故奉太子誅賊。願陛下傳位。』后無如何，遂傳位於太子，自徙居上陽宫，帝上尊號爲則天聖皇帝，復國號爲唐，封柬之等五人爲王。是盧陵復辟一事，乃由諸大臣逼后傳位，非自外起兵扶入者也。今《演義》乃謂敬業敗後，小英雄復聚揚州，卒扶廬陵復辟，此蓋因前事增飾者耳。張柬之既誅二張，洛州長史薛季昶，朝邑尉劉幽求，見武三思尚在，謂柬之等曰：『斬草不除根，終當復生。』柬之欲留俟中宗自誅之，以立君威，故不聽二人之言。二人嘆曰：『不知死所矣。』既而三思與中宗后韋氏通，讒殺五王，復弑中宗。此係後事，略叙於此。

鏡花緣考

此書爲北平李松石著，亦係廬陵復辟事，首卷即從敬業起兵叙入，詳見《緑牡丹考》。以下海洋游覽，女界論文，則皆作書者藉以炫博之辭，無一非空中樓閣矣。

武后上苑催花事，見《事物考原》。言武后詔游後苑，百花俱開，惟牡丹獨遲。后怒，貶於洛陽，故洛陽之花冠天下。

上官婉兒，上官儀之女孫也。儀有罪死，婉兒没入掖庭，辯慧善屬文，明習吏事，則天愛之，百司表奏，多令參決。見《通鑒》。又《景龍文館記》：唐上官昭容名婉兒，母鄭氏，方娠，夢神畀之大秤曰：『持此可秤量天下人才。』此書中有『開女科』一節，即由此語附會而出。與群臣賦詩事，見《全唐詩話》。中宗正月晦日，幸昆明池，賦詩，群臣應制百餘篇。命昭容登綵樓，選爲新翻御製曲。須臾，紙落如飛，惟沈佺期、宋之問二詩不下。俄一紙飛墜，乃沈詩也。評曰：二詩工力悉敵，沈落句詞氣已竭；宋詩『不愁明月盡，自有夜珠來』，獨稱健舉。

當康見《山海經》：欽山有獸，狀如豚而有牙，名曰當康。其名自呼，則天下大穰。果然見《夷堅續志》：似猿而大，行則大者前，小者後，有爲射中者，則生者拔死者箭，自刺而死。藥獸見羅泌《路史》：神農時，白民國進藥獸，有疾病，撫其背而語之，獸如野外，銜一草歸，服之即愈。故虞卿曰：『黄帝師藥獸而知醫。』

精衛見《山海經》：發鳩山有鳥，係炎帝少女名女娃，游東海，溺而不返，化爲鳥，名精衛，常銜西山之石，以堙東海。不孝鳥見東方朔《神異經》，身上有不孝、不慈、不道等字，誠如此書所云，但非雙頭耳。飛涎鳥見《外荒記》：南海狗國有鳥，吐涎如膠，繞樹飛灑，有他禽至，如入網然，乃啄食之。駝鳥見《新唐書》：土火羅獻大鳥，高七尺，色黑，類橐駝，謂之駝鳥。

人魚，《異物記》謂即懶婦魚之别名。按任昉《述異記》：懶婦溺水死，化爲魚，其膏可燃燈，以照鳴琴、博弈則明，照紡績則暗。唐敖謂大魚一日逢魚頭，七日逢魚尾，見《元中記》。飛魚見《山海經》，鰩魚狀如鯉，魚身鳥翼，以夜飛，音如鸞。又云：騩山多飛魚，狀如豚。又云：鰼鰼魚狀如鵲而十翼，亦能飛。何羅魚一首十身，亦見《山海經》，音如犬。婦人吐絲者，名馬頭娘，即蠶所化。按《山海經》，嘔絲之野，在跂踵國東，有女子據樹嘔絲。鮫人見《搜神記》，水居如魚，不廢織績，泣則成珠。

木禾見《淮南子》：昆侖層城九重，上有木禾。清腸稻見王嘉《拾遺記》：食一粒一年不饑，然所出之處，乃樂浪之東背明國也，今作背陰國，誤矣。肉芝見《寰宇記》：興元府固縣斗山凡五穴，穴有千歲蝦蟆，名爲肉芝，食之壽千歲。今言小人小馬者，增飾之辭耳。躡空草見《洞冥記》：有子如芥，取置掌中，吹之即長，食之可立空中，足不躡地。朱草見《大戴·明堂篇》：朔後日生一葉，望後日落一葉，無金漿、玉漿之説。刀味核見《酉陽雜俎》：祈連山有四味木，實如棗，以竹刀剖之則苦，木刀則酸，蘆刀則辛，金刀則甘。

君子國見張華《博物志》：君子國民，衣冠帶劍，禮讓不争。大人國見《山海經》：大荒之中，波國山有大人國、大人市。毗騫國見《南史》：梁時中國始聞有毗騫國，在頓遜外大海洲中，其王身長丈二，頭長三尺，自古不死，國中人善惡及將來事，王皆知之；王作天竺書，可三千言，説其宿命所由，與佛經相似。聶耳國即哀牢國，《後漢書》：哀牢人皆穿鼻儋耳，渠帥耳皆下肩三寸，庶人至肩而已。長臂國即奇肱國，見《述異記》：國人機巧，能作飛車，從風遠行。跂踵國即長人國，見《文獻通考》：在新羅東，人長三丈，鋸牙鈎爪，黑毛覆身，搏人以食。靖人國即小人國，見《文獻通考》：在大秦南，軀纔三尺，懼爲海鶴所食，大秦國常保衛之。深目國即一臂國，見《山海經》：一目在掌，蔽其面而居。穿胸國即貫胸國，見《山海經》：其人胸中有竅。黑齒國見《山海經》：其人黑齒。歧舌國即反舌國，亦見《山海經》。白民國進藥獸，見羅泌《路史》。狗國在南海中，見《外荒記》。鬼國見《文獻通考》，在駮馬國西，其人夜游晝隱，口在頂上。軒轅之邱，鳳歌鸞舞，見《山海經》。

女兒國，按《南史》謂在扶桑東，國無男，浴水則娠。然此書林之洋所入者，有女有男，不似此國。嘗見《文獻通考》，於此國之外，又有東女國、西女國，俗以女爲君長，凡號令，女官自内傳，男官受而行之，則林之所入者似之矣。東女國於唐時内附，又陰附吐蕃，故其時號爲兩面國，是兩面即東女別名，非真以一人而具兩面者也。

饜火國見《山海經》：其人獸身黑色，火出口中。炎火山見《元中記》：四月火生，十二月火滅，滅后亦生草木，以木皮績之，即火浣布。火山國見《山海經注》：其山雖雨亦燃，有白鼠毫可織火浣布。火林山見《十洲記》。兩石相擊，水中出火，見王嘉《拾遺記》。

璇璣圖見《晉書·列女傳》：竇滔妻蘇氏，名蕙，字若蘭，善屬文。苻堅時，滔爲秦州刺史，被徙流沙，蘇氏思之，織錦爲《回文璇璣圖詩》，以寄滔，宛轉循環，詞甚悽惋。一說滔鎮襄陽，攜寵姬趙陽臺赴任，蘇氏織回文以寄，滔即日迎之，情好如初。回文廣八寸，凡八百四十字，得詩三百餘首。此書謂爲哀萃芳所繹者是也。

長生殿傳奇考

《長生殿》一書，係清洪昉所作，其事本陳鴻《長恨歌傳》。陳《傳》甚長，因節録之。

明皇在位歲久，倦於宵旰，委政右丞相，深居游宴，以聲色自娱。先是，元獻皇后、武淑妃，皆有寵，相次即世。宫女雖良家子千數，無可悦目者。上心忽忽不樂。每歲十月，駕幸華清宫，賜内外命婦湯沐，春風靈液，澹蕩其間，上心油然，若有所遇，顧左右前後，粉色如土。語高力士潛收外宫，得弘農楊玄琰女於壽邸。既笄矣，鬒髮膩理，纖穠中度，舉止閒冶。别疎湯泉賜澡，即出水，體弱力微，若不任羅綺，光彩照人。上甚悦。進見之日，奏《霓裳羽衣》以導之；定情之夕，授金釵鈿合以固之。册爲貴妃，半后服。由是行同輦，居同室，宴專席，寢專房，六宫無復進幸者。叔父昆弟，皆列清貴，爵爲通侯。姊妹封國夫人，富埒王室，車服邸第，與大長公主侔，而恩澤勢力，則又過之。出入禁門，京師側目。故當時謡云：『生女勿悲酸，生男勿喜歡。』又曰：『男不封侯女作妃，君看女却爲門楣。』其爲人心羡慕如此。

天寶末，兄國忠盜丞相位，愚弄國柄。乃安禄山引兵向闕，以討楊氏爲辭。潼關不守，翠華南幸，出咸陽，道次馬嵬亭。六軍徘回，持戟不進。從官郎吏伏上馬前，請誅鼂錯以謝天下（漢七國反，以誅鼂錯爲辭，袁盎請景帝誅錯以謝七國，故鴻引用之），乃殺國忠。左右之意未快。上問之。當時敢言者（即陳元禮），請以貴妃塞天下怒，上知不免，不忍見其死，反袂掩面，使牽而出。倉皇展轉，竟就絶於尺組之下。既而明皇狩成都，肅宗受禪靈武。明年，大赦改元，大駕還都。尊明皇爲太上皇，就養南宫，遷於西内。

時移事去，樂盡悲來。每至春之日，冬之夜，池蓮夏開，宫槐秋落，梨園子弟，玉琯發音，聞《霓裳羽衣》一聲，則天顔不怡，左右覷欷。三載一意，其念不衰，求之夢魂，杳不可得。適有道士自蜀來，知上皇心念楊妃，自言有李少君術（漢武帝李夫人死，李少君能於帳中致其魂，令武帝見之）。明皇大喜，命致其神。方士乃竭其術以索之，不至。又能游神馭氣，出天界，没地府以求之，不見。又旁求四虚上下，東極大海，跨蓬壺，見最高仙山，上多樓闕，西廂下有洞户，東向，闔其門，署曰『玉妃太真院』。方士抽簪扣扉，雙鬟出應。方士造次未及言，而雙鬟復入。俄有碧衣侍女，詰所從來。方士因稱唐天子使者，且致其命。碧衣云：『玉妃方寢，請少待之。』於是雲海沉沉，洞天日曉，瓊户重闔，悄然無聲。方士屏息斂足，拱手門下。久之，碧衣延入，見一人，冠金蓮，披紫綃，佩紅玉，曳鳳舄，左右侍者七八人，揖方士，問皇帝安否，次問天寶十四年以還事，言訖憫然。指碧衣女取金釵鈿合，各折其半，授使者曰：『爲謝太上皇，謹獻是物，尋舊好也。』方士受辭與信，將行，復前跪致辭：『乞當時一事，不爲他人聞者，驗於太上皇，不然，恐鈿合金釵，負新垣平之詐也（漢武帝時，新垣平上言得寶鼎汾河上，帝喜，爲改元寶鼎，後知其僞，乃誅之）。』玉妃茫然退立，若有所思，徐而言曰：『昔天寶十載，侍輦避暑驪山宫。秋七月，牽牛織女相見之夕，秦人風俗，夜張錦繡，陳飲食，樹花燔香，號爲乞巧，宫中尤尚之。時夜始半，休侍衛於東西廂，獨侍上。上憑肩而立，因仰天感牛女事，密相誓心，願世世爲夫婦。言畢，執手各嗚咽，此獨君王知之耳。』因自悲曰：『由此一念，又不得居此，復墮下界，且結後緣。』因言：『太上皇亦不久人間，幸惟自安，無自苦耳。』使者還奏，上皇嗟悼久之。其年夏四月，南宫晏駕。

元和元年冬，太原白樂天自校書郎尉盩厔，鴻家於是邑，暇日相攜游仙游寺，話及此事，相與感嘆，樂天因爲《長恨歌》。歌成，使鴻傳焉。

明皇游月宫事，紀者甚衆，余所見者四家，爲《龍城録》、《唐逸史》、《明皇雜録》、《開元傳記》，所載各有異同，因合四家之説，略叙於下：

開元六年八月望夜，明皇與申天師、洪都客作術卧游（此據《龍城録》，《唐逸史》以與游月宫者爲羅公遠，《明皇雜録》又以爲葉法静），至月宫，有素娥十餘人，歌舞桂樹下（此據《龍城録》，《唐逸史》作仙女百餘人）》。明皇密記其聲調，作《霓裳羽衣曲》（《龍城》、《逸史》所載同）。及醒，以手按其腹。高力士曰：『豈聖體小不安耶？』上曰：『吾昨夜夢游月宫，諸仙子娱以上清之樂，其曲凄楚動人，吾回，以玉笛按得，慮忽遺忘，故尋之耳。』（此據《開元傳記》）後西川奏其夕有天樂過（此據《明皇雜録》）。

楊國忠，初名釗，真妃之從祖兄，實張易之之遺腹子也。武后寵二張時，封二張妻爲崇讓夫人，不得復近其夫，號之禁臠。每届休沐，使内監隨往，令登樓去梯而守之。易之母恐遂無嗣，乃藏侍婢蠙珠於樓上厨中，遂有身。既而易之爲五王所殺，蠙珠嫁楊元琰族兄爲妾，遂生國忠。少時不學無行，從軍於蜀，爲新都尉。考滿，家貧不得歸，富民鮮于仲通常資給之。初，貴妃父元琰仕於蜀，釗常往來其家。元琰卒，釗遂與其仲女（即虢國夫人）通。及諸楊既貴，劍南節度使章仇兼瓊欲結以自固，使鮮于仲通至長安，仲通辭，引楊釗自代，兼瓊辟釗爲推官，大齎蜀貨至長安，遺貴妃諸姊妹。適仲女新寡，釗遂館於其室。於是諸楊日夜譽兼瓊，且言釗善樗蒱，引之見上，由是得幸，改名國忠。見《資治通鑒》。

梅妃，姓江氏。年九歲，能誦二《南》。語父曰：『我雖女子，期以此爲志。』父奇之，名曰采蘋。開元中，選侍内庭，大見寵幸。妃淡妝雅服，姿態明秀，筆不可描。後楊太真擅寵，遷妃上陽宫。上念之，適夷使貢珍珠，上以一斛賜之，妃不受，以詩謝曰：『柳葉雙眉久不描，殘妝和淚污紅綃。長門自是無梳洗，何必珍珠慰寂寥？』上命樂府度以新聲，名《一斛珠》。見《梅妃傳》。此《絮閣》一齣所從出也。

李謩事見元稹《連昌宫詞》自注。明皇嘗於上陽宫夜新翻一曲，明夕潛游燈下，聞酒樓有吹笛者，奏前夕新曲，大駭，密捕笛者詰之。云其夕天津橋翫月，聞宫中奏曲，遂於橋柱上插譜記之，臣即長安少年善笛者李謩也。明皇異而遣之。

念奴亦見《連昌宫詞注》，係天寶時名娼，善歌。每歲樓下酺宴，萬衆喧溢。衆樂奏罷，元宗遣高力士大呼樓上曰：『欲遣念奴唱，二十五郎吹管和，能聽之否？』衆皆悄然奉詔。永新事見劉義慶《世説》。一日賜脯，高力士奏請内人許永新出樓歌一曲，永新乃撩鬢舉袂，直奏曼聲，聞者嘆絶。

彩毫記傳奇考

《彩毫記》爲明季屠長卿所作。長卿才氣豪放，常以李青蓮自命，由縣令内召爲禮部主事。嘗游西寧侯宋世恩之門，西寧夫人有才色，工音律，屠亦善爲新聲，頗以自炫，每逢劇場，輒闌入群優中作技，夫人從簾箔覿之，勞以香茗，事遂外傳。刑部主事俞顯卿具疏，指屠淫縱，云與西寧夫人有私，并及屠帷薄事，疏中有『翠館侯門、青樓郎署』等諸媟語。上覽之大怒，詔俞、屠俱革職爲民。侯方向用，亦遂坐廢。屠晚年自悔孟浪，累宋夫人被醜聲，復作《曇花記》傳奇，以木清泰爲主，以爲木增蓋成宋字，清字與西爲對，泰即寧之義，蓋懺悔之文也。一節之差，終身不起，人皆惜之。

李白，字太白，母夢長庚星生，因以名之。既長，隱岷山。蘇頲爲益州刺史，見白，異之曰：『是子天才英特，少益以學，可比司馬相如。』然喜縱横術，擊劍爲任俠。客任城，與孔巢父等五人居徂徠山，日夜沉醉，號竹溪六逸。天寶初，至長安，賀知章見其文，嘆曰：『子，謫仙人也。』言於玄宗，召見金鑾殿，論當世事，奏頌一篇。帝賜食，親爲調羹。有詔供奉翰林，白猶與酒徒醉於市上。帝坐沉香亭，欲召白爲新樂章，召入，而白已醉，左右以水灑面，楊貴妃爲之捧硯。白援筆成《清平調》三章，宛麗清切。時宦官高力士勢方盛，白乘醉叱使脱靴，力士銜之，與貴妃譖於上前。白知不見用，懇求還山，帝賜金放還。嘗游并州，并州卒郭子儀犯軍令當死，既就縛矣，白奇其貌，爲言於主帥免之。後白坐永王璘之獄，法亦當死，時子儀既貴，以一家百口保之，因流夜郎。晚年依當塗令李陽冰，悦謝家青山，遂終焉。卒後葬青山東麓。見《唐書》本傳。

滿床笏劇本考

《滿床笏》演唐郭子儀事。子儀，華州人，長七尺二寸。安禄山反，充朔方節度使，從廣平王率蕃、漢之師十五萬收長安，遂取東都。入朝，肅宗遣使迎灞上，勞之曰：『國家再造，卿之力也。』進封汾陽郡王。回紇圍涇陽，子儀往説之，輕騎免胄，使傳呼曰：『令公來。』諸酋相顧曰：『是也。』皆下馬羅拜。子儀執酒酹地，與之盟而還。子儀事上誠，御下恕，賞罰必信。麾下宿將數十，皆王侯貴重，子儀頤指進退，若部曲然。其子曖尚昇平公主，嘗與争，曖曰：『汝倚乃父爲天子耶？我父薄天子而不爲。』公主恚，奔奏之。子儀囚曖，入待罪。上曰：『鄙諺有云：不癡不聾，不作阿家翁。兒女閨房之言，何足聽也？』子儀歸，杖曖數十。今劇中以昇平二字，易爲金枝，殊失典雅。子儀歷事肅、代二宗，以身爲天下安危者二十年，校中書令考二十四，八子七婿，貴顯朝廷，諸孫數十，不能盡識，問安時但頷之而已。見《唐書本傳》。

浣花溪劇本考

劇演楊子琳造反，爲西川節度使之妾一戰而擒，此事并非杜撰。按《唐史》代宗永泰元年，西川節度使嚴武卒，成都尹郭英乂代守成都，兵馬使崔旰殺英乂（按：殺英乂者爲韓澄，非崔旰），邛州將柏茂林，瀘州將楊子琳，劍南將李昌巙，起兵討旰，蜀中大亂。朝命宰相杜鴻漸爲副元帥，鎮蜀。鴻漸畏旰勢强，請以西川節度使讓旰，茂、琳等三人均爲本州刺史。上不得已從之。大曆二年，鴻漸還朝。三年，崔旰死，其子寧繼爲節度使，於四月入朝京師。楊子琳乘其無備，攻入成都，寧妾任氏，募兵擊走子琳，城賴以保。是子琳并未爲妾所擒，與劇情稍異。而劇演崔節度并不入朝，則又失實矣。浣花溪即百花潭，在成都府西七里，爲蜀中勝境，故以爲名。

四弦秋傳奇考

此書係鉛山蔣清容先生九種傳奇之一也，其事即本之白樂天《琵琶行》。按白香山《琵琶行序》：『元和十年，予左遷九江郡司馬。明年秋，送客湓浦口，聞舟中夜彈琵琶者，聽其音錚錚然，有京都聲。問其人，本長安倡女，嘗學琵琶於穆、曹二善才，年長色衰，委身爲賈人婦。遂命酒，使快彈數曲，曲罷憫然。自叙少小時歡樂事，今漂淪憔悴，轉徙於江湖間。予出官二年，恬然自安，感斯人言，是夕始覺有遷謫意，因爲長句，歌以贈之，凡六百一十六言，命曰《琵琶行》。』是序中但言長安娼女，其姓氏固未詳也。今傳奇乃謂姓花，名褪紅，此蓋因其義以定之者耳。

西厢記傳奇考

明沈寧庵先生《太和正音譜》云：《西厢記》，元進士王實甫撰，世謂關漢卿撰者，妄也。漢卿亦元進士，撰曲有三十六本，不載《西厢》，以此可據。王元美云：實甫原本至『碧雲天、黄葉地』而止，此後乃漢卿所補。則續鄭恒事，乃漢卿筆也。世謂至《草橋驚夢》而止者亦非。按陶宗儀《輟耕録》，金章宗時有董解元所編之《西厢記》。據此則元前已有此書，《西厢》原本，實爲董解元作，而王、關二人，特修飾之、潤色之耳。

傳奇以鶯鶯爲相國女。今觀《鶯鶯傳》，鶯字雙文，永寧尉崔鵬女，顔色艷異，尤工文詞，與元稹爲中表。適同寓河東普救寺，時軍人大擾，稹屬將黨護之，崔免於難。崔母鄭夫人命鶯鶯出謝，稹心動，誘其侍女紅娘，以詞挑之。鶯鶯答之，題其篇曰『明月三五夜』，遂通焉。明年，稹赴長安，文戰不利，久不至，而崔竟委身於人。稹至，以外兄求見，崔不出，以詩絶之。稹怨而作《會真記》云。

附録：崔鶯鶯答元稹書（時稹在長安）

捧覽來問，撫愛過深，兒女之情，悲喜交集。兼惠花勝一合，口脂五寸，耀首膏唇之飾，雖荷殊恩，誰復爲容？睹物增懷，但增悲嘆耳！伏承使於京中，就業進修之道，固在便安，但恨僻陋之人，永以遐棄，命也如此，知復何言！自去秋以來，常忽忽如有所失，於喧嘩之下，或勉爲笑語，閒宵自處，無不淚零；乃至夢寐之間，亦多叙感咽離憂之思，綢繆繾綣，暫若尋常，幽會未終，驚魂已斷，雖半衾如暖，而思之甚遥。憶昨拜辭，倏逾舊歲，長安行樂之地，觸緒牽情。何幸不忘幽微，眷念無斁。鄙薄之志，無以奉酬。至於終始之盟，則固不忒。鄙昔日中表相因，或同宴處，婢僕見誘，遂致私誠，兒女之情，不能自固，君子有援琴之挑，鄙人無投梭之拒。及薦枕席，義盛意深，愚幼之心，永謂終托。豈其既見君子，而不能定情，致有自獻之羞，不復明侍巾櫛，没身永恨，含嘆何言！倘仁人用心，俯遂幽劣，雖死之日，猶生之年。如或達情，捨小從大，以先配爲醜行，謂要盟之可欺，則當骨化形銷，丹誠不泯，因風委露，猶托清塵。存殁之情，言盡於此，臨紙嗚咽，情不能伸。千萬珍重！珍重千萬！玉環一枚，是兒嬰年所弄，寄充君子下體之佩，玉取其堅潤不渝，環取其始終不絶。兼亂絲一絇，文竹茶碾子一枚，此數物不足見珍，意者，欲君子如玉之貞，敝志如環不解，淚痕在竹，愁緒縈絲，因物達誠，永以爲好耳。心邇身遐，拜會無期，幽憤所鍾，千萬神合。千萬珍重！春風多厲，强飯爲佳，慎言自保，無以鄙爲念。

雙文之事，風流話柄，千古艷稱。然據唐《宰相世系表》，鄭氏二房允伯後，實有名恒之人。《曠園雜志》載：唐太常鄭恒及崔夫人合葬墓，在淇水西北五十里，即古淇澳地。明成化年間，淇水泛溢，土崩石出，而鄭氏墓志銘遂現於世。碑云：唐故滎陽鄭府君夫人博陵崔氏合祔墓誌銘，給事郎試太常寺奉禮郎攝衛州司法參軍秦貫撰。稱府君諱恒，高祖世斌，曾祖元嘉，祖有常。恒享年六十，夫人以大中九年正月十七日病終，年七十又六。女一人，適范陽盧損之。子六人，頊、珮、瑾、玘、瓚、琬。且誌中稱夫人四德咸備。則《會真》一記，寓言八九，未足信已。

紅綃記院本考

裴鉶《傳奇》：大曆中，有崔生者，容貌如玉。其父使往省一勳臣，入室命坐，群姬環侍。以金甌貯緋桃而擘之，沃以甘酪，命衣紅綃者擎一甌與生食；紅綃者以匙進之，生不得已而食；姬哂之。生辭去，主人命紅綃者送出院。生回顧，妓立三指，又反掌者三，然後指胸前小鏡子，云：『記取。』生歸，告其奴昆侖磨勒（昆侖非奴之姓，漢、唐時有馬來種人入爲奴隸者，稱昆侖奴。如武帝故事載：帝寵昆侖奴，常以杖擊群臣。《全唐詩話》載：陶峴泊舟西塞山下，見江水深黑，使其奴昆侖摩訶下探怪物，久之，支體礫裂浮水上，是也）。磨勒曰：『立三指者，宅中有十院歌妓，此乃第三院耳。反掌三者，十五數也。指小鏡而言記取者，蓋十五夜月圓如鏡，命郎君來耳。』至是夜三更，磨勒遂負生逾入重垣，勳臣家以惡犬守户，善齕人，磨勒手斃之，生遂得達紅綃所居處，告以磨勒之謀。姬乃命磨勒先負囊橐妝奩出，如是者三，然後負生與姬，飛出重垣，其家守禦，無有知者。傳中所載如是。今院本末出謂昆侖與紅綃同時仙去，則又附會者矣。按：此劇爲明人梁伯龍所編。伯龍又編《紅綫》一劇，今已失傳（按：紅綫女在《盛明雜劇》内，并未失傳）。

湯臨川四夢傳奇考

湯顯祖，字義仍，一字若士，江西臨川人。事詳後《臨川夢傳奇考》。著有《玉茗堂全集》。《四夢傳奇》，其餘墨也。四夢者：《邯鄲夢》、《南柯夢》、《紫釵記》、《還魂記》。三書均有所本，獨《還魂記》匠心别造，情致具足，反較三書爲勝。蓋爲小説者，往往紀事易而言情難也。王季重論玉茗四夢者：《紫釵》，俠也；《邯鄲》，仙也；《南柯》，佛也；《牡丹亭》，情也。其知若士爲書之旨矣。

《邯鄲夢》係吕翁度盧生事。按沈既濟《枕中記》：開元中，道者吕翁往邯鄲，有盧生同止於邸。主人方蒸黄粱。翁取囊中枕以授盧曰：『枕此當榮適如願。』生但記身入枕穴中，未幾登第，又爲將相五十年，榮盛無比，一夕卒，遂寤，吕翁在旁，主人蒸黄粱尚未熟。盧生憬悟，遂從吕翁仙去。又考《吕純陽集》：洞賓隨雲房同憩一肆中，雲房自起執炊。洞賓忽昏睡，以舉子赴京，狀元及第，歷官清要，前後兩娶貴家女，婚嫁早畢，簪笏滿門，如此幾四十年；最後獨相十年，權要薰炙，忽被重罪籍没，家資分散，妻孥流嶺表，路值風雪，僕馬俱瘁，一身無聊，方興浩嘆，恍然夢覺。雲房在旁，炊尚未熟，笑曰：『黄粱炊未熟，一夢到華胥。』洞賓驚曰：『子知我夢耶？』雲房曰：『子適來之夢，升沉萬態，榮悴多端，五十年間一頃耳。得不足喜，失不足憂。且有大覺，而後知此人世間乃其大夢也。』洞賓感悟，遂拜雲房求度世術。是黄粱一夢，吕翁以之覺盧生者，即雲房以之覺吕翁者也。臨川摭拾兩書中事，而又增飾之，故《雲陽》一齣，出於兩書之外。説者謂臨川更名若士，本有欲仙之意。按《淮南子》：盧敖游乎北海，經乎太陰，入乎元闕，至於蒙谷之上，見若士軒軒然方迎風而舞。盧敖與之語，若士齤然而笑，舉臂竦身，遂入雲中。又郤正《釋訓》：盧敖翱翔乎元闕，若士竦身乎雲霄。若士者，古仙人名。臨川於考法削籍後，凡念一空，時涉遐想，其述盧生之夢，襲若士之名，蓋有取於《淮南子》。其説不爲無見。

《南柯夢傳奇》，即本唐人李公佐所著《南柯記》而作。記載淳于棼晝寢，有使者召入大槐安國，國王招爲駙馬，使尚金枝公主，領南柯郡太守，既征檀蘿國有功，富貴數年，忽然驚覺，仍卧書齋，乃夢也。起尋所往之處，至宅南古槐下，大穴洞然，可容一榻，根上有積土壤，以爲城郭臺殿之狀，有蟻數斛，隱聚其中。中有小臺，二大蟻處之，素翼朱首，長可三寸，左右大蟻數十輔之，此其王矣，即槐安國都也。又窮一穴，直上南枝，可四丈，亦有土城小樓，即夢中所領之南柯郡也。又訪於宅外東一里古涸澗，側有大檀樹一枝，藤蘿擁織，上不見日，旁有小穴，群蟻擁聚其中，即所謂檀蘿國也。臨川因之，演爲《南柯夢》曲，其取義與《邯鄲夢》略同。

《紫釵記傳奇》，係李益、霍小玉事，即本唐人蔣防所撰《霍小玉傳》。小玉，故霍王女也，爲王寵婢净持所生，王殁後，偕其母出居長安之勝業坊，易姓鄭。時隴西李益有才名，自矜風調，思得佳偶。以少年俟試天官，見玉艷之。長安中媒氏鮑十一娘，故駙馬薛紹家青衣也，折券從良，十餘年矣，性便僻，巧言語，豪家戚里，無不過從。益厚賂之，使達意焉。經數月，忽聞叩門甚急，攝衣迎問曰：『鮑卿，今日何故忽然而來？』十一娘曰：『昨彼遣某求一好兒郎，與小玉格調相稱者，某具説十郎（李益行十），已與作期約，次日相見。』益喜，届時踐約，道有青衣迎問，即下馬，引入中門，庭間有四櫻桃樹，西北懸一鸚鵡籠，見益來，即語曰：『有人來，急下簾。』俄小玉自堂東閤中出，益前拜迎，互相繾綣，遂委身焉。定情之夕，瓊林玉樹，光彩激射，極其歡愛，益自以爲巫山、洛浦不過也。中宵，玉忽流涕，恐後色衰見棄；益訂白首，誓不相捨，請以素縑著盟；玉命侍兒櫻桃褰幃執燭，以筆硯授益，又取繡囊，出越姬烏絲欄素緞三尺置益前；益素多才思，援筆成章，引諭河山，指誠日月，詞甚懇切。及後益得官旋里，約抵任迎玉。歸家，竟別娶盧氏女，逾年不通音問。玉抱恨成疾。一夕，夢黄衫丈夫挽生來，至席，使玉脱鞋。驚覺告母，因自解曰：『鞋者，諧也，係夫婦再合之兆；脱者，解也，係既合復解之兆，當永訣矣。』由是病益深，懨懨將至不起。時李益復至長安，路過玉門，每迂道而避焉。忽一日，有豪士衣黄衫，策駿騎，挾益直達玉所。玉已徵夢，知復合必將復離，含眸視益，不能出言，坐皆欷歔。頃之，豪士致酒殽，玉舉杯酹地，謂益曰：『我爲女子，薄命如斯！君是丈夫，負心若此！飲恨黄泉，皆君所致！』擲杯長慟而絶。後益寢處，輒見玉在左右，蓋其精魂猶不能忘情於李云。

《牡丹亭》事，子虚烏有，以杜寶爲工部之孫，夢梅爲柳州之孫，郭駝爲橐駝之孫。工部、柳州、橐駝，信其有人，然不聞杜、柳兩家，其後裔結爲婚媾也。余意杜也，柳也，皆係草木之名，橐駝又係種花能手，此蓋美人香草，借景言情，非事實也。嘗見錢塘吴吴山先生，著有《三婦評》一册，其叙論《牡丹亭》頗詳，姑録數則於後。

坊刻《牡丹亭還魂記》，多標玉茗堂原本，然皆有訛字及曲白互異之處，評語又多俚陋可笑。惟山陰王本，有序頗雋永，而無評語。又吕臧沈馮改本四册，則臨川所譏，割蕉加梅，冬則冬矣，非王摩詰冬景也。後以趙家得一本，無評點，而字句增損，與俗刻殊，斯殆玉茗定本矣。

《還魂記》賓白間有集唐詩，其落場詩則無不集唐者。原本不注詩人姓氏，至詩句中多有更易字者，如『莫遣兒童觸瓊粉』作『觸紅粉』，『武陵何處訪仙鄉』作『訪仙郎』。

嘗見坊刻《牡丹亭》本，《婚走》一折，舟子有《秋菊春花》一歌；《淮警》、《御淮》二折，有《箭坊》、《鎖城》二諢，在今本則無之。《舟子歌》乃用唐李昌符婢僕詩，其一章云：『春娘愛上酒家樓，不怕歸遲總不憂。推道那家娘子卧，且留教住要梳頭。』言外有春日載花停船相待之意。二章云：『不論秋菊與春花，個個能噇空腹茶。無事莫教頻入庫，一名閒物要些些。』細核之，與舟子全無關合，當是臨川初稿用之，後於定本删去。至以『賤坊』爲『箭坊』，及『外面鎖住李全、裏面鎖住下官』諸語，皆了無意致，宜其概從删例也。記中雜用哎喲、哎也、哎呀、咳呀、咳也、咳咽諸字，字雖異而義略同，然呼之有疾徐輕重之殊，則義亦稍異。凡重呼之爲厭辭，爲惡辭，爲不然之辭；輕呼之爲幸辭，爲嬌羞之辭，爲籌畫之辭；疾呼之爲惜辭，爲驚訝辭；徐呼之爲怯辭，爲悲痛辭，爲不能自支之辭。以此類推，神理畢現矣。

本朝江西蔣心餘先生以臨川之善言夢也，爲譜《臨川夢傳奇》，其《自序》略云：臨川一生大節，不邇權貴，遞爲執政所抑，一官潦倒，里居二十年，白首事親，哀毁而卒，是忠孝完人也，詞人云乎哉！然則何以作此《四夢》也？曷觀臨川之言乎。其自題《牡丹亭》曰：夢中之情，何必非真。題《紫釵記》曰：人生榮悴，生死何常，爲歡苦不足，奈何！題《邯鄲夢》曰：岸谷滄桑，亦豈常醒之物耶？既云如夢，醒復何存？題《南柯夢》曰：人處六道中，嚬笑不可哭也，夢了爲覺，情了爲佛，境有廣狹，力有强劣而已。嗚呼！其視古今四海，一枕竅，蟻穴耳。在夢言夢，他何計焉？

殘唐演義考

此書起於黄巢造反，終於陳橋兵變，所紀事實，即依《唐書》、《五代史》粉飾而成，非子虚烏有也。按《唐書》：黄巢，冤句（即今曹州府）人，善騎射，喜任俠，粗涉書傳，屢舉進士不第，遂與濮州人王仙芝共販私鹽。唐僖宗乾符元年，仙芝起兵長垣，巢聚衆以應，攻剽州縣，民之困於重斂者争歸之，數月之間，衆至數萬。

朱温，宋州碭山午溝里人。其父誠，以五經教授鄉里，生三子，曰全昱、曰存、曰温。全昱無他材能，然爲人頗長者。存與温，勇有力，而温尤凶悍。誠卒，三子貧，不能爲生，與其母偏食蕭縣劉崇家。崇數笞辱温，崇母獨憐之，戒家人曰：『朱三，非常人也，汝曹善遇之。』及黄巢起曹、濮，存與温亡入賊中，存攻嶺南戰死，温以功至同州防禦使。是時天子在蜀，諸鎮會兵討賊，温請益兵於巢，巢中尉孟楷抑之，温客謝瞳説温背巢歸唐，乃殺監軍嚴實，因王重榮以降，反攻巢，大敗之於封邱。巢挺身東走，至泰山狼虎谷，爲時溥追兵所殺。天子賜温名全忠，拜爲檢校司徒，同中書門下平章事，封沛郡侯；旋進爵梁王，賜鐵券。初，李克用敗黄巢於冤句，還軍過汴，温邀克用入城，置酒上源驛；夜以兵攻之，克用僅以身免。此雜劇《雙龍會》一齣所由出也。兩家由是有隙。昭宗時，宦官劉季述作亂，宰相崔胤召温入誅宦官，温遂劫天子，遷都洛陽，繼又弑之，而立輝王祚，與漢季何進召董卓事，如出一轍。繼又逼祚禪位，改國號曰梁，易己名爲晃。見《五代史·梁本紀》。

李克用之先，出於西突厥，號朱邪部。其後改號沙陀，而以朱邪爲姓。居北庭之金滿州。至朱邪執宜爲吐蕃所敗，走歸唐。唐居之鹽州，後徙定襄神武川之新城。其部落萬騎，皆驍勇，善騎射，號沙陀軍。其子赤心以討龐勛功，拜單于大都護、振武軍節度使，賜名李國昌。子克用，尤善騎射，能仰中雙鳧，軍中號爲李鴉兒，其一目眇，又號獨眼龍。黄巢陷京師，代北起軍使陳景思發沙陀降者萬人往救之，中途軍亂，景思思沙陀兵固可用，然非克用不能將，用以詔書召克用爲節度使。此劇中《雅觀樓》一齣所從出也。劇中有克用妻妾二人者，正妃劉氏，多智略，習兵機，常教侍妾騎射，以從征伐，無子，勸克用納曹氏爲次妃，言曹相當生貴子，性賢，不妬忌；曹亦謙退，相得甚歡。故劇中及之。既而京師平，克用功第一，天子拜爲檢校司空，同中書門下平章事，封隴西郡王，繼封晋王。及卒，子存勖嗣位，次妃曹氏出也。克用臨終，授存勖三矢，囑曰：『契丹與吾結昆弟；燕王劉守光我實輔翼之，今皆背我；梁，我世仇也。汝能滅此三寇，我目瞑矣。』存勖泣受教，其後出兵，使人負三矢前驅，果能滅燕、滅梁；惟契丹方盛，未能如願。因以三矢奉還太廟，即帝位，是爲後唐。見《五代史·後唐本紀》及《后妃傳》。

《演義》稱李存孝爲最驍勇，事亦有本。史載克用游飛孤山，見壯士手搏猛虎，詢之，姓安名敬思，克用養爲己子，賜名李存孝。今雜劇有《飛虎山》一齣（又名《十二太保》），即飛孤山之誤也。後與李存信不睦。存信本姓張，亦克用養子，譖存孝私通朱梁，存孝聞之憤怒，且懼禍及，乃潛結朱全忠，果以三州歸梁。克用攻之，存孝出見，泥首謝罪，克用囚之以歸，車裂牙門。此《演義》九牛分屍之説所由來也。存孝驍勇，軍中莫及，常將騎兵爲先鋒，身披重鎧，腰弓髀槊，獨舞鐵檛（俗稱筆捻抓），萬人辟易。臨刑時，克用惜其才，意諸將必有請者，請則赦之；時諸將嫉其才能，竟無一人言者，遂以磔死。自後克用軍威頓減，而朱全忠獨盛一時矣。

石敬瑭，西戎人，臬捩鷄之子也。臬捩鷄從朱邪氏歸唐，征伐有功，官至岷州刺史。子敬瑭改姓石氏，爲人沉厚寡言。後唐明宗愛之，妻以魏國公主。明宗名嗣源，亦克用養子，其本姓無可考，繼莊宗爲帝。及崩，子從厚即位，是爲愍帝。養子李從珂本姓王，廢愍帝而自立。敬瑭不服，以燕雲十六州地（幽、涿、薊、檀、順、瀛、莫、蔚、朔、雲、應、新、嬀、儒、武、寰）獻於契丹，拜契丹主耶律德光爲父，請兵伐李從珂，滅之，遂即帝位，改國號曰晋。見《五代史·晋本紀》。

劉暠，初名知遠，其先亦沙陀部人，後居太原。嚴重寡言，目多白睛，面紫色，凛如也。與石敬瑭俱事後唐明宗，及敬瑭爲帝，使暠爲河東節度使。敬瑭崩（廟號高祖），其子出帝即位，與遼（時契丹改國號曰遼）絶盟，遼主耶律德光大怒，攻入京師，擄出帝北去。群臣勸劉暠即皇帝位，改國號曰漢。見《五代史·漢本記》。

郭威，小字雀兒，邢州堯山人。父簡，事晋爲順州刺史，爲劉仁恭所殺。威依潞州常氏。潞州節度李繼韜募勇士爲軍卒，威以勇力應之。時年十八，負氣好使酒。市有屠夫，常以勇力服人。威醉，呼屠夫使割肉，割不如法，叱之，屠夫披其腹曰：『爾勇者，敢殺我乎！』威竟取刀刺殺之，爲吏所執。繼韜惜其勇，縱之使亡，既又召置麾下。後事漢高祖劉暠，高祖疾大漸，以其子隱帝托威及史弘肇。隱帝即位，與嬖幸李業等謀殺史弘肇、郭威，弘肇既誅，威遂舉兵反，隱帝拒之，爲亂兵所殺。群臣勸進，遂即帝位，改國號曰周。無子，以后兄柴守禮子榮爲太子。及崩，柴榮即位。見《五代史·周本紀》。

五代自梁至唐，只五十六年，中歷十三主。唐易三姓，周易二姓，共八姓。諸帝中以柴世宗爲最賢，惜僅三十九歲而崩，此蓋天實啓宋，謂之何哉！

白兔記院本考

《白兔記》係後漢高祖劉知遠妻李氏三娘事。按《五代史·后妃傳》：李氏，晋陽人，父業農。高祖少時爲軍卒牧馬，夜入其家，劫取爲妻。生隱帝，名承祐；徐無黨謂祐係祐字之誤，是不聞有咬臍之名也。院本謂李后行三，嘗爲兄嫂所欺。按《五代史》：后兄名洪信，爲保義軍節度使；其弟名業，即謀誅史弘肇、郭威者也。漢室既敗，業取内庫金寶，往投洪信，洪信不納，走至絳州，爲人所殺。是李后之兄，賢於其弟，亦不聞有虐待李后事也。且《后妃傳》載諸帝均有妃嬪，獨漢高祖只李后一人，是未嘗别娶可知。劇本謂高祖顯達之後，别娶貴族，拋棄三娘，遂有《竇老送子》一齣，皆子虚烏有已耳。

藍采和劇本考

此劇今已失傳，作者自稱元成子，不知何許人也。其劇演長安市上一社長釀金貫酒，聚飲尋樂，觀演傀儡。仙人陳陶，隱其姓氏，混稱藍采和，手持拍板，一脚著靴，一脚跣行，唱踏歌，亦來社會中觀劇。傀儡演各種雜劇既畢，衆客將散，詢道人飲酒食肉否，欲以殘炙與之。道人曰：『我飲者玉液金波，村醪豈堪入口？食者瓊芝玉粒，芻豢非所充腸。』社長以爲癡道人。道人曰：『汝癡，我非癡也。』長歌一曲，皆醒俗之言，化金光而去。此説未嘗無因。按陸游《南唐書》：其時有藍采和，相傳以爲即陳陶。又潛確《類書》云：藍采和，不知何許人，常衣破藍衫，黑木腰帶，跣一足，靴一足。夏則衫内加絮，冬則卧於雪中。醉則持三尺大拍板，行歌云：『踏踏歌，藍采和，世界能幾何？紅顔一春樹，流光一擲梭。古人混混去不返，今人紛紛來更多。朝騎鸞鳳到碧落，暮見桑田生日波。長景明暉在空際，金銀宮闕高嵯峨。』詞多率爾而作。後至濠梁間，酒樓酣飲，有雲鶴笙簫聲，忽然輕舉雲中，擲下靴、衫、腰帶、拍板，冉冉而去。

飛龍傳演義考

《演義》從趙匡胤降生之年起，至一統中原爲止，實録固多，虛飾者亦不少。唐明宗嗣源登極之後，焚香祝天，願天早生聖人，爲生民主，事見《明宗本紀》。然必謂匡胤應祝而生，蓋亦虛擬之辭耳。董璋，本汴州富人李讓家奴。讓入梁，爲朱全忠養子，賜名朱友讓。璋仕後唐，爲東川節度使。其反時攻陷閬州，執姚洪。洪罵曰：『老賊昔爲李七郎（李讓行七）家奴，掃馬糞，得一臠殘炙，感恩無窮；今天子用爾爲節度使，何負於爾而反耶？』璋怒，刲其肉而食之。事見《五代史》。今《演義》以此罵出諸石敬瑭口，蓋借用之也。

趙匡胤，漢宣帝時京兆尹廣漢之後也。自漢以來，世居涿郡。父弘殷，唐莊宗時典禁軍；漢隱帝時，以討王景崇功，遷護聖都指揮使；周太祖時，從征淮南，平揚州，加檢校司徒，封天水縣男。母杜氏，長子光濟早卒，匡胤其次子也。後唐天成二年，誕生於洛陽夾馬營中，生時赤光繞室，異香經宿不散，人謂之香孩兒。及長，容貌雄偉，氣度豁如，事周太祖及世宗，積功至忠武軍節度使。世宗閱文書，於韋囊中得木版，題云：『點檢作天子。』時爲點檢者，張永德也，世宗忌之，即拜匡胤爲殿前都點檢，以代永德。世宗崩，恭帝即位，徙匡胤爲歸德軍節度使。或告北漢劉崇結遼人入寇，朝議使匡胤禦之，師次陳橋驛，夜五鼓，軍士集驛門，宣言策點檢爲天子；天將明，匡胤弟匡義與趙普入白其事，露刃立庭，有以黄衣加太祖身者，衆皆羅拜呼萬歲，掖之上馬，自仁和門入。副都指揮使韓通謀禦之，都指揮使王彦升殺通，《演義》作史建唐從子史彦升者，誤也。翰林學士陶穀出周恭帝禪位制書于袖中，引匡胤就庭，北面拜受已，乃掖登崇元殿，即皇帝位，是爲宋太祖，或稱宋藝祖。事見《太祖本紀》。

符皇姨綵樓抛球，事雖虛飾，而周世宗與宋太宗，果皆魏王符彦卿之婿也。《五代・后妃傳》：世宗宣懿皇后符氏，初嫁李崇訓。有術者善聽人聲，以知吉凶。時崇訓父守貞，仕漢爲河中節度使，盡出家人使聽之，術者聞後聲，驚曰：『此天下母也。』守貞遂與其子謀反，漢使郭威征之，崇訓自殺。威見符氏，奇之，撫以爲女，適世宗夫人劉氏卒，遂納爲繼室。世宗即位，册爲皇后。後卒，又册其妹爲皇后。宋《后妃傳》：太宗懿德符皇后，陳州宛邱人，魏王符彦卿第六女。則《演義》所載不誣。第謂宋太宗與韓通之子爭娶符氏，致彦卿以彩樓抛球爲定，此則因韓通忠直，不附趙氏，故小説家誣其因此成隙也。

《演義》載苗光異、費博古、陳摶事，皆能洞測先機，預知後事。苗、費無可考，獨陳摶則信有其人。史稱陳橋兵變時，陳摶騎驢過華陰市，忽從驢背墜下，拍手大笑曰：『天下從此定矣。』太宗即位，召摶入見。宋琪等從容問曰：『先生得元默修養之道，可以教人乎？』摶曰：『摶不知神仙黄白之事。吐納養生之理，非有方術可傳。假令白日上升，亦何益於世？今聖上龍顔秀異，有天日之表，博達古今，深究治亂，真有道仁聖之主也，正君臣協心同德興化致治之秋。勤行修煉，無出於此。』琪等以聞，帝益重之，賜號希夷先生。精於易理，後其學傳於邵康節堯夫。《相經序》言陳摶相術，得自麻衣仙翁，有《麻衣相經》行世。

五代之世，割據甚多，惟南唐李璟，西蜀孟昶，爲最後亡，至宋初始滅。初楊行密據揚州，得李氏兒，頗聰慧，其將徐知誥無子，使撫養之，更名徐景通。行密死，政歸徐氏。及景通秉政，遂廢楊氏而奪其位，復姓李氏，改國號曰南唐。璟則景通之孫也。孟昶爲知祥之孫，知祥爲西川節度使，與董璋俱叛後唐，後璋爲後唐所滅，知祥遂并有兩川，僭稱帝號，至宋太宗時亦滅。見《五代史》。

坊刻《飛龍傳》有兩部，余所考者，實録尚多。另有一部，類皆臆造，如三打韓通，誤殺鄭恒，及高行周借頭、桃三春造反等事，多無可考，故棄之。至昆劇《送京》一出，則又書中所無，不知當時譜曲者，果何所見而云然也？（按：趙匡胤千里送京娘事，見馮夢龍編《警世通言》，非從《飛龍傳》來。）

楊家將演義考

演義家所稱名將，在唐曰薛家，在宋曰楊家。按《宋史·楊業本傳》：業，并州太原人。自幼倜儻任俠，善騎射，喜畋獵。嘗曰：『我他日爲將用兵，亦猶用鷹犬逐雉兔耳。』事北漢劉崇，以驍勇聞，官建雄軍節度使，每戰必捷，人稱楊無敵。北漢賜姓名爲劉繼業。宋太宗征太原，業勸其主劉繼元（劉知遠之侄）降宋，復姓爲楊，名業。《續通鑒》與《東都事略》、《九國志》，則言繼元既降，太宗使以書招繼業，繼業慟哭，釋甲來見。業係忠義之士，斷無勸降之理，當從《通鑒》諸書爲長。太宗見業大喜，以業老於邊事，使駐雁門，屢敗契丹；邊將忌其功，潛上謗書，斥言其短，帝封其奏以付業。雍熙三年，大軍北征，以忠武軍節度使潘美爲行營都部署，命業副之。使蔚州刺史王侁、順州團練使劉文裕護其軍，連拔雲、應、寰、朔四州。既而契丹敗曹彬於岐溝，復陷寰州。業謂美等曰：『今契丹勢盛，不可與戰，第取三州之民内徙。』王侁、劉文裕主戰。業曰：『戰則必敗。』侁曰：『君侯素號無敵，今逗撓不戰，得毋有他志乎？』業曰：『業非避死，特慮多傷士卒，今君責業以不死，當爲諸君先。』臨行，泣謂美曰：『此行必敗。業以太原降將，天子不殺而授兵柄，非縱敵不擊，蓋欲立尺寸以報國恩。今諸君責業以避敵，業當先死於敵。』因指陳家谷口曰：『諸君於此張步兵强弩，爲左右翼以爲援，業轉戰至此，即以兵來擊救之；不然，無遺類矣。』美即使王侁領兵，陣於谷口。自寅至巳，侁使人登臺望之，誤爲契丹敗走，欲争其功，即領兵離谷口。潘美止之，不從。行二十里，聞業敗，即揮兵却走。業力戰，自午至暮，果至谷口，望見無人，撫膺大慟，再率帳下士力戰，身被數十創，士卒殆盡，業猶手刃數十百人，馬重傷不能進，遂爲契丹所擒。其子延玉從歿於陣。業太息曰：『帝遇我厚，思捍邊克敵以報，反爲奸臣所迫，致敗王師，尚何面目求活耶？』乃不食三日而死。此劇中《兩狼山》、《李陵碑》諸齣所從出也。

帝聞痛惜，下詔旌之曰：『故雲州觀察使楊業，誠堅金石，氣激風雲，挺隴上之雄才，本山西之茂族。自委戎乘，式資戰功。方提貔虎之師，以效邊陲之用，而群帥背約，援兵不前，獨以孤軍，陷於沙漠，勁果猋厲，有死不回，求之古人，何以加此。可贈太尉大同軍節度使，賜其家布帛千匹，粟千石。潘美削三官，王侁、劉文裕除名。』由是言之，楊業害於王侁之手，潘美之罪，猶當末減。考美亦宋初名將，第其時年老頹唐，手掌兵權，而不能禁制麾下，遂使罵名千載。至謂楊氏諸郎，均爲所害，此則小說家所附會，未足信也。

楊業諸子，見於史者，曰延玉、延朗、延浦、延訓、延環、延貴、延彬。延玉與業同死，延朗後改名延昭，最知名。《演義》謂業尚有一女，則無可考。史稱延昭智勇善戰，所得俸賜，悉以犒軍，未嘗問家事。出入騎從如小校，號令嚴明，與士卒同甘苦，遇敵必身先行陣，克敵則推功於下，故人樂爲之用。在邊防二十餘年，契丹憚之，稱爲楊六郎。《演義》因之，遂有楊氏諸郎之稱。延昭子文廣，以討賊張海功授殿直，范文正公仲淹宣撫陝西，招置麾下，後從狄青南征有功，爲定州路副都總管，遷步軍都虞候。《演義》謂楊延昭子名忠保，楊忠保子爲文廣，於其中多增一代，亦無謂之甚矣。《演義》稱楊業妻老令婆曰佘太君，不知何本。按畢秋帆尚書《關中金石記》云：楊業妻乃折德扆之女，世以爲折太君。今雜劇有《佘塘關》一齣，謂係楊業結婚時事，無中生有，非事實也。

紫金鞭演義考

宋初名將，首稱楊家，次稱呼家。史載呼延贊亦并州太原人，起自騎卒，從王全斌討西川，身當前鋒，中數創，以功補副指揮使。太宗選爲鐵騎軍指揮，使從征太原，首先登城，及堞而墜，墜而復上者數四，太宗賜金帛以獎之。後爲馬步軍副都軍頭，嘗獻陣圖兵要，及樹營砦之策。太宗召見，令作武藝，贊具裝，執鞬馳騎，揮鐵鞭棗槊，旋繞廷中數四。又引其四子必興、必改、必求、必顯以入，或舞劍，或盤槊。賜白金數百兩，及四子衣帶。贊有膽略，常言願死於敵，遍文其體爲『赤心殺賊』字，至於妻孥僕使皆然。諸子耳後別刺字曰：『出門忘家爲國，臨陣忘死爲主。』自作破陣刀、降魔杵，鐵折上中，兩旁有刃，皆重數十斤。絳帕乘騅，服飾詭異。性鄙誕不近理，盛冬以水沃孩，冀其長不畏寒而健（以水沃孩，尚武家之良法，史反言其不近理，此中國所由弱也）。四子中必顯最知名，贊卒，擢爲馬步軍副都軍頭。呼家諸子，不亞於楊，故《演義》所載，不盡誣也。

包公案考

宋之最能斷獄者曰包龍圖，幾於婦豎皆知。然包公所斷之案，見於史者，不過一事，餘皆小説家掠他人之美，而爲包公有也。《宋史·本傳》：包名拯，字希仁，廬州合肥人。舉進士。其性峭直，惡吏苛刻，務敦厚，雖甚嫉惡，未嘗不推以忠恕，則與小説所載，不無小異。其知天長縣時，有盜割其鄰家之牛舌者，鄰來訴縣，拯曰：『第歸，殺而鬻之。』尋復有來告私殺牛者，拯曰：『何爲割牛舌而又告之？』盜驚服。世因之演爲《龍圖公案》，而此事獨遺，則又令人所不解者也。包公後至龍圖閣直學士，故稱包龍圖。嘗知開封府，貴戚宦官，爲之斂手，人皆憚之，以其笑比黄河清云。案中有僧墜眢井，屍血染衣事，實向敏中所斷之案，小説家掠爲包公有也。《宋史》稱：向敏中判西京，有僧暮過村舍，求宿不許，乃寢門外。是夜有盜入其家，攜一婦并囊衣，逾墻出。僧窺見之，恐其事之將累己也，夜半亡去，走荒草中，忽墜眢井。適逾墻婦人爲人所殺，投屍井中，血染僧衣。主人蹤跡得之，捕僧送官，僧不堪掠，遂自誣服。獄成，敏中疑之，遣吏密訪。吏飲於村店，有嫗聞其自府來，問：『僧獄如何矣？』吏僞曰：『已笞死。』嫗嘆息曰：『彼婦人實此村某甲所殺也。』吏往捕獲，并得其贓，僧始得釋。今小説家收入《包公案》中。

案中兩人争傘事，實漢時薛宣所斷之案，與包公無涉。據《風俗通》：宣爲臨淮太守，一人持匹縑，至市賣之，遇雨，將縑披戴，彼一人求共庇蔭，因授一頭與之，雨霽當别，各持不捨，皆云『縑爲我有』，因共詣府。宣曰：『縑直數百錢耳，何足紛紛？』呼吏斷縑，各與其半。使一吏追聽二人作何語，歸報一喜一怨，因捕喜者責之，使償其縑。今小説易縑爲傘，亦收入《包公案》中。

案中蒼蠅告狀事，亦有來歷。《益都耆舊傳》載：嚴遵爲揚州刺史，行部，有蠅數頭遮於前，驅之不去，乃隨之行。聞道旁女子哭而不哀，問之。曰：『夫遭焚死。』遵敕吏舁屍驗之，得鐵錐貫頂，拷問女子，乃供以淫殺夫，坐大辟。今案中以蒼蠅告狀爲布商謀財害命事，而以鐵錐貫頂之謀殺親夫爲又一案，且以一案化作兩案，此雜劇《案中案》一齣所從出也。

小説謂包公日斷陽事，夜斷陰事，此説亦有所本。《包拯本傳》載時人語云：『關節不到，有閻羅包老。』此蓋言其正直無私，有如神明也。後人因之，遂以十殿中之閻羅，屬之包公矣。

紫珍鼎傳奇考

此書不知何人所作，久已失傳。所演係魏錦事，以紫珍鼎爲關目。略云：開封諸生魏錦，字琳瓊。妻洪氏，賢淑。錦喪兩親，貧無以葬，貸鄧客銀二十兩。歲終，客索之急，洪氏願鬻身以償，夫婦不忍離，痛哭聞户外。鄰居周二橋業皮匠，頗仗義，以所積銀代償之，復資薪水，使得完聚，又薦錦爲塾師。時届元宵，御史唐介家結鰲山燈，與妻女慶賞，有祖遺寶鼎名紫珍，爇香其中，輒奏音樂。有賊魯仲珍者，諢名東風，竊得之，以爲銅也，棄於道旁。錦拾得，疑爲路人所遺，留俟其人以還之。適緝賊者至，見錦持鼎，鎖解於官，拷掠誣服。洪氏入獄探錦，二橋亦往視，錦念己不能復存，惟銜二橋恩，無以爲報，令妻嫁之。妻悲不能答，二橋力拒不受。奸僧陳有聞之，黑夜冒二橋名，入洪室，洪驚駭詬詈，僧殺之而遁。二橋自獄歸，復信於洪，適僧自暗中出，撞僕於地，起視則洪已殺死，濺血污衣，急走歸家。鄰里以二橋有血迹，共首於縣，亦拷掠誣服。洪氏魂游入獄，訴二橋冤於錦。值包拯爲開封府尹，道經錦門，狂風折傘。拯問：『風起何方？』吏云：『東風。』拯令：『捕東風。』隸無如何，大呼：『東風何在？』賊於酒肆應之，遂擒解。拯令供往日所爲，賊不能抵飾，因得唐御史所失物贓，釋錦於獄，復其衣巾。洪魂又詣拯，訴殺己者係僧陳有，拯令妓充洪氏，向僧索命，僧盡吐實，遂擒僧釋二橋，置東風、陳有於法。奏洪氏死節，立節婦坊。以二橋仗義，授巡捕廳之職。介以錦受冤，以女妻之，錦辭不娶。後登第，拯力勸娶之。

查唐介確與包拯同時，字子方，江陵人，舉進士，爲御史時以疏論文彥博得重名，後官至參知政事，生平以清節著。劇本甚言其富，謬甚。且以一物冤及無辜，大非賢者氣度。昔賢爲後人誣蔑，大都類是。

五虎平西平南考

《演義》所謂五虎者，狄青、張忠、李義、劉慶、石玉也。五人中，惟狄青真有其人，餘皆子虛烏有。考《宋史·狄青本傳》：青字漢臣，汾州西河人，善騎射。初隸騎御馬直，選爲散直（此係禁軍名目）。宋寶元初年，西夏趙元昊反，詔擇衛士從邊，以青爲延州指使。時諸將爲賊所敗，士卒多畏怯，青勇於臨敵，常爲先鋒。凡四年，前後大小二十五戰，中流矢者八。嘗戰安遠，被創甚，聞寇至，即挺起馳赴，衆争前爲用。臨敵被（平聲）髮帶銅面具，出入賊中，賊皆披靡莫敢當。《演義》因之，遂以狄青爲元武後身，種種法術之説，皆由此起。後元昊稱臣，以功遷馬步軍副都指揮使，保大、安遠二軍節度觀察留後。史載狄青平西之功績如此，其所平者爲西夏，而《演義》以爲西遼，誤甚。

西遼在今之伊犁，宋至徽、欽時，始有此國。按史，契丹至五代時，始改國號爲遼，其時雄據漠南漠北及燕雲十六州地。其後女真國興（後改國號爲金），與宋夾攻滅遼；遼族耶律大石率衆西奔，過伊犁，據而有之，建國號爲西遼，至元初爲乃蠻所滅。考耶律大石建國，後狄青死近百年，安有狄青征西遼之理？

《演義》謂西遼與新羅聯兵拒宋，則更謬矣。按《東洋史要》，新羅爲三韓中之弁韓一種，晋末有金首羅者，始建爲新羅國。唐初東征，高麗、百濟（二國與新羅接壤，同於晋末建立），均爲所滅。時新羅適有賢君，歸順於唐，故得獨存。由是累世朝貢，至五代石晋之世，王建復建高麗，取新羅地爲東州樂浪府。是新羅之滅，前狄青之生數十年，安有與西遼聯兵而拒狄青之理？且新羅之地，東南日本，西百濟，北高麗，與在伊犁之西遼，一偏東北，一偏西北，其地不知相去幾千里，今《演義》視若鄰國，則作書者於地理歷史，均未涉及可知。至單單二字，則西域諸國，從無此名。狄青招親之事，更不問而知爲臆説矣。

狄青南征者爲儂智高，此係實事，惟有妖法之説，則皆畫蛇添足。《宋史·狄青本傳》：皇祐中，廣州蠻儂智高反，陷邕州，又破沿江九州，嶺外騷動。命楊略（或作楊畋）往撫，師久無功，帝以爲憂。青上表請行，自言『臣起行伍，非戰伐無以報國，願得蕃落騎數百，益以禁兵，羈賊首致闕下』。帝壯其言，除宣徽南院使，宣撫荆湖南北路，經制廣南盜賊事，置酒垂拱殿以遣之。時智高據邕州，青合孫沔、余靖兵，次賓州。先是，蔣偕、張忠（《演義》五虎將中之有張忠，或因此人而附會之者）輕敵敗死，軍聲大沮，青戒諸將毋妄與賊鬥。廣西鈐轄陳曙等乘青未至，以步卒八千擊賊而潰，青會諸將，揖曙起，按以敗亡狀，驅曙等三十人出軍門斬之，沔、靖相顧失色，諸將股栗。已而頓甲更令，調十日糧。衆莫測其意，賊來覘者，以爲軍未敢進。值上元節，大張燈樂，飲宴徹曉，青忽稱疾入内，猶數使人勸飲。遲明，諸將環立待令，而青已微服與先鋒度昆侖關，出歸仁鋪，布陣成列，趣諸將速會關外。賊既失險，遂悉衆出戰。先鋒孫節戰死，沔、靖皆懼。青執白旗麾騎兵，縱左右翼，出賊不意，大敗之，追奔五十里，斬首數千級，其黨黄師宓、儂建中等死者五十七人，生擒賊五百餘人，智高夜縱火燒城遁去。青按兵入城，時賊屍有衣金龍衣者，衆謂智高已死，欲以上聞。青曰：『安知非詐也？寧失智高，不敢誣朝廷以貪功。』還至京師，帝嘉其功，拜樞密使，優進諸子官秩。史載狄青平南之功如此。《清波雜志》云：向在武康於鄰人狄似處，見其五世祖武襄公收儂智高時所戴銅面具，及所備牌上刻真武像。在狄青當日，固已好奇立異如此，何怪小説家神奇其説，謂出王禪老祖門下，而有種種法術也。王禪即鬼谷子王詡，考見《列國志》。

《演義》載龐洪害狄青事不實。查《宋史》與狄青同時者，有龐籍而無龐洪。籍與韓琦、范仲淹同爲陝西安撫使，禦西夏，狄青乃其部將。然其人甚賢良，無忌賢嫉能事。史載狄青征南時，韓絳謂：『狄青武人，不宜專任。』帝以問籍。籍曰：『青起行伍，若以文臣副之，則號令不專，不如勿遣。』乃詔嶺南諸軍，皆受青節度。既而捷書至，帝喜謂籍曰：『青破賊，卿之力也。』是龐氏係深信狄青之人，安有謀害之理？且《狄青本傳》載：青奮行伍，貴時面涅猶存（宋沿五代兵制，諸軍悉黥面爲字，以識軍號），帝敕青傅藥除字，青曰：『陛下不問門地，臣所以有今日。臣願留涅以示軍中，不敢奉詔。』是青起布衣，《演義》謂其姑爲真宗皇后者，誠屬夢囈。惟狄青掌樞密使時，人言嘖嘖，即龐籍、歐陽修等亦皆言其不可，歐陽至以朱泚爲戒。時言者以青家狗生角，又數有光怪，請出於外以保全之。嘉祐初，青避大水，徙家相國寺，人情大疑，卒以浮言，罷青爲同中書門下平章事，出判陳州，疽發而死。後人因之，遂有奸臣害狄青之説，皆非事實也。

狸猫换主劇本考

《元人百種曲》中，有以包公斷立太后事，譜爲院本者，今已失傳，所傳者僅梨園中之劇耳。余考之，實係宋時李宸妃事，而與《宋史·后妃紀》則適相反。按《宋史》：李宸妃，杭州人，初入宫爲章獻太后（即宋真宗后）侍兒，真宗以爲司寢，已而生仁宗，章獻以爲己子。仁宗即位，妃默處先朝嬪御中，終太后世，仁宗不自知爲妃所出。明道元年，李氏疾革，進位宸妃，薨年四十六。後章獻太后崩，燕王爲仁宗言，陛下乃李宸妃所生，仁宗號慟，尊爲皇太后。是明李太后事者爲燕王，非包拯也。今元曲及劇本，反以章獻爲妃，宸妃爲后，没其樛木逮下之恩，誤爲龍漦亂宫之舉，此誠章獻太后之不幸。然宸妃久爲章獻所抑，當時本有死於非命之説，是所傳雖失其實，又未嘗無因也。

小説以斷後事屬之包拯者，蓋亦有故。按王銍《默記》，載有王氏女自言得幸神宗，生子泠青，以繃抱肚爲驗，趙概、包拯鞫得其奸詐狀，處以死刑。是包公所斷者係神宗時事，且又與小説所云相反也。

七俠五義考

《七俠五義》一書，亦以包公爲主，所斷之案，亦從他書採入者，如狸猫换主事，採自《元人百種曲》；書生買肉案，乃清乾隆二十八年福建長樂縣事，隨園《新齊諧》載之甚詳，言此疑案，卒莫能結。而俞曲園先生修《七俠五義》時，亦將此案採入，謂卒爲包公所破。包公一生，不獨能破前朝之案，且能破及清之案，其平反之功，宜累牘書之不盡矣！

五義者，盧芳、韓彰、徐慶、蔣平、白玉堂，號爲五鼠。此即由《龍圖公案》中五鼠鬧東京一事化出，盡屬子虛。至南俠展昭、北俠歐陽春等七人，亦均無可考。且宋仁宗時并無藩邸作亂之事。通霄樓之盟書，亦屬虛妄。顏慎敏亦并無其人。

包公斷陰差陽錯一案，謂係范祖禹事。考《宋史》，祖禹確有其人，官至諫議大夫，史稱其長於論諫，雖賈誼、陸贄不爲過，後爲章惇所陷而死。然此種鄙俚之事，必小説家借名附會無疑也。

彩樓記院本考

《彩樓記》演宋吕蒙正事。言劉氏女彩樓招親，所抛球爲蒙正所得，時蒙正以貧士居破窑，寄食僧舍，劉氏父欲悔婚，女卒不允，願與同苦，事亦有本。按《宋史》：蒙正字聖功，河南人。父龜圖爲起居郎，多内寵，與妻劉氏不睦，并其子蒙正逐之。劉氏誓不復嫁，母子食貧，頗甚窘乏。太平興國二年，舉進士第一，既登仕途，迎二親同堂異室，奉養備至。是與蒙正守苦之劉氏，乃蒙正之母，非其妻也。又，史載淳化中右正言宋抗上疏忤旨，抗爲蒙正妻族，蒙正因是罷相。則蒙正之妻爲宋氏也。

木蘭寺飯後鐘，係唐王播事，劇本借之，以粉飾蒙正貧時景狀，蓋文人不遇，大抵如斯，固可嘆也。按《唐詩紀事》：王播客揚州，貧甚，聞木蘭院鐘聲，輒往乞食。木蘭院僧厭之，飯後擊鐘。播乃題詩寺壁曰：『上堂已了各西東，慚愧闍黎飯後鐘。』未幾及第，出鎮揚州，訪前詩，已碧紗籠之矣。播乃續下聯曰：『二十年來塵撲面，而今始得碧紗籠。』今劇本全易上句曰：『十度投齋九度空，叵耐闍黎飯後鐘。』出辭俚俗，不似文人吐屬矣。

洛陽橋劇本考

洛陽橋在福建泉州府洛陽港，即宋蔡襄所築之萬安渡也。考泉州晋江有二源，其西源曰藍溪，又曰碧溪，東南曲折流數百里，至岱嶼入於海；其東北一口即洛陽港也，水勢峻急，舟楫不便，泉人苦之。蔡襄知泉州府時，爲於渡口起橋，歷數年而成，名萬安渡。道旁植松七百株，以蔭行者，閩人德之，勒碑爲記。劇本援此爲據，謂此橋起時，仙佛來助。蓋中國古時，於橋梁建築之學，素未研究，見此絶大功程，鮮有不疑爲神助者。若今則黄河且有鐵橋，於一港何有矣。然觀《蔡襄本傳》，襄字君謨，仙游人，舉進士，仕至端明殿學士，卒謚忠惠。不聞其大魁天下也。狀元之説，殊出附會。

獅吼記院本考

此因蘇東坡一詩而起。東坡《嘲陳季常》詩云：『龍邱居士亦可憐，談空説有夜不眠。忽聞河東獅子吼，拄杖落地心茫然。』相傳東坡謫居黄州，與陳慥季常游，慥自謂飽參禪學；其妻柳氏悍妬，每慥設飲宴客，偶有聲妓，則柳氏以杖擊照壁大呼，客爲散去。故東坡賦詩調之。河東，柳姓也，杜甫詩有『河東女兒身姓柳』之句，故引以爲戲。吼，獅子聲，雌者大聲一呼，則雄者必應。《傳燈録》有『河東獅子吼』語，故又借用之。後之好事者因此一詩，遂演爲《獅吼記》劇本。

然據東坡《方山子傳》：陳慥，字季常，洛人，家素豪富，聲妓滿前，一旦棄之而去，與妻偕隱黄州，食貧自喜。是慥一豪俠之士，不似跼蹐於裙帶下者。又東坡《别季常詩》云：『家有紅頰兒，能唱緑頭鴨。』是季常在黄，未嘗不置婢妾，前詩似未足信。或云：季常性喜談禪，而口才不及柳氏，每肆談鋒，輒爲妻敗，故東坡借《傳燈録》語調之，此説頗允。

水滸演義考

明郎仁寶《七修類稿》云：『《三國》、《水滸》二書，皆杭人羅本貫中所編。然《三國》雖出羅手，已經諸人修改，至本朝查聲山而遂極完備。』《水滸》實元季施耐庵先生所撰，羅所編者，特征四寇之後《水滸》耳。前、後《水滸》，大抵空中結撰，寄姓氏於有無之間，然博考之，則又未嘗無因也。

宋江事見《宋史·張叔夜傳》。叔夜再知海州，時宋江起爲盜，以三十六人横行河朔，轉掠十郡，官兵莫敢攖其鋒，聲言將至海州。叔夜使間者覘所向，賊徑趨海濱，劫巨舟十餘，載鹵獲，於是募死士得千人，設伏近城，而出輕兵誘之戰，先匿壯卒於海旁，伺兵既合，則舉火焚其舟。賊聞之，皆無鬥志。伏兵乘之，擒其副賊，宋江乃降。故施本末回，設爲盧俊義一夢，夢見嵇康持長弓而入，遍縛群賊。長弓者，合之爲張姓也。嵇康，三國時人，事魏，亦字叔夜，耐庵借以寓意，以見三十六人卒爲張叔夜一人所服。嘗見羅本因欲接《後水滸》之故，至將盧俊義一夢抹去，以平痕迹。不知兩人筆墨，疏密不同，狗尾續貂，卒不滿於衆意也。（按：作者當時誤以金聖歎删節的七十一回本爲施耐庵原著，至有此錯誤論調。）

三十六人名姓，周公瑾《癸辛雜識》，載之甚詳。宋江爲首，以下晁蓋、吴用、盧俊義、關勝、史進、柴進、阮小二、阮小五、阮小七、劉唐、張青、燕青、孫立、張順、張横、呼延綽、李俊、花榮、秦明、李逵、雷横、戴宗、索超、楊志、楊雄、董平、解珍、解寶、朱仝、穆横、石秀、徐寧、李英、花和尚、武松，無不備列。施耐庵因之，以三十六人爲天罡，又增七十二人爲地煞，蓋非盡無據也。但《演義》處晁蓋於三十六人之外，孫立又退爲七十二煞之第三人，而以林冲、公孫勝補之。張青亦退入七十二人中，而以在三十六人中者爲張清。呼延綽改爲呼延灼。以花和尚爲渾號，而著其名姓爲魯達，且表其字爲智深。以李英爲李應，則其音相近。以穆横爲穆弘，則其音本通。此皆與雜識不無稍異。不知作者故意與雜識立異歟，抑别有所本歟？

三十六人之渾號，亦非施耐庵憑空捏造者。按龔聖與《三十六贊》，始於呼保義宋江，終於撲天雕李英，其間智多星、玉麒麟等名號，悉與相符。惟有晁蓋而無林冲，有孫立而無公孫勝。晁蓋渾號爲鐵天王，今《演義》作托塔天王。劉唐渾號爲尺八腿，今《演義》作赤髮鬼，此則以音之相似而有小異焉。

又嘗見《居易録》載張叔夜征梁山時之檄文，謂有能擒盧俊義者賞十萬，擒關勝、武松、呼延綽、張青、董平者五萬，擒李逵者三萬，擒宋江者二萬。宋江之價值，較盧俊義僅十分之二，可知江於籠絡手段外，一無所能，自叔夜觀之，竟一不足重輕之人物也。（按：《居易録》所載謂：拿獲宋江者，賞錢萬萬貫，雙執花紅。拿獲盧俊義者，賞錢百萬貫，雙花紅。拿獲關勝、呼延綽、柴進、武松、張清等者，賞錢十萬貫，花紅。拿獲董平、李進者，賞錢五萬貫有差。作者引文既誤，據以立論，遂無是處。）

七十二人中之焦挺，其初見李逵曰：『小人相撲爲生。』相撲不知何業，久不得解。迨丙午年至日本，見有一種武士，專尚勇力，互相撲打，以傾跌者爲敗，其標志竟書『相撲』二字。每屆節會，輒招此種人使演技，故業此者亦不鮮。乃知中國古時，亦有此業，今特失傳，故見其名而不解也。

羅貫中《後水滸》謂，朝廷招安宋江，使征方臘等四寇，蓋亦有本。《宋史·侯蒙傳》：宋江寇京東，蒙上書言：『宋江以三十六人横行齊魏，官軍數萬，無敢抗者，其才必過人。今清谿盗起，不若赦江，使討方臘以自贖。』帝（徽宗）曰：『蒙居外不忘君，忠臣也。』命知東平府，未至而卒。是赦宋江以討方臘，侯蒙有此議，而實未有其事也。羅氏因之，復益之以遼及淮西王慶、河北田虎。謂宋江招安之後，以征四寇立功，此真畫蛇添足，大失施耐庵《前水滸》之本旨矣。

方臘事見《童貫傳》。臘，睦州青谿人，世居縣堨村，托左道以惑衆。初，唐永徽中，睦州女子陳碩真反，自稱文佳皇帝，故其地相傳有天子基、萬年樓。臘益得憑藉以自信。時吴中困於朱勔花石綱之擾，比屋致怨。初，蘇州人有朱冲者，及其子勔，倶給事蔡京所。京竄其父子名姓於童貫軍籍中，皆得官。帝頗垂意花石，京使冲密取浙中珍異以進，冲致黄楊三本，帝嘉之。後歲增加，淮汴之間，舳艫銜接，號花石綱，乃命勔領應奉局及綱事。勔指取内帑如囊中物，動以數千百萬計。於是窮肆搜剔，凡士庶家有一草一木稍堪玩者，即領健卒直入其家，用黄封表識，使護視之，微不謹，即被以大不恭罪。及發行，必撤屋抉墻以出。中家破産，或鬻男女以供其需。斸山輦石，程督慘刻。篙工柁師，倚勢貪横（此段録《朱勔本傳》）。臘遂以朱勔爲名，聚貧乏游手之徒，於宣和二年十月起作亂，自號聖公，建元永樂，不旬日聚衆數萬，據杭州。警報至京師，王黼匿不以聞。既而蘭谿靈山賊朱言、吴邦，剡縣讎道人，仙居吕師囊，方岩山陳十四，蘇州石生，歸安陸行兒，皆合黨應之。淮南發運使陳遘上疏，帝始大驚，遣童貫、譚稹爲宣撫制置使，率禁旅以東。三年四月，生禽臘及妻邵氏、子毫、二太子、僞相方肥等五十二人。

又《韓世忠傳》：方臘反，世忠以偏將從王淵討之，時有詔能得臘首者，授兩鎮節鉞。世忠窮追至睦州清谿峒，問野婦得徑，即挺身仗戈直前，度險數里，搗其穴，格殺數十人，擒臘以出。辛興宗領兵截峒口，掠其俘爲己功。是擒方臘者，韓蘄王世忠也。乃生前既爲辛興宗冒功，而數百年後，小説家又歸之於武松，何蘄王之不幸也！且擒方臘之地，在睦州不在杭州，則雜劇《涌金門》一齣，宜改爲《清谿峒》矣。

《宋史》，徽宗時誠有伐遼之舉，然將帥係童貫、蔡攸諸奸佞，屢爲遼敗，未嘗有功。厥後約金夾攻，遼雖就滅，而宋亦南遷矣。王慶、田虎未詳。史載宣和六年，河北、山東盗起，張萬仙、張迪、高托山衆皆十餘萬，自餘二三萬者不可勝數。則田虎等諒亦當時之一部而已。

《後水滸》言徽宗微行，至李師師家作狎邪游，此係實事。《宣和遺事》及張端義《貴耳集》，載之甚詳。惟遇燕青則爲小説家所附會，不足信也。嘗見藏書家有《李師師小傳》一册，文殊雅潔，爲節録之：

師師者，汴京東二廂永慶坊染局匠王寅之女也，寅妻既産女而卒，寅以菽漿代乳乳之，得不死，在襁褓未嘗啼。汴俗，凡男女生，父母愛之，必爲捨身佛寺，寅以女捨身寶光寺。女方孩笑，一老僧目之曰：『此何地？爾亦來耶？』女至是忽啼。僧爲摩其頂，啼乃止。寅竊喜曰：『是女真佛弟子。』爲佛弟子者，俗呼爲師，故名之曰師師。師師方四歲，寅犯罪繫獄死，有娼籍李姥者收養之。比長，色藝絶倫，遂名冠諸坊曲。徽宗既即位，好事奢華，蔡京、章惇、王黼之徒，遂假紹述爲名，勸帝復行青苗諸法，京中飾爲饒樂氣象。童貫、朱勔輩復導以聲色狗馬、宫室園囿之樂，凡海内奇花異草，搜采殆遍。築離宫於汴城之北，名曰艮嶽。帝般樂其中，久而厭之，更思微行爲狎邪游。内押班張迪者，帝所親幸之寺人也，未宫時爲長安狎客，往來諸坊曲，故與李姥善，爲帝言師師色藝雙絶，帝艷心焉。翌日，命迪出内府紫茸二匹，霞氎二端，瑟瑟珠二顆，白金廿鎰，詭云大賈趙乙，願過廬一顧。姥利金幣，喜諾。暮夜，帝易服雜内侍四十餘人中，出東華門二里許，至鎮安坊。鎮安坊者，李姥所居之里也。帝揮止餘人，獨與迪翔步而入。堂户卑庳，姥出迎，分庭抗禮，慰問周至；進以時果數種，中有香雪藕、水晶蘋婆，鮮棗大如卵，皆大官所未供者，帝爲各嘗一枚。時迪已辭退，姥復款洽良久，引帝至一小軒，棐几臨窗，縹緗數帙，窗外新篁，參差弄影。帝翛然兀坐，意興閒適。少頃，姥引帝到後堂，陳列鹿炙、鷄酢、魚鱠、羊簽等肴，飯以香子稻米，帝爲進一餐。姥侍旁款語移時，而師師終不出見。帝方疑異，而姥復請浴，帝辭之。姥耳語曰：『兒性好潔，勿忤意。』帝不得已，隨姥至一小樓下湢室中。浴竟，姥復引帝坐後堂，肴核水陸，杯盞新潔，勸帝歡飲，而師師猶未一見。良久，姥纔執燭引帝至房。帝搴帷而入，一燈熒然，亦無師師在。帝益異之，爲徙倚幾榻間。又良久，見姥擁一姬姍姍而來，不施脂粉，衣絹素，新浴方罷，嬌艷如出水芙蓉。見帝，意似不屑，倨不爲禮。姥耳語帝曰：『兒性頗愎，勿怪。』帝於燈下凝睇久之，問其年，不答。姥復附帝耳曰：『兒性好静坐，唐突勿罪。』遂爲下帷而出。師師乃起，解玄絹褐襖，衣輕綈，卷右袂，援壁間琴，隱几端坐，鼓《平沙落雁》之曲。輕攏漫捻，流韻淡遠，帝不覺爲之傾耳，竟忘倦意，比曲三終，鷄已唱矣。帝急披帷出，姥聞亦起，爲進杏酥飲、棗糕、餺飥諸點品，内侍從行者皆潛候於外，擁衛還宮，時大觀（徽宗屢易年號，此其一也）三年八月十七日事也。

姥責師師曰：『趙禮意不薄，汝何落落乃爾？』師師怒曰：『彼賈人耳，我何爲者？』即而人言藉藉，皆知帝幸師師。姥聞大恐，日夕啼泣曰：『赤吾族矣！』師師曰：『無恐，事起佚游，上所深諱，肯顧我，必不忍殺我。我所竊自悼者，實命不猶，流落下賤，使之不潔之名，上累至尊，此則死有餘辜耳！』次年三月，帝復微行。師師仍淡妝素服，俯伏迎駕。帝執其手令起，見前所御處，皆以蟠龍錦繡覆其上。李姥匿避，宣至，顫不能起，無復向時調寒送暖情態。帝意不悦，爲霽顔，以老娘呼之，諭一家子無拘畏。姥拜謝。由是歲必一二幸其家。張迪私言於上曰：『帝幸李氏，必易服夜行，故不能常繼。今艮嶽東偏有宮地，延袤二三里，直接鎮安坊，若於此處爲潛道往還，殊便。帝韙之。宣和四年，始從潛道至師師家，至輒賜以内府珍寶，計前後賜金銀錢繒帛器用食物等不下十萬。

無何，帝禪位，自號道君教主，退處太乙宮，佚游之興衰矣。是時金人啓釁，河北告急。師師語姥曰：『吾母子嘻嘻，將及於禍。』姥曰：『然則奈何？』師師曰：『汝第勿與知，惟我所爲。』乃集前後所賜，呈牒開封尹，願入官助河北餉。復賂張迪，代請上皇（即徽宗，禪位後稱上皇），願棄家爲女冠。上皇許之，賜居北郭慈雲觀。未幾，金人破汴，主帥闥懶索師師，云金主知其名，必欲生得之。久索不得。張邦昌爲蹤跡之，以獻金營。師師罵曰：『吾以賤妓蒙皇帝眷，寧一死無他志，若輩高爵厚禄，朝廷何負於汝？乃事事爲斬滅宗社計！今又北面事醜虜，冀得一當爲呈身之地。吾豈作若輩羔雁贄耶？』乃脱金簪自刺其喉，不死。折而吞之，乃死。道君帝在五國城（金擄徽、欽二帝囚於此地），知師師死狀，猶不自禁其涕泣之汍瀾也。

金瓶梅演義考

《金瓶梅》一書，淫褻鄙陋，其描摹小人口吻，無不逼真，云係前明王鳳洲先生所作，或云鳳洲門人所作。相傳嘉靖中葉，嚴氏擅政，東樓之惡，尤過介溪，有人皆欲殺之勢。作者探知東樓多内寵，喜閲淫書，每閲一紙，必以食指蘸唾，拈其紙角，因作此書，不惜污其筆墨，以迎合其意。書成，於紙角均以鴆毒濺之，因東樓近侍以獻，不意濺毒尚輕，而東樓性極聰明，閲書過捷，竟得無恙。此係傳聞之言，不知確否。此書所載，大都指斥時事。如蔡京父子，則指介溪、東樓；林靈素則指陶仲文；朱勔則指陸炳；其他諸人，亦各有所屬。

書從《水滸》武松一回衍出，意必海市蜃樓，空中結撰，初不料其姓氏亦有依據。《香祖筆記》載兖州陽谷縣西北有西門冢，大姓潘、吴二氏，自言是西門妻吴氏、妾潘氏族。則小説所載，或亦風影其辭歟？

《金瓶梅》之後，又有《玉嬌李》一書，與前著出自一手。各設報應因果，謂武大後世化爲淫夫，上烝下報。潘金蓮亦作河間婦，終以極刑。西門慶則一獃憨男子，坐視妻妾外遇，以見輪回不爽。其朝代爲金，其帝則稱完顔大定，而貴溪、分宜相構事，亦隱寓焉。至嘉靖時人，或竟直書姓名，殊可駭怪。然筆鋒恣横酣暢，似尤勝於《金瓶梅》也。説見明沈德符《顧曲雜言》。今此書易名《隔簾花影》，坊間有購之者，余嘗見之。

黨人碑院本考

黨人碑爲宋奸相蔡京所竪。初，神宗時，王安石爲相，改制新法，天下不便。及神宗崩，哲宗立，尚幼，太皇太后（英宗后）高氏聽政，召用老臣，罷廢新法，擢司馬温公爲相，臨朝九年，衆正盈廷，奸邪屏迹，宇内復安，人以爲女中堯舜。元祐八年，疾革。時司馬温公已死，相臣吕大防、范純仁（范仲淹子）等問疾，太皇太后曰：『老身殁後，必多有調戲官家（宫中稱帝爲官家）者，公等亦宜早退，令官家别用一番人。』及崩，哲宗親政，楊畏首叛，吕大防上疏乞用章惇、吕惠卿諸奸，帝復其官，用惇爲相。由是小人進，正人退。復行安石新法，改元紹聖。謂先帝法制爲司馬光所壞盡，追貶司馬光、吕公著等官，流吕大防、范純仁等於嶺南。元祐正人，均爲貶逐。且請追廢宣仁聖烈皇后（太皇太后高氏）爲庶人，誣后與司馬光等曾謀廢立，使蔡京、章惇雜治其獄。京拘太皇太后閣中内侍張士良，列刀鋸鼎鑊於前，謂曰：『言有即還職，無則就刑。』士良大哭曰：『太皇太后不可誣，乞即戮。』京鍛煉無所得。帝亦以皇太后言感悟，取惇奏就燭焚之。章惇再具狀，堅請追廢。帝怒曰：『不欲朕入英宗廟乎？』抵其奏於地，事乃寢。

元符三年正月，哲宗崩，無子，以向皇太后命，立端王佶，是爲徽宗。太后權同聽政，罷斥章惇，復范純仁等官，群賢復進，天下望治。明年，太后崩，徽宗親政，任用蔡京，托名紹述，復斥群賢。時元祐、元符時所進用者，竄死殆盡，京猶未慊意，乃與其客强浚明、葉夢得，藉執政官司馬光、文彦博、吕公著、吕大防、劉摯、范純仁、王珪、梁燾、王岩叟、王存、傅堯俞、趙瞻、韓維、孫固、范百禄、胡宗愈、李清臣、蘇轍、劉奉世、范純禮、安燾、陸佃，曾任待制以上官蘇軾、范祖禹、王欽臣、姚勔、顧臨、趙君錫、孔文仲、孔武仲、馬默、王汾、朱光庭、吴安持、錢勰、李之純、孫覺、鮮于侁、趙彦若、趙卨、孫升、李周、劉安世、韓川、賈易、吕希純、曾肇、王覿、范純粹、楊畏、吕陶、王古、陳次升、豐稷、謝文瓘、鄒浩、張舜民，餘官秦觀、湯馘、杜純、司馬康、宋保國、吴安詩、張耒、黄隱、歐陽棐、吕希哲、劉唐老、晁補之、黄庭堅、畢仲游、常安民、汪衍、孔平仲、王鞏、張保源、余爽、鄭俠、常立、程頤、余卞、唐義問、李格非、商倚、張庭堅、李祉、陳佑、任伯雨、陳郛、朱光裔、蘇嘉、陳瓘、龔夬、吕希績、歐陽中立、吴儔、吕仲甫、徐常、劉當時、馬琮、謝良佐、陳彦默、劉昱、魯君貺、韓跋，内侍張士良、魯燾、趙約、譚扆、楊偁、陳詢、張琳、裴彦臣。武臣王獻可、張巽、李備、胡田，共一百十七人，列其罪狀，謂之奸黨，請御書刻石於端禮門，詔黨人子弟不得至闕下。《續資治通鑒》載黨人碑事如是。據清《御批通鑒》謂黨人名氏共一百二十人，鄭雍、韓忠彦亦在其内。然尚有一人不知爲誰。（按：南宋馬純（子約）撰《陶朱新録》，記元祐黨人名極詳，作者似未見。）

陸佃本與曾布爲比，以持論近恕，蔡京惡之，遂得幸列其中。楊畏時稱楊三變，見君子盛則附君子，見小人盛則附小人，附勢趨炎，實無一定宗旨，今亦幸列其中。立碑端禮門之適年，又令天下郡縣立黨人碑，長安石工安民辭曰：『民愚人，固不知立碑之意，但如司馬相公者，海内稱其正直，今謂之奸邪，民不忍刻也。』府官怒，欲加之罪。民泣曰：『被役不敢辭，乞免鐫安民二字於石末，恐得罪后世。』官不得已，從之。可知公道自在人心，蔡京雖奸，不能以一手掩天下也。劇本因之，演爲《謝瓊仙》、《傳人龍打碑》、《殺廟》諸劇，以洩義憤，而實則并無其人也。河北田虎，見《後水滸》考。

求如願院本考

《求如願》演歐陽名事，事已失傳。略謂歐陽名，廬陵人，歐陽文忠公修之孫也。妻胥氏，夫婦虔誦《大乘妙法蓮華經》，累世清德。時荆公青苗法爲害，家貧甚，典賣田園，學爲貨殖。惟祖遺玉麈尾、古端硯、黄庭堅書詩扇、李廷珪墨、定武《蘭亭帖》、三蘇文集，寶愛不忍釋。舟行過彭蠡湖，風浪驟起，投麈尾、端硯，不息，復投黄庭堅扇并自書《法華經》，風浪頓止。至湖廣遇吕仙，仙知名之前生係金童，龍王女如願前生本玉女，偶謫塵凡，數當配合，因語之曰：『龍王受汝經、扇，欲酬汝德，他物決不可受，惟説求如願足矣。』龍王果遣青衣童邀名至宫中，設宴款之，贈一丈珊瑚樹、明月珠二顆、通天犀，俱不受。但曰：『求如願。』龍王驚問何由知女名，名以純陽之言對，遂命與女如願諧伉儷，三日送歸家。時蔡京深嫉元祐正人，立黨人碑於端禮門，禁行三蘇文集。名藏蘇文於石壁中。值江右亢旱，斗米千錢，名出千金，糴米煮粥，廣救饑民三百餘萬。時徽宗寵信林靈素，正登壇作法，以李師師爲野狐精，擒之。適童貫捧詔至壇，師師得釋。封靈素『通真達靈先生』，於上清寶籙宫上表章，册徽宗爲教主道君皇帝，上玉帝徽號爲太上開元執符御歷含真體道昊天玉皇上帝。未幾，金人南侵，復命靈素具奏上帝。靈素伏陰回，云疏以劫運之故，不能上達，幸爲奎星代奏。玉旨云：天數已定，不必再瀆。帝問奎星是誰，云即蘇軾，今爲列宿，豈可稱爲黨人？帝即命毁黨人碑，召購蘇軾文集。時歐陽名藏蘇文已十年，如願所生子亦已十歲，以蘇文獻上。拜翰林學士，命草詔罪己。命李綱、种師道爲將，歐陽名爲參謀，敗金人粘没骨兵。玉帝以歐陽名正直無私，陰功浩大，着吕洞賓以幢幡寶蓋接之。妻胥氏、如願，與名皆白晝飛升云。

此劇蓋借《博物志》歐明事與宋徽宗時事粘合而成。按《博物志》：歐明從賈客道經彭澤，有數吏黑衣乘車馬，云是清洪君見邀，明遂登車，須臾抵府舍。門下吏告曰：『清洪君以物贈，君可勿取，獨求如願足矣。』既登堂，清洪君果以金帛贈之，明不受，但求如願。神不得已，呼如願出，使隨明歸。如如願者，清洪君婢也。明娶如願，有所需，輒得之，數年成巨富，意漸驕，不復愛如願。正月歲朝，如願起稍晚，明怒欲撻之，如願走入糞土積薪中，遂不見。今俗例正月十五日於坑厠迎得者爲紫姑，於灰薪中迎得者爲如願，猶此意也。院本以歐爲歐陽，以明爲名，謬指爲歐陽永叔之孫，以訛傳訛，殊可笑也。

林靈素賜號道君，册命玉帝徽號，具見《通鑒》。靈素指東坡爲奎星，亦係實事。李師師見《後水滸考》，惟觀師師一生，尚無負於君國，而院本指爲狐精，未免太過。

岳傳演義考

《岳傳》一書，前集多係實事，惟前後顛倒，頗以爲憾；後集因飛爲秦檜所誅，作者感憤，欲爲平反，故所載類多失實。按《宋史·飛本傳》：『飛字鵬舉，相州湯陰人，世爲農家，父和，能節食以濟貧，人有耕侵其地者，割而與之。生時有大鳥飛鳴屋上，因以爲名。』《演義》遂以飛爲如來佛頂上鵬鳥轉生，即由此也。

『未彌月，河决内黄，水暴至，母姚氏抱飛坐瓮中，衝濤及岸得免。』《演義》因之，遂有蛇龍報讎之謬脱。

『少負氣節，沉厚寡言。家貧力學，尤好《左氏春秋》，孫吴兵法。生有神力，未冠挽弓三百斤，弩八石。學射於周同，盡其術，能左右射；同死，朔望設祭於其家。父義之曰：「汝爲時用，其殉國死義乎？」』《演義》因之，遂有與梁山盜盧俊義、林冲同師周同之説。

『宣和四年，真定宣撫劉韐募敢死士，飛應之，率百騎，擒劇賊陶俊、賈進和。』《演義》謂陶、賈在九宫山爲盜，與董先、王信、王義五人合夥，爲飛將張憲説降，此係附會，不足信也。

『康王至相，飛因劉浩以見，使招賊吉倩，倩以衆降。』今《演義》誤作吉青。

『金人圍東京，飛從劉浩解之，與敵相持於滑南，領百騎習兵河上，敵猝至，飛麾其徒曰：「敵雖衆，未知吾虛實，可速擊之。」乃獨馳迎敵，有梟將舞刀而前，飛斬之，敵大敗。遷秉義郎，隸留守宗澤麾下，屢戰有功。澤奇之曰：「爾智勇才藝，古良將不能過，然好野戰，非萬全計。」因授以陣圖。飛曰：「陣而後戰，兵法之常，運用之妙，存乎一心。」澤是其言。康王即位，飛上書數千言，大略謂：陛下登極，社稷有主，黄潛善、汪伯彦輩不能恢復，奉駕而南，不足繫中原之望。願陛下乘敵穴未固，親率六軍北渡，則將士作氣，中原可復。書聞，以越職言事奪官。歸詣河北招討使張所，所以國士待之，借補修武郎，充中軍統領。問曰：「汝能敵幾何？」飛曰：「勇不足恃，用兵在謀，欒枝曳柴以敗荆，莫敖採樵以致絞，皆謀定也。」所驚曰：「君殆非行伍中人。」補武經郎，命從王彦渡河。至新鄉，金兵勢盛，彦不敢進，飛獨引所部鏖戰，奪其纛而舞，諸軍争奮，遂拔新鄉。翌日，戰於侯兆川，身被十餘槍，士皆死戰，又敗之。夜屯石門山下，或傳金兵復至，一軍皆驚，飛堅卧不爲動，金兵卒不敢來。會食盡，彦不發糧，飛引兵益北，戰於太行山，擒金將拓跋耶烏。居數日，復遇敵，飛單騎持丈八鐵槍，刺殺黑風大王，敵大敗走。』此皆驚人奪目之事，惜《演義》以俗筆出之，遺漏不載，殊可憾也。

『飛恐爲彦所害，復歸宗澤，爲留守司統制。居職一年，戰胙城及黑龍潭，皆大捷。戰汜水關，射殪金將，大破其衆。』《演義》以金將爲駙馬張從龍，爲飛將余化龍金標打死，即指此事。

『復燒竹蘆渡，金人驚潰。賊黄善、曹成、孔彦舟等合衆五十萬薄南薰門，京中大懼，飛所部仗八百人，左挾彈，右運矛，横冲其陣，賊亂，大敗之。』《演義》謂金刀黄善爲王貴所殺，即係此事。

『飛授真州刺史，時宗澤已死，杜充代爲留守，將還建康。飛曰：「中原尺寸不可棄，今一舉足，此地非我有，他日欲復取之，非數十萬衆不可。」充不聽，遂與俱歸。復敗賊張用、李成於途，成奔江西。朝命杜充守建康，金人與李成合寇烏江，充閉門不出，飛泣諫請視師，不聽，金人由馬家渡渡江，充竟降金。諸將多行剽掠，惟飛軍秋毫無犯。兀术（《史》、《鑒》異譯：《史》譯兀术，《鑒》譯烏珠）趨杭州，飛要擊至廣德境，六戰皆捷，擒其將王權，俘簽軍首領四十餘人，察其可用者，結以恩，使還縱火，飛乘亂縱擊，大敗之。軍無見糧，將士忍饑不敢擾民。金所籍中原兵相謂曰：「此岳爺爺軍也。」争來降附。兀术攻常州，飛屯宜興。盗郭吉聞飛來，遁入湖，飛遣部將王貴、傅慶追破之，又遣辯士馬皋、林聚盡降其衆。有張威武者不從，飛單騎入其營，斬之。與金人四戰皆捷，尾襲於鎮江，又捷，戰於清水亭，又大捷，横屍十五里。兀术趨建康，飛設伏牛頭山待之，夜令百人黑衣混入金營中擾之，金兵驚，自相攻擊，飛大破之，兀术奔淮西，遂復建康。奏請重兵鎮守，更益兵守淮，拱護腹心。帝嘉納。』觀此，則牛頭山一戰，高宗并不在軍，《演義》所載，殊多失實。

『奉詔討賊戚方於廣德，降之』。《演義》謂方後叛飛，射飛中臂，此事不見於史，未可信也。

『金圍楚州，詔飛救楚，命劉光世出兵援飛。飛三戰三捷，殺高太保，俘隊長七十餘人。光世兵不敢進，飛師孤力寡，楚州遂陷。飛退保柴墟，復戰於南霸橋，金兵大敗。紹興元年，討賊李成，降成衆八萬餘人，斬其將趙萬、馬進，成降僞齊（時金封劉豫爲齊帝）。復以書諭賊張用，降之。江淮悉平。加飛神武右軍副統制，授親衛大夫、建州觀察使。建寇范汝爲陷邵武，飛以岳字旗植城門，賊望見不敢犯。賊黨姚達、饒青逼建昌，飛遣王萬、徐慶討擒之，升神武副軍都統制，命權知潭州，兼荆湖東路安撫都總管，付金字牌、黄旗，使招賊曹成降。時成據道、賀二州，擁衆十萬，不從。飛入賀州掩擊之，賊大潰。成走據北藏嶺上梧關，遣將迎戰，飛不陣而鼓，士争奮，奪關嶺據之。成又以衆十萬守蓬頭嶺，飛部纔八千，一鼓登嶺，破之，成奔連州。飛戒張憲等曰：「成黨殲之可憫，縱則復聚爲盗，爾等宜誅其酋而撫其衆，慎勿妄殺。」於是張憲、徐慶、王貴分道進兵，與飛會於連州，降者二萬，成走宣撫司降。時以盛夏行師瘴地，飛撫循有方，士無一人死癘者。」《演義》以曹成爲宋總兵，從劉豫降金，其子曹亮降宋，弑父自殺，此皆臆造之辭，不足據也。

「飛以功授武安軍承宣使，屯江州，捕劇賊馬友、郝通、劉忠、張式、李通、李宗亮，皆平之。虔州固石洞賊彭友寇掠諸郡，紹興三年，命飛征勦，飛麾兵即馬上擒之，餘賊退保固石洞。洞高峻環水，止一徑可入。飛列騎山下，黎明遣死士疾馳登山，賊衆亂，棄山而下，騎兵圍之，賊呼乞命，飛令勿殺受降，諸郡悉定。時受密旨令屠虔州，飛請但誅首惡，不許，請至三四，帝乃曲赦，虔人感德，繪像祠之。是秋入見，帝手書「精忠岳飛」四字，製旗賜之。授鎮南軍承宣使，江南西路沿江制置使，又改神武後軍都統制，仍制置使。僞齊劉豫遣將李成導金入侵，破襄陽等諸州郡，欲自江西陸行兩浙，湖寇楊么亦與齊通，欲順流而下。帝命飛爲之備，飛奏襄陽等六郡，爲恢復中原基本，今當先取以除心膂之病，先征李成，後殄湖湘群盗。帝問趙鼎，鼎曰：「知上流利害莫如飛。」遂授飛黄復州漢陽軍德安州制置使。飛渡江，中流顧幕屬曰：「飛不擒賊，不涉此江。」抵郢城，僞齊將京超號萬人敵，乘城拒飛。飛鼓衆登城，超投崖死，復隨、郢兩州。趨襄陽，李成迎戰，軍臨襄江，飛笑曰：「步兵利險阻，騎兵利平曠，成左列騎江岸，右列步平地，雖衆何能爲？」舉鞭指王貴曰：「爾以長槍步卒擊騎兵。」指牛皋曰：「爾以騎兵擊步卒。」合戰，馬應槍而斃，後騎皆擁入江，步卒死者無數，成夜遁，遂復襄陽。進兵鄧州，成與金將劉合孛堇列砦拒飛，飛遣張憲、王貴掩擊，金兵大潰，劉合孛堇僅以身免，遂復鄧州，襄漢平。帝聞之喜曰：「朕素聞岳飛行軍有紀律，未知能破敵如此。」趙鼎奏湖北鄂、岳爲上流要害，乞令飛屯鄂，岳，不惟江西藉其聲勢，湖、廣、江、浙，亦獲安妥。乃以隨、郢諸州并爲襄陽府路，隸飛，授飛清遠軍節度使、湖北路荆襄潭州制置使，封武昌縣開國子，屯鄂。兀术、劉豫合兵趨廬州，帝手札命飛解圍，提兵趨廬。飛張岳字旗與精忠旗，金兵一戰而潰，廬州平。飛奏襄陽等六郡，户闕牛糧，乞量給官錢，免官私逋負，州縣官以招集流亡爲殿最。五年，入覲，封母國夫人，授飛鎮寧崇信軍節度使，進封武昌郡開國侯，又除荆湖南北襄陽制置使、神武後軍都統制。命招捕楊么。飛部皆西北人，不習水戰。飛曰：「兵何常，顧用之何如耳。」先遣使招諭賊黨，其黨黄佐曰：「岳節使號令如山，若與敵萬無生理，」遂降。飛表授武義大夫，單騎按其部，拊佐背曰：「子知順逆者，果能立功，封侯豈足道哉！欲復遣子至湖中，視其可乘者擒之，可勸者招之，何如？」佐感泣，誓以死報。』《演義》因之，遂有嚴奇父子、羅延慶、花普芳降飛之說。

『時張浚以都督軍事至潭，潭州參政席益疑飛玩寇，欲以上聞。浚曰：「岳侯，忠孝人也，兵有深機，胡可易言？」益慚而止。黄佐襲殺周倫，擒陳貴，飛上其功，遷武功大夫。時浚以防秋，欲俟來年再議，飛袖小圖示浚曰：「已有定畫，能少留八日，可破賊。」浚曰：「何言之易？」飛曰：「以王師攻水寇，我短彼長，以所短攻所長則難；若因敵將，用敵兵，奪其手足之助，離其腹心之托，使之孤立，而後以王師乘之，八日之内，當俘諸賊。」浚許之。黄佐招楊欽來降，飛喜曰：「楊欽驍悍，欽降，賊腹心潰矣。」表授武義大夫，禮遇甚厚，復遣歸湖中。兩日，欽説余端、劉詵等降。飛詭罵欽曰：「賊不盡降，何來也？」杖之，復令人湖。是夜掩賊營，降其衆數萬。么負固不服，浮舟湖中，以輪激水，其行如飛，旁置撞竿，官舟迎之輒碎。飛伐君山木爲巨筏，塞諸港汊，又以腐木亂草，浮上流而下，擇水淺處，遣善罵者挑之，賊怒來追，則草木壅積，舟輪礙不行。飛亟遣兵擊之，賊奔港中，爲筏所拒，官軍乘筏，張牛革以蔽矢石，舉巨木撞舟，舟沉，么投水中，牛皋擒斬之。』《演義》紀此段皆係實事，惟牛皋穿破浪履，踏水面如平地，則點綴之辭，不足信也。

『飛入賊壘，餘賊驚曰：「何神也！」俱降。飛親行諸砦，慰撫之，縱老弱歸田，籍少壯爲軍。果八日而賊平。浚嘆曰：「岳侯，神算也！」初賊恃其險，曰：「欲犯我者，除是飛來。」至是人以其言爲讖。獲舟千餘，鄂渚水軍，遂爲沿江之冠。詔兼蘄黄制置使，加檢校少保，進封公。還軍鄂州，除荆湖南北襄陽路招討使。』然則是役之督軍事者爲張浚，而《演義》謂與韓世忠同事者，誤也。

『張浚至江上，會諸大帥，獨稱飛與韓世忠可倚大事，命飛屯襄陽以窺中原。曰：「此君素志也。」飛移軍京西，改武勝定國軍節度使。居母憂，扶櫬還廬山，連表乞終喪，不許，乃就軍。命宣撫河東，節制河北。乃遣王貴等攻下虢州，獲糧十五萬石，降衆數萬。遣楊再興進兵長水縣，再戰皆捷，中原響應。紹興七年入見，拜太尉。飛數於帝前論恢復之略，帝喜曰：「有臣如此，顧復何憂？進止之機，朕不中制。」又召至寢閣，命之曰：「中興之事，一以委卿。」飛方圖大舉，會秦檜主和，又與張浚議事不合，遂上章乞解兵柄終喪，以張憲攝軍事，步歸，廬母墓側。帝累詔趣（音促）飛還職，飛奏：比者寢閣之命，聖斷已堅，何至今尚未決？臣願提兵進討，順天道，固人心，以曲直爲老壯，以逆順爲强弱，萬全之效可必。又奏：錢塘僻在海隅，非用武地，願陛下建都上游，用漢光武故事，親率六軍，往來督戰，庶將士知聖意所向，人人用命。不報。詔飛駐師江州，爲淮浙援。飛偵知兀术惡劉豫，可以間而動，會軍中得兀术諜者，飛陽責曰：「汝非吾軍中人張斌耶？吾向遣汝至齊，約誘致四太子，汝往不復來，吾繼遣人問齊，已許我今冬以會合寇江爲名，致四太子於清河，汝所持書竟不至，何背我耶？」諜冀緩死，即詭服。乃作蠟書，言與劉豫同謀誅兀术事。因謂諜曰：「吾今貸汝，復遣至齊問舉兵期。」刲股納書，戒勿泄。諜歸，以書示兀术，兀术大驚，馳白其主，遂廢豫。飛奏宜乘廢豫之際，搗其不備，長驅以取中原。不報。』今《演義》言岳飛指諜者爲張保，實張斌之誤也。

『八年，還鎮鄂州。秋，召赴行在，命詣資善堂見皇太子。飛退而喜曰：「社稷得人矣！中興其在是乎？」會金遣使歸河南地，飛言金不可信，和不可恃，相臣謀國不臧，恐貽後世譏。檜銜之。九年，以復河南大赦，飛表謝，仍言和議不便，有「唾手燕雲、復讎報國」之語。授開府，儀同三司，飛力辭，言今日之事，可危不可安，可憂不可賀，三詔不受。帝温言獎諭，乃受。會遣士褭謁諸陵，飛請以輕騎從，實欲觀釁以動。檜白帝，止其行。十年，金攻拱、亳，劉錡告急，帝令飛馳援，賜札曰：設施之方，一以委卿。飛遣張憲、姚政赴援，王貴、牛皋、董先、楊再興、孟邦傑、李寶等經略西京汝、鄭諸郡。又命梁興渡河，糾合忠義社，取河東北州縣，自以其軍長驅以瞰中原。密奏言：先正國本以安人心，然後不常厥居，以示無忘復讎之意。帝得奏，大褒其忠，授少保。未幾，所遣諸將相繼奏捷。大軍在潁昌，諸將分道出戰，飛自以輕騎駐郾城，兵勢甚鋭。兀术大懼，會龍虎大王議，以爲諸帥易與，獨飛不可當，欲誘致其師，併力一戰。中外聞之大懼，詔飛審處自固。飛曰：「金人伎窮矣！」乃日出挑戰，且罵之。兀术合龍虎大王、蓋天大王與韓常之兵逼郾城，飛遣其子雲領騎兵直貫其陣，戒之曰：「不勝，先斬汝。」鏖兵數十合，敵屍布野。初，兀术有勁軍，皆重鎧，貫以韋索，三人爲聯，號拐子軍。是役以萬五千騎來，飛戒步卒，以麻札刀，入陣勿仰視，第斫馬足，拐子馬相連，一馬仆，二馬不能行，官軍奮擊，遂大敗之。兀术大慟曰：「自海上起兵，皆以此勝，今已矣！」』《演義》謂岳飛練鈎鐮槍破連環馬，即指此也。

『兀术益兵來攻，部將王貴以五十騎覘敵，遇之，奮斬其將。時飛出視戰地，望見黄塵蔽天，自以四十騎突戰，敗之。岳雲以騎兵八百援潁昌，挺前决戰，殺兀术婿夏金吾、副統軍粘罕索孛堇，兀术遁去。梁興會太行山忠義及兩河豪傑，累戰皆捷，中原大震。飛進軍朱仙鎮，與兀术對壘而陣，遣驍將以背嵬騎（軍名）五百奮擊，大破之，兀术遁還汴京。飛檄陵臺令行視諸陵，葺治之。初，飛遣梁興等布德意，招結兩河豪傑來歸，金人動息，山川險要，一時皆得其實。約日興兵，與官軍會，其所揭旗，以岳爲號。父老百姓，争挽車牽牛，載糗糧以饋義軍，頂盆焚香迎候者，充塞道路。自燕以南，金號令不行。兀术嘆曰：「自我起北方以來，未有如今日之挫衄者！」金統制王鎮等皆自北方來降，將軍韓常亦欲以五萬衆内附。飛喜，語其下曰：「直抵黄龍府，與諸君痛飲耳！」方指日渡河，而檜欲畫淮以北棄之，風（讀作諷）臺臣請班師。飛奏：「金人鋭氣沮喪，豪傑向風，士卒用命，時不再來，機難輕失。」檜知飛志鋭不可回，乃先請張俊、楊沂中等歸，而後言飛孤軍不可久留，乞令班師。一日奉十二金字牌。飛憤惋泣下，東向再拜曰：「十年之功，廢於一旦！」乃班師。百姓遮馬慟哭，請曰：「我等戴香盆、運糧草以迎官軍，金人悉知之，相公去，我輩無噍類矣！」飛亦悲泣，取詔示之曰：「吾不得擅留。」哭聲震野。飛留五日，以待其徙，從而南者如市，飛奏以漢上六郡閒田處之。初，兀术欲棄汴走，有書生叩馬曰：「太子毋走，岳少保且退矣，自古未有權臣在内，而大將能立功於外者。少保且不免，况欲成功乎？」兀术悟，遂留。飛既歸，所得州縣旋復失之。』此係紹興十年事，與征楊么事中距五年，《演義》以爲兩事相連，實大誤也。

『十一年，金分兵渡淮，時飛方苦寒嗽，力疾至廬州，金兵望風而遁。時檜和議既决，患飛異己，乃密奏召三大將論功行賞。韓世忠、張俊已至，飛獨後。檜又用參政王次翁計，俟之六七日。既至，授樞密副使，位參知政事上。飛在諸將中年最少，以列校拔起，累立顯功，韓世忠、張俊不能平，飛屈己下之。楊么平，飛獻世忠、俊樓船各一，兵械畢具。世忠大悦，俊反忌之。五月，詔飛同俊往楚州措置邊防，總韓世忠軍。俊知世忠忤檜，欲與飛分其背嵬軍，飛義不肯。俊欲修楚州城爲備，飛曰：

「當戮力以圖恢復，豈可爲退保計！」俊變色。會世忠軍吏景著與總領胡紡言：「二樞密若分韓軍，恐致生事。」紡上其言，檜捕著下大理寺，欲以扇摇誣世忠罪，飛馳書告以檜意，世忠見帝自明，俊大憾飛，倡言飛議棄山陽，且密以飛報世忠事告檜。初，檜逐趙鼎，飛每對客嘆息，又讀檜奏至「德無常師，主善爲師」之語，惡其欺罔，恚曰：「君臣大倫，根於天性，大臣而忍面欺其主耶？」兀术遺檜書曰：「汝朝夕以和請，而岳飛方爲河北圖，必殺飛始可和。」檜以飛不死，終梗和議，己必及禍，力謀殺之。風（讀作諷）諫議大夫万俟卨（音密其錫）、中丞何鑄、御史羅汝楫交章彈論，大率謂：今春金攻淮西，飛按兵不進，又欲棄山陽（指楚州）不守。飛累章請罷樞柄，尋還兩鎮節，充萬壽觀使，奉朝請。檜又諭張俊，令劫王貴，誘王俊，誣告張憲謀還飛兵；檜捕飛父子證張憲事，命何鑄鞫之。飛笑曰：「皇天后土，可表此心！」裂裳以背示鑄，有「盡忠報國」四大字，深入膚理。鑄以實無左驗，明其無辜。改命万俟卨，卨誣飛、雲皆有書與憲，其書已焚。飛繫兩月，無可證者。或教卨以臺章所指淮西事爲言，卨喜白檜，簿録飛家，取當時御札藏之以滅迹，命評事元龜年取行軍時日雜定之，傅會其獄。韓世忠不平，詣檜詰實。檜曰：「飛子雲與張憲書，其事莫須有。」世忠曰：「莫須有三字，何以服天下？」歲暮，獄不成，檜手書小紙付獄，即報飛死。』按《三朝北盟會編》載：紹興十一年十月十三日，飛下獄，十二月二十九日，飛死於獄，梟其首，市人墮淚。時年三十九歲。籍家資，徙家嶺南。幕屬于鵬等從坐者六人。大理卿薛仁輔、寺丞李若樸、何彦猷以言飛無罪劾去。《演義》以大理卿爲周三畏者，非也。

『時洪皓在金國，蠟書馳奏，謂金人所畏服者惟飛，聞飛死，酌酒相賀。飛至孝，母有痼疾，藥餌必親。母卒，水漿不入口者三日。家無侍姬，吴玠飾名姝遺之，飛曰：「主上宵旰，豈大將安樂時耶？」不受。少豪飲，帝戒之曰：「卿異時到河朔乃可飲。」遂絶飲。帝嘗爲飛營第，飛辭曰：「敵未滅，何以家爲？」或問天下何時太平，飛曰：「文臣不愛錢，武臣不惜死，天下平矣。」張浚嘗問用兵之術，曰：「仁、智、信、勇、嚴，闕一不可。」卒有取民麻一縷束芻者，斬以徇。其子雲以注坡馬躓，怒而鞭之。凡有頒犒，均給軍吏，秋毫不私。卒有疾，親爲調藥。諸將遠戍，遣妻問勞其家，死者哭之而育其孤，或以子婚其女。軍凍死不拆屋，餓死不鹵掠。有所舉，召諸統制與謀，謀定後戰，故有勝無敗。猝遇敵，不動。故敵爲之語曰：「撼山易，撼岳家軍難。」荆湖平，募民營田，歲省漕運之半。好賢禮士，覽經史，恂恂如書生。每辭官，必曰：「將士效力，飛何功之有？」檜死，議復飛官，万俟卨謂：「金方願和，不可。」紹興末，太學生程宏圖上書訟冤，詔飛家自便。孝宗立，詔復飛官，以禮改葬。賜錢百萬，求其後悉官之。建廟於鄂，號忠烈，謚武穆，追封鄂王。五子雲、雷、霖、震、霆。雲，飛之養子，年十二，從張憲戰，多得其力，軍中呼曰贏官人，飛征伐未嘗不與，數立奇功，手握兩鐵椎，重八十斤，先諸軍登城，襄漢平，功第一；飛不言，銓曹辯之，始遷武翼郎。楊么平，功又第一，又不言。張浚廉得其實，曰：「岳侯廉則廉矣，未爲公也。」奏擢異數，飛辭不受。潁昌大戰，出入行陣，無慮十數，體被百餘創，甲裳爲赤，以功遷忠州防禦使，飛又力辭之。終武功大夫，提舉醴泉觀。死年二十三。孝宗初，復原官，以禮祔葬，贈安遠軍承宣使。雷，武略郎。霖，大中大夫。震，朝奉大夫。

霆，修武郎。霖請孝宗還淮西十五御札，其子珂匯次爲《籲天辨誣集》五卷，《天定録》二卷，上之。』由是觀之，岳飛五子，惟雲最勇，餘皆文職。《演義》岳雷伐金之説，蓋欲成武穆之志，非紀實也。

岳飛部下諸將，張憲、王貴、牛皋、施全、楊再興、孟邦傑、吉青、梁興、徐慶、戚方、董先、陶俊、賈進和、王佐（《宋史·岳飛傳》作黄佐）、楊欽、王俊，均有其人，見之於史。憲爲岳飛愛將，嘗攝軍事，從飛入獄，張俊親行鞫煉，身無完膚，竟坐死，籍其家。紹興末，追復神龍衛四廂都指揮使，録其家。貴爲飛部將，飛嘗欲斬之，及獄起，檜令飛部曲能告飛事者重賞，無應者。誘貴，貴不肯，曰：『爲大將寧免賞罰用人？苟以爲怨，將不勝其怨矣。』檜不能屈，劫以私事，貴懼，勉從之。是貴之晚節有歉矣。皋字伯遠，汝州人，初爲保義郎。金攻京西，皋十餘戰皆捷，除鎮撫使。飛由襄、漢窺中原時，皋始隸部下。僞齊以五千騎薄廬州，皋謂金將曰：『牛皋在此，汝輩何爲？』敵愕然，不戰而潰，威大震，積功至捧日天武四廂都指揮使，湖南路馬步軍副總管。紹興十七年上巳日，統制田師中宴諸將，皋遇毒歸，謂所親曰：『皋年六十一，位至侍從，所恨南北講和，不以馬革裹屍，死牖下耳！』遂卒。或言檜使師中毒之云。是《演義》氣死兀术、笑死牛皋之説，誣妄可知。再興本曹成將，飛破成，入莫邪關，再興馬躍入澗，張憲欲殺之，再興曰：『願執我見岳公。』遂受縛。飛奇其貌，釋之曰：『我不殺汝，當以忠義報國。』再興拜謝。郾城之戰，再興以單騎入其軍，擒兀术不獲，手殺數百人而還。兀术憤甚，併力復戰，屯兵十二萬於臨潁，再興以三百騎遇於小商橋，驟與之戰，殺二千餘人，及萬户薩巴見勒、千户百人，再興戰死，後獲其屍焚之，得箭鏃三升。《演義》謂收再興於九龍山者，不實。梁興爲太行山忠義社首領。吉青係吉倩之誤。王佐以么將降飛，無斷臂事。施全以刺檜不成而死，事誠有之，朱文公熹嘗嘆美之曰：『忠義之氣，乃在此輩。』王俊號雕兒，以奸貪屢爲憲所裁，及獄起，遂從檜誣飛。《演義》謂俊嘗爲飛所責辱者，誤也。湯懷、羅延安、嚴成方等，史無其人，皆《演義》增飾者耳。

韓世忠，名良臣，延安人。宣和二年，嘗以偏將擒方臘。戰功以黄天蕩一役爲最著。《演義》所云，皆係實事。炮炸兩狼事，不見於史，蓋臆造也。性戇直，岳飛冤獄，舉朝無敢言，世忠獨攖檜怒，上疏言檜誤國，抵排和議，觸檜尤多。或勸止之，世忠曰：『今畏禍苟同，他日瞑目，豈可受鐵杖於太祖殿下？』嘗戒家人曰：『吾名世忠，汝曹毋諱忠字，諱則是忘忠也。』自此杜門謝客，絶口不言兵，時跨驢攜酒，從一二奚童縱游西湖，號清凉居士。解兵政十年而卒。孝宗朝，追封蘄王，謚忠武，見《宋史本傳》。夫人梁氏，名紅玉，本小家女，後封國夫人。張叔夜從徽宗北狩，中道不食而死，無守河間府事。陸登史無其人，亦《演義》增飾者耳。

胡迪、何立夢見閻羅，事亦有本。《夷堅志》載：秦檜矯詔殺岳飛，後游西湖，舟中得暴疾，昏悶之際，見一人披髮瞋目，厲聲責曰：『汝誤國害民，殺害忠良，我已訴於天矣，汝當受鐵杖於太祖殿下。』檜自此怏怏以死。其子熺亦死。方士伏章見熺負鐵枷，云父在酆都。方士至酆都，果見檜與万俟卨俱荷鐵枷，備受諸苦。檜囑方士曰：『煩傳語夫人，東窗事發矣。』理宗朝，有考試官歸自荆湖，暴死復蘇，曰：『適見陰間趙宋斷秦檜事，受鐵杖，押往某處受報矣。』《演義》以東窗事發爲檜對何立語，死而復蘇者爲胡迪，蓋因此而附會者也。

檜妻王氏，係王仲嶷女，從檜陷北方，無以自存，乃日侍漢奸戚悟室之門，凡四載；悟室素主和議，乃授旨意，約以待時而動，密縱之歸。檜挈妻航海，南至楚州，幾爲郡守楊揆所斬，賴揆客管當可救，得免。時韓世忠駐高郵，不敢取道，復自楚泛洋，至會稽入三江門。事見宋王明清《玉照新志》。《演義》謂王氏在北，與兀术通奸，此過甚言之。惟和議實受自金人意旨，其奸惡不能諱也。

銀瓶小姐投井事，不見於史，而私家著述，多有記其事者。明田汝成《西湖志餘》，清陸次雲《湖壖雜記》，皆云武穆季女聞王下獄，欲叩闕上書，邏卒攔止，遂抱銀瓶投井死。《雜記》又云：宋帝悟王冤，就其第立廟以祀，井在廟中。明沈儀懋《兩湖麈談》云：江浙憲臺乃岳王故第，至今祠公爲土神，其庭前井，相傳王遇禍時，其少女抱銀瓶墜此井死。正德中，梁公材爲臺長，表其井曰孝娥，劉五清先生爲之銘。歷觀諸書所云，均因其女抱銀瓶而死，故以銀瓶目之。而清楊雪湖《瑣談》則云：岳王女以其母夢銀瓶而生，故字銀瓶，後王死難，女投井殉。《易·井卦》有云：羸其瓶凶。豈其兆先伏於受生之初乎？是真以女名爲銀瓶矣。今杭城張烈文侯祠（即張憲廟），後人强以銀瓶爲之配，塑像其旁，并題名氏，此則有瀆往哲甚矣。嘗見岳霖子岳珂所著《忠武行述》，末云：先臣女安娘適高祚。來集之《樵書》亦云：孝宗訪求岳氏子孫，襁褓以上皆官之；武穆有女安娘，其夫高祚補承信郎。均不言及少女銀瓶。然則銀瓶之果有無其人，尚屬疑案，而世遂以爲張憲之妻，真大謬矣。

釵釧記傳奇考

《釵釧記》傳奇，謂宋觀文殿大學士李若水恤刑真州，平反皇甫吟獄。此實錢若水事，而《傳奇》以爲李若水者，誤也。按：若水，字澹成，幼聰悟，十歲能屬文。雍熙中，舉進士，釋褐爲同州觀察推官。有富民失女奴，其父母訟於州，獄吏嘗以事銜富民，乃羅織之，謂實殺女投水中，罪坐死。若水使人訪女奴得之，以示奴之父母，遂赦富民出獄。太守以其能斷獄也，欲薦之。若水辭曰：『朝廷以此爲若水功，當置獄吏於何地？』太守嘆服。此事出《東都事略》、《宋史本傳》不載。《續通志》及《名臣言行録》均採入之。傳奇因之，構爲一段婚姻佳話，以投水未死者爲史直之女，以受冤者爲皇甫吟，此皆增飾其辭，以取悦人之耳目而已。李若水信有其人，見《宋史·忠義傳》，從徽、欽北狩，罵賊殉節，無斷獄事。

百順記院本考

《百順記》演宋王曾祖孫三代，富貴榮華，多係實事。惟以王繹爲王曾之孫，則誤矣。按《宋史·王曾本傳》：曾字孝先，青州益都人，少孤，鞠於仲父宗元。從里人張震游，善爲文辭，由鄉貢試吏部廷對皆第一，累遷至右正言，知制誥，兼史館修撰。時瑞應沓至，曾入對，謂此誠國家承平所致，然願推而勿居，異日或有災沴，庶免輿議。此《宜秋亭産芝》一齣所從來也。位至左僕射、資政殿大學士。寶元元年冬，大星墜其寢所，左右驚告，曾曰：『後一月當知之。』如期而卒，年六十一，贈侍中，謚文正。仁宗爲撰旌賢之碑，改其鄉爲旌賢鄉。無子，養子曰繂，又以弟子融之子繹爲後。觀此則曾實未有所生，何順之有？而宋祁撰《王曾墓誌銘》，則云曾有子四人，絪、緣、繽、繂。絪、繂俱光禄寺卿，繽將作監，緣夭。四子幼時，曾養母弟皡字子融之子繹爲嗣，仕至尚書兵部郎中秘閣校理。則曾有四子，繹乃以兄弟之子爲子者，非孫也。且亦不聞有狀元之選。後人以曾狀元宰相，而遂舉天下最順之境，歸之一人，謂其祖孫狀元，一門富貴，此特理想而已。要之此種曲本，毫無趣味，編者亦專爲喜慶而作，如世俗相傳之《三星下界》、《天官賜福》、《滿床笏》，但宜教坊及鐘鼓司習之，以博勳戚豪門之一笑，非文人學士所喜研究者也。

荆釵記傳奇考

《荆釵記》演王十朋事。按《宋史本傳》：十朋，字龜齡，温州樂清人。有文行，聚徒梅溪，受業者以百數。秦檜死，帝親策士，十朋對策，陳朝政切直，擢爲第一。孝宗朝，史浩當國，十朋爲侍御史，論其八罪，曰：懷奸、誤國、植黨、盗權、忌言、蔽賢、欺君、訕上。帝爲出浩知紹興府。十朋再疏：

『紹興密邇行都，浩嘗爲屬吏，奸贓彰聞，何顔復見其民？遂改爲祠史。又奏史浩之黨史正志、林安宅傾險奸邪，盜弄威福，皆罷黜之。仕至龍圖閣直學士，卒年六十，謚忠文。十朋事親孝，友愛二弟，每以諸葛亮、顔真卿、范仲淹、韓琦、唐介自比。《傳奇》所云，皆屬子虚烏有。俞曲園先生嘗考實之，爲録其説如左。

褚人穫《堅瓠集》引《南窗閒筆》云：錢玉蓮，宋名妓，爲孫汝權所娶，某寺殿梁上刻『信士孫汝權同妻錢玉蓮喜捨』。又《聽雨增筆》云：孫汝權，宋朝名進士，有文集行世。十朋劾史浩八罪，乃汝權嗾爲之，史氏子姓，怨兩人刺骨。適十朋之女亦名玉蓮，遂作《荆釵記》，以玉蓮爲十朋妻，而謂汝權有奪配事。此皆由小人懷恨，技無所施，乃出此卑劣手段，以誣賢者，非紀實也。

傳奇《祭江》一齣中有祭文云：『巫山一朵雲，閬苑一團雪，桃源一枝花，瑶臺一輪月。妻啊！如今是雲散雪消，花殘月缺。』梁紹壬《兩般秋雨庵》謂此詞實本孫季昭之《示兒編》。《示兒編》云：北魏仁宗祭章獻皇太后，楊大年捧讀祭文，乃無一字，因臨時自撰云：『惟靈巫山一朵雲，閬苑一堆雪，桃源一枝花，瑶臺一輪月；豈期雲散雪消，花殘月缺。』時仁宗喜其敏捷。然此詞浮艷輕佻，施之君后，失體實甚，不若移作祭妻之文，較爲妥貼也。

玉堂春劇本考

《玉堂春》演名妓蘇三爲王公子所眷，公子金盡，妓周給之，公子因得進京應試，擢巍科，位顯要，而蘇妓適因事繫獄，乃平反出之，與終白首焉。茲事未嘗無據，蓋即錢塘蘇小小之佳話也。按明郎仁寶《七修類稿》云：蘇小小，錢塘名娼也，容俊麗，工詩詞。姊名盼奴，與太學生趙不敏款洽二年，趙益貧，盼奴周之，使篤於業，遂捷南省，得官，授襄陽府司户。盼奴未能落籍，不能偕行。趙赴官三載，病將卒，有俸禄餘資，囑其弟趙院判分爲二份，一以與弟，一致盼奴，且言盼奴妹小小，可謀致之，佳偶也。院判如言，至錢塘，有宗人爲杭倅，托召盼奴，而盼奴已前一月殁矣。小小亦爲於潛官絹事，繫廳監。倅遂呼小小詰之曰：『於潛官絹，汝誘商人百匹，何以償之？』小小曰：『此亡姊盼奴事，乞賜周旋，非惟小小感生成之德，盼奴泉下亦不忘也。』倅喜其言婉順，因問：『汝識襄陽趙司户否？』小小曰：『趙司户未仕之日，盼奴嘗周給之，後授官去久，盼奴想念，因是致疾不起。』倅曰：『趙司户亦謝世矣，遺人附一緘及餘物一罨，外有伊弟院判寄汝一緘。』乃拆書，惟一詩云：『昔時名妓鎮東吴，不戀黄金只好書。試問錢塘蘇小小，風流還似大蘇無？』小小默然。倅令和之，因和云：『君住襄陽妾住吴，無情人寄有情書。當年若也來相訪，還有於潛絹事無？』倅乃盡以所寄與之，力主命小小歸院判偕老焉。

蘇妓之事如此。而劇本乃謂蘇妓行三，署名玉堂春，而易其所眷之趙生爲王公子，且以兄弟姊妹之事，併而爲一，亦以誤傳誤而已。錢塘梁紹壬《蘇小小考》，謂小小有二人，皆錢塘名娼，一南齊人，一宋人。元遺山《虞美人》詞：『只除蘇小不風流，斜插一枝萱草鳳釵頭。』此咏趙氏之蘇小小也。古樂府《西陵松柏下》一首，則指蕭氏之蘇小小。《春渚紀聞》載蘇小小墓在錢塘縣廨舍後，縣址舊在錢塘門邊，去西泠不遠。則今日西湖邊墓，乃南齊蘇小小也。元人張光弼《吊蘇小小詩》云：『香骨沉埋縣治前，西陵魂夢隔風煙。好花好月年年在，潮落潮生最可憐。』自注墳在嘉興縣前。此必指宋時之蘇小小無疑。蓋院判吴人，安知小小從良之後，不居嘉興耶？朱竹垞力争小小墳在秀州，而以在西泠者爲僞。實則杭、嘉各得其一，又何必蹈争墩之習耶？（按：《玉堂春》劇本所根據者乃馮夢龍《警世通言》廿四卷《玉堂春落難從夫》。作者未見《警世通言》，竟誤以爲蘇小小事。且此蘇小小實爲蘇小娟，非南齊名妓蘇小小也。）近伶界又編《武林蘇小》劇本，演小小屬意於某書生，而書生頻遭顛沛，卒獲團圓，其中離合悲歡，頗見新穎。然試問其所指者果何朝人物？恐編者亦不自知，則余又何從而考之耶？

玉簪記傳奇考

《玉簪記》演應試書生潘必正，因其姑寡居以後，以女貞觀出家爲女道士，遂借宿焉，而私與觀尼陳妙常勾情暗合，卒成夫婦。此事亦有所本，然潘生實名法成，非必正也。按《古今女史》云：南宋女貞觀尼陳妙常，年二十餘，姿色出群，詩文俊雅，工音律。張于湖授臨江令時，宿女貞觀，見妙常，驚爲國色，以詩調之，而妙常亦以詞峻拒。後與于湖故人潘法成私通，兩情既洽，潘以密告于湖，乞爲撮合，于湖乃以計斷爲夫婦。是于湖之功，不在《西厢》杜將軍下。而傳奇但叙潘生一人，更不爲張姓起一脚色，不免失實矣。清上海縣閨秀趙儀姞作《南宋宫閨百咏》，中有一絶云：『玉簪院本竟傳鈔，暫借鸚林作燕巢。難得于湖能不妬，締緣委曲爲心交。』即賦此也。

紅梅閣劇本考

《紅梅閣》演賈平章以愛妾鵑娘屬意某書生，因殺其妾，留書生於家，命僕賊之，賴鵑娘冥中力救得免。此實宋朝名媛賈娉娉事。（按：《紅梅閣》係演裴禹、盧昭容事，至賈妾屬意書生等中間數齣，乃出《緑衣人傳》，非賈娉娉也。）按：娉娉，字雲華，錢塘人，父官平章，母莫夫人，與魏鵬母有指腹之約。鵬字寓言，家貧，奉母命謁賈，賈命女結爲兄妹，不復議婚。鵬因侍婢春鴻，致辭於娉，私諧舊約。未幾，以母喪歸家，娉潛與生别，相持嗚咽，卒以鬱鬱病死。臨終，又遣春鴻致書魏生，書載《名媛尺牘》，下注其事甚詳。此事出於何書，編尺牘者惜未指出，爲可憾也。（按：此事出於明李昌祺《剪燈餘話》卷五《賈雲華還魂記》。周清原曾採此事作話本《洒雪堂巧結良緣》，見《西湖二集》第二十七卷，明人梅孝已亦有《洒雪堂》傳奇。）因録其書如左：

賈雲華致魏寓言書

妾薄命，不得奉侍左右，爲久遠計。今馬首欲東，無可相贐，手製粗鞋一雙，綾襪一緉，聊表微意，庶幾步履所至，猶妾之在足下也。悠悠心事，書不盡言，伏楮緘詞，涕淚交下。不宣。

然則平章之恨書生，實因悔婚起見，非挑其妾而使然也。劇本所云，亦失實矣。（作者此考大誤，請參看《剪燈新話》。）

冬青樹傳奇考

《冬青樹》爲鉛山蔣清容先生九種傳奇之一，此書惟《夢報》、《勘獄》二齣，神道設教，不免空中樓閣，而其餘則皆紀實。書凡三十八齣，而列總目有四：曰『謝太后晚年祝髮、趙王孫新國稱臣、文丞相燕臺殉節、謝招討古寺招魂』。

按《宋后妃傳》：謝太后，諱道清，天台人，宰相深甫之孫。理宗寶慶三年，册爲皇后。子度宗。孫帝㬎。帝㬎即位，尊爲太皇太后，垂簾聽政。元兵薄皋亭山，駐錢塘。帝㬎與母全后北去。太皇太后以疾留杭，至是年八月抵京師（指燕京），越七年而崩。全皇后，會稽人。度宗立，册爲皇后，生帝㬎。後入燕京，爲尼正智寺而終。王昭儀，名清惠，隨至燕京，度爲女道士。書中《庵祭》一齣，即從此出。是祝髮係全太后事，而總目乃云謝太后者，恐係手民之誤。

趙孟頫，字子昂，宋太祖子秦王德芳後也。幼聰敏，力學能文。至正中，程鉅夫以遺逸薦。元世祖召見，神采焕發，命草詔，帝覽之喜曰：『得朕心所欲言矣。』仁宗朝，拜翰林學士，稱其博學多聞，以李白、蘇軾比之。尋請南歸，卒，追封魏國公，謚文敏。所著詩文，清邃奇逸。篆籀分隸，真行草書，無不冠絶古今，遂以書名天下。其畫山水人物尤精致。子雍、奕，并以書名。事見《元史本傳》。又《書史會要補》云：頫妻管氏，善辭章，亦能書畫。仁宗嘗取其書，合頫、雍書裝成一帙，藏秘書監，曰：『使後世知我朝有一家夫婦父子皆善書者。』管夫人爲我邑小蒸人，見《青浦縣志》。他書之紀載夫人書畫者，多不勝載。傳奇《天聖寺·畫壁》一齣，殆非妄言也。

文天祥，字宋瑞，號文山，吉水人。年二十，舉進士，對策第一。帝㬎朝拜右相，加少保，封信國公。傳奇所編《勤王》、《留營》、《急遁》、《航海》、《開府》、《轉戰》、《崖山》、《抗節》、《浩歌》、《小樓》、《柴市》、《歸櫬》諸齣，均依《宋史本傳》，及趙弼所撰《文信公傳》，傳長不能備載，姑置勿録。惟《遇婢》一齣，則采他書以附合之者。按《帝京景物略》云：文山殉國，江南十義士舁公之屍，藁葬於都城小南門外五里道旁。元大德二年，文山繼子陞至京，訪公屍骨，偶見順城門内石橋側織綾户婦，乃公舊婢緑荷，緑荷爲語劉牢子，引陞至葬處，見有大小二塔，大塔旁竪小石碑，刻信國二字，遂以歸葬廬陵。

王炎午《生祭》、謝皋羽《西臺》兩齣，均見《宋遺民録》。《遺民録》云：謝翱，字皋羽，長溪人。文天祥開府延平時，署參軍。已復別去。宋亡，天祥被執以死，翱不能禁，乃挾酒登子陵臺，設天祥主，跪拜號痛，取竹如意擊石，作《楚些歌》招之，歌闋，竹石俱碎，因作《西臺慟哭記》。又云：太學生廬陵王炎午，字鼎翁，作《生祭文丞相》文，歷陳其可死之義，又反覆古今死節之道，激昂奮發，千五百餘言，録數十本，驛途山店，俱貼之，大意在速文丞相死國，文載《正氣集》中，余嘗見之。又有《文山死後望祭文》一篇，僅一百七十八字，自序云：相國再被執，予嘗爲文生祭之，而吉水張千載自燕山持丞相髮與齒歸，丞相既得死矣，嗚呼痛哉！謹痛哭望奠，再致一言。此《野哭》一齣所從來也。張千載即張毅甫，《文山本傳》言其負天祥骸骨，歸葬吉州，實則張所攜者僅髮與齒，其骸骨乃由文陞遇舊婢緑荷，而始得歸葬者也。

謝枋得，字君直，號叠山，信州弋陽人。性好直言，以忠義自任。元兵東下，枋得知信州，城破，乃變姓名，入建寧唐山中，麻衣躡屨，東向而哭，既又賣卜建陽市，求卜者惟取米及屨，委以錢，謝不受，人稍稍識之，延爲弟子講學。已而江南提學程文海（即程鉅夫）薦之，枋得遺書辭却，後爲魏天佑强使北行，遂卧眠篙中，不食二十餘日，不死，乃復茹菜果。病居憫忠寺，見壁間曹娥碑，泣曰：『女子猶爾，我豈不汝若？』留夢炎使醫進藥，怒曰：『汝乃欲生我耶？』終不食而卒。事具《宋史本傳》。又《宋史·列女傳》云：枋得妻李氏，枋得兵敗，李氏攜二子匿貴溪山中，採草木而食。至元十四年就俘，顧二子曰：『若幸生還，善事吾姑，吾不得終養矣。』解裙帶自經獄中死。此《賣卜》、《却聘》、《餓殉》三齣，亦紀實也。

唐珏植冬青樹事，見陶宗儀《輟耕録》。珏字玉潛，會稽山陰人。宋亡後一年，有總江南浮屠者，曰楊璉真伽（此從《史》譯，《通鑒》譯爲嘉木楊伽勒智），帥徒役，頓蕭山，發趙氏諸陵寢。珏聞之痛憤，亟貨家具，邀里中少年飲，酒酣，泫然出涕曰：『我輩皆宋人，何忍陵骨暴露？請共瘞之。』衆曰：『諾。』一少年曰：『兹義事也。然事發奈何？』珏曰：『我籌之熟矣，今取他骨相易，誰復知者？』乃乘夜收遺骸共瘞之。又於宋常朝殿掘冬青一株，植於土堆之上，爲賦《夢中詩》四首。其一云：『一抔自築珠邱土，雙匣親傳竺國經。只有春風知此意，年年杜宇哭冬青。』又考鄭元祐《林義士傳》云：宋太學生林德暘，字景曦，號霽山，當楊總統發掘諸陵時，林故爲丐者，背竹籮，持竹夾，鑄銀作小牌百十，取賄番僧曰：『餘不敢望，得收高、孝兩家骨足矣。』僧左右之，果得高宗、孝宗骨，爲兩函貯之，歸葬東嘉。賦《夢中詩》十首，其一與《輟耕録》同，不知果誰所作。二人之事，實不相謀，而清容先生因其同志，用於《收骨》之下，又編《私葬》一齣以會合之。因其有《夢中詩》也，乃又編《夢報》一齣。此齣脱胎於《牡丹亭》中之《冥判》，全屬子虛，惟以見輪回不爽而已。又《發陵》一齣，言妖僧楊璉真伽斷理宗頭爲飲器，此事見杜珪《紀聞》，亦不誣也。

《題驛》、《碎琴》諸齣，見《汪水雲詩集序》。水雲先生汪元量，字大有，錢塘人，以善琴受知宋主。國亡，奉三宫留燕甚久。世祖嘗命奏琴，因賜爲黄冠。南歸時，瀛國公與宫人王昭儀清惠以下廿九人，分韻賦詩，以餞其行。又宋宮人《送汪水雲詩序》云：水雲留金臺一紀，琴書相與無虚日。秋風天際，束書告行，此懷愴然，定知夜夢先過黄河也。瀛國公即宋帝㬎，入元後受此封號，時已祝髮爲僧。《寄語林和靖》一首，確係瀛國公詩。驛中題壁，『太液芙蓉，渾不似舊時顔色』一闋，亦確係王清惠詞。有《遺集》可按也。

醉菩提院本考

《醉菩提》演南宋顛僧道濟，以菩薩化身，爲佛門弟子，游戲三昧，假作顛狂。此實六朝時之南宋時人，而院本以爲趙氏之南宋者，誤也。按《南史·陶宏景傳》後附《沙門寶誌事》云：寶誌不知何許人，於宋泰始中見之，出入鍾山，往來都邑，年已五六十矣。宋、齊之交，稍顯靈迹，被髮徒跣，語默不倫。或被錦袍飲啖，同於凡俗，恒以銅鐃、剪刀、鑷屬，拄杖負之。好爲讖記，所謂誌公符是也。天監十二年卒。將死，忽移寺金剛像出置户外，語人云：『菩薩當去。』旬日，無疾而卒。先是琅琊王筠至莊嚴寺，寶誌遇之，與交言歡飲，至亡，敕令筠爲碑，蓋先覺也。其讖記流傳後世，多有散見於《南史》各傳中者。如《梁武紀》，天監中寶誌有詩云：『昔年三十八，今年八十三。四中復有四，城北火酣酣。』帝命周捨記之。帝年三十八克建業，八十三同泰寺灾，火起之日，乃四月十四也，其言皆驗。《王僧辨傳》，天監中寶誌有讖云：『太歲龍，將無理。蕭經霜，草應死。餘人散，十八子。』時人謂蕭氏當滅，李氏當興，遂有李洪雅起兵湘州，後爲僧辨所敗。《徐陵傳》：陵數歲，家人攜見寶誌，寶誌摩其頂曰：『此天上石麒麟也。』又《梁書·何敬容傳》，寶誌謂敬容曰：『君後必貴，終是何敗何耳。』及爲相，恐何姓爲禍，抑没宗族，無仕進者，後爲河東王譽發其陰私，遂及於禍，此何敗何之驗也。《劉歆傳》：寶誌遇歆於興皇寺，驚曰：『隱居學道，清净登佛。』如是者三説。《王筠傳》，筠奉敕製開善寺寶誌《大師碑文》，詞甚麗逸。是誌公一生，足爲紀述者甚多，後人因之，演爲種種奇異之事，而誤其名爲道濟，且誤其時爲趙氏之南宋，於是西湖諸禪林，僞造種種靈迹，以惑鄉愚，實則濟公即誌公之誤，無其人也。嘗見坊間又有《皆大歡喜》、《濟公傳》兩書，亦言濟公神迹，此皆畫蛇添足而已。

拜月亭傳奇考

《拜月亭》傳奇，元進士王實甫著，爲南詞之冠。時稱《北西廂》、《南拜月》二書爲一時瑜、亮。所演爲金邦事，事無可考。惟嘉興沈德符《顧曲雜言》，有談《拜月亭》一則云：何元朗謂《拜月亭》勝《琵琶記》，而王弇州力争以爲不然，此是王識見未到處。《琵琶》無論襲舊太多，與《西廂》同病，且其曲無一句可入弦索者。《拜月》則字字穩帖，與彈搊膠粘緊凑，蓋南詞全本可上弦索者，惟此耳。至於《走雨》、《錯認》、《拜月》諸折，俱問答往來，不用賓白，固爲高手。即旦兒《髻雲堆》小曲，摹擬閨秀嬌憨情態，活托逼真。《琵琶·咽糠》一折，描寫亦佳，終不及也。向與王房仲談此曲，渠亦謂乃翁

（弇州即房仲之父）持論未確。且云不特别詞之佳，即如《聶古》、《陀滿争遷都》一折，俱是兩人胸臆見解，絶無奏疏套子，亦非今人所能。余深服其言。若《西厢》才華富贍，北曲未有能繼之者，終是肉勝於骨，所以讓《拜月》一頭地。元人以鄭、馬、關、白爲四大家，而不及王實甫，有以也。《拜月亭》後小半，已爲俗工删改，非復舊本矣。今細閱《拜月》以後，無一詞可入選者，便知此語非謬。

又云：往年癸巳，吴中諸公子習武，爲江南撫臣朱鑒所訐，謂諸公子且反，以其贈客詩有云：『君實有心追季布，蓬門無計托朱家。』爲謀反確證。給事中趙完璧因據以上聞。時三相皆吴越人，恐上遂信爲真，急疏請行撫按，會勘虚實。會朱已去任，有代爲解者曰：『季布、朱家一聯，乃《拜月亭》曲中陀滿興福投蔣世隆，蔣作此語答贈，非諸公子所創作者。』因取坊間刻本證之，果然，獄始漸解。王房仲亦諸公子中一人也。今細閱新、舊刻本，俱無此聯，豈大獄興時，恐其連累，併削去此二句耶？或曰：《拜月亭》初無是詩，特解紛者詭爲此説，以代聊城矢耳。豈其然乎？

沈公明人，所言如是，是此書實不在《西厢》下也。惜入清以後，即已失傳，藏書家雖有是本，又不肯出以公世，遂使詞家之崇拜王實甫者，但知其有《西厢》，而不知其有《拜月》，誠可慨也。但觀沈公所云，《西厢》讓《拜月》一頭地，鄭、馬、關、白四大家不及王實甫數語，則彼亦認撰《西厢》者爲關漢卿，此後人所由聚訟也。

英烈演義考

英烈二字，相傳爲明將花雲而設。雲懷遠人，貌偉而黑，驍勇絶倫。駐守太平。陳友諒以舟師來寇，雲與元帥朱文遜、知府許瑗、院判王鼎結陣迎戰。文遜戰死，城陷。賊縛雲，雲奮身大呼，縛盡裂，起奪守者刀，殺五六人，駡曰：『賊非吾主敵，盍趣降！』賊怒碎其首，縛諸檣，叢射之，駡賊不少變，至死聲猶壯。瑗、鼎亦抗駡死。太祖即位，追封雲東邱郡侯。方戰急，妻郜氏挈三歲兒，泣語家人曰：『城破，吾夫必死，吾義不獨存，然不可使花氏無後，若等善撫之。』即赴水死。侍兒孫氏瘞畢，抱兒行，被掠至九江。孫氏夜投漁家，脱簪珥屬養之。及漢兵敗，孫氏復竊兒走，渡江，遇僨軍奪舟，棄江中，浮斷木入葦洲，採蓮實哺兒，七日不死。夜半，有老父雷老挈之行，逾年達太祖所。孫氏抱兒拜泣，太祖亦泣，置兒膝上曰：『將種也。』賜雷老衣，忽不見。賜兒名煒，累官水軍衛指揮僉事。贈郜氏貞烈夫人。事見《明史本傳》。《演義》因之，以其夫爲英雄，妻爲烈女，爲從龍諸將之冠，故名其書爲『英烈』云。

書叙朱太祖削平群雄，伐元一統，事多紀實。從龍諸將，亦皆史有其人，并非杜撰。惟必指爲星宿下凡，則因漢光武時，嘗有繪象雲臺以應二十八宿之説，故亦點綴其事，以取悦後人耳目，實則無是理也。

元順帝之荒淫，史實載之，非《演義》故甚言之，以爲順帝罪也。史言右丞哈瑪進西番僧於帝，僧教帝行房中運氣之術，號延徹爾法（又譯演揲兒，華言大喜樂也），哈瑪妹婿集賢學士圖嚕特穆爾又進僧結琳沁（又譯伽璘真），善秘密法（亦名雙修法），帝皆習之。詔以西番僧爲司徒，結琳沁爲大元國師，各取良家女三四人奉之，謂之供養。帝日從事於其法，廣取婦女，淫戲是樂。帝諸弟伊朗等十人，俱號伊納克，皆在帝前，相與褻狎，號所處室曰濟齊齊烏格依（又譯皆即兀該，華言事事無礙也）。群僧出入禁中，無所禁止，醜穢外聞。皇太子深疾二僧所爲，未能去也。又以宫女十六人按舞，名十六天魔，戴象牙佛冠，身披纓絡大紅綃，各執噶巴拉薩巴（又譯加巴剌）之器，每宫中贊佛，則按舞奏。宦官非受秘密戒者，不得與觀。此則《演義》所述，皆紀實也。

元季童謡：『石人一隻眼，挑動黄河天下反。』後至正十一年，托克托（一譯脱脱）命賈魯治河，果於黄陵崗得石人一眼，而汝、潁之寇，乘時而起。此亦見於《元史》，非妄言。

朱太祖名元璋，字國瑞。先世家沛，再徙泗州。父世珍，徙濠之鍾離。母陳氏，生四子，元璋其季也。生之夕，紅光滿室，鄉里望見，驚以爲火，至則無有，人咸異之。至正四年，大饑疫，元璋父、母、兄相繼殁，時年十七，孤無所依，乃入皇覺寺爲僧。會盜賊并起，元璋謀避兵，卜去留皆不吉，乃入濠城見郭子興。子興奇其貌，留爲親兵，妻以所撫宿州人馬公女。元將賈魯圍濠，元璋力拒之，圍解，因收里中兵得七百人。見諸帥無足與共事者，乃獨與濠人徐達、湯和等南略定遠，計降驢牌寨民兵三千，東襲張知院於横澗山，收卒三萬。道遇定遠人李善長，與語大悦，遂與攻陷滁州。後渡江克金陵，以次平定東南，移師北伐，凡十有五載，而帝業成焉。史載太祖事大略如此，《演義》稍加點綴。至謂微時有偷牛之説，此則齊東野語，未足信也。又吴郡陸粲《庚巳編》云：『仁祖（太祖父追尊仁祖）先家於泗，後徙濠梁，所居密邇一蘭若，與其主僧交頗厚，僧每欽服仁祖之純誠。一夕望其舍，火光燭天，嘆曰：「朱公善人，天忍殃之乎？」彌月而仁祖至，僧唁之。答曰：「此夕婦生男，恐有觸污，故久不來踐佛地，初無回禄禍也。」蓋男即高皇帝云。』此蘭若疑即皇覺寺，《演義》謂其主僧名曇雲，不知何據，或爲所臆造，亦未可知。

鄱陽湖之戰，丁普郎頭已落水，仍持刀殺人。劉基引太祖躍過别舟，而坐舟被轟。皆實事之見於史者，不得以事涉怪妄，而疑爲烏有也。

中山武寧王徐達，以長圍圍張士誠於蘇州，九月不克。或有獻計者曰：『蘇城蓋龜形也，六處同攻，則愈堅耳，不若擇其一處急攻之，乃可破也。』會士誠之親信李司徒者，密遣人至軍前納款，武寧乃攻閶門而入，不戮一人。時信國公常遇春以城久不破，怒，從葑門入，雖三歲小兒不免。武寧聞之，急使人捧令牌諭之曰：『殺降者斬。』信國軍乃止。士誠母聞城破，操淮音語之曰：『吾兒敗矣！吾往日道如何？』士城悉驅骨肉登齊雲樓，縱火焚之，己獨不死，曰：『吾救一城人命。』就縛，俘至都下。李司徒以鼓樂迎道，意謂必得重賞，太祖惡其不義，戮之。葑門至今以信國之入，人猶蕭然；閶門則民物繁庶如故也。此録楊循吉《吴中故語》。今《演義》以獻計破龜形者爲劉基，非是。

余永麟《北窗瑣言》云：『方國珍，寧海人，長身巨目，力能制虎。適蔡亂頭倡亂，珍鳩家衆執亂頭，台州路兵官得亂頭賄，奏免焉。珍怒曰：「得賊無功，爲賊獲免，賞罰如此，彼能爲賊，我不能爲賊耶？」遂作亂，殺元將赤魯不花。朝廷不能制，降詔撫之，授浙江行省平章政事，遂據温、台、明三府，以明府爲巢穴，東連張士誠，南結陳有定，爲東南一巨鎮。太祖號令江左，珍不敢敵，遣使求降。太祖惡其反覆，遣信國公湯和討焉。珍入海，和追獲之，送建康。太祖問曰：「國珍一向在那里？」珍曰：「天下無道，乘桴浮於海；天下有道，束帶立於朝。」太祖喜，授以都督僉事，卒於建康。太祖以温、台、明三府民心未靖，使其從子明敏、明徹爲總管，而二明反生煽惑，潛謀不軌，遂族之。』《演義》叙方國珍事，不甚詳悉，故録此以資參考。

太祖伐元受命，人見其逐胡種而興漢種，實則順帝已非胡種，乃趙匡胤十三世孫，陽襲元位，陰接宋統，太祖仍以漢伐漢而已。按《宋遺民録》云：『帝㬎降元，封瀛國公。稍長，世祖妻以公主。世祖夜夢金龍繞殿柱，明日，瀛國公來朝，正立所夢柱處，世祖陰欲除之，瀛國公懼，遂乞從釋，號合尊大師。』權衡《庚申帝大事記》云：『瀛國降後，爲僧白塔寺中，後徙甘州。有趙王憐之，贈以回回女，延祐七年四月十六日夜生男。明宗適過其地，見寺上有龍文五采，訪知其故，因求其子，并載其母歸。』袁忠徹《符合外集》云：『瀛國學佛於土番，取邁來的爲妻（《元史》譯作邁來迪），有娠，適明宗逃於漠北，與瀛國善，索邁來的爲妻，遂生順帝。』《西湖志餘》云：『虞集在文宗時草詔。有曰：「明宗在北之時，自謂非其子。」及順帝立，捕集赴大都，以皮繩縛腰，以馬尾縫眼。既至，集以文宗親改詔稿呈上，遂得釋。時有人作《十七字詩》誚虞集云：「自謂非其子，如今作天子。傳語老蠻子，請詔者，欲殺虞集、馬祖常二人，二人呈上文宗御筆。托克托在旁曰：「彼負天下名，後世只謂陛下殺此秀才。」乃捨之。』又余應撰《合尊大師詩》云：『皇帝第十六飛龍，元朝降封瀛國公。元君詔君尚公主，時蒙賜宴明光宫。酒酣舒指爬金柱，化爲龍爪驚天容。侍臣獻謀將見除，公主夜泣沾酥胸。幸脱虎口走方外，易名合尊沙漠中。是時明宗在沙漠，締交合尊情頗濃。合尊之妻夜生子，明宗隔帳聞笙鏞。乞歸行營養爲嗣，皇考崩時年甫童。文宗降詔移南海，五年仍歸居九重。至今兒孫主沙漠，吁嗟宋德何其隆。』

以上皆野史所載，雖似未可盡信，然《元史本紀》：文宗至順元年，以順帝乳母夫言，明宗在日，自謂長子非己子，命翰林書其事於史館。明年，復詔奎章閣學士虞集作詔，播告中外。順帝登極，以此事徹去文宗主。詔曰：『文宗私圖傳子，乃構邪言，謂朕非明宗子。』《虞集傳》亦載此事。是順帝非明宗子，當時已遍人口，故文宗崩後，皇后布達實哩寧立明宗次寧宗，而不立順帝；迨寧宗夭而始立順帝。以野史所載，合之正史，暗相吻合，則順帝確爲趙宋子孫無疑矣。明黄溥《閒中今古録》云：『宋太祖建隆庚申受禪後，聞陳希夷只怕五更頭之言，恐有不軌之徒，竊發於五更之時，命宫中轉六更方擊鼓鳴鐘。殊不省更、庚同音，至理宗景定元年歷五庚申，又十七年宋亡，而希夷五庚頭之説信矣。到元朝延祐七年庚申而至正帝生，帝乃宋少帝趙㬎子，我大明兵入燕都，遁去。當時人只呼庚申帝，後方號順帝。是宋祖命轉六更之言亦信。』

太祖既都金陵，觀山川形勝，勢皆内輔，惟牛首山外向，乃特定其罪，杖之百下，發令府編置。自此牛首稅絲，獨隸太平收納。鍾山西南一岡，勢若飛走，每視即與舊形不同。乃用銅釘數丈埋山中，築於城下，曰：『以城爲索以繫之。』見七檜山人楊儀《明良記》。《明良記》又載高皇帝嘗欲食湯餅，光祿寺上供，治具不精，多所誅戮。因言往時入一山寺中，僧進湯餅甚佳，今竟不能致。馬后聞之，乃親治數盤極粗糲者獻，帝一時食盡。后問：『何如？』帝曰：『佳甚！』后曰：『往入山寺，乃當困之時，食物覺美。今富有四海，錦衣玉食，厭飫之餘，顧以口腹枉害人命乎？』遣使尋山寺僧問法，乃以嫩鷄作粉，溲麵爲之。使復命，盡戮寺僧。則《演義》之紀此事，實有來歷。靈谷寺寶誌顯靈事，亦見《明良記》。

劉伯温青田山得天書事，似甚荒誕，然亦未嘗無據。按楊夢羽（即七檜山人楊儀）《高坡異纂》云：『誠意伯劉基讀書青田山中，忽見石崖豁開，公棄手中書亟趨之，聞有呵之者曰：「此中毒惡，不可入也。」公入不顧。其中別有天日，見石室方丈，周遭皆刻雲龍神鬼之文，後壁正中一方，白如瑩玉，刻二神人相向，手捧金字牌云：「卯金刀，持石敲。」公喜，引巨石撞裂之，得石函中書四卷。甫出，壁合如故。歸讀之，不能通其辭。乃多游深山古刹，訪求異人。至一山室中，見老道士憑几讀書，公知爲隱君子，再拜懇請。道士舉手中書厚二寸許授公，約旬日能背記，乃可受教。公一夕記其半。道士嘆曰：「天才也。」遂覽公壁中書，笑曰：「此書本十二卷，以應十二月，分上中下以應三才，此四卷特其粗者，應人事耳。」乃閉門講論，凡七晝夜，遂窮其旨。公拜請益，道士笑曰：「凡天人授受，因材而篤，力薄而任重，鮮不仆矣。昔子房、孔明，并得其六，予得其八，子今得其四，亦足以澄清濁世矣。若夫窮神知化，出入有無，此天地之玄機，造化之至理，天固不輕畀人，人亦豈得輕相授受哉？」遂别去。後公佐高皇帝定天下，間語及道士，驛召至闕，年八十餘矣。時方議建宫闕，道士爲圖以進，與青田鐵冠所圖悉合。帝欲留備顧問，道士不奉詔，放還山，不知所終。或謂道士即九江黄楚望也。』今《演義》以道士爲即周顛，誤矣。吴陸粲《庚巳編》亦載此事。《演義》所載鐵冠道人、周顛、張三豐、張金箔、冷謙諸異人，均有來歷，試一一考實之。

鐵冠道人張景和者，江右方士也。太祖駐滁陽時，詣軍門言曰：『天下殺亂，非命之主，未易安也。今其在明公乎？』上問其説。曰：『明公龍瞳鳳目，貴不可言。若神采涣發，如風掃陰翳，即受命之日也。』上奇之，留於幕下，屢從征伐，令望氣决休咎，言出必驗。鄱陽之戰，友諒中流矢死，軍皆未覺，道人望氣密奏曰：『友諒死矣，然其下未知，猶爲力戰，請爲文以祭，使死囚持往哭之，則彼氣奪矣。』從之，漢兵大潰。定鼎後，凡諸營建，必令道人相其地，大見信用。一日，無故自投大中橋水死，求其屍不獲。已而潼關守吏上奏云：某月日，鐵冠道人杖策出關。計之，正投水日也。由是不復見云。録吴郡陸粲《庚巳編》。

周顛，自言建昌人。年十四，忽患心疾，持瓢乞食南昌府市。每新官至，必進謁曰：『告太平。』人習知之，不甚異也。高祖定南昌，顛謁於道旁，左右扶之去。既歸建業，顛又來，自言：『火不熱，水不溺。』上厭之，命以巨缸覆之，束蘆炬圍缸舉火。蘆盡火滅，發缸視之，煙在缸底，若張綿狀，顛端坐凜然，終不能傷。乃令寄食蔣山寺，密令主僧絶其飲食，亦不饑，賜之食則復食。將征陳友諒，問之，作壯士揮戈狀，示必勝。因令從征，師抵小孤山，見江豚戲水中，言：『水怪見，損人多。』帝惡之，命將士引棄湖口水中，不能溺。明日復至，求食於帝，食既，整裝行，自是不復見矣。後數年，帝偶不豫，天池寺赤脚僧至京求見，言：『天眼尊者及顛仙，從廬山竹林寺遣送藥來。』帝視藥，一曰温良藥兩片；一曰温良石一塊，令置金盒中揩背上。帝如法服之，疾愈，大喜，御制《賜赤脚僧詩》，又御制《周顛仙人傳》，刻石匡廬白鹿升仙臺。時洪武二十六年癸酉九月也。赤脚僧姓沈，湖口人，法名覺顯，後入廬山天池寺修道。事見《高坡異纂》。

張三豐事，亦見《高坡異纂》。據言，遼東懿州人，張仲安第五子，有仙術，所言時事悉驗。元末，居寶鷄金臺觀，忽留頌而逝。土民楊軏買棺斂之，臨窆復活，留小鼓一腔而去。入秦，游蜀，登武當山，時至襄、鄧間。洪武二十四年，詔求之，不得。永樂中，遣禮科給事胡濙等遍詣天下名山訪之，終不遇。天順三年，誥贈爲通微顯化真人。天順末，或隱或見，有親炙問以大道者，專以仁義勸人，事皆先見。後往來鶴鳴山，將半載，竟失所在。嘗游揚州瓊花觀，題詩一律云：『璚枝玉樹屬仙家，未識人間有此花。清氣不沾凡雨露，高標猶帶古雲霞。歷年既久何曾老，舉世無雙莫漫夸。便欲載回天上去，擬從博望借仙槎。』語意清曠，蓋自况也。此從《懿州志》舊傳録出。而《玉堂漫筆》謂即邋遢張仙人，號玄玄子，係天師之後。

《高坡異纂》又載冷謙事云：謙字啓敬，湖湘人。國初爲協律郎，郊廟樂章，多所撰定。謙有故人，貧不能自存，知謙得異術，求濟於謙。謙曰：『汝命薄，某處有贏金二錠，可以資助，但勿過取，過則我與汝皆不利也。』乃於壁間畫一門，一鶴守之，令其人敲門，門忽自開，入其室，金銀爛然盈目，恣取以出，而不覺遺其引。他日，内庫失金，守藏吏獲引以聞，執其人訊之，辭及謙，因併逮謙。謙至城門，謂逮者曰：『吾死矣！安得少水以救吾渴？』守者以瓶汲水與之，謙遽以足插瓶中，其身漸隱。守者懼罪，遂擕瓶至御前。上問之，輒於瓶中奏對。上曰：『汝出，朕不殺汝。』謙自言：『臣有罪不敢出。』上怒，碎其瓶，片片皆應，終不知所在。録庫中金，果餘二錠。

張金箔，山西人，自幼多技。嘗以鄉人不善金箔，往學於杭，歸以授之，用此得名。嘗遇道人控龍下其家，同至深山，再拜請教。道人指庭中曰：『此有丹在，子可取之。』張周視無獲，曰：『但見犬糞耳。』道人乃嘆曰：『子無緣，且當留形住世耳。』居月餘，頗得道人底蘊。一日，偶出散步，少回顧，惟空山而已。詢之人，乃在大同城外。張歸，不以道名，猶來杭剥金。旦至暮還，倏忽千里。時作戲術娱人。孝陵聞之，召至闕下，試術，大悦。時正臘月，命開荷花，張索乾石蓮子，亂撒池中，頃刻花開，滿池香艷，上爲啃啃。又剪紙爲一舫置水，踏而登焉，鼓棹放歌，往來花叢中，倏忽失所在，而花亦無有矣。亟命索之，竟不可得，莫知其所終。

儒林外史考

是書爲全椒吴敏軒先生所著。先生名敬梓，晚自號文木老人。少負俊才，不可一世。性尤伉爽，踵告者知與不知，皆盡力爲之助，故二十年而家財罄矣。清雍正乙卯，舉博學鴻詞科，當事者以先生及其從兄青然先生應之，兩先生均堅卧不起。先生客金陵，愛其山水，遂家焉。四方文酒之士，推先生爲盟主，鳩同志，葺先賢祠於雨花山麓，祀泰伯以下凡二百數十人，工巨，售所居屋以成之，而家道由是益窘，至冬不能具爐炭。姻戚故舊，官中外者以千百計，卒不一往，惟閉門課子，賣文爲活。卒，葬金陵鳳臺門之花田。然先生素以此舉自豪，故書中視祀泰伯祠爲最緊要事。卒後遺一子名烺，字荀叔，號樧亭，以進士官中書，精天文、算術、音韻之學。阮文達公《疇人傳》、雲間沈學子《學福齋集》，及吾邑王述庵先生《蒲褐山房詩話》，均述及之。先生著書甚富，然皆奇數。嘗爲《詩説》七卷。是書爲嬉笑怒駡之文，其原本亦只五十五卷，於琴、棋、書、畫四士既畢，即接《沁園春》一詞，以爲結束。不如何時，爲傖父妄增《幽榜》一卷，其詔表皆割先生文集中駢語，襞積而成，狗尾續貂，不值識者一哂。是猶《西厢》、《水滸》之卒爲俗手所壞者，同一遺憾也。

書藉危素、王冕二人引入，謂演明初時事，實則影射與先生同時之諸名士，細按之可一一吻合也。書中杜少卿乃先生自況。杜慎卿即指青然先生。其生平最敬服者，爲江寧府學教授吴蒙泉，故書中表爲上上人物。其次則上元程綿莊、全椒馮萃中、句容樊南仲、上元程文，皆與先生至交。書中所謂莊徵君者，程綿莊也。馬純上者，馮萃中也。遲衡山者，樊南仲也。武書者，程文也。他如平少保之爲年羹堯，鳳四老爺之爲甘鳳池，牛布衣之爲朱草衣，權勿用之爲是鏡，蕭雲仙之姓江，趙醫生之姓宋，隋岑庵之姓楊，楊執中之姓湯，湯鎮臺之姓楊，匡超人之姓汪，荀玫之姓苟，嚴貢生之姓莊，高翰林之姓郭，余先生之姓金，萬中書之姓方，范進之姓陶，婁公子之爲浙江梁，或云桐城張，韋四老爺之姓韓，或象形諧聲，或廋辭隱語，試以雍、乾間諸家文集，紬繹而參稽之，往往十得八九。書中沈瓊枝，即指隨園所稱之揚州女子。高青邱指戴名世，以其文字取禍，與青邱相似故也。此節非余臆度而得，乃見蘇州金和所志如是；金母爲青然先生女孫，趨庭所聞，當更確於外人之所測度，余特依様録之而已。

王冕，字元章，諸暨農家子。父使牧牛隴上，潛入塾聽村童誦讀，暮亡其牛，父怒撻之。塾師聞而憐之，願教之讀，不受值也。及長，應進士舉不第，焚所作文，讀古兵法，著高檐帽，被緑簑衣，履長齒木屐，擊木劍，或騎牛持《漢書》以讀，人咸目爲狂士。事母至孝，春秋佳日，輒以牛車奉母，口唱歌辭，游山水間，盡樂而返。晚隱九里山，爲胡大海軍所獲。大海問攻越之策，冕曰：『將軍能以仁義服人，何人不服？若以兵力，浙人雖弱，恐亦義不受辱。』大海奇而謝之，留咨軍事。太祖授以咨議參軍。《明史》有傳。朱竹垞《曝書亭集》，亦爲王冕作傳，與史略同。而無名氏《保越録》，則謂冕在胡大海軍，嘗獻策攻越城，此必傳聞之誤，無是事也。《外史》第一回述王冕事均有來歷，以冕所爲，實開名士之習，故藉爲是書弁首耳。

危素，字太樸，金溪人。少通五經。元至正間，授經筵檢討，修宋、遼、金三史，拜參知政事，以言事不報，棄官隱房山。明師抵燕，趨報恩寺入井，僧大梓挽之曰：『國史非公莫知，公死，是死國史也。』素遂止兵迫史庫，《元實録》得無失。洪武二年，授翰林侍講學士。一日，帝坐東閣，聞履聲橐橐，問爲誰，對曰：『老臣危素。』帝曰：『是爾耶？朕將謂文天祥耳。元朝老臣，何不赴和州看余闕廟去？』遂謫和州。逾年，死。見《明史本傳》。素於元季，嘗居燕京鐘樓街。冕嘗至燕，素騎過冕，冕揖之，不問名姓，忽曰：『公非住鐘樓街者耳？』此亦見朱集《王冕傳》。《外史》述王冕輕視危素，蓋不虚也。

是書於清光緒初年，有著稱天目山樵者，嘗加評而考實之，然則已有先余而爲之者，余又何考焉？雖然，前刻之書，坊間已苦難得，余既尚有是書，敢不出以公世乎？因録其所考者如左。

第十二回調侃權勿用，謂肚裏没有通過，此係是鏡實情。按阮葵生《茶餘客話》云：江陰是鏡，詭詐妄誕人也，胸無點墨，好自矜飾，居之不疑。海寧陳相國爲其所惑，高東軒相國亦信之。尹健餘侍郎督學江左，因二公之言，造廬請謁，結布衣交。鏡遂闢書院，招生徒，與當時守令往還，冠蓋絡繹。常州守黄静山永年亦與過從，其後因屬托公事，不復往還，因於書院静室供陳、高、尹、黄四木主，俗所謂長生禄位也。第十三回謂勿用誘拐尼姑獲案，亦有來歷。董潮《東皋雜鈔》云：澄江是鏡，字仲明，托名講學，一時大老交章薦之。後爲胞弟告發三十餘款，常郡守宋楚望深惡之，毁其廬造書院。則此三十餘款中，安知不有奸拐案哉？

第十二回之假俠客張鐵臂，第十五回之假神仙洪憨仙，皆借前人説部中事以演之者。按《太平廣記》二百三十八引《桂苑叢談》云：張祜下第嗜酒，自稱豪俠。一夕，有人腰劍手囊，囊貯一物，血殷於外，入門曰：『有讎人，恨十年，今夜獲之，此其首也。』命酒飲之。曰：『去此三四里有義士，欲報之，能假十萬緡，此後湯火無所憚。』張傾其縑素與焉，留其囊而去。五鼓絶，蹤跡杳然，開囊視之，乃豕首也。《桂苑叢談》又云：護軍李全皋遇道人通爐火事，求一鐵鼎，容五六升以上者，黄金二十餘兩爲母，日給水銀藥物，火候既滿，開視，黄金燦然，李信之，三日之内，添换有徵。一日，道人不來，啓藥爐視之，不見金矣。是書婁公子所遇俠客，胡公子所遇神仙，事蓋出此。

牛布衣指朱草衣。客死蕪湖事，見《江寧府志》。《府志》云：朱卉，字草衣，蕪湖人，依吉祥寺僧爲童子師。性喜吟咏，游他郡，訪諸名宿，與之講切，遂工今體。中歲僑居上元，無子，依一女以終，自營生壙清凉山下。余案隨園先生《詩話》云：白下布衣朱草衣，少時有『破樓僧打夕陽鐘』句，因之得名。晚年無子，卒葬清凉山。余爲書『清故詩人朱草衣之墓』，勒石墳前。隨園又《題朱草衣課女詩》云：『草衣山人四壁空，繞膝呻吟惟一女。』即指此也。

第三十三回杜少卿夫婦游姚園，姚園即指袁簡齋之隨園。園不甚大，而此稱極大者，以《隨園詩話》中曾自夸其大，故亦大之，所以調侃袁氏也。遲衡山指樊明徵。據《江寧府志·文苑傳》云：明徵，字聖謨，一字軫亭，句容人。博學精思，其於古人禮樂車服，皆考覈而制其器，有受教者，舉器以示之，不徒空言也。著書四十餘種，尤詳金石之學。

莊徵君指程綿莊。據袁簡齋《小倉山房·程綿莊墓誌銘》稱：乾隆丙辰召試，有欲招之出門下者，正色拒之，以此不入選。《外史》第三十五回事，即由此出也。徵君侄莊濯江，疑即指程魚門。

郭孝子爲《外史》第一人，未知究指何人。偶見寶山李保泰《嗇生文集·胡子尋親記》後，附有歙縣胡仲長入閩尋親事云：仲長將赴閩，自念孱弱不能涉險阻，遇行脚僧伎勇絶倫，延至家，肆習經年。（中略）在閩中遇瞽者，漸與歡洽，告以故。瞽者故通於盜，常爲盜伺。曰：『我故知爾父，爾父現使外洋未回。』未幾歸，令孝子往見，遂奉以歸。《外史》所述，與此相似，殆即指其人而稍爲增飾者耶？夜中山行，倦睡巖下，有虎嗅之，虎鬚入鼻，噴嚏聲振，虎驚躍走，此事見《朝野僉載》。《外史》借爲郭孝子事，以見純孝之必獲天佑也。

《丁辛老屋集》卷十二，有《書吴敏軒先生文木山房詩集後》十絶句，其第八絶云：『杜老惟耽舊草堂，徵書一任鶴銜將。閒居日對鍾山坐，贏得《儒林外史》詳。』即賦此也。

千鐘禄院本考（又名千忠戮）

《千鐘禄》演明永樂簒位以後，屠戮忠良，窮搜建文蹤迹，故又名《千忠戮》，事多紀實。按《資治通鑒》（似指《通鑒輯覽》），燕王棣發北平，僧道衍（即姚廣孝）以孝孺爲囑曰：『城下之日，彼必不降，幸勿殺之。殺孝孺，天下讀書種子絶矣。』燕王頷之。及陷京師，即大索孝孺等五十餘人。鎮撫伍雲縛孝孺至，燕王以道衍言，顧左右收之曰：『勿令遽死。』及即皇帝位，召草登極詔，孝孺悲慟，聲徹殿陛。帝降榻勞曰：『先生無自苦，朕欲法周公輔成王耳。』孝孺曰：『成王安在？』帝曰：『彼自焚死。』曰：『何不立成王之子？』帝曰：『國賴長君。』曰：『何不立成王之弟？』帝曰：『此朕家事。』顧左右授筆札。孝孺投筆於地，哭且罵。復强之，乃大書『燕賊篡位』四字。帝大怒，命繫獄。會齊泰、黄子澄均爲所執，械至京，帝親詰之，抗辨不屈，遂命與孝孺同磔於市。孝孺慷慨就戮，賦絶命詞而死。詞曰：『天降亂離兮，孰知其由？奸臣得計兮，謀國用猶。忠臣發憤兮，血淚交流！以此徇君兮，抑又何求？嗚呼哀哉！庶不我尤。』其門人廖鏞、廖銘檢遺骸瘞聚寶門外山上，尋亦被逮，與胡子昭、盧原質、鄭公智、林嘉猷、鄭居貞俱坐死。泰從兄弟俱坐死。子澄族無少長皆斬。孝孺弟孝友亦死。妻鄭氏及二子中憲、中愈先自經，二女投秦淮河。宗族親友及門下士坐誅者，廖鏞等外復數百人。又《遜國名臣傳》云：孝孺大書數字，投筆於地曰：『死即死，詔不可草。』帝大怒曰：『汝焉能遽死，朕當滅汝十族。』《紀事本末》采其説，改作文皇帝大聲曰：『汝獨不顧九族乎？』孝孺曰：『便十族奈我何？』乃收門生廖鏞等爲一族并坐，然後詔磔孝孺於市。實則門下之誅，在孝孺見磔以後，十族之説，殆爲後人所附會。然劇本編入是説，亦未爲無據也。

史載景清緋衣行刺，磔市族誅，在永樂元年八月，距磔方孝孺時已兩月矣。而劇本演孝孺草詔之先，已見景清剥皮楦草，蓋亦有故。按王鏊《守溪筆記》云：文皇帝至金川門，百官迎拜江次，清獨直立罵不已，帝命左右抉其齒，且抉且罵，含血直噀上衣，乃命醢之，罪及九族。久之，上晝寢，夢清入殿追之。帝曰：『清猶能爲厲耶？』乃籍其鄉，轉相攀染，謂之瓜蔓抄。據此則景清之死，果在孝孺前矣。惟劇本以抉齒爲孝孺事，則借入者也。

陳瑛，滁人，建文時爲北平按察使，受燕府金錢，通密謀，事發，謫廣西。燕王即位，召爲副都御史。瑛性殘忍，言廷臣效死建文者，如黄觀、廖昇輩，其心與叛逆等。遂簿諸忠臣家，疏族外親，莫不連染，籍數百家，號冤聲徹天，兩列御史皆掩泣。瑛謂人曰：『若不以叛逆處此輩，則吾爲無名。』事見《明史》。然則劇演陳瑛請戮景清之屍，其毒尚小也。

建文帝削髮爲僧事，千古疑案，明舊史例議力辨其誣，且言建文帝闔宫自焚，身殉社稷，死之正也；後人心惡成祖誅夷忠烈之慘，而不忍建文之遽殞，故詭言削髮出亡，以明帝之不死於火耳。此言誠是。然據王鏊《守溪筆記》及陸樹聲、朱國楨等諸家紀載，事皆歷歷可考，故清初編定之《明史》，亦云都城陷，宫中火起，帝不知所終。或曰：帝由地道出亡，其後滇黔巴蜀間，皆傳有帝爲僧時往來蹤跡，世遂以帝爲遜國云云。則建文爲僧一事，當不虚妄。嘗讀《然脂百一編》，見中有清初錢塘徐淑則女士所撰《革除建文帝紀》一則，叙述頗詳，爲節録之：

建文皇帝諱允炆，太祖嫡孫，懿文太子第二子也。母妃常氏。洪武二十五年，太子薨，帝年十六，立爲皇太孫。三十一年，太祖崩，帝即位。前太祖所封諸王多不遜，有異謀，帝與太常卿黄子澄，兵部尚書齊泰議削其權，以燕王善用兵，未即討之。元年秋七月，燕王舉兵犯闕，執北平布政使張昺、都指揮使謝貴殺之。詔長興侯耿炳文討之，爲所敗。命曹國公李景隆代督諸軍，又敗。四年夏，破大將軍盛庸軍，師潰江上，遂攻京城，景隆以城降，帝乃縱火焚宫，持楊應能度牒亡去。雲游四方，自湖湘入蜀，復如閩；既如廣西，至横州南門壽佛寺，居之十五年，人莫知者。文帝遣使物色之，不得。最後居南寧陳步江寺中，已而去之思恩州。至正統五年出見，知州岑瑛陳狀聞於朝，英宗敕馳傳歸京師，命宦侍内臣審諦，良是，居之西内，號曰老佛。時年六十五矣。又四年，以壽終，葬京師之西山。（下略）觀此則建文蹤迹，鑿鑿有據，宜此種劇本之至今猶有價值也。

劇演工部尚書嚴震直受永樂之命，搜得建文帝於雲南鶴慶山中，時程濟從亡爲僧，痛駡震直，致震直悔恨交集，自刎而死。此事史雖未嘗明言，然於《程濟傳》，則言：濟，朝邑人，建文末官編修，金川門啓，濟亡去。或云：濟從惠帝出亡，莫知所終。於《嚴震直傳》，則云：震直，烏程人，或謂其嘗奉使至滇，遇建文君，悲愴吞金死。觀此則草蛇灰迹，事亦有因。據《庚巳編》載：震直，湖之驥村人，累官至户部尚書。奉使安南，死途中，葬郭外。他日有舟過墓側，遇一老公附舟，云至驥村，及嚴氏宅前，謂舟人曰：『吾入内，以錢畀汝。』登岸，一足濡於水。既入，久不出，扣其家，曰：『無之。』顧地上有足迹，循之，乃入家廟，視公像，一足靴猶濕，始知是神歸也。又《高坡異纂》云：程濟，有仙術，建文時上言西北方兵將起，當預爲備，朝廷以其言妖妄，將置重典。濟曰：『陛下幸赦臣，及其無驗，就戮未晚也。』及期，靖難師起，遂赦出之，使護軍北行，戰於徐州，大捷，諸將立石紀功，具載姓名，濟夜潛往祭之，人莫測其意。及文皇過徐見之，命擊碑，一再擊，遽曰：『止！止！爲我録碑來。』既正位，按碑盡族諸將，濟姓名當擊處不能辨，獨免。曩者之祭，蓋禳之也。後亡命不知所終。

十五貫院本考

院本演蘇州太守况鍾平反冤獄事，據其略云：淮安府山陽縣諸生熊友蘭，家住胯下橋，閉户讀書。其書室與鄰居馮玉吾媳卧房只隔一壁，適其媳床側案上有金環二，寶鈔十五貫，爲鼠銜至壁穴，環墜友蘭書架上，友蘭晨起得環，出以示人。時玉吾子外歸，向妻索鈔不得，暴怒詬詈，氣促而死。玉吾以同謀斃夫告縣。山陽縣據金環爲證，坐其媳與友蘭於獄，追比寶鈔。兄友蕙亦諸生也，以貧故，赴蘇爲船家當梢。一日載客，聞客述山陽事，知弟受冤，大哭，急欲趨救，苦無錢鈔。客中有陶復朱者，慷慨好義，解囊出十五貫授之。友蕙即夕赴淮，黎明抵無錫，適與少年女子蘇戌妹同行於途。蘇戌妹者，父早死，母再嫁後夫尤葫蘆，亦死。葫蘆嗜酒，一日於友人處貸錢十五貫回家，戲其女曰：『今日已鬻汝作婢矣，此身價銀也。』女聞之恐，乘父醉卧，啓户逃出。里有婁阿鼠者，賭棍也，夜半囊空，見尤户半啓，掩入摸索，得床頭錢十五貫，將行，適尤睡醒，驚呼有賊，阿鼠情急，即拔刀刺尤死，迨四鄰聞聲，執火入視，惟見血泊中卧一葫蘆而已。分途急追，而蘇戌妹、熊友蕙會逢其適，貸家出而證之，錢數吻合：十五貫也。遂由無錫縣刑訊屈招，鑄成鐵案。迨至按院秋決，委蘇州太守况鍾監斬，况守疑之，卒爲平反，坐婁阿鼠以大辟，釋四人於獄。後二熊俱成進士。其中情節，離奇巧詭,不必真有其事,然况太守固確有其人,蓋明初循吏也。《明史·况鍾本傳》云:鍾字伯律,靖安人,宣德間,擇郡守九人,鍾知蘇州,授璽書,假便宜行事。鍾初至,佯不解事,諸吏抱案,環立請判;鍾問吏所欲行止,吏喜,謂太守易欺也。越三日,召詰之曰:『前某事宜行,若止我。某事宜止,若强我行。著輩舞文久,罪當死。』捶殺數人,吏大懼。復斥屬官貪墨者數人。於是上無逋事,下無横科,蘇人稱况青天。正統六年,秩滿當遷,部民叩閽乞留者二萬餘人,詔進正三品俸,仍視府事。楊士奇贈以詩曰:『十年不愧趙清獻,七邑重逢張益明。』及卒,市巷聚哭爲立祠。然則况公在蘇,其按獄必可觀。十五貫事,雖屬子虛,而類此者必亦不少也。惜無人載筆以記述之耳。

全家慶傳奇考

《全家慶》不知何人所作,演富錦章積善感天事。略云:錦章,字雄文,松江人。少失怙恃。年二十入泮,聞廬山紫雲道人善卜,往决行藏。中途遇桂榮留宿,榮女青娥,年方及笄,而啞,乞錦章代卜。錦章行至淮水界,倦憩財神廟,見一蓬頭女子抱孩欲投河,急救之,女云黄氏,夫錢德周,今日以納糧故,售去豢豕數頭,不意售得假銀,恐夫見責,故投河耳,錦章贈銀十兩勸歸。行至小湖山,山中勾簾洞有二千餘年青松,能幻人形,與長江驪龍俱修仙道,而青松忽患癰症,驪龍又患癩病,遣卒邀錦章至洞,亦求代卜,并饋赤金三百兩。錦章遂詣廬山。紫雲道人者,即仙人王子喬也,名爲賣卜,實度衆生，知錦章係天富星下凡，命僮迎之，錦章大驚，因入叩謁，先代桂榮、驪龍、青松子卜三事。紫雲斷云：桂榮之事，乃天風姤卦，主啞女見夫能言，婚姻成就。驪龍乃否卦，主否極泰來，飛騰之象，但須摘去頷下一珠。青松子乃泰卦，必須陰陽配合仙丹，始得病愈，因贈金丹二粒，錦章復自卜終身，紫雲言：『汝一生事業，盡在前三卦中，不必再問矣。』因留飯萬花叢中，錦章大醉而别。歸至小湖山，見青松子、驪龍，備述始末。驪龍吞丹，即吐出一顆明珠，胸中清爽；青松子吞丹，步履如舊，深感錦章，驪龍贈以明珠，青松子贈以如意火煉成寶劍，能避刀兵，既而驪龍與青松俱飛昇仙去。錦章至桂榮家，述仙師斷語，即以驪珠贈青娥，青娥得珠，口即能言，榮喜甚，遂以女配。青娥於後園祈禱，見百道火光，白鼠旋繞，掘之，得金銀各十窖，俱鐫錦章名，乃昔財神鑒其陰隲，奏聞上帝，特撥寶藏庫以賜之也。未幾，青娥生一子，錦章連捷，試卷已爲燈煤燒損，朱衣暗取餘卷，使錦章易之，遂獲狀元及第。司禮監王振以錦章策論譏刺時事，深憾之，時值倭寇侵犯，因與其黨大理寺卿聞可思，奏請授錦章兵部尚書，賜上方劍，率兵五萬征倭。青松子來爲設計，使守而不戰，待十五載自定。至十五載，錦章子昌宗年十七，淹通經史，應試亦狀元及第，景泰帝賜碧雲公主爲配，昌宗奏父出師未歸，願助剿寇，功成就婚。景帝念其忠孝，即授都統制，率兵十萬往。昌宗途遇難民千餘，即捐萬金救濟，各歸田里。父子相逢，同剿倭寇，追倭至北海岸，倭急登戰船，而驪龍已爲金龍總管，暗助錦章父子，陡起風濤，倭船沉没，遂班師，奏凱回朝。錦章授建極殿大學士；昌宗武英殿大學士，婚配公主。錦章五十誕辰，青松、驪龍俱來獻瑞。景帝賜以壽詩，恩寵無比。福禄壽考，享厚德之報焉。

此種傳奇，最無趣味。其演喜慶之處，與《百順記》、《滿床笏》相仿佛，而迷信荒誕，尤爲可哂。且皆空中樓閣，按之正史，與諸家記載，未有合也。王子喬即周靈王太子晋，見劉向《列仙傳》，云好吹笙，作鳳鳴，游伊洛間，道士浮邱公接上嵩山，居三十餘年，七月七日，乘白鶴駐緱氏山頭，舉手謝時人而去，不聞有紫雲道人之稱也。奸閹王振弄權，乃在明英宗正統初年，死於土木之難，景泰即位，安得復有王振？入明以來，倭國即與中國互市。中國財物，在寧波之雙嶼，與倭交易。自嘉靖初年，奸民汪直、徐海、陳東麻等逸至海島，爲倭主謀，始誘爲寇。嘉靖以前，未有倭亂。景泰前嘉靖數十年，安有征倭之舉？且景帝在位不過七年，而傳奇言錦章征倭歷十五年之久，歸受景帝封爵，說尤荒誕。此皆按之正史而毫無依據者也。驪龍吐珠事見《莊子》。《莊子》云：河上有緯蕭而食者，其子没淵，得千金之珠，其父謂之曰：『千金之珠，必在九重之淵，驪龍頷下，子能得珠，必遭其睡也。』青松求丹事見范致明《岳陽風土記》。《風土記》云：吕洞賓憩城南古松陰，有人自杪而下曰：『某非山精木魅，幸先生哀憐。』吕因與丹一粒，枯枝復茂。李觀守岳陽，爲亭松前，曰遇仙亭。作者藉此二事，紐合關目。富錦章父子實無其人，不過演一積善感應之事，爲下等人説法耳。

玉蟾蜍彈詞考

彈詞輒言男女私情，善惡果報，此通例也。是書以明少保于謙竭智盡忠，而卒爲武功伯徐有貞等所害，代爲不平，乃設言少保後身爲某公子，清才美貌，家藏十二玉蟾蜍，爲良工所琢，同一温潤，其後適遇十二美人，皆與私定終身，贈蟾蜍爲定，而此十二美人者，則即徐有貞等所轉生者也，同日成婚，爲其妻妾，則真想入非非矣。

按《明史》：英宗正統十四年七月，衛拉特分道入寇，太監王振勸帝親征，兵部尚書鄺埜、侍郎于謙力諫不聽，命郕王祁鈺居守，車駕倉卒就道，出居庸關，至大同，始班師。額森（又譯也先，衛拉特部酋）兵襲軍後，圍御營於土木（宣化府懷來縣西），帝與親軍突圍，不得出，敵擁之去。王振及公、侯、伯、尚書、侍郎以下，死五十餘人，官軍死傷數十萬。京師聞敗報，群臣聚哭，侍講徐珵（字元玉，後改名有貞）請遷南京，于謙曰：『欲遷者斬！京師天下根本，一動則大事去矣！誓以死守。』議遂定。郕王奉太后命即位，改元景泰，遥尊英宗爲太上皇。以于謙爲兵部尚書，提督各營軍馬。時京師疲卒羸馬，不滿十萬。謙言軍旅之事，臣請以身當之，不效治臣之罪。時奸閹寧喜從上皇北狩，盡以中國虚實告額森，額森乃詭言奉上皇還京，攻入紫荆關，次蘆溝橋。石亨請堅壁以老，謙曰：『如此則示弱，敵益輕我。』乃遣諸將列陣九門外，自與亨陣德勝門，悉閉諸門，絶士卒反顧，下令：『臨陣而退，後隊斬前隊。』將士知必死，皆用命。又徙附郭居民入内，而設伏空舍，令數騎誘敵。敵以萬騎來薄，范廣率伏兵出，以火器擊之，額森弟博羅平章諾茂海中炮死，都督孫鏜斬其前鋒，别部攻居庸關者，又爲提督羅通所敗，額森大沮喪，擁上皇出紫荆關去。帝以謙、亨功大，加謙少保，封亨武進侯。上皇患寧喜，使還京索禮物，而以密書報宣府使殺之。額森失喜，無間諜，遂議和，送上皇歸國，入居南宮。景泰八年春，南郊，帝宿齋宮，疾甚，召石亨至榻前，使攝行祀事。亨退，與都督張軏及曹吉祥謀復上皇，告太常卿許彬。彬曰：『此不世功也，盍與元玉（有貞字）圖之？』亨、軏夜至有貞家，有貞升屋步乾象，亟下曰：『時在今夕，不可失。』會帝疾少愈，將於明日視朝，宮門早啓，軏、亨率家兵，混守禦官軍并入，薄南宮城，毀垣壞門而入。上皇問故，衆俯伏請登位，乃呼進舉，有貞等助挽以行，至奉天門升座，百官聞呼噪震地，咸失色。有貞出，號於衆曰：『太上皇帝復位矣，趣入賀。』百官震駭，入謁呼萬歲。命有貞以右都御史兼學士入内閣，即班執于謙下獄，廢景泰帝仍爲郕王，尋死。上皇以謙有功，無殺意，有貞曰：『不殺于謙，此舉爲無名。』遂遇害。籍其家，無餘貲。子冕，戍龍門。謙死之日，陰霾四合，天下冤之。弘治初，贈太傅，謚肅愍，賜祠於其墓曰旌功。杭州、河南、山西，皆世奉祀不絶。復冕官應天府尹。萬曆中改謙謚忠肅。迎駕諸臣，均有封賞。有貞封武功伯，石亨忠國公，張軏太平侯，張輗文安伯，楊善興濟伯，太監曹吉祥錦衣衛世職，以許彬爲禮部侍郎入内閣。後帝悟謙冤，謫有貞戍金齒，亨、吉祥均以不軌見誅。是諸臣在生前已見果報，不必俟其輪回後也。而彈詞乃以有貞之後身爲其妻，而餘皆爲其妾，且外五人有與兹事無涉者，則真覆瓿之書，不值識者一笑已。

野叟曝言考

是書爲江陰夏君所作。夏君，前清康熙時人，以名諸生貢成均，屢躓科場，鬱鬱不得志，乃出生平所學，悉於是書洩之。相傳是書成時，適值聖祖南巡，乃爲裝潢成册，欲呈御覽。諸親友以書多穢語，恐觸上怒，致不測，力阻其獻。不聽，乃以危言動其妻，使陰阻之。其妻乃於每册毁去四五紙，迨將獻，故驚曰：『汝欲上呈御覽耶？向小兒女不知，已毁去多紙矣。』夏君怒甚，急爲補綴齊全，而駕已沿江東下，不及獻矣。故其書名《野叟曝言》，取《列子》野人獻曝之意也。夏君湛深理學，而又長於兵、詩、醫、算，乃以素臣自居，而以理學歸之母氏，以兵、詩、醫、算分之四妾，舉所心得，宣泄無遺。書凡一百五十四回，其中講道學，闢邪説，叙俠義，紀武功，描春態，縱諧謔，述神怪，無一不臻絶頂。昔人評高則誠之《琵琶記》，謂用力太猛，余謂是書亦然。

書托言有明弘治年間事，按之正史，事實間有相合，而時代不能兩符。蓋作者欲言文素臣得君之久，而孝宗在位，不過十有八年，凡所設施，未能暢透；乃載憲宗成化十年以後，爲太子監國之年，而下移武宗之年，歸并弘治，而終於三十三年，以弘治十八年孝宗上賓，改寫天子病愈改元厭哭一事，隱成正史之實。此作者經營之苦心也。

書中朝臣、外臣名氏，皆與正史闕合。有合二人之名爲一人者，有分一人之名爲二人者。相臣安吉，即萬安、劉吉也。太監靳直，即汪直、劉瑾也。附靳直之陳芳、王彩，即附汪直之陳鉞、王越，附劉瑾之焦芳、張彩也。安妃指萬妃。景王指寧王。臧寧指錢寧。汪彬指江彬。日本木秀寬吉夫婦，即關白豐臣秀吉也。當時賢臣如劉健、謝遷、李東陽、王鏊、王恕、馬文升、劉大夏、戴珊及内監覃吉、懷恩，皆仍其名，無一易者。通倭漢奸宋素卿，亦實有其人。

文素臣一生事業，皆采取當時諸大臣之武功文德，合而爲一人有也。以直言觸怒權監，遣戍遐方，至半途爲蟬蜕之計，傳聞溺死，厥後平江西，破宸濠，降田州蠻岑氏，則皆王文成公守仁事。且水夫人年逾百歲，亦與文成公母岑氏相合。破廣西大藤峡，擒侯大狗，爲右副都御史總督兩廣軍務韓雍事，在憲宗成化元年，距田州岑濬作亂幾二十年，而書中并爲一事，且增飾毒蟒以駭耳目，非紀實也。率部下飛卒，深入紅鹽池虜營，伏兵夾擊，獲虜妻子，爲總督延綏軍務王越事。雲南孟密土司女曩罕弄據孟密叛，與普安土司隆暢妾米魯作亂，事隔十七年，曩罕弄爲閣臣萬安力主撫議，米魯爲户部尚書王軾擒斬，是書乃并二事爲一，而歸其平亂功於干珠，亦附會也。宋素卿引倭寇入犯，爲嘉靖中年事，後孝宗崩幾三十年。征倭功以江南巡撫張經爲第一，然未嘗出海一步也。作者惡日本崇拜佛教，因造作平倭之説，此與征印度、破錫蘭，同一夢想而已。素臣奏行十二事，按諸史册，實有因諸賢之請，而見於施行者。減宫女爲閣臣李賢所請，憲宗行之。雪于謙冤爲御史趙敔所請，憲宗行之，孝宗賜謚肅愍，祠曰旌功，及神宗時，又改謚忠肅。改景泰戾帝謚，號恭宗景皇帝，爲荆門州訓導高瑶所請，憲宗行之。復建文帝廟號年號，爲禮部主事楊循吉所請，疏下吏部，議格不行。録功臣忠臣者後，則弘治六年，帝意自行之，非由人所請也。餘皆作者以意爲之，在當時未見施行，亦未聞有請之者。

書中叙素臣道德經濟文章，皆臻絶頂，按之《明史》，惟王文成公守仁爲近之。乃作者取文成公之功業以爲功業，而不取文成公之學問以爲學問者，蓋守仁講學，專以致良知爲主，謂宋周、程二子後，惟象山陸氏簡易直捷，有以接孟氏之傳，而朱子《集注》、《或問》之類，乃中年未定之説。學者翕然從之，稱爲陽明之學。至前清之初，講學之風又盛，學者大都崇朱斥陸，以象山、陽明之學，爲近禪悟，詆爲異端，唾爲僞學。作者生當其時，習聞其説，遂亦吠聲阿和，而致於奏行第十二條，有禁生徒傳習陸九淵僞學，撤從祀聖廟主之議。實則程、朱、陸、王，學派雖分，匯歸則一，猶之歐西學者，分格物、窮理兩派，兩派之争，雖亦酷烈，然不聞其廢倍根之格物派，而專徇笛卡兒之窮理派也。况程、朱之學，難於見效，而陸、王之學，易於見功，清季學者，又群唾朱氏而宗陽明矣。作者此説，蓋徇一時之見，不足爲萬世訓也。

有明一代，道、釋二教，實於成化年間爲最盛。史載憲宗即位，即以道士孫道玉爲真人，其後李孜省以符籙進，官至禮部侍郎，餘加侍郎、通政、太常、太僕、尚寶者，不可勝計。每令中官傳旨，一傳至百十人，時謂之傳奉官。又有僧繼曉以秘術進，賜號通元翊教廣善國師。其後西番僧札巴堅參，封萬行莊嚴功德最勝智慧圓明端仁感應顯國元教宏妙大悟法王，西天至善金剛普濟大智慧佛，其徒札實巴、鎖南堅參、巴竹也失，皆爲國師。已而札實巴進封法王，又封領占竹爲萬行清修真如自在廣善普慧宏度妙應掌教翊國正覺大濟法王，西天圓智大慈悲佛。既又封西天佛子札失藏士、札失堅参、乳奴班丹、鎖南堅参、法領占五人爲法王。其他授西天佛子、大國師、國師、神師者，不可勝計，服食器用，僭擬王者，出則金吾仗呵導，錦衣玉食者幾千人。羽流加號真人高士者，亦盈都下。大國師以上金印，真人玉冠玉帶，玉珪銀章。而繼曉尤奸黠竊權，所奏請無不允。迨孝宗即位，盡汰傳奉官千百人。又詔禮官，議汰諸寺法王至禪師四百三十七人，喇嘛僧七百八十九人，華人爲禪師及善世覺義諸僧官千一百二十人，道士自真人高士及正一演法諸道官一百二十三人。此雖出自孝宗賢明，而實由劉、謝諸賢臣及内監覃吉等所贊成者也。而是書悉歸其功於素臣一人，且謂僧道皆助宸濠爲逆，此則欲加之罪，何患無辭，非紀實也。

憲宗居青宫時，萬貴妃已擅寵，及即位，妃年三十有五，無子而妬。皇后吴氏擿妃過，杖之，帝怒，廢居别宫，更立后王氏，妃寵益盛，後宫有娠者，皆計墮之。帝偶行内藏，悦宫人紀氏，幸之，遂有娠。萬妃使婢探之，婢謬報曰：『病痞。』久之，皇子祐樘生，即孝宗也。萬妃急使門監張敏往溺，敏驚曰：『上未有子，奈何棄之？』稍哺粉餌，密藏他室。室與吴廢后所居西内近，廢后哺養之。貴妃日伺無所得。一日，帝召張敏櫛髮，照鏡嘆曰：『老將至而無子！』敏伏地曰：『萬歲已有子也。』帝愕然曰：『安在？』敏叩頭曰：『奴言即死，萬歲當爲皇子主。』太監懷恩亦頓首曰：『敏言是，皇子潛養西内，今已六歲，匿不敢聞耳。』帝大喜，即日幸西内，遣使迎皇子。紀妃抱皇子泣曰：『兒去，見黄袍有鬚者，兒父也。吾不得生矣！』衣以小緋袍，乘小輿，擁至階下，髮披地，走投帝懷。帝置之膝，撫視良久，悲喜泣下曰：『我子也，類我。』懷恩赴内閣具道其事，傳帝意，欲宣示外廷，群臣大喜，相率賀帝。帝命皇子出見，大學士商輅頓首請立爲皇太子，帝頷之，遂定名祐樘，頒詔中外。時紀妃仍居西内，商輅恐有他變，奏請移就近所，俾母子朝夕相接，遂移紀妃於永壽宫。萬妃日夜怨泣曰：『群小紿我。』未幾，紀妃暴薨，相傳爲萬妃縊死。張敏懼，亦吞金死。時周皇太后居仁壽宫，語帝曰：『以兒付我。』太子遂居仁壽。一日，萬妃召太子食。太后謂曰：『兒去，無食也。』太子至，萬妃治食。曰：『已飯矣。』進羹。曰：『恐有毒。』萬妃曰：『是兒數歲即如是，他日魚肉我矣。』因恚成疾。太子既出閣，老閹覃吉朝夕侍，口授《四書》及古今政典。太子偶讀佛經，見吉入，曰：『老伴來矣。』急手《孝經》。端本正始，吉有力焉。萬安以侄禮事萬妃，賴妃力入閣，爲相十八年。成化二十三年正月，萬妃卒，年五十七矣。帝震悼，輟朝七日，謚恭肅端慎榮靖皇貴妃。八月，憲宗崩，孝宗即位，於宫中得疏一小篋，皆論房中術，末署曰：『臣安進。』帝令太監懷恩持至閣，曰：『此大臣所爲耶？』安愧汗伏地求哀，無去志，恩直前摘其牙牌曰：『可去矣。』始惶遽歸第，乞休去。時年七十餘，尚於道上望三台星，冀復用。紀妃在日，嘗自言家賀縣，姓紀，不能知親族也。孝宗即位，遣人求太后家。於是有冒太后戚畹，以希寵貴者十數輩，後訪得實，皆謫戍，而紀太后家終不可得。厥後禮臣請仿太祖封馬后父徐王故事，定擬太后父母封號，立祠桂林，致祭。帝詔曰：『孝穆太后早棄朕躬，每一思念，惄焉如割！初謂宗親尚可旁求，寧受百欺，冀獲一是。卿等謂歲久無從物色，請加封立廟，以慰聖母之靈。皇祖既有故事，朕心雖不忍，又奚敢違？』遂封后父慶元伯，母伯夫人，立廟桂林府，有司歲時致祀。《資治通鑒》（應是《通鑒輯覽》）所載如是。是書言安妃鷄皮三少，等於夏姬，誠非虛語。至乾清三擋，則係粉飾之辭，不足據也。至一百四十四卷，謂紀后之弟紀恩，與水夫人之弟水雲，年皆耄耋，翩然來歸，此特爲孝宗彌其缺憾，無是事也。

游龍傳演義考

俗傳正德游龍，信有其事，然觀正史及各家紀載，皆未有如《演義》所云也。史載武宗即位，幸臣江彬欲攘權，數導帝遠游，使他幸臣不得近。因言宣府樂工多美婦人，且可觀邊釁，何鬱鬱居大内，爲廷臣所制。帝然之。十二年秋八月，急裝微服出德勝門，幸昌平。大學士梁儲、蔣冕、毛紀追及沙河，請回蹕，不聽。至居庸關，巡按御史張欽閉關不奉詔，乃還。令太監谷大用代欽，數日復夜出度關，幸宣府。彬先爲帝建鎮國府第，輦豹房（帝晏處地，二年作，在西華門）珍玩女御實其中，彬從帝輒夜入人家索婦女，帝大樂忘歸，稱曰家裏。十三年正月還京，留十四日，復如宣府。二月，太皇太后王氏崩，始還京。秋七月，帝托言邊關多警，復北幸，駐蹕宣府。彬又導帝由大同渡黄河，次榆林，至綏德州，幸總兵官戴欽第，納其女還。由西安歷偏頭關，抵太原，大徵女樂。樂工楊騰妻劉氏善謳，悦之，載以俱歸，大見寵幸，江彬與諸近倖皆母事之，稱劉娘娘云。十四年春二月還京，又欲往兩畿、山東祈福祀神，郎中黄鞏、修撰舒芬等百四十六人先後疏諫，悉杖之，死者十一人，車駕遂亦不出。夏六月，寧王宸濠反，巡撫南贛都御史王守仁起兵討宸濠，擒於樵舍。秋八月，帝假親征爲名，駕發京師。冬十二月，如南京，江彬從帝至揚州，即民居爲提督府，遍刷寡婦處女，導帝漁獵，以劉姬諫，稍止。及至南京，彬又欲導帝幸蘇州，下浙江，抵湖湘，群臣極諫，會其黨亦勸阻，乃止。十五年閏八月，受江西俘，發南京。九月，至清江浦，自泛小舟，漁於積水池，舟覆，溺焉，左右挾帝出，遂不豫。冬十月，至通州，誅宸濠，還京師。十六年春正月，郊祀，帝嘔血不能成禮，輿疾歸。三月，益甚，謂太監陳敬、蘇進曰：『朕疾殆不可爲，可以朕意達皇太后，天下事與内閣輔臣議處之，前此事皆由朕誤，非汝輩所能豫也。』遂崩於豹房。江彬黨李琮勸彬速反，不勝則北走塞外，彬猶豫未决，大學士楊廷和、蔣冕、毛紀與太監温祥、魏彬、張永密謀，捕江彬誅之。彬誘武宗出游，計前後凡五年，所幸民間婦女，不可僂指數。《演義》因之，遂有游龍戲鳳之説。至於王龍門寶諸事，則皆空中樓閣，爲後人之所杜撰者矣。

明武宗所幸民間女，見於毛延齡《彤史拾遺記》者凡三人，然不聞有李鳳姐也。一爲馬昂妹，美而艷，適畢指揮有娠，江彬白之上，迎入豹房。馬氏善騎射，解于闐、龜兹諸樂，能道番語，遂絶幸。封兄昂右軍都督，馬氏一門，無大小皆賜蟒衣。六科給事中呂經石、天柱御史徐文華、程起充皆上書諫，言孕婦不可進御，恐蹈秦晋易姓覆轍，不報。後得劉美人而馬寵始衰。

一爲劉美人，太原民劉良女，晋王府樂户楊騰名下妓也（史謂楊騰妻）。正德十二年幸大同，駐蹕偏頭關，遍索女樂於太原，美人偕衆妓進，上悦其色，聆謳大喜，載歸，初居豹房，後漸入西内專寢，言事輒聽；左右觸上怒，陰求之，輒一笑而解，諸近幸以母事之，呼劉娘娘。上將南征，陰移美人至潞河，約駕先發，而以他舟迎美人，美人脱一簪贈上爲信，曰：『見簪而後赴。』上藏簪衣間，馳馬失簪，大索不獲。至臨清，遣中使召美人，美人辭曰：『不見簪非信，不敢赴。』上乃獨乘舸晝夜行，内外從官無知者，徬徨至張家灣，親迎美人，載而南。適湖廣參議杜文纘冲上舟過，怒止之，入其舟，奪一妾行。及至揚州，屢出獵，馳突不測，美人諫始止。自上方寺至南京，所臨寺觀，幡幢錦繡，悉署威武將軍鎮國總督（帝自封此銜）朱壽及夫人劉氏名字其上。及世宗入嗣，用南京給事王紀言，始令撤去。

一爲王滿堂，霸州民王智女，以麗色嘗與選嬪宫，罷歸，耻不適人，時感異夢，謂有趙萬興者來聘，當許之，其人貴不可言。里中僧出入智家，知其夢，以語道士段鋹，段挾妖術，賂僧，使先一日謂智家曰：『爾家明日當有大貴人至。』詰旦鋹至，問姓名，曰：『我趙萬興也。』智家讙呼羅拜，遂妻以滿堂。鋹出妖書，煽惑愚民，愚民神其夢，從其益衆。儒生潘依道、孫爵謁鋹，行主臣禮。遂僭號，改元大順。既而鋹爲新城民掩獲，併得妖書，撫按以聞，詔釋愚民，獨斬鋹、依道、爵三人西市。中旨令勿殺滿堂，没入浣衣局，既而召侍豹房，大幸。世宗嗣位，出浣衣局，人謂之王浣衣云。

小説之紀正德游龍事者，不止一種。如《落金扇》，如《白牡丹》，事既附會可笑，文尤鄙俚不堪，此皆僅爲下乘禪説法，非大雅所欲觀也。

翡翠園院本考

院本演江西狀元舒芬未達時事。據云：芬父德溥，授徒湖廣，歲杪歸家，途遇王饅頭賣妻償債，心爲惻然，因出脩金贖之，王饅頭感謝而去。然舒家極貧，終歲所賴以贍養者，只此硯耕所得資耳。迨德溥空手而歸，充饑乏術，乃命妻子於王陵旁挑掘苦菜，暫圖糊口。舒家傍河而居，有湖州籍趙媽媽者，穿珠爲業，生一女翠兒絶美，有機智，泊舟其旁，與舒家往來已稔。除夕聞空中神語云：『舒生舒生，今年吃苦菜，明年中狀元。』趙氏母女奇之，然不解苦菜之説，因假元旦賀歲爲名，詣舒夫人，告以神語，且詢其由，舒夫人悉告之，趙母女大感動，急出銀米助之。時寧府長史麻逢之助王宸濠謀逆，召翠兒製造萬壽珠冠，獻王取媚。逢之女斐英美而賢，與翠兒一見莫逆，囑常過從，引爲閨中密友。逢之又爲寧王起園亭一所，號翡翠園，東南一角，適礙舒家住屋，因命豪奴逼使讓賣；舒父子執意不從，逢之無奈，偵舒嘗往王陵旁挑掘苦菜，因假盜掘王陵斫伐冢樹罪，移文副使，使羅織之。時王饅頭爲刑廳差役，奉命拿舒，王念舒恩，釋德溥父子使逸。既而德溥恐王受罪，自願投案。幸副使爲涿州胡世寧，清廉正直，知舒爲王府誣陷，但令繫獄，并不加刑。寧王大怒，奏參胡世寧，革職，命麻長史覆按德溥，問成大辟，將舒屋發封入官。舒夫人無家可歸，幸趙翠兒扶入舟中，移泊他處。翠兒日往長史女斐英處求救，斐英屢諫其父，不聽，適王府發下令牌，命將德溥從速取決，翠兒情急，俟長史睡熟，盗出令牌，囑王饅頭持往監中，假傳王府令旨，將舒釋放。長史睡醒，見令牌已失，查知爲翠兒所盗，急拔刀，命家將追往舟中殺之，家將誤殺其母而返。由是舒家夫婦、翠兒、王饅頭均各逃生。舒芬自爲饅頭釋後，輾轉入京，苦功勤讀，中正德十二年丁丑科進士，賜狀元及第。芬母感翠兒德，爲芬聘之。未幾寧王事敗，長史見誅，翠兒勸芬娶斐英爲妻，而已下之。

按：舒芬、胡世寧信有其人，確與寧王同時，然事恐子虚烏有也。《明史·舒芬傳》云：芬字國裳，進賢人。年十二，獻《馴雁賦》於知府祝瀚，遂知名。正德中進士，授修撰。帝議南巡，芬偕編修崔桐等抗疏諫，郎中張衍瑞等百餘人繼之，帝怒，執六人下獄，詔芬等一百七人跪闕前五日，旋於闕下杖之，人三十，死者十一人。芬創甚幾斃，舁至翰林院，掌院者懼罪，命摽出之，芬曰：『吾官此，死此耳。』謫福建市舶副提舉，裹瘡就道。世宗即位，召復故官。時帝欲尊崇本生，芬偕其僚連章極諫，復從楊慎等一百三十四人伏左順門力争，帝怒，下之獄，廷杖人三十。旋遭母喪歸，卒於家，世稱忠孝狀元。芬豐神玉立，端居竟日無倦容，夜則計過自訟。其學貫串諸經，兼通天文律曆，而尤精於周禮，學者稱梓溪先生。萬曆中追謚文節。

胡世寧，字永清，仁和人。弘治中進士，性剛直不畏强禦，且知兵，累遷江西副使。寧王宸濠驕横有異志，莫敢言，世寧憤甚，上疏揭奏。草疏時，次子繼請曰：『是且重得禍。』世寧曰：『吾已許國，遑計其他。』疏入，果下獄。繼念其父，病死。世宗即位，起爲兵部侍郎，遷左都御史。世寧風格峻整，居官廉，與人語訥不出口，及具疏，援據古今，洞中窾竅。與張璁、桂萼論事多牴牾，諸大臣多忌之，帝始終優禮不替。

觀此，則世寧之革江西副使，果爲寧王所陷，初與舒芬無與也。史稱寧王驕横，盡奪諸附王府民廬，責民間子錢，强奪田宅子女，是起造翡翠園事，非盡無據。作者因舒芬生長進賢，與寧府近在咫尺，而且又狀元及第，因附會其事，編成院本，實皆空中樓閣，即麻逢之亦史無其人，更無論王饅頭、趙翠兒矣。

一片石傳奇考（第二碑附）

《一片石》傳奇，鉛山蔣清容先生《藏園九種曲》之一也。演寧王事敗，正妃婁氏投江而死，漂至德勝門外，被南昌漁人網起，見遍身紙條密結，知是賢妃，遂厚葬之；越二百餘年，有書生薛天目者，題詩感夢，因欲訪其墓不得，因請於江西方伯籛公，爲之代訪，得於新建、上饒兩縣漕倉之間，其地久爲小民雜處，封鬣俱廢，爰立一碑以志古迹，此實清容先生自紀其事也。薛天目爲清容自托，籛方伯實係彭姓，即中州彭家屏也。其《一片石》自序云：

前明寧庶人（寧王事敗後，削宗室籍爲庶人）婁妃，沉江後爲南昌人私葬，二百年來，無有志者。乾隆辛未春，南昌蔡書存先生謂余曰：『昔聞朱赤谷老人言，婁妃有墓在城外隆興館側，今廢矣。碑趺尚存，惜無能復之者。』余頷之。明日，告青原方伯。方伯意怏怏，急遣吏訪其處，遂立碑表識之。

越三日，有鍾某來謁方伯，伏地拜不起，曰：『某本上饒婁氏妃裔，即某先世祖姑，因避逆藩禍，易姓鍾，旋徙居隔江沙井。崇禎末，宗室子弟鬻妃墓，爲郡守陳公建生祠，守憫焉，索地券，益官牒一紙，給某家永守，戒勿更售。鼎革時，冢漸傾廢，後建上饒、新建兩漕倉，以有妃墓故，虚其間隙地數丈，令市兒各構屋實之。』乃探懷中牒以獻，則朱墨符篆，居然前代物。方伯喜慰，益信篤。或疑妃沉樵舍，有順流西下皖江耳，安得逆溯城闕？是獨不聞曹娥、叔先雄之故事乎？夫義烈之鬼，皮骨苟存，且有應聲逐人者矣，有反側鼎鑊中者矣，精氣不滅，可動天日，區區河伯，敢不回既倒狂瀾，成賢妃首邱之志？然則好爲議論者，固未可執方隅固陋之見，以斷其爲必無也。妃之窆也，余固未見，勝國官牒則既見之，豈鍾氏於百歲前，逆知有彭公其人，而預爲此贋物相待，是不辨而自明矣。

（下略）

碑記爲中州彭家屏自撰，清容有《題墓畫詩》七絶四首，并録於後。

彭方伯　婁妃墓碑記

妃爲上饒婁諒女，當宸濠萌逆時，妃曾作詩諷之，且力諍不聽，卒致殄滅，乃自沉以殉。邦人欽其賢且烈也，爲具厚殮葬於此。二百年來，無有志者。余廉得之，遣吏往查，視封鬣久廢，僅餘碑趺埋没泥沙中，至轉徙湮没之故，妃家後裔易姓鍾氏，居沙井者，尚能言之。特爲刻石表其處，使人知巾幗流芳，雖骨朽後，其生氣且與江聲同浩浩矣。墓在上饒、新建兩倉中間，盈字廞之後。乾隆十六年辛未仲春月(銜名略)立并識。

蔣清容　題墓畫詩

水際埋香太等閒,匆匆何處卜青山。玉魚金碗無人見,只有秋江似佩環。

斷碣銷沉劫後灰,已無華表鶴來歸。柴關土銼人稀到,消受官厨酒一杯。

聚米量沙計已空,唱籌聲合院西東。江城豈是無閒土,豚柵鷄棲據此中。

遺坵畫就免傳訛,藝苑應摹陸法和。不許碑陰牛礪角,詞人經此定摩挲。

按:《明史》言寧王謀逆,王妃婁氏諫不聽,及與王守仁戰大敗,退保樵舍,聯舟爲方陣,守仁以小艇實葦,擬建昌人語,就賊艦乘風縱火,焚其副舟,婁妃以下皆赴水死。宸濠舟膠淺,倉卒易舟遁,王冕追執之。宸濠嘆曰:『昔紂用婦言亡,我以不用婦言亡,悔何及!』觀此則婁妃賢淑,較諸脱簪姜氏,摩笄趙姬,有過之而無不及,宜後人流連景慕,不忍遺墓之久湮榛莽,而必欲表之使顯也。《第二碑》又名《後一片石》,亦爲《藏園九種曲》之一。前僅爲婁妃建碑表識,此則更爲建立新坊,開闢兆域矣。清容仍自稱薛天目。所謂方伯季延陵者,則漢陽吴翥堂也。書生阮斗墟,即宛陵阮龍光見亭。清容先生自序云:

婁妃墓在新建、上饒兩倉間,埋没貧家竈側有年矣。乾隆辛未春,予訪得之,告青原方伯,時移藩滇南，且戒裝，不得廓清塋域，僅立碑表識而去。歷今二十六載，予每寓書有司，乞擇官屋一區，徙此破屋，以妥妃靈，無有應者。乙未冬，漢陽阮見亭茂才過訪，執手如平生，叩以故，則以傳抄中心折予所撰《一片石》舊詞，蓋十餘稔每以不及訂交爲憾，予乃傾倒見亭者不能已。見亭時往虔南省舅氏太守翕堂吴公，匆遽特甚。明年，上特擢太守江西鹽道，即權方伯篆，見亭從焉。予心怦然動，遂舉妃墓事屬告方伯，亦姑妄語之耳。明日，聞方伯偕令尹伍君往視，即賞墓户遷屋之貲，又給金屬令尹修葺如式，伍君亦捐俸購墓門外民居，俾拆去，於是兆域夷曠，馬鬣隆起，新坊翼然以崇。嗚呼！妃之幽宅，至兹而奠矣，不亦快乎！（下略）

《第二碑》書中事實，即此自序一篇賅之矣。兩書均設神道附會，此則詞章點綴，爲操觚家所不可無也。惟婁妃自稱天帝第三女，則有來歷。聞清容先生官中書時，妃曾降乩，填詞書謝，自稱天帝第三女，其事甚奇，故阮見亭《第二碑題詞》有云：見説靈乩信有神，第三天女是前身。誰知再譜魚山曲，仍屬操觚舊舍人。

三笑姻緣彈詞考（《八美圖》、《换空箱》附）

世傳明季唐、祝、文、周四解元風流放誕，不修邊幅，有《三笑姻緣》、《八美圖》、《换空箱》等書，紀述其事。唐、祝、文固有其人，若周則畫蛇添足，無是公也。按《明史·文苑列傳》云：唐寅，字伯虎，一字子畏。性穎利，與里狂生張靈縱酒，不事諸生業。祝允明規之，乃閉户浹歲，舉弘治十一年鄉試第一。座主梁儲奇其文，還朝，示典誥敕侍郎學士程敏政。十二年，敏政總裁會試，江陰富人徐經賄其家僮，得試題，事露，言者劾敏政，語連寅，言寅嘗從敏政乞文，詔下獄，謫爲吏。寅耻不就，歸家益放浪。寧王宸濠幣聘之，寅察其有異志，佯狂肆酒，露其醜穢，宸濠不能堪，放還。築室桃花塢，與客日般飲其中，年五十四而卒。

祝允明，字希哲，長洲人。以弘治五年舉於鄉，授廣東興寧知縣，應天通判，謝病歸，嘉靖五年卒。生而枝指，故自號枝山。五歲作徑尺字，九歲能詩，稍長，博覽群籍，文章有奇氣，當筵疾書，思若涌泉，尤工書法，好酒色六博，善新聲，求文及書者接踵，而多侑妓掩得之。不問生産，有所入，輒召客飲，費盡乃已。晚益困，每出，追呼索逋者相隨於後，允明益自喜。所著有詩集六十卷，雜著百餘卷。

文徵明，長洲人，初名璧，别號衡山。幼不慧，稍長，穎異挺發。學文於吴寬，學書於李應，學畫於沈周，皆父友也。又與祝允明、唐寅、徐禎輩相切磋，名日益著。其爲人和而介。巡撫余諫欲遺之金，指所衣藍衫謂曰：『敝至此耶？』徵明佯不喻，曰：『遭雨敝耳。』諫竟不敢言遺金事。正德末，以歲貢詣吏部試，授翰林院待詔。世宗立，預修《武宗實録》，侍經筵，歲時頒賜，與諸詞臣齒。父林，知温州府時，識張璁於諸生中，璁以議禮驟貴，諷徵明附之，辭不就，致仕歸。四方乞詩文書畫者接踵，而富貴人不易得片紙，尤不肯與王府及中人，曰：『此法所禁也。』文章遍天下，門下士贗作頗多，徵明亦不禁。年九十卒。長子彭，次子嘉，并能詩，工書畫篆刻，世其家。

然則三人之中，解元只唐寅一人，祝僅一第，文且并一第而無之，俗傳吴中三解元之説，不足信也。允明有枝指，故號枝山，今彈詞以伯虎爲六指，誤矣。

《三笑姻緣》繼《八美圖》而作，謂唐寅已娶八美，得秋香而九美團圓，故又名《九美圖》。九美之説，頗有來歷，見湘潭黄九煙先生所撰張靈、崔瑩合傳，但唐寅爲寧王摹繪九美，非自娶也。據傳之中段云：寧王宸濠久蓄異謀，其招致六如（寅自號六如），一博好賢虚譽，一慕六如詩畫兼長，欲倩作《十美圖》以獻之九重。其時宫中已覓得九人，尚虚其一，六如請先寫之，遂爲寫九美，而各綴七絶一章於後。九美者：廣陵湯之靄，字雨君，善畫；姑蘇木桂，字文舟，善琴；嘉禾朱嘉淑，字文儒，善書；金陵錢韶，字鳳生，善歌；江陵熊御，字小馮，善舞；荆溪杜若，字芳洲，善箏；洛陽花萼，字朱芳，善笙；錢塘柳春陽，字絮才，善瑟；公安薛幼端，字端清，善簫。圖咏既成，進之濠，濠大悦，乃設盛筵特宴六如。九美之説，由此而起。作者因之，乃虚構陸昭容至秋香九人以實之，謂唐寅一娶九妻，皆妄言也。

嘗見坊間有紀《唐六如軼事》一册，無作者姓名。據云：唐子畏被放後，於金閶見一畫舫，珠翠盈座，内一女郎嬌好姿媚，笑而顧己，乃易微服，買小艇尾之，抵吴興，知爲某仕宦家也。日過其門，作落魄狀求傭書者，主人留爲二子傭，事無不先意承旨，主甚愛之。二子文日益奇，父師不知出自子畏也。已而以娶求歸，二子不從，曰：『室中婢惟汝所欲。』遍擇之，得秋香者，即金閶所見也。二子白父母而妻之。婚之夕，女郎謂子畏曰：『君非向金閶所見者乎？』曰：『然。』曰：『君士人也，何自賤若此？』曰：『汝昔顧我，不能忘情耳。』曰：『妾昔見諸少年擁君，出素扇求書畫，君揮翰如流，且歡呼浮白，傍若無人，睨視吾舟，妾知君非凡士也，乃一笑耳。』子畏曰：『何物女子，於塵埃中識名士耶？』益相歡洽。居無何，有客過其門，主人令子畏典客，客於席間恒注目子畏，私謂曰：『君何貌似唐子畏？』子畏曰：『然！余慕主家女郎，故來此耳。』客白主人，主人大駭，列於賓席，盡歡，明日治百金裝，并婢送歸吳中。似此則秋香之主人，家在吳興，非錫山也；所謂某仕宦者，亦非華氏也。余謂此説未足爲據，彈詞以秋香爲華氏婢者，蓋别有所本也。

陽湖趙甌北先生《讀史札記》，明中葉才士傲誕之習一條云：唐寅慕華虹山學士家婢，詭身爲僕，得娶之，後事露，學士反具奩資，締爲姻好。自注見《朝野異聞録》。甌北富於文學，歷代史書，旁及諸子小説，無不流覽考訂，彼所援引，諒無杜撰。則知彈詞以秋香爲華氏婢者，確有來歷，非若前集《八美圖》之全由虛造也。第華氏之婢，其名果爲秋香與否？則不可知矣。

錢塘梁紹壬《兩般秋雨庵隨筆》有一則云：南京舊院妓名秋香，從良後有舊相識求見，以扇畫柳，題詩拒之云：『昔日章臺舞細腰，任君攀折舊枝條。如今寫入丹青裏，不許東風再動摇。』見梅禹金《青泥蓮花記》。祝枝山有《題秋香便面》詩云：『晃玉摇銀小扇圖，五雲樓閣女仙居。行間看過秋香字，知是成都薛校書。』作者或因祝允明有此一詩，遂名唐寅所得之華氏婢爲秋香，取其同在一時，强爲附會，亦未可知也。或有以秋香爲果有其人者，董恂《宫閨聯名譜》引王行甫《耳談》云：陳元超，吴人，少年倜儻不羈，嘗與客登虎邱，見官家從婢，姣好姿媚，笑而顧己，悦之，迹至其家，微服作落魄狀，求傭書焉。留侍二子，自是二子文日奇，父師大駭，不知出元也。已而以娶求歸，二子不從，曰：『室中婢惟汝所擇。』元曰：『必不得已，秋香可。』即前所遇婢也。二子白父母，嫁之。元既娶，婢曰：『君非虎邱所遇者乎？』曰：『然！』曰：『君貴公子，何自賤若此？』曰：『汝昔笑顧我，不能忘情耳。』曰：『妾昔見君喪服，表素而華其裏，少年佻撻可笑，非有他也。』未幾，有客過其主人，元因假衣冠謁客，客與歡甚，從容言及吏部白公，蓋元之外父也，時方柄國尊顯，主人聞之大駭，始悉元始末，亟治百金裝，并婢贈之。是秋香所嫁者陳元超，與六如無涉也。總之，六如娶華虹山婢，未必無因，作者因假他人事實，從而附會者耳。

桃花塢，據《吴縣舊志》，云在縣城西北，爲宋章粢別業，唐解元寅築居於此。有夢墨亭，祠祀六如居士及祝京兆、文待詔。明天啓中，楊端孝大濚改爲準提庵。《兩般秋雨庵隨筆》謂清初宋牧仲撫蘇時，重加修葺，增建才子亭。嘉慶六年，善化陶仲冕知吴縣事時，拓庵東別室，移祀唐、祝、文三君像，顔其室曰桃花仙館。且訪得六如居士墓在横塘王家村，封植而題識焉。并賦七律八首，詩極雋雅，傳誦一時。

彈詞叙祝枝山游杭州事，盡屬子虚。除夕民間貼無事對，頗有來歷。按陳雲瞻《簪雲樓雜説》云：春聯之設，自明孝陵昉也。帝都金陵，於除夕前忽傳旨，公卿士庶家，門上須加春聯一副，帝親微行出觀，以爲笑樂。偶見一家獨無字，詢知爲醃豕苗者，尚未倩人書耳。帝爲大書曰：『雙手劈開生死路，一刀割斷是非根。』投筆徑去。嗣帝復出，不見懸挂，因問故，云知是御書，高懸中堂，燃香祝聖，爲獻歲之瑞。帝大喜，賚銀五十兩，俾遷業焉。彈詞謂杭城俗貼無事對，或其時因有孝陵一書，遂皆以無字者爲祥瑞，習久成俗，亦未可知。枝山書聯，蓋即以兹事爲藍本，而强爲粘合者也。

《换空箱》叙文徵明風流事。考衡山一生，高介絶俗，不若唐、祝兩家之風流放誕，安有桑間濮上之行？若書所云，彼成衣匠、竊賊之女，皆與訂婚，直無業流氓，鄉黨自好者不爲，而謂衡山能之乎？作者殆自寫素所夢想而已。

昔長洲閻秀卿先生曾作《六如先生傳》，謂六如緣故去其妻，其爲諸生時，嘗作《悵悵詩》，後與其事悉合，蓋詩讖也。使此説而信，則生妻且復去幃，更安得九美團圓耶？後人之誣六如先生者，可迎刃解矣。

鳴鳳記院本考

《鳴鳳記》演楊椒山先生直諫取禍事。書名取朝陽鳴鳳之意，爲椒山同時人所作，目擊情形，故多紀實。或云出於王鳳洲手，然否未可考也。按《明史·椒山本傳》：楊繼盛，字仲芳，容城人。七歲喪母，庶母妬，使牧牛。繼盛經里塾，心好之，因語兄，請得從塾師學。嘉靖中登進士，歷任兵部員外郎。時廷臣議開馬市，繼盛上疏，言五謬十不可，語甚剴切，帝以阻撓邊務，詔訊杖，貶狄道典史。

仇鸞敗，帝思繼盛言驗，乃自典史遷諸城知縣，俄遷南京户部主事，三日遷刑部員外郎，遂劾嚴嵩專政誤國十大罪，疏長不具録。末言：『陛下可召問裕、景二王，或詢諸閣臣，重則置憲，輕則勒令致仕，内賊既去，外賊自戢。』疏入，上怒，詔詰：『何故引二王？』繼盛曰：『非二王誰不懼嵩者？』獄上，杖之百，血肉坌起，下刑部擬罪，繫三載，會張經、李天寵坐大辟，嵩揣帝意必殺二人，因附繼盛名并奏。繼盛妻張氏上疏，請代夫死，詞極哀痛，嵩屏不達，遂斬西市。臨刑賦詩曰：『浩氣還太虚，丹心照千古。生平未報恩，留作忠魂補。』天下涕泣傳誦之。初，繼盛之將杖也，或遺之蚺蛇膽，却之，曰：『椒山自有膽，何蚺蛇爲？』及入獄，創甚，夜半而蘇，碎瓷碗，手割腐肉，肉盡，筋挂膜，復手截去，獄卒執燈顫欲墜，繼盛意氣自如。朝審時，觀者塞衢，皆嘆息，有泣下者。後七年，嵩敗，穆宗立，恤直諫諸臣，以繼盛爲首，贈太常少卿，謚忠愍，予祭葬，建祠名旌忠，任一子官。

附録：椒山夫人張氏請代夫罪疏

罪臣兵部郎中楊繼盛妻張氏跪奏皇帝陛下：竊臣夫以誣蔑相臣，發交錦衣尉待罪，此實臣夫溺職辜恩，法無可逭，臣妾何敢冒瀆宸嚴，自取咎戾。然仰維聖德，昆蟲草木，皆欲得所，豈惜一回天聽，下垂覆盆。倘以罪重必不可赦，願即斬臣妾首以代夫誅。臣夫感皇上再造之恩，必能執戈矛衛社稷，以效一日之力也。

《椒山文集》有《獄中與子書》一篇，自叙下獄事甚詳，而其真迹則藏於浙江某氏，成手卷一，高盈尺，長丈餘，字大於錢，行書作争坐位體。後有蕭山湯文端公跋云：此楊忠愍公獄中與子書也，忠義勁直之氣，溢於楮墨。觀『兩眼觀心，意不敢亂』及『椒山自有膽』數語，知所得於養心、養氣者深矣。咸豐甲寅夏至前三日，蕭山後學湯金釗謹識。書較集中所刻，微有不同，知集經後人删削故也。一蟹嘗於友人處見鈔本一通，爲録於左，以備參考。

椒山先生《獄中與子書》

癸丑元旦，謄奏劾大學士嚴嵩稿本，初二日齋至端門，方欲進，聞拿内靈臺官，知本意不洽，即趨出，日怏怏不懌。至十四日，乃齋戒沐浴三日，至十八日本上，二十日拿送鎮撫司打問，先拶到手，拶木繩俱斷，予曰：『鬼神在上，尚用刑哉？』乃先敲一百，敲問所以主使之人。予曰：『當此時之臣，奸邪大半皆嵩心腹，此事固不可與之議。且盡忠在己，豈必待人主使？如有人敢主使，則彼當自爲之矣，又何必使人爲哉？』乃夾一夾，將脛骨又夾出。問所以引用二王之故。予曰：『奸臣之誤國，雖能欺聖上，必不能欺二王，蓋二王年幼，且未册封，奸臣必不提防避忌。譬如人家，有家人作弊者，家長雖不知，而家長之子未必不知也。滿朝皆嵩之奸黨，孰敢言彼之過？皇上常不與二王相見，此奸賊所以敢放肆無忌，然此能瞞皇上一人，二王固知之真矣。至親莫若父子，皇上若問二王，必肯言彼之過也。』問官云：『若此豈敢回本？』乃又敲五十二敲，又夾一夾棍，其問答之辭甚多，予始終不屈，乃重打四十棍，釘肘鐐送監。至二十二日晚，奉旨錦衣衛打一百棍，四棍一换，送刑部從重議罪，乃比依詐傳親王令旨律，絞監候。方予未上本之前，司中日相與議論者，汪子少泉、周子松崖、王子繼津。少泉則與謀議，冒功一節，乃其所見。松崖則與知而不見其稿。繼津則知其欲爲而不知爲何事。

上本後，入部交牙牌，辭僚友，衆方知予有此舉，各疾讎遠避，而一二知己，雖有眷戀之情，尚多畏難之狀，獨繼津則肝膽相許，若親兄弟然，予觀其義氣激發，情愛懇至，遂托云：『予二子一女，一子已聘有妻，一子尚未有，一女尚未許人，長而娶嫁，皆兄之事也。』繼津遂面許云：『此盡在弟，而一小女正與三令郎年歲相當。』遂許焉。自予入獄，鎮撫司刑部之保護，皆繼津也。其受打之先，王子西石送蚺蛇膽一塊，袖入，托校尉苗生者酒一壺，云：『可以服蚺蛇膽。』予曰：『椒山自有膽，何必蚺蛇哉？』止飲酒一茶杯。彼又云：『莫怕！』予曰：『豈有怕打楊椒山哉？』遂談笑赴堂受打。未打之先，心已有定，至打之時，乃兩眼觀心，舌抵上腭，牙齒緊對，意不敢亂，口不呻吟，蓋一呼叫則氣亂，氣亂則血入心，必死。方打四五棍時，心受疼不過，若忙亂者，遂一覺照，自思此心亂矣，於是提起念頭，視己身若外物者；打至五六十，忽覺若有人以衣覆之者，遂不覺知痛，謂之神助，不其然歟？打畢，校尉即推入包袱，抬出，至門外，則家人以門扇抬之，至法司門口。巡風官乃同年江西李天榮者，遂革去門扇，藥餌諸物，一皆阻住。予兩腿腫粗，相摩若一，不能前後，腫硬若木，不能屈伸，止手扶兩人，用力努挣，足不履地而行。

入獄，提牢則浙江奸黨劉櫝也。舊規，官繫獄則有官監，劉櫝乃下予於民監。自入監後，棒瘡(字缺)上衝，難以曲折努動，方依墻而立，忽兩耳響一聲，不能聽事，又兩目黑暗不能見。予心自覺曰：『此乃死矣。』遂昏不醒人事，身不覺倒地，若睡熟然，至三更始甦。噫！忽然而死，忽然而甦，如睡又甦，則人之生死，亦甚易事也。兩腿腫脹沖心，不能忍，又無藥可用，又無刀針可刺，正無計間，司獄陝西涇陽劉時守送茶一鍾，予飲之，心稍定。因茶想起人以瓦尖打(字缺)事，遂將鍾打碎，取瓦之尖而鋭者，將竹筯破開，夾瓦尖在内，用綫拴住，緊以尖放瘡上，用鼓鍾打箸入肉五六分，爲此者獄吏山東黄縣孫儒、犯人浮梁何成也。遂血出，兩腿打有五六十孔，流血初噴丈餘，後則順腿流於地，一時約十數碗。自出血後，心稍清矣。予恐猝倒，則血必奔心，自打後出衛入刑部，三日夜挺身端坐，頭未至地，以故不能傷生云。

藥餌既不可得，予潛使人在監買黄蠟香油，自熬膏藥貼之。至二十六日，則右腿已潰，將皮割去，内肉流於地如稀糊，口顯一坑，長五寸，闊三寸，深一寸五分，手摩至骨。時有京師秀才侯冕送藥物，敷之；又内侍趙用送藥，服之。劉櫝禁繫甚嚴，内外不通，外面人傳已死四日矣，家人甚忙亂。至二十七日，張弘齋重差人入視，知予不死，家人尚不信，予托獄吏新城縣盧世經捎出牛骨簪一根爲信，此簪乃妻嘗帶者，又左手寫書帖去，家人始知予不死。

方敕下刑部擬罪，時山東司郎中同年史觀吾欲從輕議，而尚書何鰲乃嵩之門生，侍郎王學益乃嵩子世蕃兒女親家，聽嵩指使，遂擬此罪。命下，史欲有言，學益怒目視之，無何，史降官矣。刑帖到司，獄司即下老監，日夜籠枷，與衆囚爲伍，死屍在側，備極苦楚。二月初七八，右腿已長肉，左腿皮未割去，遂潰腫如小瓮。毒氣上攻，口舌生瘡，不能飲食，勢已危矣。夜夢三金衣人領一青童子，小盒内捧藥一丸，遂以得親灌入，覺則口舌不痛，可吃飲食。又想起以磁瓦尖打之，連數十下不見膿血。予曰：『此瘡潰已深，非瓦尖所能到也。』遂以小刀，先用針綫，將腿皮穿透提起，乃將刀刺入，約一寸深，周圍割一孔，如錢大，膿血流出。方予割肉時，獄卒持燈手戰，至將墜地。乃曰：『關公刮骨療毒，猶藉於人，不似老爹自割者。』當時約四五碗，其内毒始脱矣。日每以數十（缺字）片拭膿，每布約二尺，每日此布輪用，膿可拭兩次，每日則膿可流二三碗矣。自初瘡至愈，膿豈止六七十碗而已哉。十六日右腿垂筋二條，如簪粗，一頭已斷，一頭尚在腿上，予亦割之。二十八日，提牢官丘洲峰乃獨仗公義，遷予於監東獄卒小房，幸脱籠枷。

九日朝審，予帶長板扭鐐出門，觀者如堵，争欲一見顔色，至擁塞不能行。入朝，坐西廊下，内臣圍予觀者以千數，有饋飲食者，有送銀錢者，予俱却不受，内臣益鼓舞稱贊，而駡嚴嵩老賊以萬數。審時，爲首執筆者，則吏部左侍郎王用賓也，（字缺）判以此律情真，奏請題奉，欽依着照舊監候處决。甲寅夏間，獄疫大作，日與病者爲伍，四月二十六日，遂染瘟疫。時刑部醫官羅廷瑞，江西人，進予發汗藥二服，下藥二服。予病中欠主張，俱依彼服，遂昏不省人事。提牢官又江西奸黨曹天佑，此官乃人家奴僕，讀書中進士，後方出姓，無耻小人，又斷絶醫藥如初獄。然人皆以予必死，幸五月，提牢乃浙江應養虚，乃親檢得藥，視飲食，十四日方出汗。噫！若使命不在，死之久矣。是月二十六日，養虚乃説堂出予老監，遷予外庫，居處則甚便。方養虚遷予時，庸軟輩皆喝以重禍，彼乃毅然爲之，其人品可知矣。九月朝審，乃福建李默爲首也，仍判以情真題奉，欽依又如前監候。

己卯九月朝審，復議情真奏請，或云張經任南直隸總督，因倭寇失事，皇上先已告廟打科官，必欲殺之，經用厚賄，買浼嵩費銀二萬，及諸奸黨欲爲彼脱者，判與予同奏本請，意以予乃皇上心所繫念之人，或得混免伊死。或曰：嵩知經爲皇上所必殺，欲因以及予也。奏上，皇上一見經名，旨意遂云：『依律處决。』予知之，付命而已。平昔予同志輩若王繼津、徐望湖、王鳳洲、楊明石、楊毅齋、龔全山、孫聯泉、應養虚、李鶴峰諸公，爲予奔走救解，鳳洲爲予畫策，竟不可回。事已如此，書付應尾、應箕收藏，以爲後日墓志之用。椒山據柙床書。

嚴嵩以河套一役，冤殺夏言、曾銑，事皆紀實。按《明史》：陝西總督曾銑，首議恢復河套，閣臣夏言欲倚以成大功，因密薦銑，謂群臣無如銑忠者。銑鳩兵繕塞，輒破敵，帝亦頗向之，令言擬旨優獎者再。銑喜，益鋭志出師，條上方略，廷議一如銑言。帝忽中變，降旨詰責，詞甚嚴厲。嵩知帝意，遂極言河套必不可復，廷臣亦盡反前議，如嵩説，嵩乃力攻言，謂向擬旨褒銑，臣皆不與聞。言始大懼謝罪，且云：『嵩初未嘗異議，今胡乃盡委於臣？』帝已入嵩譖，怒不可解，盡奪言官階，令言致仕。兵部侍郎萬鏜等劾銑罔上貪功，擅開邊釁，逮入獄。時甘肅總兵仇鸞，以貪功爲銑所劾，逮問在獄，嵩雅親鸞，代鸞草奏，誣夏言納銑金，法司承帝旨，坐銑交結近侍律，斬西市，妻子流二千里。并逮言下吏。言抵通州，聞銑所坐，大驚墮車，曰：『噫！吾死矣！』上疏訟冤，言：鸞方就逮，上降諭不兩日，鸞何以知？蓋嚴嵩與崔元輩，詐爲鸞疏以傾臣，嵩静言庸違似共工，謙恭下士似王莽，奸巧弄權，父子專政，似司馬懿，臣生死係嵩掌握，惟聖慈曲賜保全。不省，獄成論死。法司援議貴議能條以上，上怒，切責之。會俺答寇居庸，嵩謂夏言等收河套，故報復至此，遂棄言市，妻蘇氏流廣西。而仇鸞反出獄，總督京營戎政，尋且於宣大開馬市，而邊防益弛。椒山疏言五謬十不可者，即爲仇鸞發也。

王漁洋《香祖筆記》，謂聞諸姚士麟叔祥云：海鹽有優兒名金鳳者，以色幸於嚴東樓，東樓非金，寢食弗甘。嚴氏既敗，而《鳴鳳記》盛傳於時。時金已衰老，乃復涂粉墨扮嚴東樓，描摹醜惡諸態，無微不至。觀此，是書信爲同時人所作，斷非後人追述者矣。

十美圖彈詞考

《十美圖》叙曾銑二子，因父爲嚴嵩所害，更名改姓，避難四方，長子輾轉入京，得娶嚴東樓、趙文華及徐、林諸姓女爲妻，次子亦得娶故相夏言及龍、余諸姓女爲妻，厥後得海剛峰提挈，發憤讀書，均以狀元及第，征服叛將仇鸞，得嚴嵩通鸞證據，奏明天子，盡雪前冤，置嚴於法，欽賜十美團圓。此皆無稽之談。作者以曾銑有功見戮，忠奸倒置，故藉此以鳴不平，非紀實也。曾銑信有其人，以征河套，爲嵩誣殺，前於《鳴鳳記》考之詳矣，顧不聞其有二子名曾榮、曾貴者也。

鄢懋卿，江西豐城人，由行人擢御史，進左副都御史，爲嚴嵩父子所昵，以嵩力，得總淮、浙、長蘆、河東四鹽運司，盡握天下利柄；及嵩敗，以贓戍邊。趙文華，浙江慈谿人。中進士，未第時在國學，嚴嵩爲祭酒，才之，仕至通政使，與嵩結爲父子。尋進工部侍郎。倭寇棘，奉命祭東海，兼察軍情。恃寵恣睢，賄賂填集，江南爲之困敝。譖殺吏部尚書李默。帝謂文華忠，進尚書。一日登高，見長安街有高甍，問：『誰宅？』左右曰：『趙尚書宅也。』帝愠，且聞其在江南黷貨要功狀，怒，黜爲民，戍其二子於邊。文華故病蠱，又遭譴卧舟中，意邑邑不自聊，一日捫其腹，腹裂，臟腑出，遂死。二人見《明史·奸佞傳》。

又《明史·奸佞·嚴嵩傳》云：嵩字惟中，分宜人。弘治中進士，授編修，嘉靖中拜武英殿大學士，入直文淵閣，進吏部尚書，當國二十一年。一子世蕃承蔭，短項肥體，眇一目，剽悍陰賊，然有機智，頗識往牒，凡遇疑難，嵩躊躇未决，世蕃參綜陳説，言之可聽。嵩耄昏，日夕直西内，諸司以事關白，輒曰：『與小兒議之。』甚曰：『與東樓議之。』東樓，世蕃字也。嵩妻歐陽氏賢，見嵩權勢盛，嘗謂之曰：『不記鈐山堂十二年清寂耶？』又謂世蕃曰：『汝父辛苦起家，汝以蔭得官，蔭之爲義，庇身而已，非汝縱恣得意時也。』及歐陽氏卒，世蕃居喪，不得入直代票擬，嵩每遣人持問，值其方縱淫樂，不以時答，嵩自爲之，往往失旨，所進青詞，又多假他人手，不能工，以此積失帝歡。御史鄒應龍因抗疏論嵩父子不法，遂罷嵩；戍世蕃雷州，未至而返，益治園亭，乘軒衣蟒，勢焰不稍衰。袁州推官郭諫、巡按林潤謨，盡發其罪，且及冤殺楊繼盛、沈練狀。世蕃喜，謂其黨曰：『獄且解矣。』刑部尚書黄光升以獄詞白徐階，階曰：『諸公欲生之乎？楊、沈之獄，嵩皆巧取上旨，今顯及之，是彰上過也，如是諸君必不測。嚴公子騎款段出都門矣。』爲手削其草，獨按羅龍文與汪直交通，賄世蕃求官，世蕃用日者言，南昌倉地有王氣，取以治第，又結宗人典模，陰伺非常，多聚亡命，南通倭，北通虜，共相響應，即日令光升疾書奏之。世蕃聞，詫曰：『死矣！』遂棄市。籍其家，珍異充斥，逾於天府。嵩借居僧舍，鬱鬱而死，衆買棺殮之。是嚴氏之敗，全由徐階一人，并無受害者之後人出而報復也。

仇鸞，鎮原人，鎮甘肅。虜酋俺答犯京師，鸞入援，兵潰。斬屍得八十級，以捷聞。帝優詔慰鸞，加太保，總督京營。密賄俺答子托克托，使貢馬互市。馬市既開，諸邊日苦侵暴。初鸞媚嵩，不啻厮養，既恃主恩，蔑視嵩，嵩屢言於帝節抑之，而鸞憤憤自若。會虜報益急，鸞不得已，出鎮，遇伏敗還，疽發背而死。徐階密疏鸞通虜誤國，詔錦衣衛都督陸炳，會三法司議罪，奏鸞謀反，律當追斬，得旨剖棺斬首，梟示九邊，妻子家丁皆斬，没其貲。史載仇鸞事如此，而彈詞謂鸞實行叛逆，爲曾銑二子所平，則故甚言之矣。

林上春、羅文耀、李剛鋮、余貴賓及退歸林下之龍閣老，史無其人，均由作者臆造。惟海剛峰則誠有之，詳見《大紅袍彈詞》考。

五彩輿劇本考

《五彩輿》一劇，事多紀實。嚴世蕃畫地衣成棋盤，令三十二美人列作象棋，與妻對着，此事見於《美新》。據云：此地衣及三十二美人，爲王天華所獻。鄢懋卿妻乘五彩輿事，見《明史·嚴嵩傳》。傳云：鄢懋卿恃嚴嵩之勢，總理兩浙、兩淮、長蘆、河東鹽政，驟增鹽課四十餘萬。所至市權納賄，至以文錦被厠床，白金飾溺器，歲時饋遺權貴，不可勝紀。其按部常與妻偕行，製五彩輿，令十二女子舁之，道路傾駭。又《海瑞傳》云：鄢懋卿總理鹽法，巡行郡邑，勢焰甚盛。時瑞任淳安知縣，供帳疏簡，抗言貧邑不足安車軒。懋卿恚甚，然素聞瑞名，爲斂威而去。此劇實合史傳及私家紀載而成，非虛構也。惟彩輿行至淳安道上，適逢民家娶婦，互相争道，民家誤舁彩輿而去，以致涉訟公庭，此則編劇者姑妄言之，欲使鄢奸貽臭萬年，以取快人心而已。

大紅袍彈詞考

《大紅袍》述海忠介公巡撫應天，摧抑豪强，平反冤獄，賴一義賊杜某爲之周旋，此皆後人臆造，非紀實也。按《明史·海瑞傳》云：瑞字汝賢，瓊山人，以舉人任淳安知縣。布袍脱粟，令老僕藝蔬自給。總督胡宗憲嘗語人曰：『昨聞海令爲母壽，市肉二斤矣。』尋擢户部主事。世宗享國日久，專意齋醮，廷臣自楊最、楊爵得罪後，無敢言者。瑞上疏，言陛下即位，天下欣然望治，未久而妄念牽之，謬謂長生可得，一意修元，陛下誤舉之，諸臣誤順之，無一人肯爲陛下正言者，諛之甚也。自古聖賢垂訓，未聞有所謂長生之説。陛下師事陶仲文，仲文則既死矣，彼不長生，而陛下何獨求之？誠一旦翻然悔悟，日御正朝，與諸臣講求天下利害，天下何憂不治？萬事何憂不理？此在陛下一振作間而已。帝得書大怒，抵之地，顧左右趣執之，無使遁。宦官黄錦在側曰：『聞此人上書時市一棺，訣妻子，待罪於朝，童僕亦奔散無留者，是不遁也。』帝默然，少頃，復取讀之，爲感動太息，留中數月。會帝有疾，逮繫論死。帝崩，穆宗嗣位，乃釋之。歷兩京左右通政，以右僉都御史巡撫應天十府，有勢家朱丹其門，聞瑞至，黝之。中人監織造者爲減輿從。瑞鋭意興革，浚吴淞、白茆，通流入海，民賴其利。卒於官，無子。僉都御史王用汲入視，葛幃敝篋，有寒士所不堪者，因泣下，醵金爲殮；小民罷市，喪出江上，白衣冠送者夾岸，酹而哭者百里不絶。贈太子太傅，謚忠介。瑞生平爲學，以剛爲主，因自號剛峰，天下稱剛峰先生。後人震其氣節功名，編書傳世，然所紀事皆子虚烏有，蓋以形容其正直清廉，爲下乘禪説法而已。

一捧雪院本考

劇演錢塘太常卿莫懷古藏古玉杯，名一捧雪，門客湯某業裝潢，嘗見之；莫薦湯於嚴介溪，湯即以玉杯告嚴，嚴求之，莫以僞杯應，爲湯所偵知，復告嚴，嚴命窮搜之，義僕莫成藏其杯匿他所，卒不可得，莫畏罪挂冠而逃。時戚繼光鎮薊州，往依之，迨抵鎮所，而嚴氏已假他罪，坐懷古大辟，旨下薊州總兵拿斬。繼光與懷古素善，心不忍，乃縱懷古逃出關，而斬其僕莫成以代。懷古妾雪艷留戚所，繼又爲湯所偵知，言於嚴，嚴奏戚縱欽犯，逮付錦衣衛拷審。衛都督陸炳知莫氏冤，陳莫成頭於階下，令雪艷與湯對質。時湯已官經歷，見雪艷美，欲娶爲妾，因以利害脅雪艷，雪艷佯允之，湯喜，遂認莫成頭爲真，獄解，戚繼光還鎮所。雪艷暗藏匕首，嫁湯之夕，出不意刺湯死，而已亦自刎。嚴氏既敗，莫懷古一家賴戚繼光力得復合云。

按：此事史傳無考，而私家亦無紀載，殆寓言也。然傳諸父老，又似確有其人者。松郡故有提標游擊而無衙署，游擊所假爲辦公所者曰莫府，云即莫懷古故宅，宅内有藤一本，盤繞古槐樹上，粗如臂，禁不可伐，伐則液流如血注，土人謂是莫公手澤。又我邑北門外漕倉故址（今邑人租其地爲墾植公司）東側，傍河有一墳，作長方形，名雪娘墳，相傳爲懷古妾雪艷所葬處。據父老云，懷古實松江人，劇本謂籍錢塘者，誤也。顧按之府、縣兩志，則又毫無實據。此種掌故，殆亦等諸西安之寶釧窑，成都之梨花墓，在若有若無之間而已。

嘗閲王弇州先生《觚不觚録》，有一節云：分宜當國，子世蕃挾以行贖，天下之金玉寶貨，無所不致，其最後乃始及法書名畫，蓋始以免俗，且鬥侈耳。而至其所欲得，往往假總督撫按之勢以脅之，至有破家殞命者，而價亦驟長。分宜敗，什九入天府。觀此，則以一玉杯而陷太常全家，事亦容或有之，必以劇本爲全虚者，亦非也。

白蛇傳彈詞考

《白蛇傳》一書，悠謬荒唐，爲世上必無之事，固盡人知之矣。然是説相傳已久，洪昉思《書湖壖雜記後》亦云：杭州舊有三怪，金沙灘有三足蟾，流福溝有大鱉，西湖有白蛇。隆慶時，鱉已爲漁家釣起，蟾已爲方士捕得，惟白蛇尚存與否，不可得知。徐逢吉《清波小志》引《小窗日記》云：宋時法師鉢貯白蛇，覆於雷峰塔下。然則雷峰鎮蛇事，在宋季不在明季也。錢塘陸次雲《湖壖雜記》云：雷峰塔，五代時所建，塔下舊有雷峰寺，今廢久矣。嘉靖時，東倭入寇，疑塔中有伏，縱火焚塔，故其檐級皆去，赤立童然，反成異致。俗傳湖中有青魚、白蛇之妖，建塔相鎮。大士囑之曰：『塔倒河乾，方許出世。』崇禎辛巳，旱魃久虐，水澤皆枯，湖底泥作龜裂，塔頂煙焰薰天，居民驚相告曰：『白蛇出矣。』互相驚懼，遂有假怪以惑人者，後得雨，湖水重波，塔煙頓息，人心始定。編書者或因明季久旱，嘗有假怪惑人之事，故以訛傳訛，遂指白蛇出現爲明季事，亦未可知也。《小窗日記》所云法師，不知何名，今彈詞則以鎮白蛇者爲金山法海。昔游金山，果見臨江之處，有法海洞在焉，中鑿石佛一尊，僉曰：『此即金山名僧法海像也。』然安知不因《白蛇》一傳，傳世已遍，而寺僧故鑿此像以愚人者耶？又安知不因金山果有是僧，而編書者乃藉之以實鎮蛇之人耶？予嘗思之，此書決爲釋教中人所作，蓋大叢林之僧徒，多有粗通文字者，或者湖上寺僧，見西湖舊有白蛇之説，因即附會其事，編成此書，以見佛法無邊，愚人耳目。不然，書中叙白娘娘之妖術，何但能勝茅山之道，而不能敵金山之僧耶？此中蓋自有故焉。

又明田叔成所撰《西湖志餘》云：杭州男女瞽者，多學琵琶，唱古今小説平話，以覓衣食，謂之陶真，大抵説宋時事，蓋汴京遺俗也。或説《紅蓮》、《柳翠》、《濟顛》、《雷峰塔》、《雙魚扇墜》等記，則皆杭州異事，或近世所擬作者也。然則雷峰塔事，在明時已有小説流傳，爲人彈唱，特明人所唱之《雷峰塔》，與今人所唱之《白蛇傳》，其事同否，則不得而知。《雙魚扇墜》，書已失傳，其事迹猶載於《西湖志餘》之終卷，觀之頗與今人所唱《白蛇傳》初回相仿佛，姑録於後，以資參考。

弘治間，旬宣街有少年子徐景春者，春日游湖山，至斷橋時，日迫暮矣，路逢一美人與一小鬟同行，景春悦之，前揖而問曰：『娘子何故至此？』答曰：『妾頃與親戚同游玉泉，士子雜遝，遂失群，惘惘索途耳。』景春曰：『娘子貴宅何所？』答曰：『湖墅宦族，孔氏二姊也。』景春遂送之往。及門，小鬟强景春入，曰：『家無至親，郎君不棄，暫寄一宿何如？』景春大喜，遂入宿焉，備極繾綣，以雙魚扇墜爲贈。明日，鄰人張世傑者，見景春臥冢間，扶之歸，其父訪之，乃孔氏女淑芳之墓也。告於官，發之，其祟絶焉。事與許仙之游湖、借傘相類，蓋小說窠臼，大都如此也。

玉蜻蜓彈詞考（又名《芙蓉洞》）

《玉蜻蜓》述蘇州申貴生游虎邱法華庵，與庵尼志貞通，私生一子名元宰，爲徐姓所得，由徐氏撫養成人，狀元及第，官拜文淵閣大學士，後卒歸宗還申姓。所謂申元宰者，蓋即萬曆時閣學申時行也。按《明史·申時行傳》云：時行，字汝默，江蘇長洲人，嘉靖中進士，授修撰。萬曆五年，由禮部侍郎改吏部，以文學受知於張居正，藴藉不立崖異，進禮部尚書，兼文淵閣大學士，繼居正柄政，務爲寬大，以次收召老成，布列庶位，朝論多之。十八年春正月元旦，帝召時行於毓德宫，宣皇長子出見，時行請早定大計，帝猶豫久之，曰：『當以後年册立，否則俟皇長子十五歲舉行。』明年，工部主事張有德請具册立儀注，帝怒，命展期一年，而内閣亦有疏入，首列時行名。時行密上封事，言臣方在告，初不預知册立之事，聖意已定，有德不諳大計，惟宸斷親裁，勿因小臣妨大典。於是給事中羅大紘劾時行，謂陽附群臣之議以請立，而陰緩其事以内交；中書黄正賓復抗章詆時行，二人皆被黜責。時行力求罷，詔馳驛歸。子用懋兵部尚書，用嘉廣西參政。統觀全傳，旅進旅退，毫無事業，不過庸庸伴食而已。其爲私生子無可考，惟坊間舊有《狀元圖考》一書，嘗購觀之，則題名確爲徐時行，是知時行幼爲徐氏撫養，乃實事也。彈詞名申氏子爲元宰者，蓋亦有故。按王弇州《觚不觚録》云：諸生中鄉薦與舉子中會試者，郡縣則必送捷報，以紅綾爲旗，金書，立竿以揚之。若狀元及第，則以黄紵絲，金書狀元，立竿以揚之。其他則否。萬曆戊寅，吾郡申相公入閣，報至，撫按兵道創『狀元宰輔』字，金書於黄旗，揭竿於門，入雲表，聞此公知之，頗不樂也。是知元宰非申公真名，因當時黄旗高展，狀元宰輔四字，已深入一般人之腦筋，故編書者括取元宰兩字以爲其名也。近彈詞家改申姓爲金，以彈詞家多蘇人，而申又世爲蘇州望族，不敢直指其事，故諱申姓而言金姓也。

申元宰父執沈君卿，實無其人。長江遇盜一節，乃蘇州南濠人金德宣事，編書者特假爲粉飾者也。按吴郡陸胥屏先生《説聽》云：南濠金德宣，正德初販豆麥於楓橋河下，一晚入酒館，忽有客來，長身偉貌，美鬚髯，金默異之，揖客共飲，歡若平生，竟與同歸。越宿，客謂金曰：『吾舟泊滸墅，須遣价引之。』金從之。客俟舟至，舁雙笥，出銀二千并一簿，授金曰：『荷愛長者，敢煩派此於機户。』金從之。金視之，織龍鳳衣數也。駭問：『何爲？』曰：『身是秦府儀賓也，奉殿下命辦此。』時已秋杪，屈指計云：『往探姻親宦閩者，初春到吴，幸預爲督成。』及期，已織完，畀之，客喜謝去。後金販布至湖廣，江中遇盜，金暨同伴俱就縛，劫貨將盡矣。有舸揚六帆，如飛而至，中坐衣龍袍者，惟言搬却大船來。金偶舉頭，龍袍者見之，大呼曰：『是我故人，趨解縛。』一行人盡得釋，招金過船相見，即向織龍鳳衣客也。慰問良久，設席款之，奏女樂，見其妻妾四人。酒闌，召諭群盜曰：『吾自賫若輩，故人物毫毛不許動。』舉還之。尋語金曰：『乘風浮海，未嘗沿江。昨得一姝，趁便風游衍，不覺至此，殆天假良晤也。』臨別，又贈壓驚黄金一錠。衆詢知其故，皆曰：『某等數千金劫去，因君復來，德君何已，願各分半以謝。』金峻却之，曰：『若然，則予亦盗也。』衆乃止。金從此不復爲商矣。甲戌歲，以解户如南京，遇諸途，盗問其寓所，云：『明當參候。』是日，盗與某都督飲博，巡江察院潛訪擒去，金惶懼累日，聞杖死始安。今彈詞謂有盗名吕東湖者，曾在蘇州閶門，與沈君卿有一面之緣，後君卿江中遇盗，盗首即前所識之東湖，遂與訂莫逆交，而東湖卒亦成爲善士，蓋即本此事而略爲粉飾者也。

彈詞又謂沈君卿留東湖山上，於山後發見藏金，因拔釵置其處而祝之，後君卿家僮沈芳，端午日尋覓藥草，於草間拾得一釵，即君卿山上所置物也。君卿歸，從拾釵處掘之，果得藏金巨萬。此説亦有來歷。按雲間董閬石《蓴鄉贅筆》云：華亭有杜生者，家甚富，偶以事往京華，歸至半途，入一竹林内登厠，回顧地罅，有金釵一股，投之，其聲鏘然，因撥去瓦礫，見下有大瓮，覆以巨磚，揭視之，皆黄白物也。杜祝曰：『我單馬二童，豈能帶挈？如此物應爲我有，俟到家遣人來取。』仍以釵置瓮面，聚亂石識之。抵家，未能即行。一日，納凉於庭，顧頽垣下土瓮起，有物燦然，拾視，則前所識之釵也，急掘之，藏金宛然，四角鎮黄金四大錠。相去二千餘里，隨之而至，豈神輸鬼運耶？君卿事即脱胎於此。要之《玉蜻蜓》一書，於申姓不無依據，沈姓則并無其人，所叙沈君卿事，皆由各種説部中搬演而成，蓋作者借爲書中之賓，以點綴成趣而已。

千里舟傳奇考

嘗見樊山先生《賈郎曲》有云："蘇卿早日逢雙漸，掃地添香定不辭。"雙漸、蘇卿，典頗冷僻，余初不知其何自出也。及考《千里舟》院本，而始嘆此老胸中，固無書不備者。元人雜劇本有《雙漸趕蘇卿》一齣，劇本久失，顧其崖略，後人猶得恍惚憶之，好事者乃憑空摸索，敷衍成書，且借隆、萬間有名人物，增入書中，謂是明季事實，以雙漸之舟，得有神助，一日千里，故名其書爲《千里舟》。實則驅李代桃，攜槐補柳，人既烏有（按：雙漸實有其人，惟爲宋人，非明人耳），事亦子虛，惟假以敷佐諸人，爲稍有來歷耳。

是書略聞：雙璧，字藍田，江西南昌人。官登卿貳，告歸林下，娶妻夏氏。子雙漸，字雲鴻，年二十，賫銀五萬兩，游學金陵，偶步桃葉渡，與松江女子蘇卿相遇，一見目成。蘇卿母早亡，父天挺，官廉訪，時赴任陝西，卿隨行，至黄河，金龍四大王怒天挺渡河不祭，傾覆其舟，天挺扶船板得渡，仍赴任所，卿得青樓中人蘇媪撈救，强使操淫業，卿不允，媪賄女巫關亡，詭云廉訪已死，囑女順從。適雙漸囑友柳奉卿、胡思傳覓艷，柳、胡見卿貌美，乃與媪勾合，使僞稱母女相依擇婿者，慫漸往賃其園，漸從之。見卿侍婢元霜，贈以詩扇，曰："朱樓天半鎖葳蕤，樹影閒遮花影垂。吟罷新詩無一語，東鄰盼斷眼迷離。"卿見詩扇書款，知賃室者爲雙漸，乃偕元霜往見。甫坐談，媪忽至，責以誘污良家，迫進二萬金爲聘禮，使入贅。既成婚，卿叙顛末，始悉媪非生母。漸貲罄，緘致母所索銀，母私與五萬，遂爲卿建園亭，貲復罄。遣僕青緗歸索銀，父悉其子淫蕩，欲親往金陵責之，母命青緗急至漸所，囑遠避。卿私贈銀五十兩，衣一篋，匆遽别去。

江西茶商馮奎慕卿名，以銀二萬，挽柳、胡聘卿爲妾，媪貪其利，恐卿不從，僞以貝葉庵進香爲辭，促卿及元霜登舟，舟即馮商販茶者也。馮既得卿，即揚帆駛浦口，卿堅志不從，過金山，入寺焚香，卿留書僧舍，托寄江西雙生。時漸已狀元及第，告假至金陵，亦過金山寺，距卿去纔數日，寺僧詢知姓名，以書與漸，始悉卿爲馮商娶去，一至杭州，即當自盡，計即日卿當抵杭，須於是日趕到，纔可得救，因命舟子前駛。時四金剛奉佛敕，雙漸、蘇卿係玉女、金童謫降，須運神力護送，舟一晝夜行千里，追及茶船於塘棲。夜見蘇卿，暗攜入舟，而元霜以石投河中，詭云：『蘇卿赴水。』馮商驚喊，爲差官擒見浙撫，撫即卿父天挺，由陝臬升擢者也。詢元霜，具悉顛末。時漸父雙璧已由太僕卿擢閩撫，距浙不遠，卿、漸各得復見父母，俱大喜，乃發馮商邊遠充軍，茶船籍没。

考明隆、萬間卿貳中人，無有名雙璧、蘇天挺者，爲作者臆造無疑。惟叙秦淮名妓，引及馬湘蘭，名士則引及王鳳洲，此皆確有其人。馬湘蘭爲萬曆初年金陵名妓，豪俠且有詩名，與蘇州老名士王穉登最善，嘗欲嫁之，賓白中所云王百穀者，即穉登也。王鳳洲亦嘉靖、隆慶間人，與楊椒山交最善，尚氣節，能文章，或云《金瓶梅》、《鳴鳳記》等書，皆其所著。作者欲指《千里舟》爲隆、萬間事，故假兩人以實之。然其結尾兩語云：『茶船久撥琵琶調，編出新詞逸韻飄。』則係舊事翻新，無可疑也。

臨川夢傳奇考

此亦蔣清容先生《藏園九種曲》之一也。清容先生秉性峭直，不苟隨時，由進士官編修，以剛介爲和珅所抑，留京師八年，無所遇，以母老乞歸。其才其遇，無一不與臨川相類，因爲《臨川夢》傳奇以自況焉。其自序略云：先生以生爲夢，以死爲醒；予則以生爲死，以醒爲夢。於是引先生既醒之身，復入於既死之夢，且令四夢中人，與先生周旋於夢外之身，不亦荒唐可樂乎？是二公皆工於説夢者。嗟乎！才人寡合，今古同悲。清容之寫臨川，實借他人酒杯，澆自己塊壘，宜其異曲同工也。

書分上下二卷，前後凡二十齣。叙臨川早登賢書，萬曆五年，公車北上，時江陵當國，欲以是科榜眼位置己子嗣修，而更訪天下才人，以與狀元、探花之選。聞臨川名，命族叔張不凝潛往關説，使投江陵門下，許以大魁，臨川以病力辭，致不應春闈而返。先是華亭陳繼儒藉隱逸爲名，交結公卿，廣通聲氣，臨川嘗面斥其奸，繼儒銜之，日於名公卿前媒蘖其短，臨川以是再赴春闈，蹭蹬不售，至是已三上公車矣。而江陵又欲招之門下，臨川以《鬱輪袍》之富貴，義不可受，負氣而歸。由是閉門著述，以詞曲自娱，作《四夢》傳奇，舒寫懷抱。

有婁江俞二姑者，幼喪父母，終鮮兄弟，家中只有乳母爲伴，年十七，聰明嬌艷，喜讀新曲，見臨川所著《牡丹亭》，悦之，手加批注，命乳母出訪著書之人，適鄰居張、許二孝廉公車北上，乳母托使訪之。時臨川家居六載，江陵已死，復應春闈，始中進士，以不登張四維、申時行兩相之門，靳其館職，僅除南京太常寺博士，臨川殊不介意，即時赴任。張、許以是歸告乳母，乳母以告二姑，二姑一往情深，誓非臨川不嫁。萬曆十九年，朝廷以星變詔求直言，臨川應詔上疏，力言閣臣申時行潛移魁柄，蒙蔽聖聽，朝廷震怒，貶廣東徐聞典史。未幾，升浙江遂昌縣令。縣有虎患，臨川牒城隍神，使助擒虎，斃之。萬曆二十六年，致仕家居。時二姑思感成疾，死已數年，乳母以二姑臨終重托，袖其手評《牡丹亭》本，訪問臨川，不得一見，至是聞已家居，因搭舟直造其廬，以評本授臨川，哭訴二姑死狀，臨川驚嘆，即日打掃南樓，祀奉二姑木主，使人往蘇購置墓田，以供祭掃，其乳母遂依臨川以終。

又萬曆二十年，哱拜子承恩據寧夏叛，御史麻城梅國楨薦李如松爲將，而國楨監其軍，討平之。國楨爲臨川至友，且又同年，故作者旁及之，爲設《哱叛》、《遺跛》、《雙噬》三齣。

按《湯顯祖本傳》，略云：顯祖，字義仍，一字若士，江西臨川人。生而有文在手。年二十一舉於鄉，忤陳繼儒，遂以媒孽下第。再試，張居正欲其子及第，羅致海内名士以張之，延顯祖及沈楙學。顯祖謝勿往，楙學乃偕居正子嗣修及第。迨居正歿，始成進士，與時宰張四維、申時行子爲同年。二相招致之，不往，除南京太常博士。久之，遷祠部。十九年，以星變抗疏劾政府，伉直數千言，謫徐聞典史，立貴生書院講學，士習頓移。升遂昌知縣，滅虎放囚，誠信及物，翕然稱循吏。二十六年，投劾歸，不復出。後三年，外計，追論議黜之，李維禎爲監司，立争曰：『此君高尚久矣，不應考法。』主計者曰：『正欲成其高耳。』竟削籍。里居二十餘年，父母喪時，顯祖已六十七齡，明年，以哀毁卒，遺命以麻衣草屨斂。所善同邑師機、李三才、梅國楨、李化龍，後皆通顯，各有建樹。論文以宋濂爲宗，斥李夢陽、王世貞爲僞體。所居玉茗堂，文史狼籍，鷄塒豕圈，雜沓庭户，蕭閒咏歌，俯仰自得。胸中塊壘，發爲詞曲，所著四夢，雖流連風懷，感激物態，要於洗蕩情塵，銷歸烏有，作達觀空，亦可悲矣。（下略）

哱拜一譯巴拜，故韃靼種，嘉靖中，以得罪酋長來降，立戰功，官都指揮。及老，加副總兵，致仕。子承恩襲職，性狼戾。拜雖老，多蓄亡命。十九年，洮河告警，拜請與子承恩出師，巡撫黨馨惡其自薦，抑損之，又以承恩娶民女爲妾，笞之二十，拜父子怨甚。會戍卒衣糧久勿給，拜遂嗾軍鋒劉東暘、許朝等作亂，殺馨及副使石繼芳，逼總兵張維忠自縊死。東暘自稱總兵，奉拜爲謀主，承恩、朝爲左右副將，遂陷玉泉營，及廣武河西四十七堡。惟參將蕭如薰守平魯不下，射殺拜寄子布延（布延又譯哱雲）。拜結套部車哩克圖爲助，勢甚猖獗。御史梅國楨薦李如松忠勇可任，遂令如松總寧夏兵，國楨監之。初，總督魏學曾與甘肅巡撫葉夢熊定計，決黄河大壩水灌城，賊懼，陽求撫以緩我師，而仍結套虜爲助。如松等擊卓哩克圖，追奔至賀蘭山，賊援始絶。而城受浸益大圮，食且盡，國楨用間紿東暘、朝、承恩，使互相殺以降，貰其罪。三人互猜疑，東暘、朝遂誘殺承恩黨士文秀，承恩與其黨周國柱亦誘東暘、朝殺之，開門降。如松率兵圍巴拜宅，拜自縊死。俘承恩至京師磔之。《通鑒》所記如是。傳奇《哱叛》諸齣，蓋紀實也。

療妬羹院本考

《療妬羹》演維揚才女喬小青，嫁武林馮生爲妾，大婦不容，分院以處小青，而阻其夫使不得復見，馮戚有楊夫人者，憐而臨問焉，嘗假書與讀，小青最喜《牡丹亭》曲，爲譜新詞題之，後卒齎恨而殁。此事艷絶千古，後之文人皆樂道之。或謂小青兩字，蓋拆情字爲之，并無其人，乃文人好事者所寓言耳。然考《愚山詩話》云：小青詩盛傳於世，或謂實無其人，蓋拆情字爲小青耳。予至武林，詢之陸麗京圻，陸曰：『此故馮具區之子雲將妾也。所謂楊夫人者，進士楊廷槐元蔭妻也。楊與馮爲親舊，夫人雅諳文史，故相憐愛，頻借書與讀，嘗欲爲作計，令脱身他歸，小青不可。及夫人從官北去，小青貽書爲訣。書中云云，皆實録也。小青以命薄甘死，寧作霜中蘭，不作風中絮，豈徒以才色動哉！』余謂小青固能詩者，恐不免文人潤色。陸曰：『西湖上正少此捉刀人。』據此，則小青確有其人，宜乎一抔荒土，點綴西湖，至今游孤山西畔，撫讀遺碑，猶令人低徊不置也。小青貽楊夫人書，余嘗於《名媛尺牘》中見之，爲録於左。

貽楊夫人書

元元叩首瀝血，致啓夫人臺座下：闗頭祖帳，迴隔人天，官舍良辰，當非寂度。馳情感往，瞻睇慈雲，分燠噓寒，如依膝下。糜身百體，未足云酬，娣娣姨姨無恙。猶憶南樓元夜，看燈諧謔，姨指畫屏中一憑欄女曰：『是妖嬈兒倚風獨盼，恍惚有思，當是阿青。』妾亦笑指一姬曰：『此執拂狡鬟，偷近郎側，將無似娣。』於時角彩尋歡，纏綿徹曙，寧復知風流雲散，遂有今日乎！往者，仙槎北渡，斷梗南樓，狺語哮聲，日焉三至。漸乃微詞含吐，亦如尊旨云云。竊擬鄙衷，未見其可。夫屠肆婆心，餓狸悲鼠，此直供其換馬，不即辱以當壚，去則弱絮風中，住則幽蘭霜裏。蘭因絮果，現業誰深，若便祝髮空門，洗妝浣慮，而艷思綺語，觸緒紛來，正恐蓮性雖胎，荷絲難殺，又未易言此也。乃至遠笛哀秋，孤燈聽雨，雨殘笛歇，謖謖松聲。羅衣壓肌，鏡無乾影，晨淚鏡潮，夕淚鏡汐，今茲雞骨，殆復難支，痰灼肺燃，見粒而嘔。錯情易意，悅憎不馴，老母娣笑，天涯問絕。嗟乎！未知生樂，焉知死悲！感促歡淹，無乃非達。妾少受天穎，機警靈速，豐茲嗇彼，理詎能變？然而神爽有期，故未應寂寂也。至其淪忽，亦非自今，結縭以來，有宵靡旦，夜臺滋味，諒不殊斯，何必紫玉成煙，白花飛蝶，乃謂之死哉？或軒車南返，駐節維揚，老母惠存，如妾之受，阿秦可念，幸終垂憫。疇昔珍贈，悉令見殉，寶鈿繡衣，福星所賜，可以超輪消劫耳。然小六娘竟先期相候，不憂無伴。附呈一絕，亦是鳥語鳴哀。其詩集小像，托陳媪好藏，覓便馳寄。身不自保，何有於零膏冷翠乎？他時放船堤下，探梅山中，開吾西閣門，坐吾緑陰床，髣生平於想像，見空幃之寂颺。是耶非耶？其人在斯。嗟乎夫人！明冥異路，永從此辭！玉腕朱顏，行就塵土，興思及此，慟也何如！元元叩首叩首上。

由前之説，小青固確有其人，然其姓氏卒無可考。院本以爲喬姓，喬者假定之謂，因其無姓，故以喬字冠之，猶伯牙之爲俞姓，乃後人臆造者耳。余嘗往遊西湖，見於孤山北麓，地窪而將爲水嚙之處，有亭翼然，修理甚整，即小青埋骨處也。讀其碑記，乃一滿洲命婦歸覺羅小拉木氏，於清光緒十三年重修小青墓時所撰。記於小青原委，亦未詳悉，第云：小青爲明季維揚閨秀，相傳能棋工詩，而姓氏不彰，嫁後不爲大婦所容，致齎恨以殁云云。則其母家之姓，終無可考。近觀邱菽園先生所著《贅談》云：小青，虎林馮氏姬也。本姓馮，因歸馮故諱之。此説不知何據，恐亦得諸傳聞，非確證也。『療妬羹』三字出《南史》，梁武帝平齊，獲侍兒十餘輩，帝悦之，郗后憤恚成疾，左右曰：『《山海經》云，鶬鶊肉止妬。』乃作羹以食郗后，妬果减半。院本以是爲名，義蓋取此。

檮杌閒評考（一名明珠緣）

《檮杌》一書，叙逆閹魏忠賢與奉聖夫人客氏，紊亂朝政，毒害忠良，謀傾明社，種種罪惡，令人髮指。作者恐後人氣不能平，因藉因果之説，謂魏、客前身，實係淮河二蛇，嘗助治水有功，治河者不奏聞於朝，請給封典，反火其穴而殲之；二蛇因是率其族類，投胎爲人，雄者爲魏，雌者爲客，餘則爲其同黨，所傷善類，蓋即當日河工中人所轉生者也。此與撰《岳傳》者同一命意，蓋非此不足平閲者之心，而爲一般普通人説法也。

是書以客、魏爲兩蛇後身，欲叙客、魏之作奸，不得不先叙河工之治水。水患之來，亦必有自，因借水怪巫支祈爲引綫。巫支祈事，荒誕不經，然有來歷可考。按《古嶽瀆經》云：禹治水，三至桐柏山，驚風迅雷，石號木鳴，五伯擁川，天老肅兵，不能興。禹怒，召集百靈，因鴻蒙氏、商章氏、兜氏、盧氏、犁婁氏，乃獲淮渦水神名巫支祈者，善應對言語，辨江淮之淺深，原隰之遠近，形如猿猴，縮鼻高額，青軀白首，金目雪牙，頸伸百尺，力逾九象，搏擊騰踔，疾奔輕利，倏忽間視不可久，童律、烏木田均不能制，惟庚辰能制之。頸鎖大索，鼻穿金鈴，徙之淮陽之龜山足下，俾淮水安流注海也。後人皆圖庚辰之形，以免淮濤風水之患。今巫支祈井，在盱眙縣東北龜山寺後，客其地者類能言之。至云唐德宗時，巫支祈又出爲患，幸爲觀音大士所獲，仍鎖龜山潭底；至明嘉靖年間復出，而洪水滔天，幾致不可收拾：此皆無稽之談，作者特藉此波瀾，徐徐引入，爲二蛇發現張本耳。

朱衡治河，爲明隆慶六年事，書言嘉靖年間者誤也。史載隆慶四年，河決邳州，自睢寧白狼淺至宿遷小河口，淤百八十里，漕道復阻。河道侍郎翁大立言：『爾來河患，不在豐、沛而在徐、邳，臣以爲權宜之計，在棄故道而就新沖；經久之策，在開泇河以避洪水。』帝命大立『躬自相度，條利害以聞』。已而大立以誤漕削籍。六年正月，命朱衡經理河道。衡罷泇河議，於徐、邳築長堤，自徐州至宿遷小河口三百七十里，并繕豐、沛大黄堤，正河安流，運道復通。作者因之，遂言朱衡之功，蛇實助之，而衡反焚毁蛇穴，以致客、魏之毒，遍於天下；此皆作者寓言，以此咎衡，衡不任咎也。

泰山女神碧霞元君，相傳爲泰山之女；碧霞之號，錫自宋時，而泰山之女説，西晋以前已有之。

張華《博物志》云：文王以太公望爲灌壇令，期年，風不鳴條。文王夢見一婦人甚麗，當道而哭，問其故，曰：『我東海泰山神女，嫁爲西海婦，欲東歸，灌壇令當吾道，以其有德，吾不敢暴風疾雨過也。』文王夢覺，爲召太公，三日三夕，果有疾風驟雨西來也。文王乃拜太公爲大司馬。又干寶《搜神記》云：後漢胡母班嘗至泰山之側，爲泰山府君所召，令致書於女婿河伯，云：『至河中流，扣舟呼青衣，當自有取書者。』班如府君教，果得達，復爲河伯致書府君。此二事皆泰山女之證也。説出顧寧人先生《山東考古録》。則碧霞元君之爲水神，自昔云然矣，宜《檮杌》附會其説，謂能收服水怪，永鎮黄河也。

是書所述魏忠賢事，一宗於史，惟其若父若母，及幼時種種無賴行爲，無可證實，或爲作者所臆造。然忠賢之爲無賴，史固言之。按《明史本傳》云：忠賢，肅寧人，少無賴，與群惡少博，不勝，爲所苦，恚而自宫。是作者所云，非盡無據。或當時私家紀載，尚有言其瑣屑之事，爲編書人作資料者，亦未可知，今特不獲見耳。

至忠賢入宫以後，種種事實，史皆載之，如通客氏、害王安、禍東林、殺妃嬪、築三殿、建生祠，凡諸惡劇，載在史册，班班可考。即武永春、吴養春、劉鐸三獄，亦見《忠賢本傳》。武永春爲武長春之誤。《忠賢傳》云：遼陽男子武長春游妓家，有妄言，東廠禽之，許顯純掠治，故張其辭，云：『長春敵間，不獲且爲亂，賴廠臣忠智立奇勳。』詔封忠賢侄良卿爲肅寧伯，賜第宅莊田，頒鐵券。又云：編修吴孔嘉與宗人吴養春有讎，誘養春僕告其主隱占黄山，養春父子瘐死。忠賢遣主事吕下問、評事許忠吉，先後往徽州籍其家，株蔓殘酷，知府石萬程不忍，削髮去，徽州幾亂。又云：閹黨都督張體乾誣揚州知府劉鐸代李承恩謀釋獄，結道士方景陽詛忠賢，鐸竟斬。《談往》一篇，爲明季人所撰，中叙劉鐸寃獄甚詳，謂實奸相馮銓所構。

《檮杌》謂客氏生時，口銜明珠一顆，其母初已許配忠賢，後與忠賢相失，改嫁侯氏，嫁後又與忠賢遇，通焉，臨别以明珠爲贈。忠賢落魄，以珠典於涿州質庫。及入宫得志，客氏向索所贈之珠，忠賢下札涿州，求所典珠，適質庫爲翰林馮銓所設，因獻珠得夤緣入相。馮銓獻珠事無可考，然其夤緣，固無可掩也。明、清之際，有署名花村看行侍者者，不知何許人，著《談往》一卷，中有《黑頭援立》一則，叙馮銓事甚詳。爲節録之：

銓，涿人也。少年入詞林，美容止。涿去京師百餘里，宫中歲敬事涿郡娘娘（即碧霞元君），中官進香者絡繹。銓因得交中官，私入皇城西苑。天啓四年春，逆賢進香涿州，時馮被劾家居，跪謁道次，送迎供帳之盛，傾動一時，且涕泣陳父盛明之冤，爲東林陷害。逆賢憐其媚，心許之。後都憲楊漣劾賢二十四罪，賢窘甚，内營救於客氏，復求助於外廷，馮因具書於賢侄良卿，言外廷不足慮，教之行廷杖，興大獄，以劫制之。又時刺外廷事密報賢，使爲之備，賢感之刺骨。及汪文言再入詔獄，馮與霍維華輩羅織多人，密封付良卿轉送賢，賢令李朝欽輩拆念，聽畢，付東廠，暗授許顯純一一施行。時有人著買《遼東傳》一書，其四十八回爲馮布政父子奔逃，即指銓父盛明事，銓耻而恨之，侍講筵時，以此傳出袖中面奏，致熊正法。揚州知府劉鐸嗜酒，能文善畫，丙辰廷對，以過醉致失鼎甲，識者已知其疏放，難令終矣。適雉皋僧壁上粘五、七言律詩，俱歐陽暉書撰，不過借鐸圖書私用耳。馮私人霍維華輩視爲奇貨，嗾田爾耕借緝事入告，鐸遂不免。人知事由王體乾，孰知造謀弄江右人者，亦馮發端乎？逆賢故妻馮氏，雖流寓肅寧，初亦涿籍，因疑馮銓爲遠族。值銓侍講筵，賢輒默默屬目，有微時故劍之思。用馮之故，其在此乎？

《談往》叙馮銓夤緣事，其要如此，餘從略不録。觀此則逆賢未遇時固嘗娶妻，用馮氏，非傅氏也。《檮杌》謂逆賢嘗贅傅家爲婿，生應星，豈賢未閹時曾一娶再娶耶？

奸黨之輔忠賢以攻善類，始於三案。三案事頗複雜，今據各人列傳以略述之。萬曆中，鄭貴妃專寵，光宗雖爲皇長子，而儲位未定，朝臣疑貴妃欲立己子福王，請建儲者無慮數十百疏。迨光宗既爲太子，猶孤危無依，故朝臣請福王之國者又數十百疏。福王已之國矣，四十三年五月四日，忽有人持棗木梃入慈慶宫（光宗爲太子時所居），擊傷門者，至前殿，爲内侍所執。皇太子奏聞，巡城御史劉廷元訊其人名張差，語無倫次，狀似瘋癲，移刑部，將以瘋癲具獄。提牢主事王之宷密訊其人，名張五兒，有馬三舅、李外父令隨一老公至大宅，亦係老公家，教以遇人輒打死。之宷録其語，明日刑部覆訊，馬名三道，李名守才，引路老公係龐保，大宅老公係劉成，保、成皆鄭妃宫内人也。中外藉藉，皆疑妃謀弑太子，爲福王地；帝心亦動，貴妃窘，自乞哀於皇太子。帝御慈寧宫，太子及三皇孫侍，召閣臣朝臣入，極言我父子慈愛，以釋群疑，命磔差、保、成三人，無他及。群臣出，帝意中變，命先戮差，恐保、成事連貴妃，付法司刑訊，益滋口實，乃斃於禁中。三道、守才遠流，其事遂止。此梃擊一案也。見張問達、王之寀等傳。《檮杌》以擒張差之内侍爲即忠賢，張、王等傳不載。然《忠賢傳》有云：其年叙門功，加恩三等，蔭都督同知，又蔭其族魏志德都督僉事，則其説似亦有據也。

光宗即位，數日即病痢，中官崔文昇進利劑，益劇。鴻臚寺官李可灼進藥，稱仙丹，帝召閣臣方從哲、韓爌等，入受顧命，言病源甚悉，命可灼進藥，諸臣皆不敢決。可灼遂進一丸，帝稍覺舒暢。諸臣退，帝又命進一丸。明日，天未明，帝崩。此紅丸一案也。事具《韓爌傳》。

光宗即位，選侍李氏爲鄭貴妃請封皇太后，帝允之。時外廷傳言貴妃進美女，致帝病。御史楊漣劾崔文昇用藥無狀，并請帝慎起居，因及鄭妃不宜封太后。越三日，帝召大臣并及漣，數目視漣，毋聽外間流言，遂逐文昇，且停太后封。漣自以小臣受顧命，誓死報。帝崩，漣偕閣部大臣同入臨，畢，閣臣劉一燝問群閹：『皇長子何在？』東宫伴讀王安曰：『爲李選侍所匿耳。』一燝大呼：『誰敢匿新天子者？』安入白選侍，命皇長子出，一燝等呼萬歲，掖升輦，至文華殿，先正太子位。時選侍在乾清宫，一燝謂太子不可與同居，奉居慈慶宫。周嘉謨、左光斗等疏請移宫，光斗疏有武氏語，選侍怒，欲召太子，加光斗重譴。漣正色謂諸閹：『太子已爲天子，選侍何得召？』選侍不得已，移噦鸞宫。帝還乾清。此移宫一案也。事具劉一燝、楊漣、左光斗傳。

梃擊自龐、劉死，浮議已息；王之寀時爲徐紹吉劾去，及之寀復官，追理前事，上《復讎疏》，謂：『此事何等大變，乃以瘋癲蔽獄，朦朧具辭，實緣外戚鄭國泰私結刑官，謀爲大逆耳。』此挺擊案争端之始也。

光宗崩，閣臣方從哲票擬賞李可灼銀幣，御史劾可灼，乃改令，可灼引疾歸。已而孫慎行入朝，追劾從哲，謂可灼非太醫，紅丸是何藥，從哲乃敢使進御，應坐弑逆之罪。王紀、鄒元標等疏繼之，黄克纘等爲從哲辨，此紅丸案争端之始也。

選侍移宫時，李進忠（魏忠賢初名）、劉朝、田詔等盗金寶，過乾清門而仆，帝下法司案治，諸閹懼，則揚言帝薄待先朝妃嬪，致選侍移宫日，跣足投井，以揺惑外廷。賈繼春遂上安選侍書，黄克繼附和之。帝怒，削繼春籍。已而帝漸忘前事，王安爲魏忠賢排死，朝、詔等上書辨冤，得無罪。於是繼春等起用，倚閹勢，與楊漣等爲難。此移宫案争端之始也。

三案本各有其是。倪文正公元璐論此三案，謂主梃擊者力護東宫，争梃擊者計安神祖；主紅丸者仗義之辭，争紅丸者原情之論；主移宫者弭變於幾先，争移宫者持平於事後；各有其是，不可偏非。此説最得情理之平。惜當時昧於此旨，争論過激，遂爲逆閹利用；宵小求進，善類誅夷，均由三案，亦可悲矣！

逆閹雖借三案殺人，而禍實始於汪文言一獄，事詳《魏大中傳》。

逆閹生祠之建，始於浙撫潘汝楨。汝楨徇機户之請，建祠西湖。疏聞於朝，詔賜名普德。此天啓六年六月事也。自是諸方效尤，幾遍天下。爲列表於左，使閲是書者得參考焉：

建祠地	建祠人	建祠歲月
浙江西湖	浙撫潘汝禎	天啓六年六月
南京	孝陵衛指揮李之才	六年十月
宣府大同（各一祠）	宣大總督張樸、宣大巡按張素養、宣府巡撫秦士文	七年正月
蘇州虎邱	應天巡撫毛一鷺、巡撫王珙	七年正月
景忠山	薊遼總督閻鳴泰、順天巡撫劉詔、巡按倪文煥	七年二月
大同	宣大總督張樸、巡按張素養、大同巡撫王點	七年二月
密雲丫髻山（昌平通州）	薊督閻鳴泰、巡按倪文煥、梁夢環（三處各建一祠）	七年三月
房山	太僕寺卿何宗聖	七年三月
寧前	薊督閻鳴泰、遼撫袁崇煥	七年四月
五臺山	宣大總督張樸、山西巡撫曹爾禎、巡按劉宏光	七年四月
蕃育署	翰林院庶吉士李若琳	七年四月
盧溝橋	工部郎中曾國禎	七年四月
宣武門外	通政司經歷孫如洌、順天府尹李春茂	七年五月

續表

建祠地	建祠人	建祠歲月
崇文門	户部主事張化愚	七年五月
延綏	陝西巡撫朱童蒙	七年五月
順天府	巡城御史黄憲卿、王大年、汪若極、張樞、智鋌	七年五月
京師藥王廟	武清侯李誠銘	七年五月
五軍營大教場	保定侯梁世勛	七年五月
山東蓬萊閣寧海院	登萊巡撫李嵩、山東巡撫李精白	七年五月
河間	督餉尚書黄運泰、保定巡撫張鳳翼、提督學政李蕃、順天巡按倪文焕	七年五月
天津	同上	七年五月
開封	河南巡撫郭增光、巡按鮑奇模	七年五月
良牧、嘉蔬、林衡三署	上林監張永祚	七年五月
都督府錦衣衛	博平侯郭振明等	七年五月
淮安	總漕尚書郭尚友	七年六月

續表

建祠地	建祠人	建祠歲月
順天府	順天巡按盧承欽、卓邁（二人各建一祠）	七年六月
山東	山東巡按黄憲卿	七年六月
天津	長蘆巡鹽龔萃肅	七年七月
揚州	淮揚巡按許其孝	七年七月
南直	應天巡按宋禎漢	七年七月
陝西	陝西巡按莊謙	七年七月
濟寧	總河李從心、總漕部尚友、東撫李精白、巡按黄憲卿、巡漕何可及	七年八月
武昌　承天　均州	湖撫姚宗文、鄖撫梁應澤、湖廣巡按温皋謨（三處各建一祠）	七年八月
固原太白山	三邊總督史永安、陝撫胡廷晏、巡按莊謙、袁鯨	七年八月
高觀山	楚王華奎	七年八月
河東	山西巡撫牟志夔，巡按李燦然、劉宏光	七年八月

一祠之費，多者數十萬，少者數萬。剥民財，侵公帑，伐樹木無算。開封建祠，致毁民舍二千餘間，宫殿九楹，儀如帝者。朱童蒙建祠延綏，用琉璃瓦。詔建祠薊州，金像用冕旒，凡疏詞揄揚，一如頌聖，稱以堯天帝德，至聖至神，而閣臣輒以駢語褒答，中外若響應。黄運泰迎忠賢像，五拜三稽首，拜階下亦如之，已詣像前，祝稱某事賴九千歲扶植，稽首謝，某人荷九千歲拔擢，又稽首謝，還就班，復稽首如初。監生陸萬齡至謂孔子作《春秋》，忠賢作《要典》；孔子誅少正卯，忠賢誅東林；宜建祠國學，與先聖并尊。司業朱之俊輒爲舉行，會熹宗崩乃止。最後巡撫楊邦憲建祠南昌，毁周、程三賢祠益其地，鬻澹臺滅明祠，曳其像碎之。比疏至，莊烈帝已即位，且閲且笑。忠賢覺其意，具疏僞辭，帝輒報允。無何，忠賢誅，諸祠悉廢，凡建祠者概入逆案云。

閹黨盛時，内豎自王體乾外，又有李朝欽、王朝輔、孫進、王國泰、梁棟等三十餘人，爲左右擁護。外廷文臣，則崔呈秀、田吉、吴淳夫、李龍、倪文焕，主謀議，號五虎；武臣則田爾耕、許顯純、孫雲鶴、楊寰、崔應元，主殺戮，號五彪。又吏部尚書周庭秋、太僕少卿曹欽程等，號十狗。又有十孩兒、四十孫之號，爲呈秀輩門下者，又不可勝數。自内閣六部至四方督撫，遍置死黨，事詳《魏閹本傳》。崇禎時分六等定逆案，陵遲者二人，忠賢、客氏也。首逆同謀决不待時者六人，崔呈秀、魏良卿，客氏子侯國興、太監李文貞、李朝欽、劉若愚也。交結近侍，秋後處决者十九人，劉志選、梁夢環、倪文焕、田吉、劉詔、薛貞、吴淳夫、李夔龍、曹欽程、許志吉、孫如冽、陸萬齡、李承祚、田爾耕、許顯純、崔應元、楊寰、孫雲鶴、張體乾也。結交内侍，次等充軍者十一人，魏廣微、周應秋、閻鳴泰、霍維華、徐大化、潘汝禎、李魯生、楊維垣、張訥、郭欽、李之才也。又次等論徒三年、贖爲民者，大學士顧秉謙、馮銓、張瑞圖、來宗道，尚書王紹徽、郭允寬、張我續、曹爾禎、孟紹虞、馮嘉會、李春曅、邵輔忠、吕純如、徐兆魁、薛鳳翔、孫杕、楊夢衮、李養德、劉廷元、曹思誠，南京尚書范濟世、張樸，總督尚書黄運泰、郭尚友、李從心，巡撫尚書李精白等一百二十九人也。減等革職閒住者，大學士黄立極等四十四人。忠賢本族及内官黨附者，又五十餘人。案既定，其黨日夜謀翻，賴帝持之堅，不能動。福王時，阮大鋮起用，其案始翻云。事具《崔呈秀傳》。

忠賢甥傅應星仕至左都督，獨不與逆案，或定案時已前死，亦未可知。作者因之，謂應星不願從奸，卒從空空兒仙去，此妄言也。且謂應星實忠賢之子，爲忠賢前妻傅氏所生，此説頗有來歷。《忠賢傳》云：其年叙門功，加恩三等，蔭都督同知，擢傅應星爲左都督，且旌其母。因母見旌，遂有以應星母爲忠賢前妻者，亦疑案也。

《耳新》八卷，分類三十有四，爲明季鄭仲夔所撰，叙魏閹時事頗詳，爲録數則於左，以資參考。

其『正氣類』云：浙撫首建逆祠，請文於樊學憲良樞，樊稱疾不出，知已更請于顧輔（秉謙），始出衡文。祠成，各官趨謁，樊稱舊疾復作，即日挂冠歸。副使耿如杞以不拜逆祠被逮，登檻車，士民哭送至百里外，至京，坐大辟。高攀龍以劾奸削籍，杜門著書，聞緹騎至，焚香沐浴，寫書一通，整衣冠，望闕拜，自投於池。遺疏云：『臣雖削籍，舊屬大臣，大臣不可辱，辱大臣則辱國矣，謹北面稽首，以效屈平之遺。君恩未報，願結來生。』閩有魏姓士人，佚其名，耻與魏閹同姓，乃去鬼稱委。彼儼然朝紳，而稱祖爺、殿爺，歌功誦德，雷同附和者，聞此直當羞死耳。魏大中就逮，道常州，知府曾櫻泣送。大中曰：『臣子死於王家，男兒常事，何必爾？』贈百金，堅不受，曰：『譬嫠婦孀居數十年，垂死時偶動一念，便屬失節。簣雖華，不敢易也。』及受刑，未死，以蓆捲體倒豎之，三日啓視，目猶炯炯。子學洢扶柩歸，一慟而絕。周順昌聞逮，即收束書帙，拜别宗祠，禁妻孥哭泣，毅然登車。及下鎮撫司，極刑捶楚，骨斷皮開，血濺肉飛，身無肌理；周嚙指睜目，不作一哀泣聲，惟駡不絕口。臨死，具短章，祈以屍諫，不果。後家人領埋，皮肉已腐，止存頭顱鬚髮，英氣凛冽，尚自逼人。周宗建逮獄，備極慘毒而斃。音未至家，有舟子於清江浦接秀才來雇舟，許價一金，問姓氏及所從來，云：『我周季侯也，自京師出。』問吴中諸大臣逮京狀，秀才顰蹙曰：『俱死，甚慘甚慘！』問魏監，曰：『伊罪惡貫盈，不久被顯戮矣。』至吴江，曰：『爾隨往我家取金。』舟子如言，至門，秀才先入，待久不出，尋管家，具言故。管家曰：『此吾主人名字，渠被逮赴京，存亡未卜，安有此事？』喧嚷間，夫人出問故，曰：『良然，昨夜半夢侍御來家，自稱備極苦刑以死，上帝鑒忠直，俾爲神蘇州，今自清江浦來，信也。』言未終，號泣不勝，舉家皆哭，舟子亦哭，與舟資，不受。夫人曰：『侍御生而介，汝不受值，是令其死後有諾責也。』乃受金太息而去。李應昇爲曹欽程構害，曹罷歸後，不爲鄉人所容，所至争唾其面。嘗買宅湖口縣，湖口士人屏逐之。奉李神主於中，顏曰：『李仲達先生祠。』詔毁蘇州逆祠時，有一人先入，劈忠賢首，懷之去，衆阻之，曰：『吾生不能啖其肉，寢其皮，今將沉香首碎碎劈開，燃向各忠臣前，庶快人心耳。』

其『懿好類』云：楊漣被逮時，士民仗義，欲奪之德安門外，集至數萬，府道開諭不散。楊帶刑叩頭，乞父老勿噪，恐累族誅，然後解。各州縣爲私禱生還者數百處，士民送之就道者萬計，菜傭乞兒，争持一錢，以助贖譴，官紳亦感泣，爲出資設醮，禱於關帝廟。河南經過州邑，無不爲之請禱。自備資糧，送至黄河者千計，逆閹既死，死忠者并得昭雪，加贈蔭。高攀龍太子太保、兵部尚書。周起元兵部侍郎。周順昌太常寺卿。楊漣左都御史。吴裕中、周宗建、黄尊素、李應昇、夏之令俱太僕寺卿。萬燝光禄寺卿。繆昌期正詹事。各蔭一子。左光斗右副都御史。魏大中太常寺卿。周朝瑞、袁化中、劉鐸、顧大章俱太僕寺少卿。與高、楊祭二壇，造墳安葬。周起元、左光斗祭一壇。餘俱照品祭葬。劉、顧二太僕亦設一祭。海内快之。

《檮杌》陳元朗事，似極怪誕，然《耳新》亦載其事，惟不言姓名耳。其『仙蹤類』云：丁卯春三月，忠賢誕日，公卿臺省，皆稱觴爲壽。忽一道人幅巾布氅，藤杖麈拂，踵門求見。閽者叱曰：『幾許元老巨卿，竟日佇候，未能接見，汝一游食之徒，便欲見我千歲乎？亟走，免汝責，稍遲，遭亂梃矣。』道人曰：『魏公我貧賤交，今日覿面一言，爲壽千秋也。』閽者不敢報，以瓜椎指其頭顱而詈曰：『汝敢狂言無忌！幸今壽日，若他時，當膏此耳。』道人以杖叩鼓，衆失色，隨擁之進，稟曰：『此道人求見，不應擅自擊鼓，致犯天威。』道人長揖厲聲曰：『與公久別，今日復得相見於此。公今富貴極矣，寧相忘耶？』忠賢大怒曰：『妖道何其肆妄，我豈與汝交耶？』叱左右縛付鎮撫司嚴究。道人曰：『我風鑒一世，閲人多矣，獨不識汝盗賊其形，虎狼其心乎？第欲挽回以全忠臣義士之多命也。』一手指天曰：『汝能欺君欺人，彼蒼可能欺乎？吾當看汝寸磔，殆狗彘不食汝餘也。汝豈能殺我耶？』將身振躍，綁索俱斷，兩袖拂空，清風驟至，舉座咸驚，驀地不見。是魏閹誕日之逢異人，果有其説。作者因托爲故友陳元朗，且稍易其事，謂忠賢善待元朗，元朗不肯留而去。至與元朗同至之老僧，即曾救忠賢於困厄中者，則無可考證，意必寓言耳。

又《耳新》『奸恣類』云：逆魏恃寵，一日走馬御前，驀地加鞭，騰空飛過，上爲之震恐，親挽玉弓，射殺其馬；魏恬不畏罪請死，猶作傲色，退有怨言，朝夕提防，介介不釋。又廣置緝事之人，密布天下。丁卯，余邑有余生者，偶過渡，遇一京師人同舟，生問：『魏閹荼毒朝紳，今復何似？』其人怒曰：『魏尚公舉朝奉爲天生聖人，汝一小書生，敢妄詆，何膽大如斗也！』時南昌書肆中，有一生閲《三朝要典》，偶發不平之慨，忽一人攘臂直前，欲挾以見撫院，衆爲解勸，俾生與多金始免。

其『孽召類』云：逆魏縊死阜城店，當時暫行埋掩，後三月發冢凌遲，身屍未化。及臨刑，似猶有微息，鮮血迸流，若留以待天刑者。時李朝欽亦同縊死，發屍，惟骸骨一堆而已。

白蓮教起於薊州人王森。森嘗救一妖狐，狐斷尾令藏之，人聞異香，多歸附，因倡白蓮教，自稱聞香教主，其徒有大、小傳頭及會主諸號，蔓延西北諸省。後森爲有司所得，斃於獄。子好賢，及鉅野徐鴻儒、武邑于宏志輩踵其教，徒益衆，約天啓二年中秋并起兵，謀泄，鴻儒遂先期反，自號中興福烈帝，稱大成興勝元年，用紅巾爲識，陷鉅野、鄆城，及鄒、滕、嶧三縣。山東故不置重兵，巡撫趙彦練民兵，增諸要地，請留京操班軍，及廣東援遼軍，以備徵調，薦起故大同總兵官楊肇基統山東軍討賊。

賊襲兖州，犯夏鎮、韓莊，劫漕艘，皆爲官軍所敗。時賊精鋭聚鄒、滕間，肇基從副使徐從治計，令游兵綴賊鄒城，而以大軍擊精鋭，蹙而殪之嶧山，遂圍鄒。賊食盡，其黨出降，鴻儒單騎走，擒之，送京師，磔於市。鴻儒臨刑嘆曰：『我與王好賢父子經營二十年，徒黨二百萬，事不成，天也！』舉事凡七月而滅。史言如是，而《檮杌》乃歸功於傅應星，謂有空空兒助成其功，皆妄言也。

擲杯記傳奇考

《擲杯記》爲松郡諸生許令則所撰，令則爲陳眉公高足弟子，能文章，通音律，記中事皆紀實也。按曹千里《説夢》云：詞林朱文石（名大韶），古玩充牣，獨苦無子，以弟子爲嗣。其夫人平湖陸氏，即莊簡公（名光祖，號五臺，官吏部尚書）族女也。文石殁，而陸之子侄來唁，謂夫人曰：『我輩外姓，不敢冀田園，惟聞有玉杯一隻，願以此爲贈。』夫人怫然不與，竟恨恨去。後假逋欠册糧爲詞，訟嗣子於官，囑邏卒伺於中途擒去，曰：『杯朝至，夕即釋矣。』不得已而以杯獻，而訟事竟居負局。後朱咏白（名本洽，字叔熙）中癸丑進士，此時陸勢亦漸衰矣，咏白乃具疏鳴父冤，而事已久遠，惟以空文了事，開釋原擬之罪，而後焚黄，人咸悲其志焉。壬戌年，郡侯張石梁莅松，多權略，有妖人馬道人、戚泰水謀不軌，事發被獲，而陸之子鍾奇亦與焉，并禁囹圄。後馬、戚二孽駢斬於南演武場，而鍾奇免脱。出獄時，朱僕即捧之去，必欲得杯，一如前陸之所以挾朱者。不三日而杯至，咏白乃掛其像，設奠，以杯三酬，隨於階前擲碎之。此杯名教子天，母龍一，子龍九，制作精巧，客有拾一片以示余者，熟玩之，堅潔而古色淋漓，希世物也。

《説夢》言：同時有《雙直記》傳奇，爲山東右藩張七澤之子次璧所作，用以刺閹黨朱太常雲萊者。又有《黑白傳》小説，則刺董文敏公納同郡陸秀才女緑英也。二書均觸顯者之怒，致興大獄，以故毁板不傳。惟《擲杯記》則猶有存者，余友元和鄒君葆蓀嘗見之。

鐵冠圖演義考

《演義》謂有明一代之曆數，鐵冠道人已預知之，爲繪三圖以獻太祖，密藏金匱，迨崇禎將終，啓匱檢閲，則皆繪流賊亂明事。是書引爲緣起，遂名其書爲《鐵冠圖》云。顧鐵冠道人事，詳吴郡陸粲所著《庚巳篇》，前考《英烈演義》已載之。兹復據《明史·方伎·鐵冠本傳》云：張中，字景華，臨川人。應進士舉不第，放情山水，遇異人授數學，多奇中。太祖下南昌，以鄧愈薦召至，占驗多中。爲人狷介寡合，與之言，稍涉倫理，輒亂以他語，類佯狂玩世者，嘗好戴鐵冠，人稱爲鐵冠子云。

合觀兩書，不聞其有繪圖事也。惟楊夢儀《高坡異纂》云：劉基佐高皇帝定天下，間語及指授壁書之老士，召至闕下；時方議建宫闕，令道士爲圖以進，與誠意伯、張鐵冠所圖悉合。是鐵冠雖嘗爲圖，而所紀者乃地理，非曆數也。紀曆數之圖，苦無可考，或編書者藉爲點綴焉耳。

書叙張、李二賊事，皆掠取史鑒，敷衍成書，以致差誤遺漏，先後倒置，殊不足觀。按《明史·流賊·李自成傳》云：自成，米脂人，世居懷遠堡李繼遷寨。父守忠，無子，禱於華山，夢神告曰：『以破軍星爲若子。』已生自成。幼牧羊於邑大姓艾氏，及長，充銀川驛卒，善騎射，鬥狠無賴，數犯法，知縣晏子賓捕之，將置諸死，脱去爲屠。《演義》以捕自成之縣令爲閻法，非也。且自成脱獄後，猶不即反，而《演義》乃謂反獄起義，誅縣令一家者亦非。

《自成傳》云：天啓末，陝西撫按皆魏黨，貪贖不詰盜，盜由是始。白水賊王二、府谷賊王嘉允、宜州賊王左掛、飛山虎大紅狼等，一時并起，安塞馬賊高迎祥者，自成舅也，與饑民王大梁聚衆應之，迎祥自稱闖王。是自成妻舅爲高迎祥也。《傳》又云：洪承疇督關中，遣將追自成至醴泉，賊將高傑通於自成妻刑氏，懼誅，挾之以降承疇，後自成復入陝，孫傳庭死，諸總鎮皆降，傑出竊妻故，走渡宜川，絶蒲津以守。是自成二妻，一高一邢，并無周姓其人也。《演義》謂娶滿天星周超之妹，名二姐，皆妄語耳。

《演義》所載賊目，亦多與《自成本傳》不同。《本傳》謂有神一元、不沾泥、可天飛、郝臨庵、紅軍友、點燈子、李老柴、混天猴、獨行狼諸賊，所在蜂起，或掠秦，或東入晋，屠陷城堡，官兵東西奔擊，賊或降或死，旋滅旋熾。又謂崇禎四年，王嘉允爲左右所殺，其黨推王自用號紫金梁者爲魁，自用結群賊老狪狪、馬守應、曹操、羅汝才、八金剛、掃地王、射塌天、閻正虎、滿天星、破甲錐、邢紅狼、上天龍、蝎子塊、過天星、混世王等，及高迎祥、張獻忠，共三十六營，衆二十餘萬，聚山西，自成乃與兄子過，往從迎祥，與獻忠等合，號闖將，未有名。觀此，則格子眼、穿山甲、獨頭虎等，皆由作者臆造，而真名反爲所掩矣。

據《自成傳》：崇禎七年秋七月，孫傳庭擒迎祥於盩厔，獻俘闕下，磔死，於是賊黨共推自成爲闖王。則自成始僅爲迎祥裨將，至迎祥既死，而始襲闖王之名。《演義》乃謂自成初出，即稱闖王，而迎祥反爲裨將，誤甚矣。

自成爲官兵所困，深入險地，幾瀕於死，而卒得反危爲安者，有二。一在崇禎七年，陳奇瑜總督山陝、河南、湖廣、四川，以湖廣不足憂，引兵西擊，獻忠等奔商雒，自成等陷於興安之車箱峽，會大雨兩月，馬乏芻多死，弓矢皆脱，自成用顧君恩計，賄奇瑜左右詐降，奇瑜許之，檄諸將按兵毋殺，所過州縣，爲具糗傳送，賊甫渡棧，即大噪，盡屠所過七州縣，而略陽賊數萬亦來會，賊勢愈張。

一在十二年，楊嗣昌督師夷陵，圍之於魚腹諸山中，自成大困，欲自經，養子李雙喜勸而止，賊將多出降；劉宗敏者，藍田鍛工也，最驍勇，亦欲降，自成與步入叢祠，顧而嘆曰：『人言我當爲天子，盍卜之？不吉，斷吾頭以降。』宗敏諾，三卜三吉。敏還，殺其兩妻，謂自成曰：『吾死從君矣。』軍中壯士聞之，亦多殺妻子願從者。自成乃盡焚輜重，輕騎由鄖、均走河南。河南大旱，饑民從自成者數萬。

二事《傳》載極詳，而《演義》乃以督師者爲洪承疇，以圍困處爲在松山，不知松山遠在錦州。松山之圍，在明季果有其事，乃清軍之圍洪承疇，非洪承疇之圍闖賊也。作者移東湊西，將差就錯，殊不直識者一笑。

宋獻策、李岩、牛金星，果有其人。據《自成傳》云：杞縣舉人李信，逆案尚書李精白子也。嘗出粟賑饑民，民德之，曰：『李公子活我。』會繩伎紅娘子反，擄信，强委身焉。信逃歸，官以爲賊，囚獄中。紅娘子來救，饑民應之，共出信。盧氏舉人牛金星磨勘被斥，私入自成軍，爲主謀，潛歸，事泄坐斬，已得末減。二人皆往投自成。自成大喜，改信名曰岩。金星又薦卜者宋獻策，長三尺餘，上讖記云：『十八子，主神器。』自成大悦。自成爲人，高顴深頞，鴟目鶡鼻，聲如豺，性猜忍，日殺人，斮足剖心爲戲。岩因説曰：『取天下以人心爲本，請勿殺人收天下心。』自成從之，屠戮爲減。又散所掠財物賑饑民，受者不辨，雜呼曰：『李公子活我。』岩復造謡詞曰：『迎闖王，不納糧。』使兒童歌以相煽，從者日衆。

左良玉與陳永福同爲總兵，年亦相若，《演義》以良玉爲闖法之婿，以法爲永福之婿，藉爲貫串，實皆妄言。永福守開封，射自成中目，果有其事，謂射目出自闖法之子玉奇手者亦妄。考史，闖法父子，并無其人。《自成傳》載十六年西入陝，陷潼關，孫傳庭死，諸總兵皆降，陳永福嘗射中自成目，保山巔不敢下，自成折箭爲誓，招之，亦降。是永福始爲自成勁敵，而終於降賊者，皆實事也。

開封久困不下，卒以水灌而敗，事詳白愚所著《汴圍濕襟録》。《録》志第三『圍掘河渰賊』一則云：圍至七月終，望援無期，坐以待斃，汴人熟知河勢，見往歲黑罡上流遇決，即自賊營一路而下，適當其要，乃稟巡撫高名衡，差諜者潛渡河北，約巡按嚴雲齊舉事，掘一晝夜，賊覺之，領兵衝散，亦於朱家寨直對北門，挖掘小河一道，引水灌汴，幸未大漲，止引細流至城下，深纔三四尺，隨溢隨落，竟不爲害，反將周城濠河灌平，民得網魚充饑，賊馬步不能近城一步。又『全河入汴』一則云：賊久困汴，意在必克，不料死拒六匝月，守志更堅，賊恨甚，見陰雨連綿，秋水大漲，乃掘上流，堅寨東、西、南三面堤口，不令水分四溢，止留北面，使全河入汴；至九月十五日，督賊數萬，將河決開，城居釜底，河流一泄，怒浪巨濤，吼若雷鳴，北門頃刻衝没，合城男婦哀號，王府士庶，盡升房垣，賊亦亂竄；至夜半，水深數丈，浮屍如魚，哀哉！

自成火併曹操，事誠有之，惟計殺賀一龍，非假獻忠手也。按《自成本傳》云：自成不好酒色，脱粟粗糲，與其下共甘苦。羅汝才（曹操真名）妻妾數十，被服紈綺，帳下女樂數部，厚自奉養，自成嘗嗤鄙之。汝才衆數十萬，用山西舉人吉珪爲謀主。自成善攻，汝才善戰，兩人相須若左右手。自成兵强士附，有專制心，顧獨忌汝才，乃召汝才所善賀一龍宴，縛之，晨以三十騎斬汝才於帳中，悉兼其衆。

又《汴圍濕襟録》云：賊久無退志，巡撫高名衡偵知曹與闖明密暗疏，乃乘機寫僞書一封，内稱前接將軍密札，已悉轉禍爲福之舉，又見對陣打炮向上，不傷我軍，已見真誠，本院已密札河北兵馬，於八月二十九日子夜，由朱家寨南渡會合，專聽舉行；使諜者潛投曹賊，被闖營兵馬捉獲，搜得書獻闖，信以爲真，後殺曹賊，爲此故也。

明季諸將殺賊，以周遇吉爲最，而死事尤烈，事具《遇吉本傳》。傳云：遇吉好射生，後入行伍，一戰輒先登，屢破賊，前後積功至太子少保左都督。十五年，授山西總兵，汰老弱，繕甲仗，練勇敢，一軍特精。明年，自成陷全陝，將犯山西，遇吉以沿河千餘里，處處可渡，分兵扼上游，請兵於朝，朝廷遣熊通以二千人來赴，遇吉令防河。時平陽守將陳尚智已遣使迎賊，諷通還鎮説降，遇吉叱之曰：『吾受國厚恩，寧從叛逆？且爾不能殺賊，反作説客耶？』立斬之。十七年二月，賊陷太原、忻州，圍代州，遇吉憑城固守，潛出兵奮擊，殺賊無算，食盡援絶，退保寧武。賊踵至，大呼五日不降者屠其城。遇吉四面發大炮，殺賊萬人，火藥且盡，乃設伏城内，出弱卒誘賊入城，亟下閘，殺數千人。賊用炮攻城，圮復完者再，傷其四驍將。自成懼，欲退。或曰：『吾衆百倍於彼，但用十攻一，番進，蔑不勝矣。』從之。官軍力盡，城陷，遇吉巷戰，馬蹶，徒步跳蕩，手格殺數十人，身被矢如猬，竟爲賊執，大罵不屈，賊懸之高竿，叢射殺之，復臠其肉。士民感遇吉忠義，巷戰殺賊，不可勝計。夫人劉氏素勇健，率婦女數十人，據山巔公廨，登屋而射，每一矢斃一賊，賊不敢逼，縱火焚之。自成集衆計曰：『寧武雖破，我將士死傷多，此去歷大同、陽和、宣府、居庸，皆有重兵，倘盡如寧武，奈何？且還，俟再舉。』而大同總兵姜瓖、宣府總兵王承允降表相繼至，大喜，遂長驅抵居庸。太監杜之秩、總兵唐通，開門延之，京師遂不守矣。福王時贈遇吉太保，謚忠武。

自成既破京師，入殿登御座，見墩下龍爪俱動，殿角又有鬼怪，驚跌座下，事具《自成本傳》，不盡誣也。《傳》云：自成升御座，忽見白衣人長數丈，手劍怒視，座下龍爪鬣俱動，自成恐，亟下。及吴三桂藉清兵破賊，自成西奔入陝，復南走湖廣，入羅公山，爲鄉人所殺，亦係實事，第所入者乃九宫山也。《自成傳》云：順治二年，自成棄西安，由龍駒寨走武岡，入襄陽，復走武昌，爲清兵所迫，部衆多降散，自成走延寧、蒲圻，至通城，竄於九宫山。九月，留李過守塞，自率二十騎略食山中，爲村民所困，不能脱，遂縊死。或曰：村民方築堡，見賊少，争前擊之，自成馬陷泥淖中，腦中鉏死，剥衣得龍衣金印，眇一目，村民乃大驚，謂爲自成也。

費宫娥冒公主從賊，刺賊死而已亦自殺，事固有之，但所刺者非李岩，而岩亦不死於宫娥手也。《明史·后妃傳》附載費娥事云：宫人費氏，自投眢井，賊鈎之出，見其姿容，争奪之，費紿曰：『我長公主也。』群賊不敢逼，擁見自成，自成以賞部將羅某，費紿羅曰：『我實天潢，義難苟合，宜擇吉成禮。』羅喜，置酒極歡，費懷刺刃，俟羅醉，斷其喉，立死。因自詫曰：『我一弱女子，殺一賊帥足矣。』遂自刎。自成大驚，令收葬之。

又《自成傳》云：平陽李岩，故勸自成以不殺人收人心者也，及陷京師，保護懿安皇后得自盡，獨於士大夫無所拷掠，金星等忌之，陰告自成曰：『岩雄武有大略，非能久下人者，十八子之讖，得非岩乎？』因譖其欲反，自成使金星與岩飲，殺之。今《鐵冠圖》院本有《刺虎》一齣，言費所刺者名李虎，均失實也。

張獻忠事，據《本傳》略云：獻忠，延安衛柳樹澗人也，與李自成同歲生，長隸延綏鎮爲軍。犯法當斬，主將陳洪範奇其狀貌，爲請於總兵官王威，釋之。崇禎三年，陝西賊大起，獻忠以米脂十八寨應之，自號八大王。洪承疇爲總督，獻忠就撫，已而叛，入山西，尋擾河北，又渡河，自是陝西、河南、湖廣、四川、江北數千里，皆被蹂躪。屢爲左良玉所敗，宛城之役，良玉前鋒羅岱射之，中額，良玉馬追及，刃拂獻忠面，馬馳以免，創甚不能戰。會總理熊文燦主撫，獻忠偵知陳洪範隸文燦麾下，因獻重幣請降，處於穀城；尋又叛。十三年，爲良玉追擊，竄興歸山中，勢大蹙，遣間說良玉勿攻，因得掩息旗鼓而走。嘗欲渡洞庭湖，卜於神，不吉，投珓而詢，將渡，風大作，獻忠怒，連巨舟千艘，載婦女焚之，水光夜如晝。既陷江西，有獻計取吴越者，獻忠憚良玉在，不聽，決策入川。破重慶之日，天無雲而雷，賊有震者，獻忠怒，發巨炮與天角，進陷成都。

時清兵已定京師，獻忠遂僭號大西國王，改元大順，即僞位，以蜀王府爲宫，名成都曰西京，用汪兆麟、嚴錫命爲左右丞相，設六部、五軍都督府等官，悉陷諸府州縣，據有全蜀。獻忠黄面長身虎頷，人號黄虎。性狡譎嗜殺，一日不殺人，輒悒悒不樂。詭開科取士，集於青羊宫，盡殺之，筆墨成丘冢。坑成都民於中園，殺各衛籍軍九十八萬，又遣將分屠各府縣，名草殺。僞官朝會拜伏，呼獒數十下殿，齅者，引出斬之，名天殺。又創生剥皮法，皮未去而先絶者，刑者抵死。將卒以殺人多少叙功，共殺男女六萬萬（按：《明史》原文亦如此，疑有誤）有奇，賊將有不忍，至縊死者。僞都督張君用等數十人，皆坐殺人少，剥皮死，并屠其家。諸受職者，後亦皆見殺。慘虐無理，不可勝紀。又用法移錦江，涸而掘之，深數丈，埋金寶億萬計，然後决堤放流，名水藏。曰：『無爲後人有也。』川中民盡，謀窺西安，率衆出西北，會清兵至漢中，僞將劉進忠降，爲鄉導，至鹽亭，大霧，獻忠曉行，猝遇於鳳凰坡，中矢墜馬，蒲伏積薪下，牽出斬之。

自成祖塋確葬龍穴，爲自成祖李海所築，《演義》謂由宋獻策指授，而自成遂將父母活埋，以求速效，皆故甚言之也。後爲米脂令邊大綬掘毀，亦果有其事。但自成即僞位後，邊公亦不聞有見捕事也。

按，任邱邊大綬自著之《虎口餘生記》云：余自壬午春伐賊墓，米人洶洶，謂必遭不測禍。余諭之曰：『如賊修怨，余一身當之，定不爾累。』衆疑信不一。而艾朝棟、高映元、馮起龍等，實爲賊之姻黨，聞賊行牌至西安，有四月十九日起馬入秦之語，群謀俟賊到時，執余暨艾詔、黑光正等獻賊，逆謀呶呶有據。余欲申聞撫臺，而其巡捕常昌運，與高映元有舊，恐其奧援中阻，因密稟張按臺。不意逆黨在勢要門墻，早爲先容，竟致沉擱。值新按臺金公至，爲余同鄉，逆黨不自安，共謀去余。會部咨甄別賢否，撫臺列余薦剡，按臺又欲題升城堡廳，逆黨益惴惴懼。值十六年大計，伊探訪余官評稱最，其恨愈深，遂捏造單款，極力傾陷，然終未能大害，止蒙降處。報到之日，米人老幼嗟泣，痛余之去，而余舉家慰快，謂得脱苦海、遠仇讎也。撫按皆諭留候題，余力辭，解任出疆之日，不能爲行李。時長兄順爲山西澤州守，因赴澤，是爲歲之七月初旬。至十月六日，而闖賊破潼關，旋陷西安，州縣皆望風投獻。余十一月自澤歸里，捻指逾歲，賊鋒已逼晋東。會真定叛卒，殺撫臺迎賊，固關失守，三路犯神京，遠邇震恐，父兄親戚，咸爲余憂，勸遁迹以避。余憮然曰：『一身可隱，其如八口何？即妻孥可捐，孀母何賴？萬一蒙難，吾何以見先人於地下也？况我邊氏，子姓多人，寧忍全一己之生，貽舉家之害乎？吾原爲朝廷滅賊計，今爲社稷死，有餘榮矣，何以避爲？』遂違衆意。三月廿一日，驚聞都京已破，萬乘殉國，余聞之，北向慟哭，再拜成服，杜門謝客，以聽天命。

《餘生記》所言如此，不聞爲闖賊所捕，至滿清入關而始脱也。記後附有當時塘報，并録於左。

陝西延安府米脂縣爲塘報事：竊流寇猖獗，李賊尤甚，其本籍實隸米脂，在職所轄境内。茲訪得賊祖李海、父守忠墳墓，并在本縣城西二百里外，相傳營葬時，曾有異人爲之指畫，以爲三世後當得極貴，今其言將驗。但地利固有明徵，而天理不容久昧，今若發其冢，剖其棺，斷其龍脈，則賊之滅亡可立待也。又偵得本縣民人李誠，係賊同里，曾爲賊祖贊襄葬事，若得其人導引，則賊墓可以物色而得。茲有貢生艾詔，其人老成持重，尋訪李誠，便可托伊前往，但職未敢擅便，伏乞制臺俞允，俾得便宜行事，庶幾闖賊可滅，而國耻立雪矣。理合報明。

崇禎十四年十二月初五日塘報《奉陝西總督軍門汪喬年手札》云：讀來諭，足見門下報國熱腸，第須體訪的確，莫使波及無辜，庶天理順而人功亦易成也，他日滅賊，當以門下之功爲首。此復。

又《塘報再稿》云：陝西延安府米脂縣爲塘報事：職自正月初二日，奉制臺密札，隨喚貢生艾詔，面諭機宜，尋訪李誠去訖，至初八日，艾詔同李誠來見，據李誠稱：伊係闖賊里人，曾爲賊祖營葬，今年月已深，不記其祖所葬處，但當日葬時，開土得三空穴，内有黑碗一枚，因填其二穴，用一穴安葬，仍以黑碗點燈置墓内，今但伐有黑碗者，即賊祖墓也。職隨喚練總黑光正，堡長官王道正，率領箭手三十名，鄉夫六十名，即刻起身入山，一晝夜行二百餘里，始到其地，名三峰子。時遇大雪，深二尺餘，山路陡滑，馬不能進，職下馬步行五六里，至其山，鳥道崎嶇，久絶人迹，旋開道攀緣而上，又一里許，見窑舍十餘處，墻垣尚存，即闖賊莊村，再過一山，則其墓也。四面山勢環抱，氣概雄奇，林木叢雜，不下千餘，大小墓二十三座，伐五六冢，其骨皆血色油潤，不似遠年枯朽，亦皆無黑碗蹤迹。值晚，難以下山，遂坐賊舊窑中向火。至天明，再掘數冢，而黑碗見，即李海也，骨黑如墨，額生白毛六七寸許。其左側稍下一冢，是李守忠墓，頂上長榆樹一株，其粗如臂，用斧斬之，榆斷墓開，中盤白蛇一條，長一尺二寸，頭角嶄然，隨即裝入於黑光正袋中，伐其骨骸，凡骨節間，皆緑如銅青，生黄毛五六寸許。其餘骨骸有毛者七八冢，盡數伐掘，聚火燒化，大小林木千餘株，悉行砍伐，斷其山脈，賊墓已破，王氣已泄，賊勢當自敗矣。其黑碗白蛇，呈驗軍門，理合報明。

崇禎十五年正月十四日塘報《汪制臺再札》云：接來札，知闖墓已伐，可以制賊死命，他日成功，定首叙以酬。草覆。

桃花扇傳奇考

《桃花扇》傳奇爲雲亭山人孔氏所著，書成後，自志其本末云：族兄方訓公，崇禎末爲南部曹，予舅秦光儀先生，其姻婭也，避亂依之，羈旅三載，得弘光遺事甚悉，旋里後數爲予言之，證以諸家稗記，無弗同者，蓋實録也。獨香姬面血濺扇，楊龍友以畫筆點之，此則龍友小史，言於方訓公者，雖不見諸别籍，其事則新奇可傳，《桃花扇》劇，感此而作者也。又云：作《桃花扇》時，吳人王壽熙者，丁繼之友也，赴紅蘭主人招，留滯京師，朝夕過從，示余以曲本套數，爲時優熟解者，遂依譜填之。又云：顧子天石讀余《桃花扇》，引而申之，改爲《南桃花扇》，令生旦當場團圓，以快觀者之目，詞華精警，追步臨川，補餘不逮，余敢不避席乎？今坊間只有雲亭之作，而《南桃花扇》不多見，蓋小説收束，最忌團圓，如讀《西廂》者，至崔、張花燭一回，更有何趣味也？

是書已有先我而考之者，第僅志其所由來之書目，以便讀者查閲，至各書事實，未嘗臚而列之也。茲爲録其書目如左：

（侯朝宗《壯悔堂集》十一篇：）《爲司徒公與寧南侯書》、《癸未去金陵與阮光禄書》、《答田中丞書》、《贈陳郎序》、《書周仲馭集後》、《祭吳次尾文》、《金陵題畫扇》、《寄寧南小侯夢庚》、《燕子磯送吳次尾》、《秦淮春興哀史閣部》、《哀吳次尾》。

（賈静子《四憶堂詩注》十二條：）《九日雨花臺》、《别賀督部》、《贈張尚書》、《田中聞新參相公口號》、《甲申渡京口》、《燕子磯送吳次尾》、《海陵署中》、《我昔詩》、《寄揚州賀督部》、《寄寧南侯》、《哀史閣部》、《哀吳次尾》，又《賈静子侯公子傳》一篇。

（錢牧齋《有學集》十一首：）《題丁家河房亭子》、《題金陵丁老畫像》、《丁繼之七十壽》、《題楊龍友畫閣》、《贈張燕築》、《左寧南畫像爲柳敬亭題》、《留丁家水閣絶句》、《贈侯商邱》、《金陵雜題絶句》、《丁老行送繼之》、《爲柳敬亭募葬引》。

序》、《冒辟疆壽序》、《柳敬亭傳》、《柳敬亭像贊》。(《吴梅村集》七首：)《聽女道士卞玉京彈琴歌》、《贈陽羡陳定生》、《贈寇白門》、《楚兩生行并

又梅村《綏寇紀略》一卷。

(冒辟疆《同人集》二篇：)《得全堂夜宴記》、《得全堂夜宴後記》。

(沈眉生《姑山草堂集》四篇：)《劾楊武陵疏》、《書陳定生遺像》、《楊維斗稿序》、《答劉宗伯書》。

(陳其年《湖海樓集》三篇：)《冒辟疆壽序》、《佐寧南與柳敬亭説劍圖序》、《哭侯朝宗》。

(龔孝升《定山堂集》十三則：)《張瑶星招集松風閣》、《沈眉生姑山草堂歌》、《贈方密之序》、《懷方密之詩八首》、《壽張燕築》、《題丁繼之秦淮水閣》、《清河道上丁繼之送别即席口號》、《口號四首贈阮懷寧歌者朱音仙》、《贈柳叟敬亭限韻》、《九日邀諸君張燕築》、《丁繼之度曲》、《爲趙友沂題楊龍友畫册》、《賀新郎詞贈柳敬亭》、《沁園春詞贈柳叟敬亭》。

以上諸集，苦予簡陋，强半未獲一見，兹姑就劇中角色，一一考之，差幸十得七八，一二缺漏，容俟訪諸博雅君子以補之也。

按平江李次青《先正事略·侯朝宗傳》云：明啓、禎間，才俊雄傑之士，身不在位，奮然以東都清議自持者，曰四公子。四公子者：桐城方以智密之，如皋冒襄辟疆，宜興陳貞慧定生，及商邱侯方域朝宗也。朝宗先生尤以文章著，祖執蒲，官太常卿，父恂，户部尚書，皆以東林忤閹黨，先後除名。幼從父官京師，習知中朝事，而於君子小人門户，始終之。懷寧阮大鋮，故魏閹義兒也，屏居金陵，謀復

用，諸名士共檄大鋮罪，作《留都防亂揭》，定生及貴池吴應箕次尾主之，大鋮愧且恚，然無可如何，知先生與二人者相善也，私念因侯生以交於二人，事當已，乃屬其客來交歡，先生覺之，謝客勿與通。而大鋮家有伶一部，能歌所演劇號《燕子箋》者，會諸名士以試事集金陵，先生置酒高會，徵阮伶，大鋮心竊喜，立遣伶往，而令他奴詗之。方奏曲，四座稱善，奴走告，大鋮心益喜，已而抗聲論天下事，語稍及大鋮，遂戟指駡詈不絶，大鋮乃大怒，而恨三人者尤次骨。甲申，南都擁立，大鋮驟枋用，興大獄，將盡殺黨人。捕定生入獄，次尾亡命。先生夜出走，渡揚子，依鎮帥高傑得免。先生既負才不試，以明經累舉於鄉，輒報罷。順治辛卯，列副榜，初放意聲伎，已而悔之，發憤爲詩古文，倡韓、歐學於舉世不爲之日。順治十一年卒，年三十有七。

又吴梅村《綏寇紀略》云：阮大鋮本縱横才，以閹黨故廢，歸德侯方域嘗偕其友，移書駡之。方域，侍郎恂次子也。當左兵南潰，方域僑居陪都，大鋮揚言良玉爲賊，目侯同反，幾及於禍。《傳奇》謂侯生參高傑軍，高傑見殺，師潰，南旋，適罹大獄，與先生事略少異，蓋亦有故。

據《梅村文集·冒辟疆壽序》云：有皖人者，流寓南中，故閹黨也（指懷寧），通賓客，蓄聲伎，欲以氣力傾東南，知諸君子唾棄之也，乞好謁以輸平，未有間。會諸公子置酒鷄鳴埭下，召其家善謳者，歌主人所製新記，則大喜曰：『此諸君欲善我也。』既而偵客云何，見諸君箕踞而嬉，聽其曲，時亦稱善。夜將半，酒酣，輒衆中大駡曰：『若閹兒媪子，乃欲以詞家自贖乎？』引滿泛白，撫掌狂笑，達旦不少休。於是大恨次骨，思有以報之。甲申之亂，彼以攀附驟枋用，興大獄，修舊郄。定生爲所得，幾填牢户。朝宗遁之故鄣山中，南中人多爲辟疆耳目者，跳而免。梅村與侯生同時，所志當確，顧兩説均不言侯生入獄，而《傳奇》乃謂四公子同入獄中，與柳敬亭相遇。考敬亭亦未嘗入獄，此由作者借爲貫串，非紀實也。

《防亂公揭》，實由無錫顧子方首倡，而《傳奇》獨闕，以不在四公子列，故略之也。陳維崧《先府君行略》云：戊寅歲，《留都防亂公揭》之事起。《公揭》者，爲懷寧阮大鋮發也。（中略）貴池吴先生次尾時主予家，會無錫顧子方先生來，三人者，意相合也，吴先生隨於燈下草一揭，顧先生首倡，而府君次之，諸清流又次之。揭未布，或泄之懷寧，懷寧大恨，未幾而有甲申之難。宏光帝立，府君蒲伏闕下，爲先少保請謚，時懷寧貴用事，已捕周鹿溪（即周鑣）先生，繫之請室，先生亦以揭故，爲懷寧所切齒者也。九月十四日，有白靴校尉至邸中，縛府君至鎮撫，出一紙，紙尾有貴池吴先生名，先生先一日亡去。劉僑者，故思宗皇帝時舊錦衣也，夜漏三下，以一小赫蹏與鎮撫馮可宗，大約謂東林後人，無故殺之，紀綱門達之事可鑒也。馮獲書意動，司馬練國公（史可法）亦爲府君星馳詣貴陽（馬士英），相國王公鐸亦致書鎮撫，獄遂解。明年，鹿溪先生死獄中。是入獄確只定生一人，《傳奇》乃謂陳、吴、侯三人在蔡益所書坊同時被捕，故錦衣張瑶星爲之辭職。三人在獄，親見周、雷二公之被刑。以此證之，知《傳奇》稍有增損，且蔡益所亦無可考也。

陳維崧《婦人集》云：李姬，名香，秣陵教坊女也。母曰貞麗，有俠氣，嘗一夜博輸，千金立盡。姬亦俠而慧，略知書，能辨别士大夫賢否。張學士溥，夏吏部允彝，尤亟稱之。十三歲，從吴人周如松受歌，盡得其音節，然不輕發也。故開府田仰嘗以金三百鎰，邀姬一見，開府向兒事魏閹者，又姬嘗以他事獲罪阮懷寧，至是喟然嘆曰：『田公寧異於阮公乎？』峻却之，卒不往。與歸德侯方域善，以身許之，設誓最苦，誓辭今尚存湖海樓篋衍中。又余懷《板橋雜記》云：李香身軀短小，膚理玉色，慧俊婉轉，調笑無雙，人名之爲香扇墜。余贈詩云：『生小傾城是李香，懷中婀娜袖中藏。何緣十二巫峰女，夢裏偏來見楚王。』武塘魏子中爲書於粉壁，貴陽楊龍友寫崇蘭詭石於左偏，時人稱爲三絶。由是香之名盛於南曲，四方才士，争一識面爲榮。

《板橋雜記》又云：寇湄，字白門，娟娟静美，跌宕風流，能度曲，善畫蘭，粗知拈韻。保國公購之，以貯金屋。京師陷，保國公降，家口没入官，白門以千金贖身，從一婢而歸，築園亭，結賓客，日與文人往還。卞賽，一曰賽賽，後爲女道士，自稱玉京道人，知書，工小楷，善畫蘭、鼓琴，年十八，游吴門，居虎邱，尋歸秦淮，見客初不甚酬對，若遇佳賓，則諧謔間作，一座傾倒。歸東中一諸侯，不滿意，進婢當夕，乞身下發。後依良醫鄭保御，築别館以居，長齋繡佛，刺舌血，寫《法華經》以報鄭。卒葬惠山祇陀庵錦樹林。《雜記》於鄭妥娘事無所志，惟載錢牧齋《金陵雜題》一絶云：『舊曲新詩壓教坊，縷衣垂白感湖湘。閒開閨集教孫女，身是前朝鄭妥娘。』注：鄭女英，小名妥娘，詩載《列朝詩選·閏集》中。是妥娘詩妓也，《傳奇》乃以丑脚描其醜態，稍嫌未稱。

柳敬亭、蘇昆生，與吴梅村善。梅村爲作《柳敬亭傳》云：敬亭，揚之泰州人，蓋曹姓。年十五，獷悍無賴，名已在捕中，走之盱眙，困甚，挾稗官一册，非所習也，耳剽久，妄以其意，抵掌盱眙市，則已傾其市人。久之，過江，休大柳下，攀條泫然，已撫其樹，顧同行數十人曰：『噫！我今氏柳矣。』後二十年，金陵有善談論柳生，所到皆驚，有識者曰：『此固向年過江時休柳下者也。』

又《楚兩生歌序》云：蔡州蘇昆生，維揚柳敬亭，其地皆楚分也，而又客於楚。左寧南駐武昌，柳以談，蘇以歌，爲幸舍重客。寧南殁於九江舟中，百萬衆皆奔潰，柳已先期東下，蘇生痛哭，削髮，入九華山。久之，出從武林汪然明；然明亡，之吴中，落落難合。到海濱，寓吾里蕭寺。以余與柳生有雅，爲立小傳，援之以請曰：『吾浪迹三十年，爲通侯所知，今失路憔悴，而來過此，惟願公一言，與柳生并傳足矣。』

余懷《板橋雜記》云：敬亭善説書，游金陵，吴橋范司馬、桐城何相國引爲上客，常往來南曲，與張燕築、沈公憲俱，張、沈以歌曲，敬亭以談詞，酒酣以往，擊節悲吟，傾靡四座，蓋優孟、東方曼倩之流也。入左寧南幕府，寧南敗，游松江馬提督軍中，鬱鬱不得志，年已八十餘矣。間遇余僑寓宜睡軒中，猶説秦叔寶見姑娘也。

《雜記》又云：曲中狎客，有張卯官笛，張魁官簫，管五官管，吴章甫弦索，盛仲文打十番鼓，丁繼之、張燕築、沈元甫、王公遠、宋維章串戲，柳敬亭説書。或集二李家，或集眉樓，每集必費百金，此亦銷金窟也。沈公憲與沈元甫，不知是一是二，俟訪諸博雅者。

南曲盒子會，沈周嘗爲作詩序云：南京舊院有色藝俱優者，或二三十姓，結爲手帕姊妹，每上節，以春檠、巧具、殽核相賽，名盒子會，凡得奇品爲勝。席間設燈張樂，各出其技能，賦此以識京城樂事也。所賦七古一首，從略不録。

徐中山子孫，國變後降爲皂隸。《傳奇》所述，猶不盡然，以予考之，其境更苦於是，雖欲爲皂隸猶不得也。《板橋雜記》云：中山公子徐青君，家貲鉅萬，廣蓄姬妾，造園大功坊側，每當夏月，置酒河房，夜以繼日，綸巾鶴氅，真神仙中人也。乙酉鼎革，籍没田産，一身孑然，與丐爲伍，乃至爲人代杖。一日，與當刑人約定杖數，計償若干。受杖時，其數過倍，大呼曰：『吾徐青君也。』兵憲林公駭問左右，有哀王孫者跪而對曰：『此魏國公公子徐青君也，窮苦爲人代杖，此堂乃其家廳，不覺傷心呼號耳。』林憐而釋之，慰藉甚至，且曰：『君有非欽産可清還者，本道當爲查給。』青君跪謝曰：『花園某自造，非欽産也。』林即查還其園，賣花石柱礎以自活。曹千里《説夢》，亦志其事云：余丁丑入都，值徐澹寧掌衛事，澹亭雖忠厚長者，而衙門嚴重，旂尉赫奕，見者不寒而慄；乞休後，以聲伎自娱，可謂全福矣。殆後，諸子陵替，第七子無以資生，爲人代杖，適唐子宋有公事未了，雇此子受杖二十，袁丹叔大不平，謂余曰：『子宋不過有錢，如何令七官受扑？』余曰：『此事必徐七官自願爲之耳。』丹老曰：『雖如此，寧雇别人。』噫！父爲大金吾，撻人多矣，天或以此償債，亦未可知。

史可法、馬士英、黄德功、高傑、劉良佐、劉澤清、左良玉等，《明史》有傳，兹勿贅述。張瑶星乃金陵遺民，非故錦衣也。王漁洋《香祖筆記》云：張遺，字瑶星，金陵遺民也。居棲霞一小庵，數十年不入城市。著書十餘種，有一書紀南渡時事，可裨史乘，惜未版行。凡所撰著，稱白雲自怡。與先兄西樵相友善，予在邗江，數客金陵，未及見之，蓋已禁足躡山矣。年九十而終。《傳奇》借棲霞一庵，爲劇中諸人歸束，於文法則佳矣，而按之事實則非也。《傳奇》作張薇，與筆記稍異。畫工藍田叔莫考。

《婦人集》、《板橋雜記》，皆不言李香入宮事，而香自後宮私寄侯公子書，則膾炙人口久矣，不知果出香手，抑好事者代爲捉刀也。此則非予所知，姑録於左，以供衆覽。

李香君在南都後宮私寄侯公子書

落花無主，妾所深悲；飛絮依人，妾所深耻。自君遠赴汴梁，屈指流光，梅開二度矣。日與母氏相依，未下胡梯一步，方冀重來崔護，人面相逢，前度劉郎，天台再到。而乃音乖黄犬，卜殘燈畔金錢；信杳青鸞，盼斷天邊明月。已焉哉！悲莫悲於生別離！妾之處境，亦如李後主所云：終日以眼淚洗面而已。比聞燕京戒嚴，君后下殿，龍友偶來過訪，妾探詢音耗，渠惟望北涕零，哽無一語。嗚呼！花殘月缺，望夫方深化石之嗟；地坼天崩，神州忽抱陸沉之痛！由甲申迄乙酉，此數月中，烽煙蔽日，鼙鼓震空，南都君臣，遭此奇變，意必存包胥哭楚之心，子房復韓之志，卧薪嘗膽，敵愾同仇。不謂正位以後，馬入閣，阮巡江，虎狼雜進，猫鼠同眠，翻三朝之舊案，黨禍重興，投一網於諸賢，蔓抄殆遍。而妾以却匳夙恨，幾蹈飛災，所幸龍友一力斡旋，方免欽提勘問，然猶逼充樂部，供奉掖庭。奏新聲於玉樹，春風歌燕子之箋；叶雅調於紅牙，夜月譜春燈之曲。嗟嗟！天子無愁，相臣有度，此妾言之而傷心，公子聞之而疾首者也。雖然，我躬不閱，遑恤其他？睹星河之耿耿，永巷如年；聽鐘鼓之遲遲，良宵未曙。花真獨活，何時再鬥芳菲？草是寄生，惟有相依形影！乃有蘇髯幼弟（昆生），柳老疎宗（敬亭），同爲菊部之儔，共隸梨園之隊，哀妾無告，憫妾可憐，願傳紅葉之書，慨作黄衫之客。噫！佳人雖屬沙吒利，義士今逢古押衙，患難知己，妾真感激涕零矣。遠望中州，神飛左右，未裁素紙，若有千言，及拂紅箋，竟無一字，回轉柔腸，寸寸欲折。附寄素扇香囊，并玉玦、金鈿各一，吁！桃花艷褪，血痕豈化胭脂；豆蔻香銷，手澤尚含蘭麝。妾之志固如玉玦，未卜公子之志，能似金鈿否也？弘光元年二月，香手緘。

（一九一六年商務印書館排印本）

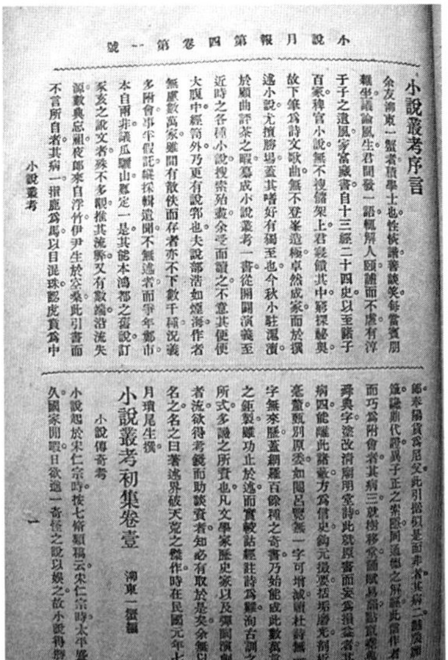

小說月報第四卷第一號

小說叢考序言

余友浉東一蟹者。積學士也。性恢諧。善談笑。每當賓朋雜坐。議論風生。君開發一語。輒解人頤。諧而不虐。有淳于子之遺風。家富藏書。自十三經二十四史。以至諸子百家。稗官小說。無不複儲架上。君褒饋其中。窮探祕奧。故下筆爲詩文歌曲。無不登峯造極。卓然成家。而於撰述小說。尤擅勝場。蓋其嗜好有獨至也。今秋小駐滬濱。於顧曲評茶之暇。纂成小說叢考一書。從開闢演義至近時之各種小說。搜索殆盡。余受而讀之。不意其便便大腹中。經籍外乃更有說郛也。夫說部浩如煙海。作者無慮數萬家。雖間有散佚而存者亦不下數千種。況義多附會。事半假託。採摭遺聞。不無遺者。而爭年鄭市。本自兩非。議瓜驪山。聚定一是。其能本鴻都之舊說。訂豕亥之訛文者。殊不多覯。推其流弊。又有數端。沿流失源。數典忘祖。夜郎來自浮竹。伊尹生於空桑。此引書而不言所自者。其病一。指鹿爲馬。以目混珠。認虎賁爲中郎。奉陽貨爲尼父。此引證似是而非者。其病二。鬻獲爲爐。隸削代爵。異子正之索隱。同逃楊之解經。此當作者而巧爲附會者。其病三。就樹移花。偷篇陳賦。點竄因襲爲異字。遂改淸廟明堂詩。此就原書而妄爲損益者。其病四。能脫此諸藪。方爲信史。鈎元提要。括垢磨光。剖析毫釐。甄別原委。如陽呂覽。無一字可增減。讀杜詩。無一字無來歷。蓋網羅百餘種之奇書。乃始能成此數萬言之鉅製。雖功止於說。而實較詁經註詩。爲歸淘古訓之所式。多識之所資也。凡文學家歷史家以及彈詞演劇者流。欲得考鏡而助談資者。知必有取於是矣。余無以名之。名之曰著述界破天荒之傑作。時在民國元年七月瑣尾生撰。

小說叢考

小說叢考初集卷壹　浉東一蟹編

小說傳奇考

小說起於宋仁宗時。按七修類稿云。宋仁宗時。太平盛久。國家閒暇。日欲進一奇怪之說以娛之。故小說得勝

一

小説雜評

眷秋 撰

載於一九一三年十二月《雅言》第一卷第一期。《雅言》一九一三年十二月創刊於上海，半月刊，由章太炎弟子康寶忠任總編輯，是共和黨的刊物，有譯論、記事、文藝文選、叢談等欄目，有明顯的反帝愛國傾向。作者眷秋，不詳。此篇精彩之處在於《水滸》、《紅樓》比較論。作者認爲，我國通俗小説中此兩書爲最佳，從而就小説的結構、人物、文字、風格、境界以及作品反映的思想和憑虛寫實的不同等進行了比較，能給人以別開生面之感。

余自幼嗜閲小説，徒取其足怡情而已。及漸長，知社會之情狀非一端，變幻百出，莫可究詰。而各方面皆有特殊之點，非躬入其群，不得而悉。而種類繁複，即欲事事躬親，亦不可得，惟小説爲能窮形盡相。蓋著者所處之地位不同，各就其習見之事述之，則一種社會之内容具見，故益肆力於此。流覽既久，頗有所感觸，隨興所至，拉雜記録，得若干條。

古之小説，記風俗歷史及遺事往行者多，可以補子史之所不詳，故能成一家。自唐人始好爲幽怪異之談，資爲談助。然其文辭淡雅，猶足以沾溉後學。後此所謂小説，則用章回體裁，行文率以俗語，昔之評話而已。至近數年所譯他國之小説，雖屬文言，而體裁迥異，亦不能與古之小説并論也。

吾國近代小説（指評話類），自以《石頭記》、《水滸》二書爲最佳。兩書皆社會小説，《水滸》寫英雄，《石頭記》寫兒女，均能描摹盡致，工力悉敵。然互相持較，亦各有優劣可言。以文章論，《水滸》結構嚴整，用字精警；《石頭記》則似冗長，不免脱沓散渙之病。《水滸》於每一人出現，必先就其一身叙述歷史，似列傳體，故綫索穿插，易於尋討；《石頭記》於一人出現，惟略叙其履歷，不追述以前經過之事。書中所述事體，首尾一貫，毫無間斷。其綫索穿插，皆伏於文字中，非細心鈎稽不可知，即作者自己亦難檢點。往往前後矛盾，令讀者茫無頭緒，似涉於太晦。然亦篇幅過長，且有不得已之苦衷，遂至如此，不足爲大詬病也。《水滸》寫人物，各有面目，絶不相混；《石頭記》寫諸人，亦各有不同處。然《水滸》所述一百八人，不外乎奇傑之士，雖其人之賦性或有特殊，善惡剛柔，妍媸文野不同，然其大致皆懷抱憤恨不平之氣，思得一逞，遂不惜流爲盗賊，故雖謂爲一流人可也。如地煞七十二人中，則有特長者更少，益無從分別。《石頭記》則包羅萬象，無所不有，自名士閨媛，以至卜巫僕媪之流，數百餘人，莫不有其特長，一人之事，斷不能易爲他人所作，此真千古小説中之大觀，迥非《水滸》之囿於一部分者所可及矣。

故以結構論，《水滸》較《石頭記》嚴整有法；以描摹人情及社會狀態論，則《水滸》遜《石頭記》遠甚。《水滸》僅以一事見長，《石頭記》則如百川匯海，人間萬事莫不具備，自宫闈閥閲至閭閻蓬蓽，以及醫巫星相、花木農佃、博徒篾片之流，皆躍然紙上。作者生平所觀察之社會，多能言之有故，非可勉强爲之。後之學《紅樓》者，往往競述瑣屑之事，自矜博雅，而按之事實，相差殊遠，真可謂不量力矣。

世之讀《水滸》者，多喜其痛快淋漓，爲能盡豪放之致。《水滸》之叙事雄快，令人讀之塊磊俱消，自是其長處。然《水滸》之能冠古今諸作者，正不在此，實以其思想之偉大，見地之超遠，爲古今人所不能及也。吾國數千年來，行專制之政，壓抑民志，視爲故常。小説之寓言諷社會，率皆陳陳相因，以忠君愛國爲宗旨。即叙述亂君賊臣之事，其結局亦不能爲完滿之誅伐。自非有應運之君代興，則絶不敢一言斥及天子。若賊臣之誅，則除假手於君主之外，無他策。至於蚩蚩小民，遭逢亂世，備受千災五毒，雖未嘗不爲之太息咏嘆，而歸罪於君相之言，實不多覯。施耐庵乃獨能破除千古習俗，甘冒不韙，以廟廷爲非，而崇拜草野之英傑。此其魄力思想，真足令小儒咋舌。民權發達之思想，在吾國今日，獨未能普及，耐庵於千百年前，獨能具此卓識，爲吾國文學界放此異彩，豈僅以一時文字之長，見重於後世哉！

小説中之《水滸》、《石頭記》，於詞中可比周、辛。《石頭記》之境界惝怳，措語幽咽，頗類清真。其叙黛玉之滿懷幽怨，抑鬱纏綿，便不減美成《蘭陵王》、《瑞鶴仙》諸作。《水滸》之雄暢沉厚，直逼稼軒；讀《北固亭懷古》及《别茂嘉十二弟》之詞，乃令人憶及林武師、武都頭。文字之感人如此，會心人當不以爲奪言。

詞以能造曲咽之境者爲正宗，故清真集千古之大成。若稼軒詞境，自非有幼安之才力，實未易學。雖以迦陵之學辛，猶未能盡得其神，下此何足論數。小説之趣味與詞頗近，故《石頭記》可作千古模範。《水滸》則非有耐庵之才，冒冒然爲之，必失於粗獷，不可讀矣。後世之學《紅樓》者，如《花月痕》等書，雖蹊徑不高，尚不失爲怡情小品；若《粉妝樓》、《緑牡丹》之類，則庸劣不可寓目。後之作者，當知所取法也。

《水滸》與《石頭記》，其取境絶不同。《水滸》簡樸，《石頭》繁麗；《水滸》剛健，《石頭》旖旎；《水滸》雄快，《石頭》縹渺；《水滸》寫山野英夫，《石頭》寫深閨兒女；《水滸》忿貧民之失所，故爲豪傑吐氣；《石頭》痛風俗之奢靡，故爲豪戚貴族箴規。其相反如此。然兩書如華嶽對峙，并絶千古。故小説必自闢特别境界，始足以動人。後世作者，輒以蹈襲前人門徑爲能，自謂善於摹仿，宜其平庸無味，不值一顧。

好書不厭百回讀，小説之佳者，尤令人久讀不倦。余於《石頭記》，幾每歲必讀一過，而偶一開卷，輒有新感觸，自覺趣味無窮，他書乃無此樂。若近日之譯本小説，捨《茶花女軼事》外，大都千篇一律，一覽之後，束之高閣，永不復憶及矣。

余常謂著書至於小説，最爲難事。必先十年讀書，繼之以遍游通都大邑、名山勝水，以擴展胸襟，觀察風俗，然後閉户潛心，酌定宗旨，從事撰述，不責程功之期，隨興所至，偶然下筆，雖至數歲始得殺青，亦無不可，然後其書成，乃有可觀。若今之作者，率爾操觚，十日五日，便已成篇，天機既已汩没，安有佳製？文字遺漏，錯簡百出，自誇其神速，而不知全屬糟粕。小説本爲怡情之物，既非人間所日用之需，堆砌成作，徒禍棗梨，果何取乎！

《水滸》發揮作者之理想，故憑虚構造，雖假前人之事跡演成，其舉動一切，悉由自主。且所托係前代，故處處直書，毫無諱飾，以所發之感慨全係無形中一種不平之氣，無可顧忌也。《石頭記》紀當時之秘史，事跡人物，全有着落，不敢顯指時代，則幻爲無稽之言，然隱語陽秋，亦足觸忌，故深文曲筆，務求其晦。粗心讀之，幾不知所謂，故書中所指之人，至今不能斷定，而措語離奇者，亦永無明解之一日矣。

讀《石頭記》者當分數派，有喜其言情者，有謂其能明空幻之旨者，有謂其善寫社會狀態者，有據以討究清初之秘史者，此皆有得之言。更有薰心富貴者，則徒好書中所紀衣飾、飲饌、園亭、陳設，則俗目耳。《石頭記》於人情風俗及男女情愛與色空諸旨，自不能謂非書中要義，然據篇首所云『滿紙荒唐言，一把辛酸淚。都云作者癡，誰解其中味』，則作者之傷心懷抱，具見言外。則書中暗指當時秘事，實無可疑，惜無人能一一證明之耳。

《石頭記》楔子後，開篇第一句即用『當日地陷東南』六字。試問欲紀姑蘇，與地陷有何關係？非指明末南都之陷而何？以此推之，則所紀皆福王被虜以後諸事。故甄士隱出家時，曲中又有『從此後真方唱罷假登場，反認他鄉是故鄉……到頭來都是爲他人作嫁衣裳』等語，嘆靦顏事仇者之無恥也。嗚呼！異族之辱，黍離之痛，所感深矣！

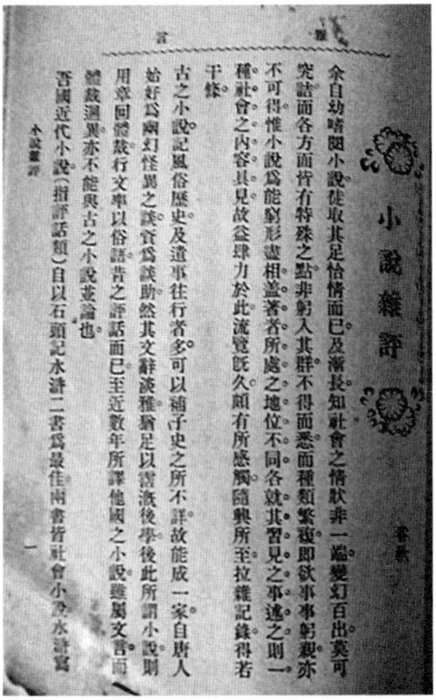
雅言

小說雜評

余自幼嗜閱小說徒取其足怡情而已及漸長知社會之情狀非一端變幻百出莫可究詰而各方面皆有特殊之點非躬入其群不得而悉而種類繁複即欲事事躬覩亦不可得惟小說爲能窮形盡相蓋著者所處之地位不同各就其習見之事述之則一種社會之內容具見故益肆力於此流覽既久頗有所感觸隨興所至拉雜記錄得若干條

古之小說記風俗歷史及遺事往行者多可以補子史之所不詳故能成一家自唐人始好爲幽幻怪異之談資爲談助然其文辭淡雅猶足以霑漑後學後此所謂小說則用章回體裁行文率以俗語謂之評話而已至近數年所譯他國之小說雖屬文言而體裁迥異亦不能與古之小說並論也

吾國近代小說（指評話類）自以石頭記水滸二書爲最佳兩書皆社會小說水滸寫

小說雜評　一

民國二年十二月望日

雅言

第一期

小說叢話

成之　撰

載於一九一四年《中華小説界》第三期至第八期，目録署『成之』，然在正文中，初署名『成』，第八期改署爲『成之』，實即吕思勉一人。吕思勉（一八八四—一九五七），字誠之，江蘇武進人。早年執教於蘇州東吴大學，辛亥後先後任中華書局和商務印書館編輯，後長期在光華大學、安徽大學、華東師範大學等高校從事中國史的教學和研究工作，著有《中國通史》等多種著作，爲近現代著名的歷史學家，從而掩蓋了他早年在小説理論批評方面的才華，使這篇《小説叢話》久不聞於世。一九八二年，上海古籍出版社出版古代文學理論研究編委會編的《古代文藝理論研究》第六輯，據吕家藏稿又予登載。然因編録者未見曾發表於《中華小説界》的全文及早一年發表的管達如的《説小説》，故僅登載了吕氏《小説叢話》的一部分，第二部分所謂『未刊稿』，實爲思勉當時摘録管達如《説小説》的筆記，并非吕著。統觀洋洋三萬六千餘字的《小説叢話》全文，乃是針對管達如的《説小説》而發的。它也就《説小説》論述的範圍，從不同的角度，運用不同的觀點，作更爲深入的分析。因此，它實際上是一篇與《説小説》争鳴的文章，在一些地方補充、發展了《説小説》的觀點。例如，它運用西方美學觀點，特别是典型化的理論，詳細分析了小説人物塑造問題，大大超過了《説小説》及其他近代人的論述。它和《説小説》一起，雖然不能説是對我國以往小説理論的理想總結，但一般説來，還是代表了近代小説理論的發展水準。

今試游五都之市、十室之邑，觀其書肆，其所陳列者，十之六七，皆小説矣。又試接負耒之農、運斤之工、操奇計贏之商，聆其言論，觀其行事，十之八九，皆小説思想所充塞矣。不獨農工商也，即號爲知識最高之士人，其思想，其行事，亦未嘗不受小説之感化。若是乎，小説之勢力，瀰漫漸漬於社會之中。吾國今日之社會，其强半，直可謂小説所造成也。小説之勢力亦大矣！

小説之勢力所以能若是其盛者，其故何歟？曰：小説者，近世的文學，而非古代的文學也。此小説所以有勢力之總原因，而其他皆其分原因也。何謂近世文學？近世文學者，近世人之美術思想，而又以近世之語言達之者也。凡人類莫不有愛美之思想，即莫不有愛文學之思想。然古今人之好尚不同，古人所以爲美者，未必今人皆以爲美也；即以爲美矣，而因所操之言語不同，古人所懷抱之美感，無由傳之今人，則不得不以今文學承其乏。今文學則小説其代表也，且其位置之全部，幾爲小説所獨占。（吾國向以白話著書者，小説外，殆無之。即有之，亦非美術性質，不得稱爲文學。）全國之中，有能通小説而不能讀他種書籍者，無能讀他種書籍而不能讀小説者，其大多數不識字不能讀書之人，則其性質亦與近世文學爲近，語之以小説則易入，語之以他種書籍則難明，此小説勢力瀰漫社會之所由也。

近世文學之特質有三。一曰切近。古代文學之所述，多古人之感想，與今人之感想或格格不相入。近世文學，則所述者多今人之感想，切近而易明。傳所謂法後王，爲其近古而俗變相類，論卑而易行也。一曰詳悉。凡言語愈進化則愈詳明，故古文必簡，今文必繁。小説者，極端之近世文學也，故其叙事之精詳，議論之明爽，迥非他種書籍所及。一曰皆事實而非空言。此非謂近世文學不可以載理想也，特習慣上凡空漠之理想，均以古文達之耳。（以今文載理想，誠有不如古文之處。此由古文爲思想高尚之人所使用，今文則爲一般普通人所使用也。此其理甚長，當別論。）凡讀書者，求事實則易明，論空理則難曉，此又盡人之所同矣。凡此三者，皆近世文學之特質，而惟小説實備具之。此其所以風行社會，其勢力殆如水銀瀉地，無孔不入也。

小説勢力之盛大，既如此矣。其與社會之關係果若何？近今論之者甚多，吾以爲亦皆枝葉之與社會之關係，乃真爲小說之所獨，而非小說與他種文學所同也。

談，而非根本之論也。欲知小說與社會之關係，必先審小說之性質。明於小說之性質，然後其所謂與社會之關係，乃真爲小說之所獨，而非小說與他種文學所同也。

小說之性質，果何如邪？爲之說者，曰『小說者，社會現象之反映也』，曰『人間生活狀態之描寫也』。此其說固未嘗不含一面之真理，然一考諸文學之性質，而有以知其說之不完也。何則？凡號稱美術者，決無專以摹擬爲能事者也。專以摹擬爲能事者，極其技不過能與實物等耳。世界上亦既有實物矣，而何取乎更造爲？即真能肖之，尚不足取，況摹造者之決不能果肖原物乎！（如蠟人之於人是已。亦有一種美術專以摹擬肖物爲能者，如宋人之刻楮葉是也。此別是一理。）夫美術者，人類之美的性質之表現於實際者也。美的性質之表現於實際者，謂之美的製作。凡一美的製作，必經四種階級而後成。所謂四種階級者，一曰模倣。模倣者，見物之美而思效其美之謂也。凡人皆能有辨美惡之性。物接於我，而以吾之感情辨其妍媸。其所謂美者，則思效之；其所謂不美者，則思去之。（美不美爲相對之現象，效其美即所以去其不美也。）醜若無鹽，亦欲效西施之嚬笑；生居僻陋，偏好襲上國之衣冠；其適例也。二曰選擇。選擇者，去物之不美之點而存其美點之謂也。接於目者不止一色，接於耳者不止一音。色與色相較而優劣見焉，音與音相較而高下殊焉。美者存之，惡者去之，此選擇之說也。能模倣矣，能選擇矣，則能進而爲想化。想化者，不必與實物相觸接，而吾腦海中自能浮現一美的現象之謂也。艷質云遥，閉目猶存遐想；八音既歇，傾耳若有餘音：皆離乎實物之想象也。人既能離乎實物而爲想象，則亦能綜錯增删實物而爲想象。姝麗當前，四支百體，盡態極妍。惟稍嫌其長，則吾能減之一分；稍病其短，則吾能增之一寸；凡此既經增減之美人，浮現於腦海之際者，已非復原有之美人，而爲吾所綜錯增删之美人矣。此所謂想化也。能想化矣，而又能以吾腦海中之所想象者，表現之於實際，則所謂創造也。合是四者，而美的製作乃成。故美的製作者，非摹擬外物之謂，而表現吾人所想象之美之謂也。吾人所想象之美的現象之表現，則吾人之美的性質之表現也。蓋人之欲無窮，而又生而有能辨别妍媸之性。惟生而有能辨别妍媸之性也，故遇物輒有一美不美之觀念存乎其間。惟其欲無窮也，故遇一美的現象輒思求其更美者，而想化之力生焉。想化既極，而創造之能出焉。如徒以摹擬而已，則是人類能想象物之美，而不能離乎物而爲想象也，非人之性也。

美術之性質既明，則小説之性質，亦於焉可識已。小説者，第二人間之創造也。第二人間之創造者，人類能離乎現社會之外而爲想象，因能以想化之力，造出第二之社會之謂也。明乎此，而小説與社會之關係，亦從可知矣。

凡人類之所爲營營逐逐者，其果以現社會爲滿足邪？抑將於現社會之外，别求一更上之境邪？此不待言而可知也。夫人類既不能以現社會爲滿足，而將别求一更上之境，則其所作爲，必有超出乎現社會之外而爲活動者，此社會變動不居之所由也。此等作爲，必非無意識之舉動，必有其所蘄向之目的。而其所蘄向之目的，必有爲之左右者，則感情是。能左右感情者，則文學是。夫人類之所謂善惡者，果以何標準而定之？曰：感情而已矣。感情之好者善也，感情之所惡者惡也。雖或有時指感情之所惡者爲善，好者爲惡，此特一時之所好，有害將來之所好，或個體之所好，有害於群體之所好，因而名之。究其極，仍不外以好惡爲善惡之標準也。然則人類之活動，亦就其所好，違其所惡而已矣。人類之好惡，不能一成而不變。其變也，導之以情易，喻之以理難。能感人之情者，文學也。小說者，文學之一種，以其具備近世文學之特質，故在中國社會中，最爲廣行者也。則其有誘導社會，使之改變之力，使中國今日之社會，幾若爲小說所鑄造也，不亦宜乎！

小說之分類，可自種種方面觀察之。第一從文學上觀察，可分爲如左之區分：

- 小說
  - 散文
    - 文言
    - 俗語
  - 韻文
    - 傳奇
    - 彈詞

凡文學，有以目治者，有以耳治者，有界乎二者之間者。以耳治者，如歌謠是（徒歌曰謡，謂不必與樂器相聯合也），必聆其聲，然後能領略其美者也。如近世所歌之昆曲，詞句已多鄙俚。京調無論矣。近人所撰俚俗無味之風琴歌，更無論矣。然而人好聽之者，其所謂美，固在耳而不在目也。設使此等歌詞，均不能播之弦管，而徒使人讀之，恐除一二著名之曲本外，人皆棄之如土苴矣。此所謂文之美以耳治者也。以目治者，凡無韻之文皆屬之，不論其爲文言與俗語也。小說中如《聊齋志異》，如《閱微草堂筆記》，則文言也；如《水滸》，如《紅樓夢》，則俗語也；而皆屬於文學中散文之一類，即皆屬於目治之一類，蓋不必領略其文字之聲音，但目存而心識之，即可以領略其美者也。兼以耳目治之者，則爲有韻之文，如詩賦，如詞曲，如小說中之彈詞，皆是也。此等文字之美，兼在其意義及聲音。故必目觀之，心識之，以知其意義之美；亦必口誦之，耳聽之，而後能知文字相次之間，有音調協和之義存焉。二者缺其一，必不能窺其美之全也。此所謂兼以耳目治之者也。此種文學，所以異於純以耳治之文學者，彼則以聲音爲主，文詞爲附，所謂按譜填詞，必求協律，雖去其詞，其律固在，而徒誦其詞，必不能知其聲音之美；此則聲調之美即存乎文字之中，誦其詞，即可得其音，去其詞，而其聲音之妙，亦無復存焉者矣。蓋一則先有聲音之美，而後附益之以文詞；一則爲文詞之中之一種爾。凡文，必別有律以歌之而後能見其美者，在西文謂之 Declamation，日本人譯曰朗讀。但如其文字之音誦之，而即可見其美者，在西文曰 Recitation，日本人譯爲吟誦。其不須歌誦，但目識而心會之，即可知其美者，在西文曰 Reading，日本人譯曰讀解。

小說之美在於意義，而不在於聲音，故以有韻無韻二體較之，寧以無韻爲正格。而小說者，近世的文學也。蓋小說之主旨，爲第二人生之創造，人之意造一世界也，必不能無所據而云然，必先有物焉以供其想化。而吾人之所能想化者，則皆近世之事物也。近世之事物，惟近世之言語，乃能建之，古代之言語，必不足用矣。（文字之所以歷世漸變，今必不能與古同者，理亦同此。）故以文言俗語二體比較之，又無寧以俗語爲正格。吾國小説之勢力，所以瀰漫於社會者，皆此種小説之爲之也。若去此體，則小説殆無勢力可言矣。

小説自其所叙事實之繁簡觀察之，可分爲：

複雜小説

單獨小説

二者。複雜小説，即西文之Novel。單獨小説，即西文之Romance也。

單獨小説，以描寫一人一事爲主。複雜小説則反之。單獨小説，可用自叙式。複雜小説，多用他叙式。蓋一則只須述一方面之感情理想，一則須兼包多方面之感情理想也。複雜小説，篇幅多長。單獨小説，篇幅多短。複雜小説，同時叙述多方面之情形，而又須設法使此各個獨立之事實，互相聯結，成一大事，故材料須弘富，組織須精密，撰著較難。單獨小説，只述一人一事，偶有所觸，便可振筆疾書。其措語，只一方面之情形須詳，若他方面，則多以簡括出之。即於實際之情形，不甚了了，亦不至不能成篇。二者撰述之難易，實有天淵之隔也。

單獨小説，宜於文言。複雜小説，宜於俗語。蓋文言之性質爲簡括的，俗語之性質爲繁複的也。

觀複雜小説與單獨小説撰述之難易，而文言與俗語，在小説中位置之高下可知矣。

今更舉複雜小説與單獨小説明切之區别如下：

單獨小説者，書中惟有一主人翁，其餘之人物，皆副人物也。副人物之情形，其有關於主人翁者，則叙述之；其無關於主人翁者，則不叙也。故副人物者，爲主人翁而設焉者也。雖有此人物，而其意并不在描寫此人物，仍在於描寫主人翁也。故單獨小説者，以描寫一人一事爲主義者也。凡西洋小説，多爲單獨小説，若《茶花女》、《魯濱孫漂流記》等，其適例也。中國之短篇小説，亦多屬此類，如《聊齋志異》，其適例也。

複雜小説者，自結構上言之，雖亦有一主人翁，然特因作者欲組織許多獨立之事實，使合成一事，故藉此人以爲之綫索耳。其立意，則不在單描寫此一人也。故其主人翁，一書中可有許多。如《紅樓夢》，十二金釵，皆主人翁也；柳三郎、尤小妹，亦主人翁也；即劉老老、焦大，亦爲主人翁。斷不能指寶玉或黛玉爲主人翁，而其餘之人，皆爲副人物也。何也？以著書者於此等人物，固皆各各獨立加以描寫，而未嘗單描寫關於主人翁之一方面也。欲明此例，以《儒林外史》證之，最爲適切。讀此書者，雖或强指虞博士或杜少卿爲主人翁，然其非顯而易見矣。蓋作者之意，固在於一書中描寫多種人物也。

要之，單獨小説，主人翁只有一個；複雜小説，則同時可有許多。而欲判别書中之人物，孰爲主人翁，孰非主人翁，則以著書者於其人物，曾否加以獨立之描寫爲斷。蓋一則爲撰述主義上之主要人物，一則爲其結構綫索上之主要人物也。

然則複雜小説之不得不用俗語，單獨小説之不得不用文言，其故可不煩言而解矣。蓋複雜小説，同時須描寫多方面之情形，其主義在詳，詳則非俗語不能達。單獨小説，其主義只在描寫一個人物，端緒既簡，文體自易簡潔，於文言較爲相宜也。而複雜小説之多爲長篇，單獨小説之多爲短篇，其故又可知矣。蓋一則内容之繁簡使然，一則文體之繁簡使然也。

複雜小説，感人之深，百倍於單獨小説，蓋凡事愈複雜則愈妙，美的方面類然，固不獨文學，亦不獨小説也。即以知的方面論，人亦恒爲求知之心所左右，如遇奇異之事，常好探究其底藴是也。所以好探究其底藴者，以欲窺見此事物之全面，而不欲囿於一部分耳。應於人類此兩種欲望，而求所以滿足之，則複雜小説，實較單獨小説爲適當。何者？複雜小説自知的方面論之，則能描寫一事實之全體，（複雜小説其主意雖在描寫各個獨立之事實於一書中，備載各方面之情形，然於文字組織上，必將各種事實聯結穿貫，恰如合衆小事成一大事者然。故自其目的上言之，可謂爲同時描寫各方面之情形。自其文學組織上言之，又可謂備寫一事之全體也。）使人類如觀一事而備見其里面側面者然。如寫一惡人，多方設計，以陷害善人，在複雜小説，則可自善人、惡人兩面兼寫之，使此二人之性情行爲，歷歷如繪。單獨小説，則只能寫惡人陷害善人時之行爲，而其背後種種圖謀設計之情形，不能備舉矣（如兼寫之，便成複雜小説）。是不啻觀一事，但見其正面，而未見其反面側面也。其不足饜人求知之心，無俟言矣。至情的方面，則愈複雜而愈見其美，單獨之不如複雜，更無待論也。

歐美小説，較之中國小説，多爲單獨的，此其所以不如中國小説之受人歡迎也。

小説之叙事，有主客觀之殊。主觀的者，書中所叙之事，均作爲主人翁所述，著書者即書中之主人翁。或雖係旁觀，而特爲此書中之主人翁作記録者也。西洋小説，多屬此種（近年譯出之小説，亦大半屬於此種）。客觀的者，主人翁置身書外，從旁觀察書中人之行爲，而加之以記述者也。中國小説，多屬此種。要之，主觀的，著書之人，恒在書中；客觀的，則著書之人，恒在書外。故亦可謂之自叙式（Auto-biographic）及他叙式（Biographic）也。

自叙式小説，宜於抒情，宜於説理。他叙式小説，則宜於叙事。小説以創造一境界爲目的，以叙事爲主，故他叙式勝於自叙式。又他叙式小説，多爲複雜的，自叙式多爲單獨的，其理由前文已詳，兹不贅。

小説自其所載事迹之虚實言之，可别爲寫實主義及理想主義二者。寫實主義者，事本實有，不藉虚構，筆之於書，以傳其真，或略加以潤飾考訂，遂成絶妙之小説者也。小説爲美的製作主義創造，不尚傳述。然所謂製作云者，不過以天然之美的現象，未能盡符吾人之美的欲望，因而選擇之，變化之，去其不美之部分，而增益之以他之美點，以成一純美之物耳。夫天然之物，盡合乎吾人之美感者，固屬甚少，然亦不能謂爲絶無。且有時轉爲意造之境所不能到者，苟有此等現象，則吾人但能記述抄録之，而亦足成其爲美的製作矣。此寫實主義之由來也。此種著録，以其事出天然，竟可作歷史讀，較之意造之小説，實更爲可貴，但必實有其事而後可作，不能强爲耳。如近人所作短篇記事小說甚多,往往隨手拈來,絶無小説的之文學組織,讀之亦絶無趣味,此直是一篇記事文耳,何小説之云? 此即無此材料而妄欲作記實小説之弊也。又有事出臆造,或十之八九出於緣飾者,亦妄稱實事小説以欺人,此則造作事實,以亂歷史也。要之,小説者,文學也。天然事實,在文學上有小説之價值者,即可記述之而成小説。此種雖非正宗,恰如周鼎商彝,殊堪寶貴。若無此材料,即不必妄作也。

小説發達之次序,本寫實先而理想後,此文學進化之序也。大抵理想小説始於唐,自唐以前,無純結撰事實爲小説者。古之所謂小説者,若《穆天子傳》,若《吴越春秋》,正取其事之恢奇,而爲史氏記録之所不及者耳。若寓言,則反不以之爲小説也。吾謂今之小説,實即古之寓言;今所謂野史雜史者,乃古小説耳。然則今有記實小説,竟以之作野史讀可矣。其可寶貴爲何如! 然此非純文學也。自文學上論之,終以理想小説爲正格。

記實小説,多爲短篇,以天然事實,有可爲小説之價值者(從文學上論),往往限於一部分故也。即其事不限於一部分而已,非著者觀察之力所及,只得以概括出之矣,此實事之無可如何者也。

又有一種小説,介乎理想與寫實之間也,如《儒林外史》是。《儒林外史》中之人物,皆實有其人,但作者不便揭出其姓名,則别撰一姓名以代之; 書中所載之事實,不必悉與其人之行事相符,然實足以代表其人之性行者也。要之,此種小説,不徒以叙述我理想中所創造之境界爲目的,而兼以描寫一時代社會上之情狀爲目的,不啻爲某時代之社會作寫真。然其人物之名,皆出於虚造;

其事實，亦不必與原有之實事相符。正如畫工繪物，遺貌取神，欲謂爲某物而不得，欲謂非某物而又不得也。此種小説，既可藉以考見某時代社會上之情狀，有記實小説之長，而其文學上之價值，亦較紀實小説爲優，實最可寶貴者也。今之所謂社會小説者，多屬此種。但作者需有道德心，且須有識力。必有道德心，有識力，然後其所指爲社會上之污點者，方確爲社會上之污點，足資讀者之鑒戒，而貽後人以考鏡之資。非如世之妄作社會小説者，絶無悲天憫人之衷，亦無憂深慮遠之識，隨意拈著社會上一種現象，輒以嬉笑怒駡施之，貽社會以惡名，博一己之名利，所言皆無責任之言，無病之呻，絶未知社會之病根何在，既不能使聞者有戒警恐懼之益，復不能貽來者以研求考鏡之資也。

《儒林外史》篇幅雖長，其中所包含之事實雖多，然其事實，殆於個個獨立，并無結構之可言（非合衆小事成一大事）。與嚮來通行之長篇小説，體例不合，實仍短篇小説之體裁耳。此亦足以證吾記事小説多爲短篇之説矣。

凡小説，必有其所根據之材料。其材料，必非能臆造者，特取天然之事實，而加之以選擇變化耳。取天然之事物，而加之以選擇變化，而别造成一新物，斯謂之創造矣。然其所謂選擇變化者，又非如以鹽投水，一經化合，遂泯然盡亡其跡象也。往往有一部分，仍與原來之形質狀態，絲毫無異者，特去其他部分，而别取他一體之他部分，或臆造一部分以配之耳。質而言之，則混合物，而非化合物也。夫如是，故無論何種小説，皆有幾分寫實之主義存。特其宗旨，不在描寫當時之社會現狀，而在發表自己所創造之境界者，皆當認之爲理想小説。由此界説觀之，則見今所有之小説中，百分之九十九，皆埋想小説也。此無足怪，蓋自文學上論之，此體本小説中之正格也。

西人論戲劇，分喜劇與悲劇二種。吾謂小説亦可作此分類。而二者之中，又各可分爲純粹的與不純粹的二者。試分論之如下。

絶對的悲情小説

書中所述之事實，以缺憾終者也。『缺憾』二字，爲悲情小説之特質。凡事之絶無缺憾者，皆無哀情小説之價值者也。特事之缺憾，有絶對的與非絶對的之分。何謂絶對的？其事不能於其本人之生前解决之者是也。如《三國演義》所寫之『隕大星漢丞相歸天』，《紅樓夢》所寫之『焚遺稿黛玉斷癡情』，其適例也。此等事實，其特質在其人所遭之缺憾，不能彌補之於生前，而徒以訴之於後世之人。要而言之，則屈於勢，伸於理，厄於當日之命運，而伸於後日之人心而已。直不啻告人以强權之不可恃，公理之不可蔑棄，從舉世滔滔，競尚爭鬥之際，而引起其反省之良心也。故其感人爲最深，而於世道人心，爲最有益也。

相對的悲情小説

絶對的悲情小説，善矣。然讀此等小説太多，易使人之氣鬱而不舒，其心怫逆而不平，故亦有害。論戲劇者，謂絶對的悲壯之劇，不宜多演，職是故也。欲調劑於是而使適其宜，則莫知相對的悲情小説矣。相對的悲情小説者，雖亦有多少之缺憾，而其結果，大抵以圓滿終者也。此等戲劇，西人謂之Reconciliation，譯言和解。我中國之《西廂記》，若但觀其原文，則爲絶對的悲情小説。若合《續西廂》觀之，則相對的悲情小説也。《紅樓夢》與《後紅樓夢》亦此例。彈詞中之《來生福》，尤其顯焉者也。人生世界中，奮微力以與命運抵抗，與惡社會宣戰，果其無所爲而爲之者，能有幾人？其大多數，皆希望今世之成功者也。若一國中之小説，而皆爲絶對的悲情小説，是不啻詔人以成功之終不可期，現世之終無可望也，其不因而灰頽失望者寡矣。故必有相對的悲情小説以救之，告以現世非不可期，而必先冒險犯難，而後可期目的之達；成功非無可望，亦必先歷盡艱苦，而後知成功之樂；則其所以鼓勵人之勇氣，而堅其自信之力者，其功大矣。『十年窗下無人問，一舉成名天下知。』此窮儒之所以蹭蹬場屋，歷數十年，而終不肯棄其青氈也。『但教心似金鈿堅，天上人間會相見。』此癡兒怨女，所以明知所望之必無成理，而海枯石爛，矢志不渝也。然則此種小説，其於詔人以純守公理不計利害，固不如絶對的悲情小説之優；而於激人勇往之氣，開人希望之途，則其功之偉，亦不可没矣。

絶對的喜情小説

悲情小説與喜情小説之最大區别，則悲情小説訴之於情的方面，而喜情小説則訴之於知的方面也。何謂訴之於知的方面？則其事自感情一方面言之，本無所謂滿足與缺憾，毫不足以動喜怒哀樂之情，特自知的方面觀之，則其事甚爲可笑而有趣，因以引動其愉快之情耳。如《齊諧》志怪之書，本於人生無何等之關係，讀之殊不足以動人喜怒哀樂之情，但其事自知的方面言之，甚爲恢奇，故足以饜人好奇之心，而人亦喜讀之。如《封神傳》、《西遊記》等，皆此類也（《封神傳》、《西遊記》或謂作者别有用意，然讀此二書之人，其所以激賞之者，皆在知的方面也）。又有其事自知的方面論之，甚爲可笑者，亦足以引起人之興味，如近譯之《啞旅行》，其適例也。此種小説，專以供人娱樂爲目的，無甚深意，然其通行頗廣，而其爲事亦不可廢。蓋自社會之活動論之，娱樂固亦其一方面也。

凡小説，無純屬於情的方面者，亦無純屬於知的方面者。蓋純屬於知的方面，則其書太淺薄而不足觀，故亦必有所以激刺人感情之處。如《封神傳》，人之激賞之，以其事之恢奇也，知的方面也；而其寫『費仲計廢姜皇后』一段，極寫皇后之忠貞英烈，費仲、褒姒等設計之慘毒，讀之使人淚涔涔下，則爲悲情，而屬於情的方面矣。又如《西遊記》，人之好之，亦以其事之恢奇也，知的方面也；然其寫『聖僧恨逐美猴王』一段，極寫孫行者之惓惓忠愛，猪八戒之進讒，唐僧之固執偏聽，讀之使人感慨欷歔，不能自已，則爲哀情，而屬於情的方面矣。若純屬於情的方面，則其事實之全體，固足以哀頑感艷；而其情節，絶不能離奇變幻，引人入勝，則缺文學上之組織，而不成其爲小説矣。故凡悲情小説，其宗旨雖在感人之情，而其事實，亦無有曲折入妙，使人讀之而不能自已者。此則凡小説皆如此，欲舉其例，實不勝枚舉也。然則悲情小說與喜情小說，孰從而判別之乎？曰：此則當觀其全書之宗旨。全書之宗旨，在動人之感情者，悲情小説也；以供人娛樂爲目的者，則喜情小説也。

相對的喜情小説

此種小説，在知的方面，見爲可笑；而在情的方面，又見爲可哀。如《水滸傳》中之武大，其絶無所知，一任潘金蓮之播弄，則可笑；及觀其爲潘金蓮、西門慶所謀斃，則可哀。又如《紅樓夢》中之迎春，其漫無分曉時可笑；及觀其爲孫紹祖所凌虐，則可哀。賈政，其漫無分曉時可笑；及觀其查抄家産後，幾乎家破人亡，束手無可爲計，亦可哀。又如近今戲劇中之《戲迷傳》、《算學迷》等，亦此例也。此種小説，恰與相對的悲情小説相對。蓋一則於悲苦已極，無可發泄之時，而忽與之以滿足之境，使之破涕爲笑。一則於言笑方酣之際，微動之以可悲之情，不啻詔人以樂不可極，極之而哀之理，實熱鬧場中一服清凉散也，故其有益於人亦頗大。

今試更舉此四種小説，對於心理上之作用如次：

一、使人苦者：絶對的悲情小說；

二、使人樂者：絶對的喜情小說；

三、使人先苦而後樂者：相對的悲情小說；

四、使人先樂而後苦者：相對的喜情小說。

大抵樂極則苦，苦極則樂，苦樂之情，相爲循環。故讀悲情小説者，其愉快之情，恒在終卷之後，讀喜情小説者，其厭倦之情亦然。觀悲劇者，能存留胸中數日；而觀喜劇者，往往過目即忘，亦此故也。而悲劇及悲情小説，感人較深，喜劇及喜情小説，感人較淺，亦由此。

小説有有主義與無主義之殊。有主義之小説，或欲藉此以牖啓人之道德，或欲藉此以輸入智識，除美的方面外，又有特殊之目的者也。故亦可謂之雜文學的小説。無主義之小説，專以表現著者之美的意像爲宗旨，爲美的製作物，而除此以外，别無目的者也。故亦可謂之純文學的小説。純文學的小説，專感人以情。雜文學的小説，則兼訴之知一方面。中國舊時之小説，大抵爲純文學的小説。（如《鏡花緣》之廣搜異聞，如《西遊記》之暗譚醫理，似可謂之雜文學的小説矣。然其宗旨以供人娱樂爲目的，則仍純文學的小説也。）近頃競言通俗教育，始有欲藉小説、戲劇等爲開通風氣，輸入智識之資者。於是雜文學的小説，要求之聲大高，社會上亦幾視此種小説爲貴於純文學小説矣。夫文學與智識，自心理上言之，各别其途。即其爲物也，亦各殊其用。開通風氣，貫輸智識，誠要務矣。何必牽入於文學之問題，必欲以二者相牽混？是於知識一方面未收其功，而於文學一方面，先被破壞也。近今有一等人，於文學及智識之本質，全未明曉，而專好創開通風氣、輸入智識等空論。於是論小説，則必主張科學小説、家庭小説而排斥神怪小説、寫情小説等；言戲劇則必崇尚新劇，而排斥舊時之歌劇。而一考其所著之小説，所編之戲劇，則支離滅裂，乾燥無味，毫無文學上之價值，非唯不美，惡乂甚焉。此等戲劇，此等小説，即使著者自觀之，亦必如魏文侯之聽古樂，爲睡魔所纏擾也。而必竭力提倡之，吾無以名之，名之曰頭巾氣，曰煞風景而已矣。而猶有人從而附和之，吾無以名之，名之曰好惡拂人之性而已矣。

有主義與無主義小説之優劣，吾請舉一適切之例爲證：《蕩寇志》，有主義之小説也。《水滸》，無主義之小説也。請問讀者，二書之優劣若何？對於社會上，勢力孰大？是亦足以見好惡之同矣。

吾請更舉一事，以資讀者諸君之一笑。吾嘗於一日間并觀新舊二劇。其舊劇，則《牡丹亭》中之《游園》也。夫《游園》，以道德主義論之，則淫劇也。開場時，旦脚所誦者爲：『夢回鶯囀，亂煞年光遍，人立小庭深院。炷盡沉煙，抛殘繡綫，怎今春關情似去年！』撫時序之遷流，念芳春之不再，而因以動摽梅迨吉之思，正與下文之『可知我一生兒，愛好是天然。恰三春好處，無人見』同意。爲『没亂裏春情難遣，驀地裏懷人幽怨。只爲俺生小嬋娟，揀名門一例一例的神仙眷，甚良緣，把青春抛的遠』作引子。《紅樓夢》所謂意淫者也。從智識一方面論之，則此等戲劇，徒使青年男女觀之，誘起其卑劣之感情耳。然吾觀是劇竟，只覺有高尚優美之感情，而絶無劣情發生焉。及觀新劇，係以一家庭小説編成者，劇中之主要人物，爲一小旦，至高尚純潔之女道德家也。而其出場也，高領，濃妝，墮馬髻，窄袖短衣，口操蘇白，錫眉倦眼而言曰：『今朝天氣熱來西。』（『來西』甚之之詞，猶北語言『熱得狠』）反使吾覺其人格不甚高尚純潔，而劣情幾乎發生也。夫小説、戲劇，皆欲以動人也，使人觀之而其胸中之感情，適與作者所期望者相反，又何取乎其爲之？而其功效又何在也？

純文學的小説，與不純文學的小説，其優劣之原，果何自判乎？曰：一訴之於情的方面，而一訴之於知的方面也。子曰：『法語之言，能無入乎！巽語之言，能無説乎！』法語之言，智的方面之事也，非文學的也。巽語之言，情的方面之事也，文學的也。夫孰謂智的方面之不當牖啓者？然逕以法語之言牖啓之可矣。必於情的方面之中，行智的方面之教育，牽文學的與非文學的爲一問題，是俳優而忽欲效大臣之直諫也，其不見疏於其君，鮮矣！夫欲牖啓人之道德者，與告以事之不可爲，寧使之自羞惡焉而不肯爲。知其不可爲而不爲，是猶利害問題也。一旦利勝於害，則悍然爲之矣。自羞惡焉而不肯爲，則雖動之以千駟之利，怵之以殺身之禍，而或不肯爲也。然則即以道德論，不純文學小説與純文學小説之功，其相去亦不知其道里也！

如右所述，皆自理論上爲抽象的分類者也。而今人所錫小説種種名目，則皆按其書所述之事實，而一一爲之定名者。質而言之，則因材料之異同，而爲具體的分類也。此種分類，名目甚多，而其界説甚難確定，往往有一種小説，所包含材料甚多，歸入此類既可，歸入他種亦無不可者。自理論上言之，實不完全之分類法也。然人之愛讀小説者，其嗜好亦往往因其材料而殊，是則按其所載之事實，而錫之以特殊之名稱，於理論上雖無足取，而於實際亦殊不容已也。今試更就通俗習見之名，一一論列之如下。此種名目，既無理論上一定之根樣，删併增設，無所不可，不佞不過就通俗習見之名，陳述意見而已。挂一漏萬之譏，知所不免，亦非謂此等名目，必能成立也。讀者諒之。

一、武事小説

此種小説，可稱爲英雄的。『英雄』二字，固爲不詞，然欲代表中國小説之舊思想，則惟此二字較確。除此之外，幾欲求一較切之名詞而不得矣。『武事』二字，亦殊不安也。兒女、英雄，爲小説之二大原素，實亦人類天生性質之正負二面也。此種小説，其最著者爲《水滸傳》。此外則《七俠五義》等，亦當屬之。然無宗旨，無條理，自鄶不足論矣。凡歷史小説，如《三國演義》、《東周列國志》等，其大部分亦帶此種性質。蓋歷史上之事實，自文學一方面言之，有小説的價值者頗少，欲求動目，不得不偏重於此也。

此種小説，可以振起國人强健尚武之風。中國今日之風氣，柔靡已極。一部分尚武之性質，尚未盡銷亡者，未始非此等小説維持之也。然其缺點亦有二：一曰蠻横不講理，而專恃武力。下流社會之人，任遇何事，皆有一前打後商量之氣概，其明證也。一曰不適切於時勢。如持槍刀弓箭，而欲以禦鎗炮；談奇門遁甲，則群詫爲兵謀；其明證也。此由誤以《水滸傳》之魯智深、李逵，《三國演義》之諸葛孔明等爲模範而失之者也。

凡英雄的小説，雖不必盡符合乎公理，而其性質，必有幾分與正義相連。盗亦有道，其明證也。此等處暗中維持人心風俗之功，亦不可没。但此後之作小説者，當存其質而變其形，移而用之於有益之方面耳。如改忠君爲愛國，移奬勵私鬥者以激勸公戰是也。但此等思想，爲社會所本無，冀其相投合甚難，故欲作此等小説者，其文字不可不極高尚也。質而言之，則目的雖在致用，而仍不失其文學上之價值而已。

二、寫情小説

此種小説，亦可謂之兒女的。與英雄的小説，同占小説中最大多數。人類正負兩面性質之代表，固應如是也。此種小説，其劣者足以傷風敗俗，導人沉溺於肉欲，而無復高尚之感情，害莫大焉。然其佳者，却有涵養人德性之功，能使之日入於高尚，日趨於敦厚，其功亦決不可没。此非吾之戲言也。養成人之德性者，不在教而在感。教者，利害的關係也。而人之德性，實與利害的關係不相容，利害愈明，德性愈薄。惟善感之以情，則使讀者如身入書中，而躬歷其悲愉欣戚之境。睹其事之善者，則歡喜欣慕而效爲之；睹其事之不善者，則深惡痛絶；雖劫之以威，誘之以利，而不肯爲焉。讀此等小説愈多，則此等觀念養之愈深厚，而其人格遂日入於高尚，所謂讀書變化氣質也。今試問此等作用，有過於寫情小説者乎？又善與美常相一致，愛美即愛善也，以善誘人，恒不如以美誘人之易。及其歡喜欣愛於美，則亦固結不解於善矣。而以美誘人者，亦莫寫情小説若也。一孔之士，每病寫情小説爲誨淫，謂青年子弟不宜閲看，此真拘墟之論也。予謂青年子弟，不惟不必禁閲寫情小説，并宜有高尚之寫情小説以牖之。何也？男女之愛，人性自然。及其年，則自知之，奚待於誨？知慕少艾矣，而無高尚純潔之寫情小説以牖之，則易流爲卑陋之肉欲之奴隸耳。高尚之寫情小説，正可以救正此弊，其力非父詔兄勉之所能及也。深明心理之士，或不以予言爲河漢乎！

中國舊有之寫情小説，卑劣者十居八九，無益有損，亟宜改良。其卑劣之點云何？曰寫男女之愛慕，往往與世俗富貴利達、聲色貨利等卑陋之嗜好相聯帶也：曰一夫多妻也。凡此皆其最大之劣點也。蓋寫情小説，非欲詔人以男女相戀愛之事也，以欲作人温柔敦厚之性，而使之日進於慈良，則不可不有以牖啓其仁愛篤厚之性。而欲牖人仁愛篤厚之性，則借資於男女之相戀愛，爲最易矣。故以是爲達其目的之一手段也。惟其然也，故其感情不可以不高尚。純潔，斯高尚矣。男女純潔之愛情，中間决不容雜以他物。一夫多妻，富貴利禄，皆有害於純潔之甚者也。

三、神怪小説

英雄兒女之外，當推神怪爲小説之第三原素。蓋人莫不有好奇之性，他種奇異之事，其奇異皆爲限界的，惟神怪則爲超絶的。而饜人好奇之性，則超絶的恒勝於限界的故也。此等小説，似與人事不相近，并無涵養性情之功，只有增益迷信之害。然能引人之心思，使入於恢奇之域。恢奇亦一種之美也。美即善也。人之心思，苦其日囿於卑近耳。苟能高瞻千古，遠矚八方，許多卑劣凡近之行爲，亦必消滅於無形矣。則此種小説，亦不能謂其絶無功效也。

此種小説之美惡，與他種小説，恰成一反比例。他種小説，愈近情理愈妙。此種小説，則愈遠於情理愈妙。蓋愈遠於情理，則愈恢奇；愈恢奇則愈善，且不致道人以迷信也。

中國社會之迷信，强半與小説相關，人遂謂迷信爲此種小説所造，此亦過苛之論也。小説者，社會之産物也。謂有此種小説，而社會上此種勢力乃愈深厚，則有之矣。逕謂社會爲此種小説所造，則不可也。張角、孫恩，徒黨半天下，其時小説安在？最近如洪、楊，亦藉迷信以惑人，然中國小説中，亦豈嘗有天父、天兄之説乎？

四、傳奇小説

此種小説，亦以饜人好奇之心爲主。所以異於神怪小説者，彼所述奇異之事，爲超絶的，而此則限界的也。此等小説，不必紀實。凡杜撰之事，屬於恢奇，而其事又爲情理中所可有者，皆屬之。如寫武人則極其武，寫美人則極其美是也。其大多數常以傳一特别有趣味之事爲主，如《西厢記》其適例也。

五、社會小説

此種小説，以描寫社會上腐敗情形爲主，使人讀之而知所警戒，於趣味之中兼具教訓之目的。如《儒林外史》及近出之《官場現形記》等，其適例也。近出之小説，屬於此類者頗多。此種小説，自其主義上論之，誠爲有利無弊。但其佳否，當以（一）作者道德心及觀察力之高低；（二）有無文學上之價值爲斷。説俱見前，兹不贅。

六、歷史小説

如《東周列國志》、《三國演義》等，全部皆根據於歷史者是也。此種小説，謂可當歷史讀，增益智識耶？則語多荒誕，不惟不足以增長智識，反足以疑誤下等社會之人，使誤認小説爲歷史也。謂足饜人好奇之心，感動人情耶？則其文學上之價值，何如經想化而後創作者。實兩無足取也。質而言之，作此等小説者，直是無主義而已矣。

此種小説中，惟有一種爲可貴，則吾前所舉之寫實主義是也。作歷史小説者，若能廣搜某時代之遺聞軼事，而以小説之體裁組織之，寓考訂論議之意於怡情適性之中，雖不能稱爲純文學，在雜文學中，自不失爲傑構也。然殊不易爲矣。

七、科學小説

此爲近年之新産物，藉小説以輸進科學智識，亦雜文學也。較之純文學，趣味誠少。然較之讀科學書，則趣味濃深多矣。亦未始非輸入智識之一種趣味教育也。惜國人科學程度太低，自著者甚少。

八、冒險小説

此種小説，中國向來無之，西人則甚好讀之。如《魯濱孫飄流記》等，其適例也。此種小説，所以西有而中無者，自緣西人注意於航海，而中國人則否。故一則感其趣味，一則不感其趣味也。今既出現於譯界，可藉以鼓勵國民勇往之性質，而引起其世界之觀念，自雜文學之目的上論之，未爲無益。而此等小説所載事實，大都恢奇，頗足饜人好奇之念。自純文學上論之，亦頗合於傳奇主義也。

九、偵探小説

此種小説，亦中國所無，近年始出現於譯界者也。中國人之著述，有一大病焉，曰：凡事皆凌虚，而不能徵實。如《水滸傳》寫武松打虎，乃按虎於地而打之。夫虎爲軟骨動物，與猫同，豈有按之於地，爪足遂不能動，只能掘地成坎之理？諸如此類，不合情理之事，殆於無書不然，欲舉之，亦不勝枚舉也。夫文學之美，誠在創造而不在描寫。然天然之美，足供吾人之記述者亦多矣，不能細心觀察，則眼前所失之好資料已多，况於事物之本體尚不能明，又烏足以言想化乎！此真中國小説之大病也。欲藥此病，莫如進之以偵探小説。蓋偵探小説，事事須著實，處處須周密，斷不容嚮壁虚造也。（如述暗殺案，凶手如何殺人，屍體情形如何，皆須合於情理，不能嚮壁虚造。偵探後來破獲此案，亦須專恃人事，不能如《西遊記》到無可如何時，即請出如來、觀音來解難也。）此等小説，事多恢奇，亦以饜人好奇之性爲目的。

如右所述，不過舉見今最流行之名目，略一評論之而已。若欲悉舉之，則誠有所不暇，且亦可以不必也。昔有人謂小説可分爲英雄、兒女、鬼神三大類，此説吾極贊成之。蓋從心理上具體的分之，不過如此。英雄一類，所以描寫人之壯志；兒女一類，所以描寫人之柔情，屬於情的方面；鬼神一類，所以饜人好奇之性，屬於智的方面。其餘子目雖多，皆可隸屬於此三類中也。

小説之篇幅，有長短之殊，人因分之爲長篇小説、短篇小説。然究竟滿若干字，則可爲長篇？在若干字以下，則當爲短篇乎？苦難得其標準也。但此種形式的分類，殊非必要，竟從俗稱之可矣。自實際言之，則長篇小説，趣味較深，感人之力亦較大。短篇小説則反是。由一爲單純小説，一爲複雜小説故也。

小説所描寫之社會，較之實際之社會，其差有二：一曰小，一曰深。何謂小？謂凡描寫一種人物，必取其淺而易見者爲代表；描寫一種事實，必取其小而易明者爲代表也。如寫壯健俠烈之氣，則寫三軍之帥可也，寫匹夫之勇亦可也。而在小説，則寧取匹夫之勇。寫纏綿悱惻之情，則寫忠臣義士憂國愛君，如屈靈均、賈長沙之徒可也；寫兒女生死相愛戀，如賈寶玉、林黛玉亦可也。而在小説，則寧寫一賈寶玉或林黛玉。何者？前者事大而難見，後者事小而易明；前者或令人難於想像，後者則多屬於直觀的故也。何謂深？凡寫一事實，描一人物，必較實際加重數層是也。如寫善人，則必極其善；寫惡人，則必極其惡；寫壯健俠烈之英雄，則必一於壯健俠烈，而無復絲毫之柔情焉；寫纏綿悱惻之兒女，則必極其纏綿悱惻，而無復他念以爲之雜焉。要之，小説所寫之人物恒單純，實際社會之人物恒複雜。惟單純也，對於他種事項皆一不措意，然後對於其特所注意之事項，其力量乃宏。如釀酒然，水分愈少，則力愈厚。此則社會上之人物，本來如是，而小説特其尤甚焉者也，特能使此種人物現於實焉者也。嘗謂天下事惟不平者可以描寫，平者必不能寫。英雄兒女，皆情有所偏至者也，不平者也，故可描寫之而成妙文。聖人，情之至中正者也，最平者也，故無論如何善作小説之人，必不能以小説體裁爲聖人作傳記，亦必不能於小説中臆撰一聖人也。此猶山川可畫，而絶無草木之平原不可畫；日月雲雨皆可畫，而單繪一幅無片雲之青天，必不成其爲畫也。

夫何以不平者可爲文，而平者不能成文？此則人之心理使然。蓋至平則純爲一物，與他物無以爲别，而人之心思，亦無從想像矣。古人云：遣畫謂之文。夫必迻遣而後成文，不迻遣則不成文，此即不平者成文，平者即不成文之説也。不平者成文，而平者不成文，此即複雜者成文，單純者不成文之説也。蓋有無生於同異，人之能知天下之物也，以其異也。若盈天下之物而皆同，則其所以爲别者亡，而人亦無從知其有矣。此則凡事皆如此，而文學亦不能外也。小説亦文學之一，故亦不能外此公例也。

小説所描寫之人物，有以複雜而愈見其單純者。如寫一赤心愛國之人，彼其心惟知有國耳，固不必雜以兒女之情也。然設此人因愛國故，備嘗艱苦，而忽有一女子，憐而撫之，則此人之柔情，必爲所牽引矣。終之，則此兩人者，或相將盡力國事，國事既定，此二人亦結婚爲夫婦焉；或遭運迍蹇，國終不可得救，而此二人者，亦憔悴困厄以死焉；或國雖遇救，而此二人者，竟喪其一，公私不能兩盡，爲人間世留一缺憾焉。凡此皆小説中所數見不鮮之事實也。又如寫情小説，寫一纏綿悱惻之兒女，則一於纏綿悱惻可矣，似無所用其武健俠烈之風矣。然或有勇俠少年，慷慨仗義，冒萬苦，排萬難，拯救一弱女子而出之於險焉；或貞姬烈女，矢節不移，百死不顧，卒全其貞，其慷慨俠烈，雖烈丈夫視之，猶有愧色焉。此又小説中所數見不鮮之事實也。夫此似與單純之主義相背矣，然惟其複雜，正所以成其爲單純也。蓋男女因互相敬爲愛國之人故而相愛，則其愛國之深可知。貞姬烈女，以抗强暴怫逆故而寧殺其身，則其於所親愛者其情之深可知。事以反觀而益明。無培塿，不知太山之高；無溝澮，不知江河之廣。寫燈之明，愈見夜之黑；寫虹之見，即知雨之霽。凡此皆畫家所謂烘託法也。若專從正面寫之，則天下尚有何事可寫者乎？

凡文學，必經選擇及想化二階段。小説所舉之代表人物，必縮小其範圍者，以小則便於想像，大則不便於想像，作者讀者，皆如此也。所以必加重幾層者，則基於選擇之作用。蓋有所加重於此，必有所割棄於彼，正所謂去其不美之點，而存其美點也。觀此益知吾前説之確矣。

小説所描寫之事實在小，非小也，欲人之即小以見大也。小説之描寫之事實貴深，非故甚其詞也，以深則易入。欲人之觀念先明確於一事，而因以例其餘也。然則小説所假設之事實，所描寫之人物，可謂之代表主義而已，其本意固不徒在此也。欲證吾説之確實，請舉《紅樓夢》以明之。

《紅樓夢》之爲書，可謂爲消極主義之小説，可謂爲厭世主義之小説，而亦可謂爲積極的、樂觀的之小説。蓋天下無純粹之積極主義，亦無純粹之消極主義。積極之甚者，表十分之滿足於此，必有所深惡痛絶於彼；消極之甚者，表極端之厭惡於此，即有所欣喜歡愛於彼。自一端言之，主義固有積極、消極之分；合全局而觀之，猶此好惡，猶此欣厭，只有於此於彼之别，斷無忽消忽長之事也。

明乎此，乃可以讀《紅樓夢》。

《紅樓夢》中之人物，爲十二金釵。所謂十二金釵者，乃作者取以代表世界上十二種人物者也；十二金釵所受之苦痛，則此十二種人物在世界上所受之苦痛也。此其旨，具於第五回之《紅樓夢曲》。此曲之第一節，爲總合諸種之苦痛而釋其原因；其末一節，述其解免之方法；其中十二節則歷述諸種人物所受之苦痛，亦即吾人生於世界上所受之種種苦痛也。今試釋其旨如下：

開闢鴻濛，誰爲情種？都只爲風月情濃。奈何天，傷懷日，寂寥時，試遣愚衷：因此上演出這悲金悼玉的《紅樓夢》。

此第一節，述種種苦痛之原因也。《紅樓夢》一書，以歷舉人世種種苦痛，研究其原因，而求其解免之方法爲宗旨。而全書大意，悉包括於此十四折《紅樓夢曲》之中，實不啻全書之概論也。此折又爲十四折曲之總冒，述人世總總苦痛之總原因，兼自述作書之意也。

人生世上，總總苦痛，其總原因果何在乎？作《紅樓夢》者，以爲此原於人有知苦樂之性故也。蓋境無苦樂，固有甲所處之境，甲以爲苦，易一人以處之，則覺其樂者矣。又有今日所處之境，在今日視之以爲苦，而明日視之，則以爲樂者矣。同一事也，在此遇之則爲苦，而在彼遇之則爲樂矣。足見苦樂非實境。所謂苦樂者，實人心所自造也。然則所謂種種苦痛者，吾人身受之，不能視爲四周環境之罪，而當自歸咎於其心矣。此折曲爲本書開宗明義第一章，爲下十三折曲之總冒，實不啻全書之總冒，故特揭明其義也。曰『情種』，缺憾二字之代表也。曰『風月情濃』之情字，人心之代表也。言自有世界以來，人生在世何以有此種種之苦痛乎？皆由人有知苦樂之性故也。『奈何天，傷懷日，寂寥時』九字，代表作者所處之境界。言作者身處此世界，亦有其所遭遇種種之缺憾，亦有其求免缺憾之情，并欲求凡具此缺憾者同免其缺憾，因作此書也。自『奈何天』以下凡二十七字，爲作者自述著書本旨之言。

《紅樓夢》第一回云：『女媧氏煉石補天之時，於大荒山無稽崖煉成高十二丈、方二十四丈頑石三萬六千五百零一塊，只用了三萬六千五百塊，剩下一塊未用，棄在青埂山下。誰知此石，自經煅煉，靈性已通，因見衆石俱得補天，獨己無材，不堪入選，遂自怨自嘆，日夜悲啼慚媿。一日，正當嗟悼之際，有一僧一道，遠遠而來，至石下，席地而坐。見一塊鮮明瑩潔美玉，且又縮成扇墜大小，可佩可拏，那僧託於掌上，笑道：「形體倒也是個寶物了！還只没有實在好處，須得再鐫上數字，使人一見，便知是奇物方妙，然後好攜你到隆盛昌明之邦，詩禮簪纓之族，花柳繁華之地，温柔富貴之鄉，去安身樂業。」石頭聽了，喜之不盡，問道：「不知賜了弟子那幾件奇處，又不知攜了弟子到何地方，望乞明示。」那僧笑道：「你且莫問，日後自然明白的。」説著，便袖籠了這石，同那道人飄然而去。』又云：『西方靈河岸上三生石畔有絳珠草一株，赤瑕宫神瑛使者日以甘露灌溉，始得久延歲月。後來既受天地精華，復得雨露滋養，遂脱草胎木質，得换人形，僅成女體，終日游於離恨天外，饑則食蜜青果爲膳，渴則飲灌愁海水爲湯。只因尚未酬報灌溉之德，故其五内便鬱結成一段纏綿不舒之意，常説我無此水還他，他若下世爲人，我也同去走一遭，但把我一生所有的眼淚還他，也償還的過了。』

此兩段文字，與此折曲同意。女媧氏乃開闢以來之代表，曰女媧氏所造石，言人性原於自然，與有生以俱來也。曰『自怨自嘆，日夜悲啼慚媿』，言人之生係自願入世使然，設不願入世，本無人得而强之也。一僧一道，父母之喻。佛説人之生也，由本身業力與父母業力相合而成。靈石之自怨自嘆，日夜悲啼慚媿，則自造之業力也；僧與道忽欲鎸以數字，攜之入世，則父母所造之業力也。自造之業力與父母所造之業力相合而後成人，二者缺一，即不能成其爲人。如此石不自怨自艾，人孰得而攜之？抑此僧道，不忽動其攜之之心，此石雖日日自怨自嘆，亦焉得而入世哉？此爲推究吾人之所自來，實不啻讀一則精妙之原人論也。絳珠草，喻人。絳，紅色。珠爲淚之代名詞，絳珠，猶言紅淚也。神瑛使者，喻地，亦即以爲世界之代表。絳珠草藉神瑛使者之灌溉而後長成，言人藉世界而後能生存，無世界則無人也。還淚，言人既居於此世界之上，則有種種之情欲，種種之苦痛，不能漠然無情。夫絳珠草之淚，何自來乎？即神瑛使者所灌溉之水也。水也，淚也，一而二，二而一者也。人之情何自來乎？世界之培養使之也。設無世界，則無人；無人，則亦無情矣。猶之無神瑛使者之培養，則無絳珠草；無絳珠草，則無淚也。然而淚也，即甘露也；人情，即苦痛也。欲去淚，除非去甘露而後可；欲去苦痛，亦除非除去其愛戀之情而後可。設絳珠能以所受於神瑛之甘露反還之，則亦無淚；人能視世界上種種之快樂如無物，則亦無所謂苦痛矣。此言苦樂同原，欲去苦當先去樂也，所謂大解脱，於後十四折再説之。

都道是金玉良緣，俺只念木石前盟。空對著山中高士晶瑩雪，終不忘世外仙姝寂寞林。嘆人間，美中不足今方信：雖然是齊眉舉案，到底意難平。

此節言入世之苦，終不如出世之樂也。金玉良緣，喻入世；木石前盟，喻出世；山中、世外，幾於顯言其意；嘆人間美中不足，情見乎詞矣。

此節言人與人群之苦也。人生於世，不能離群而獨立，近之則有父母、兄弟、妻子、朋友，遠之則有社會上直接、間接與接爲構之人。要而言之，人生於世，無論何人，皆不能與人無關係，而世界之上又無論何人皆與我有關係者也。然而此等與我有關係之人，必不能盡如吾意可知也。豈但不能盡如我意，必一一皆有不如我意之處可知也。然則吾人與之并處，復何法以解免苦痛哉？夫使人之相處也，只有彼此相順悦之情，而絶無互相拂逆之意，豈不大樂？世界又豈不大善？而無如其不能也。而其所以不能然者，又非出於人爲，而實出於天然，與人之有生以俱來，欲解除之而不得者也。然則不能解脱，復何法以免除苦痛乎？夫人與人相處之不能純然相願欲也，此實世界上一切苦之總根源也，故此章首言之。夫婦爲人倫之始，故藉以爲喻。『嘆人間美中不足今方信，縱然是齊眉舉案，到底意難平』，言人既入世，則其與人相處也，必不能純乎彼此相願樂，實無可如何之事也。

一個是閬苑仙葩，一個是美玉無瑕。若説没奇緣，今生偏又遇著他；若説有奇緣，如何心事終虚話？一個枉自嗟呀，一個空勞牽挂。一個是水中月，一個是鏡中花。想眼中能有多少淚珠兒，怎經得秋流到冬，春流到夏。

此言人生世界所處之境不能滿足，亦出於天然，而無可如何也。人生環境，可分爲二：一爲有情的，彼亦有知識情感，如吾者也；一爲無情的，我有知而彼無知，我有情而彼無情，如草木土石、風雲雨露是也。有情的之環境，不能盡如吾意，上節既言之；此節則言無情的之環境，亦不能盡如吾意也。

閬苑仙葩，即絳珠草，喻人；美玉，即神瑛使者，喻地，亦以喻一切無情之環境也。人生世上，四圍無情之物，若天地，若日月，若風雲雨露，若土石草木，與我相遇，不爲無緣，其如終不能盡如吾意何！所謂天地之大，人猶有所憾也，故曰『若説没奇緣，今生偏又遇著他；若説有奇緣，如何心事終虚話』也。『枉自嗟呀』，『空勞牽挂』，言徒感苦痛，終無補於事。『水中月，鏡中花』，言無論如何，吾所希望於四周之環境者，其目的必不能達也。『眼中能有多少淚珠兒，怎禁得秋流到冬，春流到夏』，言人生在世，受此種種之苦痛，其何以堪乎？此即言人生在世，對於四周之無情物，必不能盡如吾意之苦痛。男女爲愛情中之最綿密者，故藉以爲喻也。本書寫寶玉、黛玉，處處難合易離，亦即此意。

本折下云：『寶玉聽了此曲，散漫無稽，不見得好處。』言此二折爲指人生在世，對於一般之苦楚而言之，非專指一人一事也。

喜榮華正好，恨無常又到。眼睜睜把萬事全拋，蕩悠悠芳魂消耗。望家鄉路遠山高，故此向爺娘夢裏相尋告：兒命已入黄泉，天倫呵，須要退步抽身早！

第四折，悼人命之不常也。人生在世，有生必有死，人人好生而惡死，而人人不得不死，此實事之無可如何者也。人生在世，有種種樂事，死則隨之以俱盡矣。本書寫榮國府一切繁華富貴，及元妃死，則一敗塗地，澌滅以盡，喻此意也。榮國府一切繁華富貴，即人生在世種種樂事之代表，此曲之所謂天倫也。凡人生在世，一切樂境，不能久長之，苦亦俱包括於内。

一帆風雨路三千，把骨肉家園，齊來拋閃。恐哭損殘年，告爺娘休把兒懸念：自古窮通皆有命，離合豈無緣？從今分兩地，各自保平安。奴去也，莫牽連。

第五折，悼生離之苦也。人生在世，莫不有愛戀之情。爲愛戀之情之反對者，則分離也。分離有二種：一爲生離，一爲死别。生離之苦，去死别一間耳。上章言死别之苦，此章則言生離之苦也。

『窮通皆有命，離合豈無緣』，言其事出於自然而無如何。曰『命』，曰『緣』，皆事之本體之代表也。愛戀之情，不獨對於有情物有之，即對於無情物亦有之。曰『骨肉』，有情物之代表也；曰『家園』，無情物之代表也。

襁褓中，父母嘆雙亡。縱居那綺羅中，誰知嬌養？幸生來英豪闊大寬宏量，從未將兒女私情，略縈心上。好一似霽月光風耀玉堂，廝配得才貌仙郎，博得個地久天長，準折得幼年時坎坷情狀。終久是雲散高唐，水涸湘江：這是塵寰中消長數應當，何必枉悲傷！

第六折，言人生在世，自然與苦痛以俱來，除大解脱，決無解免之方，破養生達觀之論也。人之持達觀養生之論者，謂人生在世，一切境界，惟吾所名，吾名之爲苦則苦，名之爲樂則樂，彼憔悴憂傷以自殘其生者，實不善尋樂耳。信如是，則人之生也，不必與憂患以俱來，而除大解脱外，亦可有解除憂患之法矣。然實不然也。故本書特寫一湘雲，與黛玉境遇相同，而其所以自處者不同，然其結果，亦卒無不同，以曉之。夫黛玉之所以自殘其生者，以其無『英豪闊大寬宏量』也，以其『兒女私情縈於心上』也。設其所以自處者，一如湘雲，則雖處逆境，固亦可以求福而免禍矣。謂黛玉所處之境遇不如湘雲，因而不能自解免耶？則湘雲所處之境，固亦與黛玉同也，所謂『襁褓中父母嘆雙亡。縱居那綺羅中，誰知嬌養』也，而一則憔悴憂傷以死，一則『廝配得才貌仙郎，博得個地久天長，準折得幼年時坎坷情狀』，寧非一則有英豪闊大寬宏量，而一則無之之故乎！然則若湘雲者，可謂自求多福；若黛玉，是自求禍也。此持達觀養生之論者之説也。然其説果然乎？使湘雲而果得福，黛玉而果得禍，則其説誠然矣。今觀湘雲，雖厮配得才貌仙郎，而終久是『雲散高唐，水涸湘江』，『地久天長』，仍未博得，幼年時坎坷，亦未必折得也。然則若黛玉者，亦未必爲求禍之道，而若湘雲者，亦未必爲求福之道也。要之，人生在世，一切憂患，實與有生而俱來，欲解免之，除大解脱外，决無他法。若恃一切彌縫補苴之術以救之，則除却此方面之憂患，而他方面之憂患又來矣，所謂『塵寰中消長數應當』也。蓋既在塵寰之中，則必不能免於此禍也。

氣質美如蘭，才華馥比仙。天生成孤僻人皆罕。你道是啖肉食腥羶，視綺羅俗厭；却不知太高人愈妒，過潔世同嫌。堪嘆那青燈古殿人將老，孤負了紅粉朱樓春色闌。到頭來依舊是風塵骯髒違心願，好一似無瑕白璧遭泥陷，又何須王孫公子嘆無緣。

第七節，嘆正直之不容也。民生而有欲，欲者，亂之源也。然使人人共知縱欲爲致亂之源，而特立一法以預防之，法既立，則謹守而莫之違，則雖不能去亂之源，而亦未始不可以弭亂之跡。而無如人之性，往往好逞一己之欲，雖因此而召大亂，貽害於人，貽害於天下後世，勿恤也。盈天下之人皆如此，而忽有一人焉，知縱欲爲致亂之道，特倡一救亂之法，躬行之，而欲率天下之人以共由焉，豈惟不爲人所歡迎，反將以爲此人之所爲於我之縱欲之行實大不便，舉天下而皆如是人之所爲，則我之欲將無復可以縱恣之機會也，必排斥之，毁謗之，戮辱之，使之無地自容而後已。此從古以來，聖賢豪傑，所以苦心救世，而世卒莫之諒也。孔子之伐檀削迹，耶穌之釘死於十字架，摩訶末之遁逃奔走，不得安其居，皆是道也。『盜憎主人，民怨其上』，其謂此矣。此開闢以來，賢聖雖多，迄於今日，天下卒不治也。然而此等賢聖之人，則真可悲矣，立妙玉爲之寫照也。

肉食綺羅，縱欲之代表也。盈天下之人皆好縱欲，然亦有秉性獨厚，知此等事爲致亂之道，而深惡之者。男女居室，人之大欲存焉，而佛説視横陳時味同嚼蠟，蓋爲此也。使天下此等人日多，人人慕而效之，天下寧不大治？而無如其不能，豈惟不能，又必排斥之，毁謗之，戮辱之，使之無地自容而後已。夫人生於世，但使無害於人，其好與人從同，抑好與人立異，此本屬於各人之自由。雖使其所好者果爲誤謬焉，而彼亦一是非，此亦一是非，尚不便以我之所謂是者强彼以爲是，我之所謂非者强彼以爲非也。况明知彼之所爲者爲善，我之所爲者爲惡，特以其不便於我故，必欲强彼與我從同，否則排斥之，毁謗之，戮辱之，使之不能自立，此真豺虎之所不爲，而人獨爲之者也。然茫茫世界，此等人實居多數，賢人君子復何地以自處哉？『太高人愈妬，過潔世同嫌』十字，蓋深悲之也。

仁人君子既不能行其道以救世，并欲獨善其身而亦不可得，其可悲爲何如！而以前之修己立行，備嘗諸苦，果何爲也哉？寧非徒勞，徒自苦乎！説到此，不免聯想而及於厭世主義，故曰：『堪嘆那青燈大殿人將老，孤負了紅粉珠樓春色闌。到頭來依舊是風塵骯葬違心願，好一似無瑕白璧遭泥陷，又何須王孫公子嘆無緣。』言早知在此等惡濁社會中，終無賢人君子獨善其身之地步，則前此之立名砥行，備嘗諸苦，割棄諸樂，又何爲乎？尚不如及時行樂之爲得計也，所謂早知如此何必如此也。其意悲矣！

此節言凡修入世之法者，欲率其道以救天下，而卒無補於事，徒苦其身，以見欲救天下者，非修出世法，盡除衆苦之根源不可也。（由此意觀之，則堯舜湯武與盗跖同耳，莊周所由有《齊物》之論也。）

中山狼，無情獸，全不念當日根由。一味的驕奢淫逸貪歡媾，覷着那侯門艷質同蒲柳，作踐的公府千金似下流。嘆芳魂艷魄，一載蕩悠悠。

第八節，傷弱肉强食也。欲爲亂源，然徒有欲而無力以濟之，天下猶未至於亂也。而無如天之生人也，既賦之以好亂之性，復畀之以濟亂之力，而又不能使人人所有之力皆相等，於是强者可凌暴弱者以逞其欲，弱者則哀號宛轉而無可如何，此實天下最不平之事也。本書特寫一迎春，以爲之代表也。

『驕奢淫逸貪歡媾』，言强者之縱欲也。其下二句，言强者之蹂躪弱者也；末二句，嘆弱者之無所依恃也。『中山狼，無情獸』，痛詆强者之詞。蓋此等人，實爲召亂之罪魁。夫人之所以異於禽獸者，以其知有禮義也。徒縱欲而殺人，試問與禽獸何異？則雖稱之爲獸，亦不爲過也。『全不念當日根由』者，從舉世昏蒙無識之中，而特提醒其本性之詞。蓋恃强凌弱，實爲致亂之道。天下亂，强者亦有不利焉，而苦於其徒縱目前之欲，莫肯念亂也。使知深觀治亂之源，稍計遠大之利，則必知吾之所爲者爲召亂之道，害人即所以自害，而戢其欲矣。而苦於其莫肯遠觀深計也，此則本性之昧使之然也，故特提醒之。

將那三春看破，桃紅柳緑待如何？把這韶華打滅，覺那清淡天和。説甚麽天下夭桃盛，雲中杏蕊多，到頭來誰見把秋捱過？只見那白楊村裏人嗚咽，青楓林下鬼吟哦。更兼的連天衰草遮墳墓，這的是昨貧今富人勞碌，春榮秋謝花折磨。似這般生關死劫誰能躲？聞説道西方寶樹唤婆娑，上結着長生果。

第九折，傷有知識者之苦，而破自謂深識者之謬也。一切現象，皆由心造，無所謂有，亦無所謂無，無所謂苦，亦無所謂樂。自執著者言之，以無爲有，然後有所謂苦樂矣。其執著不同者，其所謂苦樂亦不同。而其不離苦樂之見，則一也。夫既不離苦樂之見，而又不能以衆人之所苦者爲苦，所樂者爲樂，則他人之處世也，爲一甘苦哀樂更起迭陳之境，而是人則無所往而不苦耳。何則？是人之智識，既高出於衆人，則衆所見爲樂者，彼未必能見爲樂。然既未能跳出於苦樂之境，則人之見爲苦者，彼仍不能不以爲苦也，是有苦而無樂也。古今來憂深慮遠之賢君相，傷時感遇之文人，多血多淚之畸士，多愁多怨之少女，皆屬此類。本書特寫一惜春，以爲之代表也。

此等人之誤謬，在誤認世界一切現象爲實有，與衆人同，而其觀察此現象也，則衆人之所見在此面者，彼之所見必適在彼面。如見一花也，人方賞其春榮，彼則預傷其秋謝；見一人也，人方欣其昨貧今富，而彼則但傷其勞碌。夫見爲春榮，而秋謝在即，則春榮固非真，然凡世間秋謝之物，無一不經春榮而來，春榮既非真，秋謝又安知非假？昨貧今富誠爲可欣，勞碌亦誠可傷，與勞碌以求富，毋寧不富也，是富無可欣也，然富無可欣，勞碌又何可傷乎？凡此皆所謂以子之矛陷子之盾者也。要之，此等人之所見，實亦與衆人同，不過一在此面，一在彼面耳。以此而笑衆人，真所謂以五十步笑百步也。

此曲全文，皆比較此等人所見與衆人之異同，末二句則指出此等人之誤謬。蓋衆人惟誤認世界爲實有，故有所謂苦樂；此等人亦誤認世界爲實有，故亦有所謂苦樂；特衆人所謂苦樂者，皆在世界之中；而此等人則認世界爲苦，而欲求樂於世界之外耳。猶之一則厭昨貧而求今富，惡秋謝而樂春榮；一則視貧富榮謝皆爲苦境，而別歆西方之長生寶樹也。

機關算盡太聰明，反算了卿卿性命！生前心已碎，死後性空靈。家富人寧，終有個家亡人散各奔騰。枉費了意懸懸半世心，好一似蕩悠悠三更夢。忽喇喇似大厦傾，昏慘慘似燈將燼。一場歡喜忽悲辛，嘆人世終難定。

第十折，嘆權力執著之苦也。人之執著，有種種之不同，而權力亦爲執著之一，質而言之，則好勝而已矣。《史記·律書》：『自含血戴角之獸，見犯則校，而况於人。懷好惡喜怒之氣，喜則愛心生，怒則毒螫加，情性之理也。』實能道出權力執著之起原。蓋人之好争鬥好勝，樂爲優强者，實亦出於天性也。此等性質，所以與争奪相攘有别者，彼則因有其所欲之物，不與人争奪則不能得，故與人争。争奪，其手段也；所争奪之物，則其目的也。此則并無所求之目的物，不過欲顯我之權力優强於人，使人服從於我而已。蓋一爲物質上之欲望，一爲精神上之欲望也。此等欲望，不徒對於人有之，對於物亦有焉；不徒對於有知之物有之，對於無知之物亦有焉。如吾人對於自然之花木竹石，輒好移易其位置，變更其形狀是也。質而言之，則欲使吾身以外之物，服從於吾之意思而已，所謂權力執著也。此等執著，人人有之，而其大小，則相去不可以道里計。欲爲聖賢豪傑，傳其名於後世，爲萬人所欽仰，權力執著之最大者也；次之則欲爲帝王將相，伸權力於一時，使天下之事，事事皆如吾意以處置之，若亞力山大、成吉思、拿坡崙，其最著也；又次之，則凡欲炫榮名於一時，張權勢於一方，睚眦殺人，蓄謀報怨，亦皆是也；下至匹夫匹婦，無才無德，猶欲閉門自豪，雄長婢僕焉。嗟乎！權力執著之害大矣。人而無此執著，則苟有菽粟如水火，含哺而嬉，鼓腹而游，未始不可致極隆盛之治也。而無如人於物質的欲望之外，又有其精神的權力之欲望，既遂生存，又求發達，而其所謂發達者，即包含一『我爲優强者，欲使人服從於我之條件』於其中。夫我欲爲優强者，誰甘爲劣弱者？我欲使人服從於我，人亦欲使我服從於彼，而争奪起矣。雖有聖人，能給人之求，養人之欲，使人人物質上之欲望無不滿足，而天下亦無太平之望矣。此真無可如何之事也！然此等人，日執著於權力，終其身唯權力之趨，而究其歸宿，何所得乎？試問權力加於人，使我身外之物無不服從於我之意思，究亦何所得乎？試一反詰之，未有不啞然自笑者也。此等人，於己一無所得，而徒放任其性，以蘊釀天下之亂源，不亦愚乎！本書特寫一王熙鳳，以爲之代表也。曰『機關算盡太聰明，反算了卿卿性命』，深閔其愚，而反復戒警之也。

權力執著之人，不徒欲伸張自己之權力也，亦有時執著於事，謂此事必如此則可，如彼則否，因出全力以争之，必欲使之如此。而夷考其實，則此事如此本與如彼同，或反不及如彼之善，又或如此雖善於如彼，而因吾出强力以使之如此故，如此即變爲不善，而如彼反變爲善者有之矣，而當其執著於事，不暇計及也。此等性質，其最小而易見者，即吾人好移花木竹石等之位置而變更其形狀，足以代表之矣；其大者，若聖賢豪傑之必欲治國平天下，亦此執著之性之誤之也。本文云：『家富人寧，終有個家亡人散各奔騰。枉費了意懸懸半世心，好一似蕩悠悠三更夢。』言事之如彼如此，初無所别，執著焉而必欲使之如此者，其目的必不能達也。

執著於事之人，其人格不可謂之不高尚。設使天下之人，皆慢無主張，事如此則聽之，如彼則聽之，則凡事皆無改良進步之希望，而人生之痛苦將永不能除矣。惟有此等人，强指事實之此面爲善，彼面爲不善，硬將此一面之不善移之於彼一面，其究也，雖於其不善之本體毫無所損，而人類究亦因之以抒一時之苦痛焉，或避大害而趨小害焉。如醫者睹人痛苦至極時，則以麻醉劑施之。麻醉劑於病之本體，毫無所損也，然而人類因此而得以輕減其痛苦之負擔，以徐俟病之恢復，亦不啻增長其對於病之抵抗力也。但此等療法，視爲對症療法則可，逕視爲原因療法則誤矣。彼執著於事者，睹國政之苛暴，則欲易之以和平；傷風俗之頹敝，則欲矯之以廉隅，其所圖亦何嘗不是！然以是爲一時之計則可，以是爲永久之圖則誤也。蓋苛暴有苛暴之弊，和平有和平之弊，頹靡有頹靡之弊，廉隅亦有廉隅之弊。以和平與廉隅爲矯正苛暴頹靡之手段，可也；必謂和平與廉隅爲絶對之善，苛暴與頹靡爲絶對之惡，不可也。此所謂執著也。有此執著，故凡能治國安民之人，同時亦必有其所及於社會之惡影響，猶藥物之能治病者，同時亦必有其對於身體之惡影響也。其故由執著於事，不知事實之本相，而誤以其一端爲至善，一端爲至惡故也。此由未知大道故也。

故本文結筆，特爲之明揭其旨以曉之，曰『嘆人世終難定』者，言人世無絶對之善，亦無絶對之惡。既言世法，則只有補偏救弊之方，決無止於至善之道。執著於一端，而傾全力以赴之者，其目的必不能達；即達之，亦必有意外之惡結果，爲吾人所不及料者，來相侵襲也。

留餘慶，留餘慶，忽遇恩人；幸娘親，幸娘親，積得陰功。勸人生濟困扶窮。休似俺那愛銀錢忘骨肉的狠舅奸兄！真是乘除加減，上有蒼穹。

第十一支，嘆福善禍淫之説不足恃也。因果之理，最爲精深，顧其説與世俗福善禍淫之説，絶不相同。福善禍淫之説，謂人之善不善，天必報之於其身，或於其子孫，或於其來生，顧其事不能與人以共見也。夫造善因，得善果，造惡因，得惡果，毫髪不爽，如響應聲，其理豈容或忒！顧其理太深，非人人所能共喻。仁人君子，欲藉是以防民之爲非，而苦於其理之深而難曉也，則稍變其説，以期人人之共曉，是即世俗所傳福善禍淫之説也。顧其説既變，即其理實非真，而其事遂不能盡驗。世之桀黠者，以其無有左證，知其説之出於僞託也，遂悍然决破其藩籬，而仁人君子恃以防民爲非之術又窮矣。夫使天然因果之理，能如世俗所造福善禍淫之説，一一實見於眼前，使人有所畏而不敢爲非，其事豈不甚善！而無如天然因果之理，又不能如此。使仁君子欲利用之而且窮於術也，此又事之無可如何者也。

本節即慨嘆世俗福善禍淫之説之不驗，而仁人君子防民之術之窮，通篇皆反言以明之。曰『乘除加減，上有蒼穹』，正是嘆實際之世界，不能有一蒼穹，監臨其上，爲之乘除加減耳！故巧姐之名曰巧，言此等事可偶一遇之而不能視爲常然，欲以是爲救世之術，冀免除人生之苦痛，終不能也。

鏡裏恩情，更那堪夢裏功名！那美韶華去之何迅，再休提繡帳鴛衾。只這戴珠冠，披鳳襖，也抵不了無常性命。雖説是人生莫受老來貧，也須要陰騭積兒孫。氣昂昂頭戴簪纓，光粲粲胸懸金印，威赫赫爵禄高登，昏慘慘黄泉路近！問古來將相可還存？也只是虚名兒，與後人欽敬。

第十二支，嘆執著於富貴利禄者之苦也。人之執著不一端，而執著於富貴利禄，凡人世之所謂快樂者爲最多數。夫富貴利禄，則何快樂之有？然而耳好淫聲，目迷美色，身體樂放佚，而心思即慆淫，凡世俗之所謂快樂者，非富貴利達則不能得之也，此人之所以惟富貴利禄之求也。且求富貴利禄者，豈特謂是爲快樂之所在，吾欲快樂，故求之云耳，甚且視爲人生之本務焉。如彼讀書之人，窮年矻矻，以應科舉，豈特歆其『食前方丈，侍妾數百，堂高數仞，榱題數尺』之樂，亦謂苟因科舉，博得一官，則可以耀祖榮宗，封妻蔭子，爲宗族交游光寵，人生之本務，固當如是也。此則欲望的執著與道德的執著合而爲一，執著之上，又加執著矣。其執著愈深，其迷而不復乃愈甚也，若李紈則其人也。夫人之所以有此執著者，何也？究其原，亦曰以心靈爲肉體之徇而已矣。夫使舉心靈以徇肉體，而其結果，果可以得快樂焉，亦復何惜？而無如其終不能也。其不能若之何？則此曲之本文曰『只這戴珠冠，披鳳襖，也抵不了無常性命』，言肉體之所謂快樂者多端，舉心靈以徇之，竭全言之矣。

力以赴之，終不能盡得也。夫使得其一端，而其餘之苦痛，即可以因之而銷弭焉，則亦何嘗非計，而無如其不能也。得其一端，則又有他種之快樂誘吾於前焉，吾更竭全力以赴之，而未能必得也；即得之，而他種快樂之誘吾於前者又如故，則是竭吾生之力以求快樂，而終無盡得之日也。快樂終無盡得之日，即苦痛終無盡免之時，而罄吾之全力以求之，反忘當下可得之快樂，不亦愚乎！

曰『氣昂昂頭戴簪纓，光粲粲胸懸金印，威赫赫爵禄高登，昏慘慘黄泉路近』，言無論何種快樂，皆有苦痛乘乎其後也。夫有苦痛乘乎其後，則非真快樂也，而傾全力以求之，不尤愚乎！

曰『問古來將相可還存？也只是虚名兒，與後人欽敬』，言此等快樂，絶非實體，罄全力以求之，到頭來必一無所得，勸其不知來，視諸往也。

曰『雖説是人生莫受老來貧，也須要陰騭積兒孫』，言吾人之靈魂爲永久之體，軀殼特暫時寄頓之所，舉靈魂以徇軀殼，實爲不值也。

曰『老來貧』，軀殼之所謂苦痛之代表也；曰『兒孫』，永久之靈魂之代表也。本節憫世人沉溺於肉體之所謂快樂，而舉靈魂以徇之，久之且忘靈魂與俗體之别，大聲疾呼，以警醒之也。

畫粱春盡落香塵。擅風情，秉月貌，便是敗家的根本。箕裘頽墮皆從敬，家事消亡首罪寧。宿孽總因情。

第十三折，破世俗是非之論，齊物之意也。人世上之事，無所謂善，亦無所謂惡。如殺人，惡也，殺殺人之人，則謂之善矣；淫，惡也，淫而施之於夫婦，則爲善矣。然殺人與殺殺人之人，不得不同謂之殺也？淫於外與淫於夫婦之間，不得不同謂之淫也？今禁殺人，而特設士師以殺殺人之人，則殺人之本性猶未去也；禁人淫，特防遏之，使但行於夫婦之間耳，則淫之本性亦未除也。殺人之本性未去，則亦可移之以殺法律所保護之人；淫之本性未除，則亦可移而行之於夫婦之外。謂殺殺人之人，較善於殺非殺人之人，則可矣；逕謂殺人爲善，則不可也；謂淫於夫婦之間，較善於淫於夫婦之外，則可矣；逕謂淫於夫婦之間爲善，則不可也。且殺殺人之人之性，與殺人之性同原，則殺人惡，殺殺人之人亦惡也；淫於夫婦之間之性，與淫於夫婦之外之性同原，則淫於夫婦之外惡，淫於夫婦之間亦惡也。而世俗必指其一爲善，其一爲惡，則執著焉，而其性之本體彌不去矣。其性之本體不去，則有時用之於此一端，有時必用之於彼一端矣。故殺人之禍，士師召之也；淫風之盛，婚姻之制爲之也。果有一邦焉，無殺人之禍，則其邦亦必無士師矣；孩提之童，不知淫於夫婦之外，又寧知淫於夫婦之間乎？及其既知淫於夫婦之間，又寧能禁之，使不知淫於夫婦之外乎？故曰『聖人不死，大盜不止』，『剖斗執衡，而民不争』也。世俗必指其一端爲善，一端爲惡，而不知兩端之同因中心而得名，是猶謂刀爲善而謂其殺人爲惡也，是保存其物之體而欲其作用之不顯也，是置水於日光之下而欲其毋化汽也，其可得乎？故本節深曉之也。

曰『畫粱春盡落香塵』，喻自然。『春盡香塵落』，物理之自然，非人之所能爲也。曰『風情』，曰

『月貌』，曰『情』，皆人性之代表也。曰『敗家』，曰『箕裘頹墮』，曰『家事銷亡』，皆世俗所指爲罪惡之代表也。曰『宿孽』，人之所以爲惡之原因也。言人之所以爲惡者，其原因亦出於本性。欲拔除爲惡之根原，非空諸所有，得大解脱不可，否則爲惡之本體尚存，雖能移而用之於他一端，於其本體實無絲毫之損，不得謂之真善也。

> 爲官的家業凋零，富貴的金銀散盡，有恩的死裏逃生，無情的分明報應。欠命的命已還，欠淚的淚已盡，冤冤相報豈非輕，分離聚合皆前定。欲知命短問前生，老來富貴也真僥幸。看破的遁入空門，癡迷的枉送了性命。好一似食盡鳥投林，落了片白茫茫大地真乾净。

第十四節，總結，教人以免除苦痛之法也。因果之理，如響應聲，毫髮不爽，故本節極言之。『爲官的家業凋零，富貴的金銀散盡』，言人與軀殼關係甚暫，終有脱離之時。『有恩的死裏逃生，無情的分明報應』，『冤冤相報豈非輕，分離聚合皆前定。欲知命短問前生，老來富貴也真僥幸』，極言因果之不爽。『老來富貴也真僥幸』，言人有以因果之理論之，應得惡果，而忽得善果者，此非真果，尚有惡果在其後。蓋因果之來，恒爲曲綫而非直綫，故人不能覺其驗，而因果之毫髮不爽，亦正於此見之。蓋世人所謂某人應得善果，某人應得惡果者，往往非精確之論，使因果而悉如人意以予之，則不足以昭其正當矣。曰『欠命的命已還，欠淚的淚已盡』，言以前所造之因，終有歷盡其果之日，但當慎造今後之因也。曰『看破的遁入空門，癡迷的枉送了性命』，言能大解脱者，即能免除一切苦痛，而不然者，徒造惡因，自受其惡果爾。曰『好一似食盡鳥投林，落了片白茫茫大地真乾凈』，言萬法皆空，勸人之勿有所執著也。

《紅樓夢》一書，幾於無人不讀，亦幾於無人不知其美者，顧特知其美耳，未必能知其所以美也。不知其所以美，而必强爲之説，此謬論之所由日出也。以前評《紅樓夢》者甚多，予認爲無一能解《紅樓夢》者，而又自信爲深知《紅樓夢》之人，故藉論小説所撰之人物爲代表主義，一詮釋之。深明哲理之君子，必不以予言爲穿鑿也。

或謂：『子之説《紅樓夢》則然矣，然《紅樓夢》爲最高尚之書，書中自無一無謂之語，其所撰之人物皆有所代表，宜也；彼庸惡陋劣之小説，安能與《紅樓夢》相提并論，即安得謂其所撰之人物皆有所代表乎？』曰：『否。其所代表之人物爲善惡，其主義有高低，則有之矣；謂其非代表主義則不可也。如戲劇然，飾一最高尚之人，固爲代表主義；飾一最卑陋之人，亦爲代表主義也。』然則必欲考《紅樓夢》所隱者爲何事，其書中之人物爲何人，寧非笨伯乎！豈惟《紅樓夢》，一切小説皆如此矣。

或問曰：『小説所描寫之人物爲代表主義，而其妙處則在小在深，既聞命矣。然盈天下皆事實也，任何一種事實，皆足以爲一種理想之代表者也。吾人苟懷抱一種理想，將從何處捉一事實來，以爲之代表，且焉知此種事實，實爲此種理想最適之代表乎？得毋選擇事實亦自有法，而其適否，即爲小説之良否所由判乎？』應之曰：『凡人之悟道，恒從小處入，恒從深處入。如吾前言《紅樓夢》之寫一林黛玉、一賈寶玉，所以代表人生世間無論何事不能滿意也。故其言曰：「嘆人間美中不足今方信」，情見乎詞矣。夫人生世上，不能滿足，實凡事皆然，不獨男女之際也。然終不若男女之際，其情爲人人所共喻，且沉摯足以感人。故撰擇一賈寶玉、一林黛玉以爲之代表，實此種理想最適之代表也。然必謂作《紅樓夢》者，游心四表，縱目八荒，於諸種現象博觀而審取之，然後得此一現象以爲之代表，則亦斷非事實。夫人之情，不甚相遠也。大抵讀書者以爲易明之事，著書者亦以爲易明；讀書者對之易受感觸之事，著書者對之亦易受感觸。所異者，情感有厚薄，智力有淺深，常人知其一不知其二，賢知之人則能因此而推之彼，合衆現象而觀其會通耳，此所謂悟道也。然其後，雖於各種現象無所不通，而其初固亦自事之小而易見者、感人最深者悟入，則欲舉此種理想以詔人，而求一事實焉以爲之代表，固無待於他求，即舉吾向所從悟入之事實以爲之材料可矣。此其理并通於詩，作詩者因物生感，即咏物以志其感，初不聞於所感之物之外，又别求一物焉以代表其感想也。故吾嘗謂善讀小説者，初不必如今之人，屑屑效考據家之所爲，探索書中之某人即爲某人，某事即隱某事，以其所重者本不在此也。即如《紅樓夢》，今之考據之者亦多矣，其探索書中之某人即爲某人，某事即爲某事，亦云勤矣。究之，其所説者，仍在若明若昧之間。予於此書，僅讀一過，亦絶未嘗加以考據，然敢斷言：所謂十二金釵者，必實有其人；且其人，必與書中所描寫者，不甚相遠。何也？使十二金釵而無其人，則是無事實也。無事實，雖文學家何所資以生其想像？無想像，則選擇變化，皆無所施，而美的製作，又曷由成哉？使其真人物而與書中所述之人物大相遠也，則是著者於所從悟入之事實之外，又别求一事實，以爲其理想之代表也，此亦決無之事也。然則小説所載之事實，謂爲真亦可，謂爲僞亦可。何也？以其雖爲事實，而無一不經作者之想像變化；雖經作者之想像變化，而仍無一不以事實爲之基也。然則屑屑考據某人之爲某人、某事之爲某事何爲？彼未經作者選擇變化以前之某人某事，皆世間一事實而已矣。世間一事實，何處不可逢之，而必於小説中求之乎？是見雀炙而求彈、聞鷄之時夜而求卵也，可謂智乎？

孔子曰：『我欲託之空言，不如見之行事之深切著明也。』斯言也，可爲小説作一佳贊。何也？小説固不離乎事實者也。夫文學有主客觀之分。主觀主抒情，客觀主叙事。抒情者，抒發我胸中所有之感情也。叙事者，叙述我所從感觸之事物也。以二者比較之，則客觀的文學，較主觀的文學爲高尚。何也？主觀的文學，易流於直率，而客觀的則多婉曲。（如睹物思人，對月思家，直述其思人及思家之情，主觀的文學也。但叙述其物及吾所睹月下之形狀景色，客觀的文學也。二者一直一曲。曲者婉而直者彰，而感人之情直率恒不如婉曲。文學爲情的方面之物，故以婉曲爲貴也。）主觀的文學，每失之簡單；而客觀的，則多複雜也。（前論複雜小説、簡單小説之説，可以參觀。複雜者美於簡單。文學者，美的製作也，故貴複雜。）然偏於客觀，亦易流於乾燥無味之弊，使人讀之，一若天然之事實，未經作者之想像變化者然。故其最妙者，莫如合主客觀而一之，使人讀之，既有以知自然繁複之事實，而又有以知著者對之之感情，且著者對此事物之感情，恰可爲此等事物天然之綫索，而免於散無條理之誚，真文學中之最精妙者矣。然他種文學，僅能於客觀一方面之事物詳加叙述，而於主觀一方面則不能不發爲空言，惟小説與戲劇，則以其體例之特殊故，乃能將主觀一方面之理想，亦化之爲事實。凡小説與戲劇，必有主人翁。此主人翁所以代表著者之感想者也，主觀的也。其餘之人物，皆謂之副人物，所以代表此主人翁四周之事物者也，客觀的也。夫如是，故小説與戲劇，可謂客觀其形式，而主客觀其精神。持是以與他種文學較，則他種文學，可謂爲主觀的形式之主客觀文學；而小説與戲劇，則可謂爲客觀的形式之主客觀文學也。此真複雜之中又複雜，婉曲之中又婉曲者也。小説戲劇之勢力，駕他種文學而上之，誰曰不宜？（小説戲劇之特質，在以事實發表理想，故凡大發議論以及非自叙式之小説，而著者忽跳入書中，又或當演劇之時忽作置身劇外之語，均非所宜。）

或問曰：『小説但能使事實表現於精神界耳，而戲劇則兼能使之表現於空間。如是，則戲劇不更優於小説乎？』應之曰：『人之樂與美的現象相接觸也。其接觸之途本有二：一爲訴之於官能者，一爲訴之於空想者。物之但表現於時間者，其訴之空想者也；其兼表現於空間者，其訴之官能者也。人之官能與空想，各有其美的欲望，即各思所以滿足之。二者本不可偏廢，即無從軒輊也。且戲劇能使美的現象實現於空間，固非小説所能逮；然戲劇正以受此制限故，而其盡善盡美之處，遂有不能盡如小説者。此戲劇與小説，所以并行不悖也。』試陳其事如左。

一、爲場所所限制。小説不占空間的位置，故其書中所叙述之事實，所占之地位，可以大至無限。戲劇則爲劇場所限制，劇場之幅員，爲人之視力所限制，能同時活動於舞臺上者，至多不過三四十人而已。如數十萬人大戰於廣野，小説能叙述之，戲劇不能演之也。此戲劇之不如小説者一也。

一、爲時間所限制。小説但訴之於空想，故其經過也速；戲劇兼訴之於官能，故其經過也遲。惟經過速也，故能於僅少之時間，叙述多數之事實，經過遲者不能也。今設有小説一册，三時間之内，可以讀畢。試以此小説中之所載者，一一搬演之而成戲劇，恐非三十時間不能畢事矣。然則是讀小説者，於同一時間之内，所感觸之美的現象，十倍於戲劇也。是小説複雜，而戲劇單純也。複雜則美矣。此戲劇之不如小説者二也。

一、爲實物所限制。客觀的文學之特質，在其能叙述事物，使一切美的現象，浮現於人之腦際，使人接觸之而若以爲真也。此等作用，時曰象真。象真之作用，訴之于人之精神較易，而訴之於人之官能則難，蓋空想之轉换速，官能之移易遲也。如叙述一地方之風景也，忽而嚴冬，忽而盛夏；叙述一人之形貌也，忽而翩翩年少，忽而衰老龍鍾；在小説隨筆轉移，讀者初不覺其痕迹，在戲劇則無論布景如何美妙，藝員表情之術如何高尚，尚不能令人泯然無疑也。（如《紅樓夢》中巧姐暴長，讀者初不覺爲疵累，若演之戲劇，則觀者必大駭矣。）此戲劇之不如小説者三也。

然則戲劇其可廢乎？曰不可。夫戲劇與小説，固各有所長者也。何以謂之各有所長也？曰：吾固言之矣，小説者，專訴之於人之空想；而戲劇者，兼訴之於人之官能者也。今試列表以明之：

戲劇
- 官能的
  - 視覺（劇場之設置）
  - 聽覺（音樂）
  - 視聽覺（表情術）
- 空想的……歌詩

夫人之欲望無窮，空想與官能，既各有其欲，往往同時并思所以滿之。瞑想江南之佳麗，輒思選色於花叢，退思燕趙之悲歌，便欲聽音於酒後，其實例也。惟其如是也，故其事苟可以官能與空想同時觸接之者，則必不肯以想像其美爲已足，而更欲觸接之以官能，此演劇之所由昉也。不寧惟是，人有所感於中，必有以發表之於外。其所以發表之者，則一爲動作，而一爲音聲。發之於音聲則爲歌，動之於形體則爲舞。故曰『喜斯陶，陶斯咏；咏斯猶，猶斯舞；慍斯戚，戚斯嘆；嘆斯擗，擗斯踴矣』。

戲劇者，不惟能以角本造出第二之人間，而同時又能以歌舞二技，刺擊人之感官，以發揮其感情，而消耗其有餘勢力者也。惟其然也，故戲劇於象真之點，不及小說。於同一時間之内，所能演之事實，不若小說之多，其所演之事實，範圍亦不及小說之廣。然其刺擊人感情之力，却較小說爲强。蓋一專訴之於空想，而一兼訴之於感官也。惟其然也，故戲劇可謂有小說及歌舞兩元素。其以劇本造出第二之人間，則小說的元素也；其歌詞表白做工，别成爲一種語言動作，與人類實際之語言動作，終不能無多少之差殊，則歌舞的元素也。（此不徒舊劇然，即新劇亦然。如戲中説白，較通常之語言發聲不得不較高，音調不得不較緩是也。）惟其然也，故歌劇在戲劇中爲本支，而演劇則反在側生旁挺之列。今人之彼此易置者，實未知戲劇之性質者也。

歌詩，以言乎音節，則足以刺激人之聽官，而滿足其美感，以言乎所載之事實，則能以作者之理想，造出第二之人生，具作用與小説同。而其訴諸人之理想界者，又有一種偉力，爲小説之所不能及，則文詞之美是也。蓋歌詞實語言中之至美者也，如『欲乘秦鳳共翺翔，又恐巫山還是夢鄉』，翻成白話只可云：『我很想同你結婚，不知能否如願？』成何語言乎？又如京調，人孰不知其鄙俚，然如『走青山，望白雲，家鄉何在』，其意義，亦豈能以表白代之乎？吾嘗謂中國人本有兩種語言，同時并行於國中：一爲高等人所使用，文言是也；一爲普通人所使用，俗語是也。文言多沿襲古代，有不能曲達今世人之感想之憾，故白話乘之而興。小説利用之，能曲達今世人之感想，以饜足社會上愛美之欲望，遂於著述界中蔚爲大國焉。然以其爲普通人所用之語言，故較之高等人所用之語言，思想恒覺其簡單，意義亦嫌於淺薄。吾人所懷高等之感想，往往有能以文言達之，而不能以俗語達之者，如右所舉二例是也。職是故，戲劇遂能於小説之外，別樹一幟。蓋以其所敘之事實，雖較小説爲簡單，其於描寫現今社會之情狀，亦不如小説之適切，然其所用之語言，却較小説爲高尚，故能敘述比較的高等之感想，以饜人愛美之心也。即戲劇於同一時間之内，與人以刺激之分量較少，而其刺激之力却强也。然則戲劇所以能獨立於小説之外者，其故可知，而歌舞劇之當爲正宗，純粹科白之劇之實爲旁支，亦可見矣。

吾論小説至此，已累三萬言，可以休矣。今請略論作小説之法，以結此小説叢話之局。

第一理想要高尚。小説者，以理想造出第二之人間者也。惟其然也，故作者之理想，必不可以不高尚。使作者之理想而不高尚，則其所造出之第二人間，必無足觀，而人亦不樂觀之矣。《蕩寇志》組織之精密，材料之豐富，何遂遜於《水滸》？或且過之，然其價值終不逮者，理想之高尚不逮也。中國舊小説，汗牛充棟，然除著名之十數種外，率無足觀者，缺於此條件故也。理想者，小説之質也。質不立，猶人而無骨幹，全體皆無所附麗矣。然則理想如何而能高尚乎？曰：是則視人之道德爲進退。凡人之道德心富者，理想亦必高；道德心缺乏者，理想亦必低。所謂善與美相一致也。稽古説《詩》，曰『不得已』，豈必雅頌皆由窮愁不得已者。有其悲天閔人之衷，自有其移易天下之志；有其移易天下之志，自有其芳芬悱惻不能自言之情；發之咏歌，遂能獨絶千古。惟其真也，惟其善也，惟其美也，作小説亦猶是也。無悲天閔人之衷，決不能作《紅樓夢》；無憤世嫉俗之心，決不能作《水滸傳》。胸無所有，而漫然爲之，無論形式如何佳妙，而精神不存焉。猶泥塑之神，決不足以威人；木雕之美女，終不能以動人之情也。此作小説之根本條件也。

第二材料要豐富。理想高尚矣，然無材料以敷佐之，猶無益也。蓋小説者，以其體例之特殊故，凡理想皆須以事實達之，故不能作一空語。又以其爲近世的文學故，其書中所述之事物，皆須爲現社會之所有。而非如作古文者，以嚴潔不用三代兩漢以後語爲貴；又非如作駢文者，但臚列典故，以爲證佐，可求之於類書而已足。故作者於現社會之情形必不可以不知，而其知之又不可不極廣。蓋小説爲美的制作，貴乎複雜，而不貴乎簡單，既貴乎複雜，則其所描寫之事實，當兼賅乎各方面，而决不能偏乎一方面故也。（如作《紅樓夢》者，但能描寫賈母、賈政而不能描寫劉老老、焦大，即無味矣。）然則他種文學，其材料皆可於紙上求之，獨小説則其材料當於空間求之。（如《水滸》爲元人所作，其時社會之情形即多與今日不同，設作一小説以描寫今日之社會，而其所述之情形多與《水滸》相類，即成笑柄矣。）此作者之閲歷，所以不可不極廣也。此亦作小説最要之條件也。

第三組織要精密。所謂組織精密者有二義：第一事實要聯貫。組織許多複雜之事實而成一大事實，其中須有一綫索，不能有互相冲突之處。如兩人在書中初見時爲同年，至後文决不能其一尚在中年，其一已迫暮景也。此等處看似極易，然其實極難，作長篇複雜小説者，往往有束濕不及之處，遂爲全體之累。如《蕩寇志》與《水滸》相銜接者也，書中之事實，即不能有與《水滸》相冲突之處。然扈三娘在《水滸傳》中，僅與林冲戰二十合，即爲冲所擒，至《蕩寇志》中，陳麗卿之武藝與林冲相等，而扈三娘忽能與之大戰至數百合無勝負。又如《三國演義》關公斬顔良時，徐晃與顔良戰二十合，即敗回本陣，及關公敗走麥城之時，徐晃忽能與關公戰八十合無勝負。諸如此類，雖云小節，究之自相矛盾，未免有欠精密矣。第二主從要分明。書中之人物，孰爲主人翁，代表作者之理想；孰爲副人物，代表四周之境遇；不可不極爲明確，使人一望而知，然後讀者知作者主意之所在，乃能讀之而有所感動。若模糊影響，無當也。《儒林外史》所描寫之人物，極爲複雜，而組織上不能指出孰爲主人翁，事實亦首尾不完具，不能合衆小事爲一大事，究屬欠點。

如右所述，寥寥三項，然小説之佳否，自理論上判决之，不過此三者而已。三者兼具，未有不爲良小説者；具其一二項，則美猶有憾；若三者皆不具，未有不爲惡小説者也。中國向者視小説爲無足重輕之業，皆毫無學識之人爲之，於此三條件，往往皆付闕如，故小説雖多，而惡者殆居百分之九十九。今風氣一變，知小説爲文學上最高等之製作，且爲輔世長民之利器，文人學士皆將殫精竭慮而爲之，自兹以往，良小説或日出不窮，惡小説將居於天然淘汰之列乎？予日望之已。

或問：『譯述之小説與自著之小説孰良？』曰：『小説者，美的製作也。美之觀念，因民俗而有殊。異國人所感其美者，未必我國人亦感其美也。以言乎感人，譯本小説之力，自不若著者之偉大。然文學貴取精用宏，吸收異己者之所長，益足以增加其固有之美，則譯本小説，亦不可偏廢也。』

小說叢話

（成）

今試遊五都之市。十室之邑。觀其書肆。其所陳列者。十之六七。皆小說矣。又試接負耒之農。運斤之工。操奇計贏之商。聆其言論。觀其行事。十之八九。皆小說思想所充塞矣。不獨農工商也。卽號爲智識最高之士人。其思想。其行事。亦未嘗不受小說之感化。若是乎小說之勢力。瀰漫漸漬於社會之中。吾國今日之社會。其强半直可謂小說所造成也。小說之勢力亦大矣。

小說之勢力。所以能若是其盛者。其故何歟。曰、小說者。近世的文學。而非古代的文學也。此小說所以有勢力之總原因。而其他皆其分原因也。何謂近世文學。近世文學者。近世人之美術思想。而又以近世之語言達之者也。凡人類莫不有愛美之思想。卽莫不有愛文學之思想。然古今人之好尙不同。古人所以爲美者。未必今人皆以爲美也。卽以爲美矣。而因所操之言語。不同古人所懷抱之美感。無由傳之今人。則不得不以今文學承其乏。今文學。則小說其代表也。且其位置之全部。幾爲小說所獨占。（吾國向以白話著書者。小說外殆無之。卽有之。亦非美術）

稗乘談叢

兼 撰

載於《公言》一九一四年第一卷第二號。《公言》，於一九一四年十月由湖南長沙的宏文圖書編譯社創辦，楊昌濟、黎錦熙等編輯，注重於譯介『歐美日本最近之種種思潮』，以求『刷新社會』，達到『救亡』的目的（《〈公言〉雜志啓事》，載《湖南教育雜志》第三年第一期）。作者署名兼，不詳其人。本文列舉『證據』七點，以證明《紅樓夢》一書『爲滿洲人而作，且爲滿人明珠而作』。此説與當時錢静方、蔡元培等相合。

《紅樓夢》一書，説部中上品也。惟是書果何所指，終莫能詳。予幼時閲某筆記（忘其名），曾憶一則云：『雪芹游京師，館明相國家，明珠寡嫂美且豔，春日與雪芹邂逅於園中。夜遣婢致書招雪芹逾垣赴幽會，及期往，有梯在焉，拾級而登，忽聞空中語曰：「狀元騎墻人。」雪芹悚然，緣梯而返，情不可抑，乃復往，神語如故。雪芹不顧，徑抵麗人室，且以空中語告之。問何不懼，則曰：「狀元三年一個，美人千載難逢也。」旋事敗露被逐，乃作《紅樓夢》以洩忿。書中惟李宫裁一人堅貞清白，蓋即指其所私也。』此説頗近神怪，未足盡信，然是書爲述明珠家事，則固確而有徵。

明珠爲多爾衮後，賈赦、賈政、王夫人隱含攝政王三字，證據一。《姽嫿將軍詞》有一聯云：『丁香結子芙蓉絲，不繫明珠繫寶刀。』固已明明表示寶玉即明珠之變相，證據二。明珠主張撤藩，後三藩叛，明珠以激變獲罪，家産籍没；賈府亦被籍没，證據三。書中叙閨閣粧飾，均滿洲制度，寶玉結小辮，湘雲挽横髻，尤其顯著者且全書中不言纏足事，熙鳳、寶釵等均大足，證據四。寶玉之兄弟爲賈珠，賈珠者，假珠也，證據五。大觀園之描畫以江南隨園爲底本（見《隨園詩話》），而書中偏有返金陵，到南京去等字樣，是園在南而事仍在北也，證據六。雍、乾間，某王公以是書譏嘲滿人太甚，建議禁止之，其曰：『淫書猶託辭也。』證據七。綜上各端，故余確信是書爲滿洲人而作，且爲滿人明珠而作。

近日，坊間刊行之《中華小説界》及《小説時報》等書，列舉各聞人對於《紅樓夢索隱》之談，無慮數十説，亦云『典贍已而』，此説亦足以備一格耳。

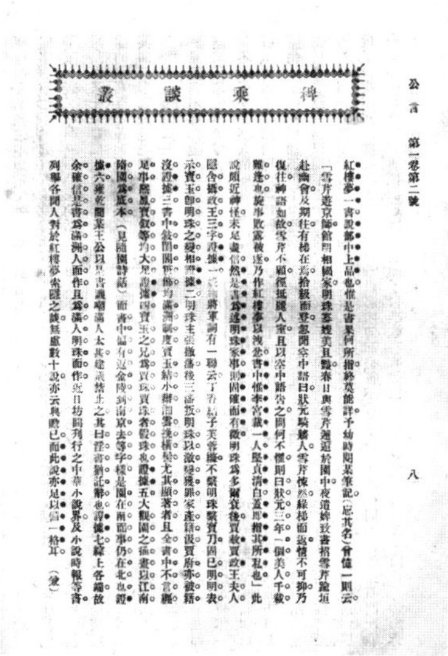

稗乘談叢

紅樓夢一書說部中上品也惟是書果何所指終莫能詳予幼時閱某筆記（忘其名）曾載一則云「雪芹遊京師館明相國家明珠姿姬美且艷春日與雪芹邂逅於園中夜遣婢致書招雪芹踰垣赴幽會及期往有梯在焉拾級而登忽聞窗中語曰狀元騎驢人雪芹悚然緣梯而返情不可抑乃復往細語如故雪芹不顧徑抵麗人室且以窗中語告之問何不懼則曰狀元三年一個美人千載難逢也旋事敗竄被逐乃作紅樓夢以洩忿書中惟李宮裁一人堅貞清白蓋即指其所私也」此說頗近神怪未足盡信然是書爲述明珠家事則固確而有徵明珠爲多爾袞後賈赦賈政王夫人隱含攝政王三字爲證一姽嫿將軍詞有一聯云丁香結子芙蓉縧不繫明珠繫寶刀固已明明表示寶玉即明珠之變相爲證二明珠主張撤藩後三藩叛明珠以激變獲罪家產籍沒賈府亦被籍沒爲證三書中敍閨閣服飾均滿洲制度寶玉結小辮晴雯挽橫髮尤其顯著者且全書中不言纏足事然鳳寶釵等均大足爲證四寶玉之兄爲賈珠賈珠者假珠也爲證五大觀園之描畫以江南隨園爲底本（見隨園詩話）而書中屢有返金陵到南京去等字樣是園在南而事仍在北也爲證六雍乾間某王公以是書譏嘲滿人太甚建議禁止之其曰淫書猶託辭也爲證七綜上各端故余確信是書爲滿洲人而作且爲滿人明珠而作近日坊間刊行之中華小說界及小說時報等書列舉各關人對於紅樓夢索隱之談甚盧數十說亦云與瞻已而此說亦足以備一格耳　（完）

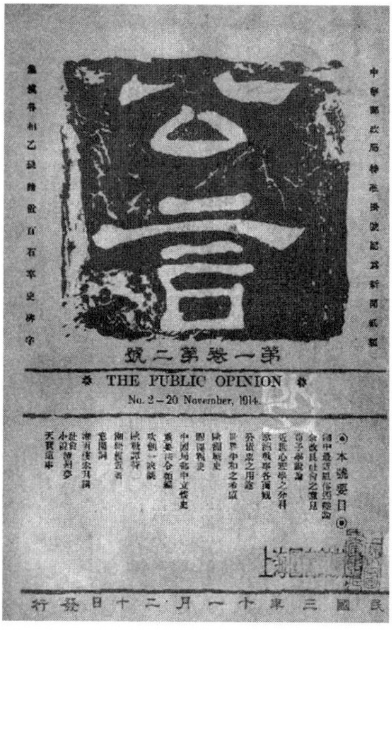

中華郵政局特准掛號認爲新聞紙類

公言

第一卷第二號

集漢魯相乙瑛請設百石卒史碑字

THE PUBLIC OPINION

No. 2 – 20 November, 1914.

民國三年十一月二十日發行

風月寶鑑考

伯經 撰

載於《香豔雜志》一九一四年第四期。《香豔雜志》，月刊，一九一四年冬在上海創刊，中華圖書館發行，新舊廢物（王均卿）編輯，共出十二期。内容除有小説外，兼有圖畫、論説、新形史、名閨片羽、譚藪、譯林、詩文詞選、工藝、遊戲等，豐富多彩。本文作者伯經，即沈鎔（一八八六——一九四九），號天呪生，浙江吴興（今湖州）人。光緒二十八年（一九〇二）秀才。曾任中華書局編輯、入南社，擅詩文，亦好繪畫與篆刻，發起創建『愚社』，編有《愚社唱和》。本文是一篇遊戲文章，用現代X光等來解釋風月寶鑑的兩面性。

風月寶鑑者，賈天祥用照王熙鳳而被焚於代儒者也。積薪一炬，幾疑天壤間不復有此物矣。欲海之濱，愛河之流，星月之夜，白光瑩瑩，遠望若華蓋離地，蓋偲有五相者曰：有寶藏焉，會浚愛河，卒得是寶，視之黝然。而黑以指叩其鈕，聲稟稟然。若敗革乃漬於胭脂，水中七日，復以鉛華翠黛，摩抄之，朗然有光。其質非銅非石，作心圓形，上有鈕四，一若大動脈、大靜脈、肺靜脈、肺動脈之總樞焉。虬斗文鐫其面，曰『風月寶鑑』，顧人世鮮有識之者。或曰是鑑之成，蓋出於女媧。女媧摶黃土爲人，即磨頑石作此鏡，年代久遠，上古之書籍無徵，未可信也。鏡兩面可鑑，惟光綫不同，其正面爲凹凸鏡之作用，能反射眼簾之影，故人有所見，印於眼簾即可反射，而呈其象，此天祥之所以見熙鳳也。背面爲愛克斯光綫，人對之能見其骨纍纍，然不爽一黍，此天祥之所以見髑髏也。統觀全鏡，實爲希世之寶，蓋愛克斯光綫發明僅數十年，而反射眼簾之光綫，無論我國即歐人，亦未嘗夢見。噫，可寶也已！賈氏子孫，間有是寶，毁家贖之，今將攜諸巴拿馬賽會場，一顯我國之奇珍。然恐世人不知其來歷將漠焉置之，予爲考定之如此。

諧文

風月寶鑑攷

伯耀

風月寶鑑者。賈天祥用照王熙鳳。而被焚於代儒者也。積薪一炬。幾疑灰燼間不復有此物矣。慾海之濱愛河之滸。星月之夜。白光一道。瑩瑩若華。蓋離地盈尺。有五相者曰。有寶鑑焉。合浴愛河。幸得是寶。視之黝然而黑。以指彈其鏡。錚錚然若撥革。乃浴於翳猶水中七日。復以錦華巾屢摩挱之。則然有光。其質非錫非石。作心圓形。上有銘四。一若大動脈。大靜脈。肺靜脈。肺動脈之總樞焉。蝌蚪文鐫其面。曰風月寶鑑。蹈人世。鮮有識之者。或曰。是鑑之成。蓋出於女媧。女媧摶黃土爲人。即證石作此鏡。年代久遠。上古之書。略無徵。未可信也。鏡兩面可鑑。惟光綫不同。其正面爲凹凸鏡之作用。能反射眼簾之影。故人有所見。印於眼簾。即可反射而呈其象。此天鮮之所以見鳳姐也。背面爲愛克斯光綫。人對之。能見其骨。桑桑然不爽一黍。此天鮮之所以見骷髏也。統觀全鏡。實爲希世之寶。蓋愛克斯光綫。發明僅數十年。而反射眼簾之光綫。無論我國。即歐人亦未嘗夢見。噫。可寶也已。賈氏子孫。聞有是寶。毀家贖之。今將攜諸巴黎

諧文　一

小説叢話

夢生 撰

載於一九一四年《雅言》第一卷第七期。作者夢生，疑爲陳大年（一八八二—？），字夢生，一作蘿生，室名漢木齋，廣東南海人，南社社友，民國初曾主持廣州《中華新報》。本文對於小説的評論估價極高，認爲「當與作者相當」，因爲有的小説就是通過「評而佳」。不過，夢生評書的目的只是爲了「排憂解悶」和「通身快樂」。基於此，本篇專論《金瓶梅》一書。他認爲，《金瓶梅》是「最佳最美之小説」。這是因爲它「寫社會下等人物無一不酷似」，「爲普天下奸夫淫婦、貪官惡僕、幫閒娼妓一齊寫照」，乃是一部「懲勸世人、針砭惡俗之書」。況且，《金瓶梅》全用白話，結構嚴密，文法妙絕。作者本想逐回加以評論，但事實上只評至第十回而後不見連載，恐作者讚美《金瓶梅》之詞不容於當時也。

讀小説不如評小説，以欲評小説，方肯用心細細讀，方有趣味。不然，任他讀了若干遍，未得一點好處。

小説最好用白話體，以用白話方能描寫得盡情盡致。之乎也哉，一些也用不着。

或謂小説不必全用白話，白話不足發揮文學特長。爲此説者，必是不曾讀過小説者，必是不曾領略得小説興味者。

小説難作處，全在白話。白話小説作得佳者，便是小説中聖手。

小説之爲好小説，全在結構嚴密，描寫逼真。能如此者，雖白話，亦是天造地設之佳文。

中國小説最佳者，曰《金瓶梅》，曰《水滸傳》，曰《紅樓夢》。三部皆用白話體，皆不易讀。

《水滸傳》寫豪傑義氣，《紅樓夢》寫兒女私情，《金瓶梅》則寫奸盜邪淫之事，故《水滸》、《紅樓》難讀，《金瓶梅》尤難讀。能讀此三書而能大徹大悟者，便是真能讀小説書人，便是真能讀一切書人。

《金瓶梅》是異樣妙文，《水滸》、《紅樓》亦是異樣妙文，吾無從軒輊，而吾亦不必强爲軒輊。

吾所謂能讀小説者，非粗識幾字，了解其中事實如何如何也。善讀小説者，賞其文；不善讀小説者，記其事。善讀小説者是一副眼光，不善讀小説者又是一副眼光。

《水滸》評的好,《金瓶》評的亦好。聖歎以真能讀小説之眼光,指示天下讀者不少。

聖歎評小説得法處,全在能識破作者用意用筆的所在,故能一一指出其篇法、章法、句法,使讀者翕然有味。評《紅樓》者即遠不如。

與其作小説,不如評小説。蓋以我之作者,不知費幾許經營籌畫,尚遠不能如前人所作;不如舉前人所已經營籌畫成就者,而由我評之,使我評而佳,則通身快樂,當與作書相等。

與其評尋常小説,不如評最佳最美之小説。蓋評尋常小説,既需我多少思量,且感得一身不快;不如評最美最佳之小説,頭頭是道,不覺舞之蹈之也。

世間最美最佳之小説,能有幾部? 則前人亦必如我之不肯放鬆,一一評過。前人既經評過,又何勞我之再評? 不知人生百年,有如一場春夢,我既引爲樂事,前人雖先我爲之,我又何必不爲? 我之所評者,自我心中扒剔而出。我既不認我抄襲前人,又不認前人與我暗合,我自與我排憂解悶耳。

我欲評此三書,第一當先評《金瓶梅》,以《金瓶梅》第一難讀,又第一難評故。

《金瓶梅》乃一最佳最美之小説,以其筆墨寫下等社會下等人物,無一不酷似故。若以《金瓶梅》爲不正經,則大誤。《金瓶梅》乃一懲勸世人、針砭惡俗之書。若以《金瓶梅》爲導淫,則大誤。

《金瓶梅》不許未成年之男女讀,以彼血氣未定必致誤會故。《金瓶梅》不許無知識之男女讀,以彼毫無見解必致誤會故。

讀《金瓶梅》須正襟危坐讀之,細玩其通篇文理,索解其言外命意,方是善讀者。

《金瓶梅》以絶世妙文，以受誤讀者之厄，致不能公行於世。誤讀《金瓶》者，真罪過不小。

《金瓶梅》洋洋灑灑一百回大書，作者非敢草率作去，評者亦不敢草率評來。總之，《金瓶》筆墨，非今人所能爲。

作者滿肚皮窮愁鬱憤，著《金瓶梅》一書，猶存忠厚之旨，不出真名，藉《水滸傳》武松報兄仇一案推演出來。愚者謂書中主人爲西門慶，既屬大誤；即智者謂書中主人非西門慶而實另指一人，亦復大誤。蓋《金瓶梅》專寫奸夫淫婦、貪官惡僕、幫閒娼妓，即無不可爲普天下奸夫、淫婦貪官惡僕、幫閒娼妓一齊寫照也。

《金瓶梅》者，合潘金蓮、李瓶兒、春梅三名者成一書名也。作者或另有命名之意，讀者亦不必過事刻舟求劍。日人翻印，改名曰《多妻鑒》，亦可。

第一回『西門慶熱結十弟兄，武二郎冷遇親哥嫂』，以冷、熱兩字對鎖作起，立意甚佳。

《金瓶梅》開卷以酒、色、財、氣作起，下却分四段，以冷、熱分疏財、色二字，而以酒、氣穿插其中，文字又工整，又疏宕，提綱挈領，爲一書之發脈處，真是絶奇絶妙章法。

寫『財』之勢利處，足令讀者傷心；寫『色』之利害處，足令讀者猛省；寫看破財色一段，痛極快極，真乃作者一片婆心婆口。讀《金瓶梅》者，宜先書萬遍，讀萬遍，方足以盡懲勸，方不走入迷途。

『屍横燈影，血染空房』是好色人的下場，是奸惡人的下場。爲好色人、奸惡人當頭一棒，警醒幾何？

有錢人家子弟而不善爲教育，未有不壞事、流於奸邪者。觀作者於西門慶大書特書曰『饒有幾貫家資……』却又百般愛惜，聽其所爲，所以這人不甚讀書』，可以警只知溺愛，不使兒子學正道者。無處不見作者苦心也。

於總冒下，一段總起西門交游，見其朋友中無一非『無益有損』酒肉之友；一段總起西門家庭，見其家庭無一非已造之淫孽。

叙西門結識之朋友，身分都盡，而獨提重應、謝二人，其餘無非陪客。叙西門之妻妾，又身份都盡，而獨提重月娘、大姐二人，其餘又無非是陪客。

寫熱結十弟兄，各人心事醜態，一一畢現。無端而死一卜志道，固在從旁襯出十弟兄之冷淡，以直照西門之死後；實緣作者欲出李瓶兒，不得不出花子虛，欲出花子虛，又不能另行提出一頭，故預先藉卜志道一死，便於將花子虛拉入熱拜之中，好隱約中將瓶兒帶出，以極文心之妙也。是作者苦心經營處，讀者不可爲之瞞過。

結拜十弟兄，何以必要在玉皇廟？以便於觀馬趙温黄四大元帥也。何以欲觀馬趙温黄四大元帥？以欲出元壇身邊之虎也。何以欲出元壇身邊之虎？以便引吴道官説出景陽岡有虎，使接入下半回觀打虎人文字不突厄也。奇絶妙絶章法，真令普天下作者拜倒。

爲欲説出景陽岡有虎耳，却一連陪了三個笑話，務使文字不板不孤，且令一時閒談情事俱盡。寫看武松，處處作十二分寫，寫得異樣聲勢。如此空靈筆墨，真是好看煞人。

使西門慶看武松，欲西門心中目中有一武松也，故看畢乃順勢遞入下半回文字。

自是以下，直至第六回，俱是本《水滸》事實演出來。讀者取《水滸》兩兩比較讀之，當見有增處，有減處，有詳處，有略處，有全易處，有稍改處，自成一篇章法，自成一種手筆，可以知同一文字變化之妙。於武二弟兄會見時，百忙中插入武大往事、金蓮出身一大段文字。敘王昭宣府一節，詳金蓮惡之所從出也；敘張大户一節，原金蓮之得嫁武大也。此節情事，較《水滸》爲足。

寫金蓮勾挑武松一段文字，真如火如荼。武二天人，到處俱見神威，不想《金瓶梅》一部禽獸世界中，有此頂天立地漢子。寫武二兄弟分别，語語皆從血性中出來，尤可歌可泣。

寫金蓮惡，寫王婆尤惡。金蓮雖淫穢，猶自無毒夫心腸，非王婆唆惡不及此，老虔婆真咄咄可畏哉！要知天下即今釀成傷風壞俗、毀倫滅理之事者，皆此老虔婆類也。

單提鄆哥捉奸一段，則文字不易特折，故藉街坊鄰舍一句順遞而下，便接來毫無痕跡。

寫毒殺武大一段，真鬼蜮森森文字。於西門口中説『我若負了心，就是武大一般』二語，預伏七十九回情事，發人警省，是作者苦心勸世處。

由第七回插入叙娶孟玉樓一節。書中寫玉樓處，另是一種身分。玉樓雖不貞，然猶憑媒妁之言，出嫁成禮，與始亂終娶有異，且無酖夫氣夫之事，與金蓮、瓶兒固迥然不同。書中特設玉樓一人，所以爲金蓮烜染也。張四一段，無甚深意，特特描寫社會人情耳。楊姑媽硬主張，具見財之足以動人。

第八回將金蓮一冷，從側面將娶玉樓、嫁大姐許多事情淡淡帶過。是文字避重就輕法，亦以從側面烜染，方見得文字妙處也。

第九回爲欲作《水滸》翻案文字。故一面令西門慶偷娶潘金蓮，一面令武都頭誤打李皂隸也。西門慶不必偷娶潘金蓮，若武二歸來，見嫂氏猶在，必追尋武大病死原由，將不能轉換章法故。武都頭不必誤打李皂隸，若李皂隸不爲西門氏替死鬼，則武二必報兄仇，西門將無活命故。作者藉此欲另作成一部書，故不得不翻案也。

第十回寫武松充配孟州，由西門入京浸潤所致，見西門之惡始著也，見民賊在上，使奸惡小人得志，魚肉人民，若此類者，不可勝道也。

十回下半，全爲欲出春梅耳。作者於春梅，俱以特筆寫之，故絕不寫其淫逸。寫淫逸最甚者，莫甚於金蓮。作者深惡而痛絕之，比之狗彘不若也。以狗彘不若者，而西門偏好之，明西門之不得列於人類也。《春秋》之筆嚴矣。

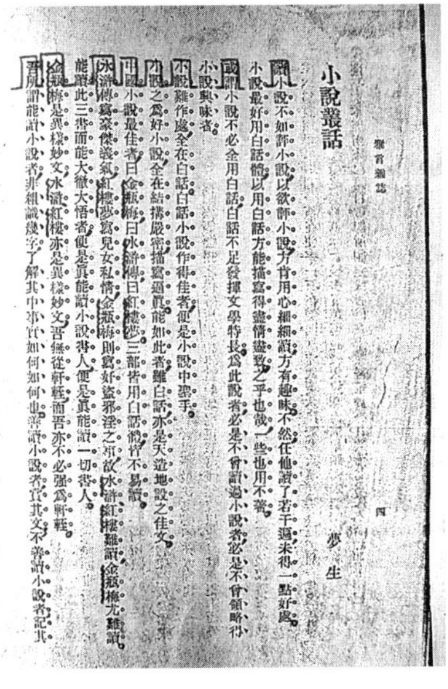
雅言雜誌　四

小說叢話　夢生

小說不如評小說，以欲評小說，方肯用心細細讀，方有趣味。不然任他讀了若干遍，未得一點好處。

小說最好用白話，惟以用白話方能描寫得盡情盡致，之乎也哉，一些也用不著。

或謂小說不必全用白話，白話不足發揮文學特長。爲此說者，必是不曾讀過小說者，必是不曾領略得小說興味者。

小說難作處，全在白話。白話小說作得佳者，便是小說中聖手。

小說之爲好小說，全在結構嚴密，描寫逼真，能如此者，雖白話亦是天造地設之佳文。

中國小說最佳者，曰金瓶梅，曰水滸傳，曰紅樓夢，三部皆用白話，惜皆不易讀。

水滸傳寫豪傑義氣，紅樓夢寫兒女私情，金瓶梅則寫奸盜邪淫之邪，故水滸紅樓雖讀，金瓶梅尤難讀。

能讀此三書而能大徹大悟者，便是真能讀小說書人，便是真能讀一切書人。

金瓶梅是異樣妙文，水滸紅樓亦是異樣妙文，吾無從軒輊，而吾亦不必強爲軒輊。

吾所謂能讀小說者，非祇識幾字，了解其中事實如何如何也，善讀小說者，賞其文，不善讀小說者，記其

《紅樓夢索隱》提要

王夢阮　撰

載於一九一四年《中華小説界》第一年第六、七期。作者署王夢阮一人。一九一六年中華書局印行《紅樓夢索隱》單印本，作者署王夢阮、沈瓶庵兩人。卷首附彩色像《清世祖五臺山入定真相》，有『悟真道人』的癸丑（一九一三）《序》、《例言》與《紅樓夢索隱提要》，後將索隱分插於一百二十回正文之中。作者王夢阮，生平不詳。沈瓶庵爲當時中華書局編輯，參見後文《古今筆記平議》提要。本提要認爲『其書大抵爲紀事之作，非言情之作』，『是書全爲清世祖與董鄂妃而作，兼及當時諸名王奇女也。……至於董妃，實以漢人冒漢姓，因漢人無入選之例，故僞稱内大臣鄂碩女，姓董鄂氏，若妃之爲滿人也者，實則人人皆知爲秦淮名妓董小宛也。小宛侍如皋辟疆冒公子襄九年，雅相愛重，適大兵下江南，辟疆舉家避兵於浙之鹽官，小宛豔名夙熾，爲豫王所聞，意在必得，辟疆幾頻於危，小宛知不免，乃以計全辟疆使歸，身隨王北行。後經世祖納之宫中，寵之專房，廢后立后時，意本在妃，皇太后以妃出身賤，持不可，諸王亦尼之，遂不得爲后，封貴妃，頒恩赦，曠典也。妃不得志，乃怏怏死，世祖痛妃切，至落髮爲僧，去之五臺不返。誠千古未有之奇事，史不敢書，此《紅樓夢》一書所由作也。』此爲當時索隱派的代表作之一。

《紅樓夢》一書，海内風行，久已膾炙人口。諸家評者，前賡後續，然從無言其何爲而發者。蓋嘗求之，其書大抵爲紀事之作，非言情之作，特其事爲時忌諱，作者有所不敢言，亦有所不忍言，不得已乃以變例出之。假設家庭，託言兒女，借言情以書其事，是純用借賓定主法也。

全書以紀事爲主，以言情爲賓，而書中紀事不十之三，言情反十之七，賓主得毋倒置？不知作者以正有不敢言、不忍言之隱，故於其人其事，一念唯恐人不知，又一念唯恐人易知，於是故作離奇，好爲狡猾，廣布疑陣，多設閒文，俾閲者用心全注於女兒羅綺之中，不復暇顧及它事。作者乃敢乘人不覺，抽毫放膽，振筆一書，是又善用喧賓奪主法者。明修暗渡，非尋常文家之能事已也。

開卷第一回中，即明言將真事隱去，用假語村言云云，可見鋪叙之語無非假語，隱含之事自是真事。兒女風流，閨帷纖瑣，大都皆假語之類；情節構造，人物升沉，大都皆真事之類。不求其真，無以見是書包孕之大；不玩其假，無以見是書結構之精。

作者雖意在書事，而筆下則重在言情。若不從情字看去，便無趣味。況無論爲真爲假，其事皆由一情字發生，故閲者又當以情爲經，以事爲緯。

全書百二十回，處處爲寫真事，却處處專説假語。其正事正文，或反藉閒筆襯筆中帶出，或從閒雜各色人口中道出。是書本爲寶、黛諸人作傳，其鋪陳家事，安插外人，不過視爲餘情點綴，豈知所謂正事正文者，大半即流露於此。例如秦可卿之喪儀，劉老老之入府，賈元春之歸省，與寶、黛諸人無涉，而當時之遺聞逸事在焉，所謂藉閒筆襯筆中帶出者是也；又如倪二之醉言，焦大之嫚駡，賈璉乳母趙嬷嬷之絮語，又與兒女風情無涉，而當時之盛衰時況見焉，所謂藉閒雜各色人口中道出者是也。（詳解均見分卷）

看《紅樓》萬不可獃板。大抵作者胸中所欲言之隱，不過數人數事，若平鋪直叙，只須筆記數行，即可了此公案，尚復有何趣味！惟將真事隱去，演出一篇大文，叙述賈府上下幾三百人，煞是熱鬧。然本事固甚有限，以假例真，儻拘拘一事一人，僵李代桃，張冠不得李戴，則全書不但人多無著，而且顛倒錯亂，牽合甚難。作者惟以梨園演劇法出之，説來方井井有條，亦復頭頭是道。蓋上下數百人中，不必一一派定脚色，或以此扮彼，或以彼演此，或數人合演一人，或一人分扮數人，或先演其後半部，再演前半部，或但用之此一場，即不復問其下一場，如此變動不居，乃見偌大舞臺中，佳劇迭更，名伶百出，無擁擠複雜之病，不然粉墨偕登，昆簧雜奏，雖作者亦以人多爲患矣。

書中正寓夾寫，比賦兼行，大有手揮五弦、目送飛鴻之妙。不善讀者，一落迹象，謂寶、黛實有其人，榮、寧實有其地，刻舟求劍，便不足與言《紅樓夢》。然全書行間字裏，亦自有其事其人，若一味談玄，謂百二十回一切皆子虛烏有，亦甚非《紅樓》之真知己也。天下解人最難，如是如是。

以《大學》、《中庸》講《紅樓》，期期不敢奉教，然作者實有得於經旨處，其美刺學《詩》，其書法學《春秋》，其參互錯綜學《周易》，其淋灕痛快學《孟子》。

書中最重命名之義，一僮一婢，姓名皆具精心，況全書總名，更非漫然著筆者，其關合事實，得絃外音。如是書原名《情僧録》，天下因情而僧者，本不一一，若出之富貴之家，金玉之質，則古今曾有幾人？此一可思也。其書又名《石頭記》，夫寶玉本無其人，通靈安有其玉，石頭一説更從何來，其稱石頭者大抵爲記石頭城之事，此二可思也。又名《金陵十二釵》，明言金陵，明言十二釵，則地屬江南，人爲閨閣，本有其事，實有其人，更爲明確，此三可思也。又名《風月寶鑒》，言風月則非閨門之常度可知，言寶鑒則寓箴規之大義可想，孰能當此，事甚離奇，此四可思也。其通稱之名曰《紅樓夢》，『紅樓夢』三字出之太虛演曲中，實括全書大旨，故以爲名。是名殆有二説：自情僧言之，羅綺幾時，黄粱易熟，空山回首，一片平蕪，此專重一『夢』字對事實而言，一説也；自諸女子言之，本出風塵，致身貴顯，青樓未遠，好夢難全，此專以紅樓對青樓而言，又一説也。兼采二説，則事在其中矣。本此五者求之，於全書大旨，思已過半。

全書百二十回之目録，大半皆明指真事，而特於書中敷衍一篇假文章，説來偏詳詳密密，使人讀書忘目，不復措意及此，故至今不知何指。如第三十回目中忽言椿齡，三十一回目中忽言白首，皆有意露洩春光處，不然，求之本回書中，殆不可解，故閲者疑爲舛誤，其然豈其然乎？（詳解見後）

作《紅樓》人必善作八股文，其全書皆創詞造意，點題處不過數語而已。

作《紅樓》人必善製燈謎，全書是一總謎，每段中又含無數小謎，智者射而出之。

全書中詞曲詩文謎語，皆關合事實者爲多，非漫然爲諸兒女作代筆，亦非故爲讖語，爲假設之人卜身世也。

書中以葫蘆廟開始，是作者狡猾處，言將真事隱去，全裝天下後世於悶葫蘆之内也。然書中於士隱未去之頃，又言廟被火焚，火化葫蘆，可見作者用心，不過假設迷藏，仍留一綫光明，出人於悶葫蘆之外。特閲者自墮情網，不復問咫尺天中尚有何事，葫蘆深處尚有何人，是以迷障相傳，全不知作者本意，是非葫蘆之過，但打破葫蘆者無人耳。

書中又言賈雨村入迷津，始終不能渡過，作者蓋預知後世閲者必爲其假語所惑，終身不悟，故特著此筆。言真事雖在葫蘆之外，假語却引入迷津之中，誤盡天下多少聰明，作書人得無罪過。

偌大一部文章，處處傳事傳神，皆如親見親聞，無絲毫乖舛疏漏處，是妙在善用一實字。而其流露正文，將伸復縮，全如蜻蜓點水，不脱不沾，又妙在善用一虚字。書中字字有來歷，是妙在善用一合字。處處寫影寫神，不著一重筆，不下一實筆，是又妙在善用一離字。虚虚實實，離離合合，乃演出一部神奇不可測之《紅樓夢》。

書中開口便言當日所有之女子，其行止識見皆出我之上，又言閨閣中歷歷有人，又言亦可使閨閣昭傳，又言不過幾個異樣的女子，又言半世親見親聞這幾個女子，可見作者用心，全爲當日異樣諸女子作傳。諸女子之行止識見不必全軌於正，而其人皆由至賤以致極貴，或戀故主，或念故夫，雖曰不奇，有所不可，作者親聞親見，知爲千古所無，不能不記其奇以告後世。然若而人者，謂之正不可，謂之邪亦不可，故第二回書中痛言正邪兩賦之理，偏重於優娼僧道一流，此即所謂異樣，所謂出人之上者也。無此諸女子，便無此情僧，亦無此種族興亡之世界，作者於此有驚奇、有隱痛，故專重諸女子立言，爲毀爲譽，殆有不能自定者，固亦傷心之作也。

是書成於悼紅軒中，曹雪芹先生增删五次，此書中所明言者。雪芹爲世家子，其成書當在乾、嘉時代（書中明言南巡四次，是指高宗時事，在嘉慶時所作可知），於明季清初諸女子，事隔百有餘年，斷難親聞親見。意者此書但經雪芹修改，當初創造另自有人。開卷第一回前半所言，乃初創者一篇自叙，事係親聞親見，故有味乎其言之。揣其成書亦當在康熙中葉，必及見聖祖一朝之盛，乃云蘭桂齊芳。當順、康之時，入關未久，天下文網尚不甚密，是書原本當不免有直率疏漏處，至乾隆朝事多忌諱，檔案類多修改（聞内閣尚有未經改之檔案，光緒中人猶見之），《紅樓》一書，内廷索閲，將爲禁本，雪芹先生勢不得已，乃爲一再修訂，俾愈隱而愈不失其真。雪芹爲《紅樓》功臣，繪像當凌煙第一，然亦必當初原本結構不凡，後來人乃肯爲盡力，考史事者，不可不於馬遷二十餘人外，爲别龕以祀兩君也。

然則書中果記何人何事乎？請試言之。蓋嘗聞之京師故老云，是書全爲清世祖與董鄂妃而作，兼及當時諸名王奇女也。

相傳世祖臨宇十八年，實未崩殂，因所眷董鄂妃卒，悼傷過甚，遁迹五臺不返，卒以成佛。當時諱言其事，故爲發喪，世傳世祖臨終罪己詔書，實即駕臨五臺諸臣勸歸不返時所作，語語罪己，其懺悔之意深矣。五臺有清凉寺，帝即卓錫其間，吴梅村祭酒所爲《清凉山贊佛詩》四章，即專爲世祖而發。廉親王允禩世子著《日下舊見》，載世祖七絶一首，末句云：『我本西方一衲子，黄袍换却紫袈裟。』近人《清宫詞》内有『清凉山下六龍來』之句，皆咏此事。又一説世祖出家在天泰山，爲京西三山之一，都人有『山前鬼王，山後魔王』之諺，魔王謂即世祖，衆口一詞，流傳不禁。剃度時作詩數章，傳本不同，有『來時鶻突去時迷，空在人間走一回』，又『百年事業三更夢，萬里江山一局棋』等句；又『我本西方一佛子，緣何流落帝王家』，與《日下舊見》中所載小異，均爲世祖出家之證。康熙之世，聖祖屢幸五臺，并奉太皇太后而行，皆有所爲。且至今京師諺語謂人虚誕曰孝陵，孝陵者世祖之空陵也。漁洋咏《鼎湖原》云：『多事橋陵一抔土，伴他鴻冢在人間。』即指此乎？又《茂陵懷古》一首亦對世祖而發，故有『緱氏仙何往，瑶池信不回』之句。父老相傳，言之鑿鑿，雖不見於諸家載記，而傳者孔多，决非虚妄。情僧之説，有由來矣。

至於董妃，實以漢人冒滿姓（清時漢人冒滿姓，多於本姓下加一格字，或一佳字，似此者甚多，不勝枚舉），因漢人無入選之例，故僞稱内大臣鄂碩女，姓董鄂氏，若妃之爲滿人也者，實則人人皆知爲秦淮名妓董小宛也。小宛侍如皋辟疆冒公子襄九年，雅相愛重，適大兵下江南，辟疆舉室避兵於浙之鹽官，小宛艷名夙熾，爲豫王所聞，意在必得，辟疆幾瀕於危，小宛知不免，乃以計全辟疆使歸，身隨王北行。後經世祖納之宫中，寵之專房，廢后立后時，意本在妃，皇太后以妃出身賤，持不可，諸王亦尼之，遂不得爲后，封貴妃，頒恩赦，曠典也。妃不得志，乃怏怏死，世祖痛妃切，至落髮爲僧，去之五臺不返。誠千古未有之奇事，史不敢書，此《紅樓夢》一書所由作也。

小宛既北，辟疆慮禍，託言已死，著《影梅庵隱語》以思之，故人多不知小宛之在世。如皋張公亮曾爲小宛傳云：

董小宛，名白，一字青蓮，秦淮樂籍中奇女也。七八歲，母陳氏教以書翰，輒了了。年十二，神姿艷發，窈窕嬋娟，無出其右，至針神曲聖、食譜茶經，莫不精曉。顧其性好静，每至幽林遠壑，多依戀不能去。若夫男女闐集，喧笑并作，則心厭色沮，亟去之。居恒攬鏡自語其影曰：吾姿慧如此，即詘首庸人婦，猶當嘆采鳳隨鴉，况作飄花零葉乎！

時有冒子辟疆者，名襄，如皋人也，父祖皆貴顯，年十四即與雲間董太傅、陳徵君相倡和。其人姿儀天出，神清徹膚，余嘗以詩贈之，目爲東海秀影。所居凡女子見之，有不樂爲貴人婦，願爲夫子妾者無數。辟疆顧高自標置，每遇狹斜，擲心賣眼，皆土苴視之。

己卯，應制來秦淮，吴次尾、方密之、侯朝宗咸向辟疆嘖嘖小宛名。辟疆曰：未經平子目，未定也。而姬亦時時從名流宴集間聞人説，則詢冒子何如人。客曰：此今之高名才子，負氣節而又風流自喜者也。則亦胸次貯之。比辟疆同密之屢訪，姬則厭秦淮囂，徙之金閶。

比下第，辟疆送其尊人秉憲東粤，遂留吴門，聞姬住半塘，再訪之，多不值。時姬又患囂，非受縻於炎炙，則必逃之鼪鼯之徑。一日姬方書醉睡，聞冒子在門，其母亦慧倩，亟扶出相見於曲欄花下。主賓雙玉有光，若月流於堂户。已而四目瞪視，不發一言。蓋辟疆心籌，謂此入眼第一，可繫紅絲。而宛君則内語曰：吾静觀之得其神趣，此殆吾委心塌地處也。但即欲自歸，恐太遽，遂如夢值，故歡舊戚，兩意融液，莫能舉似，但連聲顧其母曰：異人異人。辟疆旋以三吴壇坫争相屬，凌遽而别。

閱屢歲，歲一至吴門，則姬自西湖遠游於黄山白嶽間者，將三年矣。此三年中，辟疆在吴門，有某姬亦傾蓋輸心，遂訂密約，然以省覲往衡嶽不果。

辛巳夏獻賊突破襄樊，特調衡永兵備使者監左鎮軍，時辟疆痛尊人身陷兵火，上書萬言於政府言路，歷陳尊人剛介不阿，逢怒同鄉同年狀，傾動朝堂。

至壬午春，復得調，辟疆喜甚，疾過吴門，踐某姬約。至則前此一旬，已爲竇霍豪家不惜萬金劫去矣。辟疆正旁皇鬱壹，無所寄託，偶月夜蕩一葉舟，隨所飄泊，至桐橋内見小樓如畫圖，閒立水涯，無意詢岸邊人，則云：此秦淮董姬，自黄山歸，喪母抱危病，鐍户二旬餘矣。辟疆聞之，驚喜欲狂，堅叩其門，始得入。比登樓則燈炧無光，藥鐺狼籍，啓帷見之，奄奄一息者小宛也。姬忽見辟疆，倦眸審視，淚如雨下，述痛母懷君狀，猶乍吐乍含，喘息未定。至午夜遂披衣起曰：吾疾愈矣。乃正告辟疆曰：『吾有懷久矣，夫物未有孤産而無耦者，如頓牟之草，磁石之鐵，氣有潛感，數亦有冥會。今吾不見子則神廢，一見子則神立，二十日來勺粒不沾，醫藥罔效，今君夜半一至，吾遂霍然。君既有當於我，我豈無當於君？願以此刻委終身於君，君萬勿辭。』辟疆沉吟曰：『天下固無是易易事，且君向一醉晤，今一病逢，何從知余，又何從知余閨閤賢否，乃輕身相委如是耶？且近得大人喜音，明蚤當遣使襄樊，何敢留此！』請辭去。至次日，姬靚妝鮮衣束行李，屢趣登舟，誓不復返。姬時有父，多嗜好，又蕩費無度，恃姬負一時冠絶名，遂負逋數千金，咸無如姬何也。自此渡滸墅，游惠山，歷毗陵、陽羨、澄江，抵北固，登金焦，姬著西洋布裀紅輕衫，薄如蟬紗，潔比雪艷，與辟疆觀競渡於江山最勝處，千萬人争步擁之，謂江妃攜偶踏波而上徵也。凡二十七日，辟疆二十七度辭，姬痛哭叩其意，辟疆曰：『吾大人雖離虎穴，未定歸期，且秋期逼矣，欲破釜焚舟，冀一當，子盍歸待之？』姬乃大喜曰：『余歸，長齋謝客，茗碗爐香，聽子好音。』遂别。自是杜門茹素，雖有竇霍相檄，佻𠈁横侮，皆假貸賂賄以蟬脱之。短緘細札，責諾尋盟，無月不數至。

迨至八月初，姬復孤身挈一婦從吴買舟江行。逢盗，折舵入葦中，三日不得食。抵秦淮，復停舟郭外，候辟疆闈事畢，始見之。一時應制諸名貴，咸置酒高宴，中秋夜觴，姬與辟疆於河亭，演懷寧新劇《燕子箋》。時秦淮女郎滿座，皆激揚嘆羡，以姬得所歸，爲之喜極淚下。榜發，辟疆復中副車，而憲副公不赴新調，請告適歸，且姬索逋者益衆，又未易落籍，辟疆仍力勸之歸，而以黄衫押衙託同盟某刺史。刺史莽，衆嘩，挾姬匿之，幾敗事。虞山錢牧齋先生，維時不惟一代龍門，實風流教主也，素期許辟疆甚遠，而又愛姬之俊識，聞之，特至半塘，令柳姬與姬爲伴，親爲規畫，債家意滿。時又有大帥以千金爲姬與辟疆籌，而劉大行復佐之。公三日遂得了一切，集遠近與姬餞别，於虎疁買舟，以手書并盈尺之券，送姬至如皋。又移書與門生張祠部，爲之落籍。八月初，姬南徵時，聞夫人賢甚，特令其父先至如皋，以至情告夫人，夫人喜諾已久矣。

姬入門後，智慧絡繹，上下内外大小，罔不妥悦，與辟疆日坐畫苑書圃中，撫桐瑟，賞茗香，品評人物山水，鑒别金石鼎彝，閒吟得句，與采輯詩史，必捧研席爲書之，意所欲得，與意所未及，必控弦追箭以赴之，即家所素無，人所莫辦，倉猝之間，靡不立就，相得之樂，兩人恒云：天壤間未之有也。

申酉崩拆，辟疆避難渡江，與舉家遁浙之鹽官，屢危九死，姬不以身先，則願以身後，寧使兵得我則釋君，君其問我於泉府耳。中間智計百出，保全實多，後辟疆雖不死於兵，而瀕死於病，姬凡侍藥不閒寢食者必百晝夜，事平始得同歸故里。前後凡九年，僅二十七歲，以勞瘁卒。其致病之繇，與久病之狀，并隱微難悉，詳辟疆《憶語》哀辭中，不惟千古神傷，實堪令奉倩安仁閣筆也。

按：此雖言琬死，而又特書其致死之由與久病之狀，隱微難悉，傳志向無此例，皆是特筆。有『兵得我』一語，則其言外之意隱約可思。又嘗見辟疆詩中往往寓小鳥雙棲、大鵬奪去之概，則是小宛未死，被奪於兵，蓋可見矣。

董妃即小宛，雖不見於記載，然以張之傳、冒之詩證之，已微露其意。今欲考信，全在《紅樓夢》一書矣。故《紅樓夢》爲史家秘寶。

吴梅村《清凉山贊佛詩》四首，所言皆帝王之事，内有『陛下萬年壽，妾命如塵埃』之語，又有『南望倉舒墳，掩面添凄惻。戒言秣我馬，遨游凌八極』之語，又有『長恐乘風去，捨我歸蓬萊』之語，可見爲妃死出家者而作。不言所指，是當時忌諱，不敢明言。且自古無悼亡遁世之帝王，可見確爲清世祖而作。又第一首有云：『王母攜雙成，緑蓋雲中來。可憐千里草，萎落無顔色。』兩切董姓。又可見確爲董妃而作。董妃之爲小宛，不但冒詩、張傳足證，梅村《題董白小像序》中，語言含蓄，已見一斑。其詩中又云『相思千里草芊芊』，此『千里草』字，即與《贊佛詩》『可憐千里草』一聯相對照，兩用隱語，指一人也。且末章云『墓門深更阻侯門』，忽以侯門與墓門并言，意復側重，可見宛本未死，深在侯門，益信爲董妃即琬之證。詩中可證者尚多，不克盡舉（分卷詳之）。梅村稱爲詩史，信然信然。

又屈大鈞《道援堂集·大都宫詞》末首煞尾云：『更聞喬補國，愁絶緑珠篇。』緑珠一言，亦指小宛被奪事。可見一種流傳，久而未絶，其事殆不誣也。梅村《題董白小像序》中一則曰『時遇漂摇』，再則曰『奔迸流離』，中數語忽曰『苟君家免乎，勿復相顧』。其詞閃爍，與張明弼《小宛傳》語意略同。傳中有『寧得我而釋君一言』，更可爲小宛被擄實證。梅村《題像》詩云：『鈿盒金釵渾抛却，高家兵馬在揚州。』然則小宛之虜，殆先爲高傑所得耶？韓元山挽詩云：『繭絲久待方成匹，紈扇無緣得聚頭。』又：『白楊未種俱消歇，何處春風燕子樓。』其語意中但有室邇人遠之悲，決無玉碎香消之戚，强名爲挽，實僅吊辟疆耳。當日名流，人人弄筆，殆有意爲後來考信地也。

梅村《題董君書扇》詩云：『半折秋風還入袖，任他明月自團圓。』二語正喻夾寫，頗以小宛齒長入宮，爲納之者羞。又以他人聚首，爲辟疆羡妬。又《古意》六首之一云：『珍珠十斛買琵琶，金谷堂深護絳紗。掌上珊瑚憐不得，却教移作上陽花。』以金谷喻水繪，詩意尤爲明顯。漁洋山人《題冒辟疆妾圓玉女羅書》三首之二末句云：『洛川淼淼神人隔，空費陳王八斗才。』亦爲小宛而作，圓玉者，宛也。玉旁加以宛轉之義，故曰圓玉。女羅，羅敷女也。均有深意，神人之隔，又與死別不同矣。

全書爲演情僧之事，故耑耑注意鋪叙寶玉、黛玉二人。二人者以寶玉况情僧，以黛玉况妃子也。故書中叙二人之事獨詳，其餘諸人，或數十見，或十數見，或三五見，或一二見，或數言撩過，即不復見，全視其與寶、黛有無關涉，以爲疏密繁簡。作者毫無容心，故讀是書者，自當以寶、黛爲主，餘人爲賓，其以釵、黛并衡者，殆不知本義者也。

寶玉命名，非云自寶，言能寶愛此玉而已。玉指黛玉，即暗指小宛（書中凡言玉，大半皆用此例）。寶玉一生見玉則明，離玉則暗，得玉則生，失玉則死，若專爲此玉而來者，故曰寶玉。書不以玉名而名石頭記者，殆以蕴璞不完，喻小宛出身之賤而已。

黛之爲言代也，言以此人代小宛。

書中代情僧者，不止寶玉一人，而寶玉爲大主腦；代小宛者不止黛玉一人，而黛玉爲大主腦。故全部中凡演二人，必格外留意，一出場，一開口，一擡步，處處皆以全神灌注，寫來迴不猶人，譬之劇場，斯爲正脚，不能不令觀者喝彩也。

以寶玉演情僧，故時有與世祖關合處，作者雖不敢明露，然而帷燈劍匣，既蕴其光，馬跡蛛絲，自得其緒。如世祖臨宇十八年，寶玉便十九歲出家；世祖自肇祖以來爲第七代，寶玉便言一子成佛，七祖昇天，又恰中第七名舉人；世祖謚章，寶玉便謚文妙，文章兩字可暗射也。不然，和尚何必有謚？舉人亦安得賜謚？皆作者有意點醒處。

居寶玉於怡紅快緑。紅緑字樣，殆隱藏一青樓之青字，董白之白字（小宛名白）。曰怡曰快，以見至尊所樂，固在此也。名寶玉曰富貴閒人。富食萬方，貴有萬乘，人而至此，斷不能閒，偏偏好作閒人，以見情僧性情，自與人異。半閒宰相，鬥蟋可娱，天寶君王，打鼓是職，作者命筆，殆有諷乎？

寶玉遇賈政書房，必先下馬，殆「入朝則下過闕則趨」之義。王者之制，世子之禮也，非仕宦家所恒有。

寶玉畏政老如虎，可見周公負扆時，至尊有芒刺在背之苦，故名王死後，爵禄不終。

寶玉生而銜玉，亦對照世祖生有瑞應而言，隱示非常人之意。

寶玉名玉，故其一輩人皆從玉。玉旁實一王字，蓋隱指諸王而言也。諸王因寶玉得王，則寶玉爲諸王首，其人可想。

世祖上侍文皇后，寶玉上侍史太君，文史一義，亦暗射法也。

世祖頂髮高起，餘髮四圍若前朝，天生異相。書中一再叙寶玉之髮辮，四圍總結於頂心，亦隱指世祖異相處，言髮辮，并以見其爲滿人也。

寶玉與世祖闔合處甚多，分見各卷，不復詳舉，大抵皆幾微離合，迷離恍惚，不甚明顯，作者恐人不悟，故又有放膽明露處，名義顯然，特閲者不加察耳。如寶玉之伯名赦（雖從文旁，人斷無以赦名者，取其音耳），配邢夫人，父名政，配王夫人，總括言之，則爲赦爲邢爲政爲王，直言『攝行政王』四字而已。赦政在寶玉伯與父之間，攝政在世祖叔與父之間，兩相對照，無不恰合。其後赦被革爵，政又復職，皆事實也。且順治初年，攝政實有皇父之稱，雖檔案經後來修改（聞蔣氏《東華録》中頗記其實，今王氏本則改稱皇叔父矣，惜蔣爲禁本難得），而内閣所藏順治初年殿試册卷，其中尚多有書皇父攝政王，且單擡出格者，此亦徵文考獻者，不可不知者也。

寶玉不讀書而文采甚茂，是言聖人天亶聰明處。世祖優於文學，與寶玉正同。

寶玉一生，兒女情深，不喜談家國正事，大有不重江山重美人之意，處處爲情僧張本。

寶玉與蔣玉函，若即若離，是一是二。蔣玉函者，將玉函也。函者藏也。言此美玉，他人不得而有，獨此人能藴櫝藏之，金屋貯之，以紫檀爲匣，可謂函之固矣（玉函住紫檀堡）。侯門似海，從此蕭郎，大有爲冒氏子慨乎言之之概。恐人不悟，故又以襲人嫁玉函，以見佳人之終屬沙吒利也。襲人亦指小宛，不可不知（解見後）。

寶玉與北静王，若即若離，是一是二。當開國時，西南尚擾，惟北方大定，故曰北静。寶玉獨見重於北，是指開國時局勢而言。

寶玉與秦鍾，若即若離，是一是二。秦鍾猶言情鍾也。秦鍾眷智能，不過三日，寶玉眷妃子，已逾數年。然三日之情，便爲情死，視寶玉之出家爲何如？是言情之過於寶玉者，作一陪客。（一説以秦鍾喻寶玉，以智能喻鳳姐，乃暗指叔嫂之事，非也。智能之説，殆推小宛，讀張明弼《小宛傳》可以知小宛之智與能。書中譏叔嫂之事，意并不在寶玉、鳳姐也。）

寶玉與柳湘蓮，若即若離，是一是二。柳湘蓮言花柳相憐也。湘蓮心腸過冷，故號冷二郎，與寶玉之熱，正是反對。以尤三姐之美，珍璉求之不得，獨見柳生憐，以身相許。湘蓮應如何愛重，而視之在有意無意之間，因一語包羞，便思捐棄，故人不如故劍，離合太易，棄取太輕，必俟三姐飲劍於前，當時殉烈，乃復知惜知悔，以出家報之。跡其一生，全由心冷，雖同一遁世，然視寶玉之出家爲何如？是情之不及寶玉者。又作一陪客。

爲寶玉多延陪客，多分化身，乃易混人耳目。又以見富貴多姬人，出世之難，故爲奇特。

書中寫寶玉，亦有時兼指辟疆。作者以若許人，寫若許事，全不拘定某之爲某，所謂梨園演劇法也。

寶玉闔合情僧，處處可見。黛玉之與小宛，其闔合處尤多。請言其略：如小宛名白，故黛玉名黛，粉白黛緑之意也。小宛書名，每去玉旁，專書宛，故黛玉命名，特去宛旁，專名玉，平分各半之意也。且小宛，蘇人；黛玉亦蘇人。小宛在如皋，黛玉亦在揚州。小宛來自鹽官，黛玉來自巡鹽御史之署，巡鹽御史即爲鹽官。二字謎語趣甚（書中用謎語者甚多）。小宛入宮，年已二十有七，黛玉入京，年祇十三餘，恰得小宛之半，老少相形，抑亦謔矣。不特此也，小宛愛梅，故黛玉愛竹；小宛善曲，故黛玉善琴；小宛善病，故黛玉亦善病；小宛癖月，故黛玉亦癖月；小宛善栽種，故黛玉愛葬花；小宛能烹調，故黛玉善裁剪；小宛能飲不飲，故黛玉最不能飲；小宛愛聞異香，故黛玉雅愛焚香；小宛熟讀楚詞，故黛玉好擬樂府；小宛愛《義山集》，故黛玉熟玉溪詩；小宛有《奩艷集》之編，故黛玉有《五美吟》之作；小宛行動不離書史，故黛玉卧室有若書房；且小宛游金山時人驚爲江妃踏波而上，故黛玉號瀟湘妃子。瀟湘妃子之義，實從江妃二字得來，不然閨人斷無以妃自名名人者，蓋有本也。况小宛實爲貴妃，故黛玉不但有妃子之稱，且現妃子之服。又小宛著西洋褪紅衫，人驚絶艷，故瀟湘窗幀，獨言茜紗，均有意闞合處也。（小宛事均見《影梅庵憶語》）

小宛姓千里草，黛玉姓雙木林，天然絶對，巧不可階。且黛玉之父名海，母名敏，海去水旁，敏去文旁，加以林之單木，均爲梅字。小宛生平愛梅，庭中左右植梅殆遍，故有影梅庵之號，書中凡言梅者，皆指琬也。

小宛與黛玉，均善病工愁，大有西泠美人之態，故曰顰顰，故曰妃子。

小宛一見辟疆，便曰異人異人；黛玉一見寶玉，便吃一大驚，亦是有意映照。

小宛以母喪回姑蘇，黛玉以父喪回姑蘇；小宛教冒氏幼子讀詩，黛玉教薛氏稚妾學詩；亦是映帶筆墨。

寶、黛以中表之親，當兩小之年，不甚遠嫌，原無不可，然初見即同起居，至年長入園，仍復把袂牽衣，捫手捉臂，似失大家規範。不知書中所影之人，本爲伉儷，故不傷禮，若猷猷看去，則《紅樓》直爲亂禮之書矣。

書中寫寶、黛情况，在兄妹夫婦之間，忽從鳳姐口中道出相敬如賓四字，明是露龍一爪，作者殆冒險嘗試，然故出諸不通文義人之語言中，又可瞞過閱者，猾狡殆無倫比。

唐人爲《太真傳》，樂天譜《長恨歌》，君王妃子之深情，當時并不以爲諱，何等大方痛快。至後世事多忌避，故天下皆不敢明言，變例爲書，適成佳構。寶、黛名滿天下，傳之後世，人人艷而稱之，若當時按實立言，恐反無此美滿之筆。

寶、黛好處，全在作爲未娶未嫁，若已娶已嫁，因多妻互争名分，雖切事實，然便乏味，不足觀矣。

黛玉針對小宛爲全書之主人翁，故寫得格外矜重。然小宛事蹟甚多，又爲兩嫁之婦，斷非黛玉一人所能寫盡，故作者又以六人分寫之。《紅樓夢》好分人爲無數化身，以一人寫其一事。此其例也，六人爲誰？一秦可卿，二薛寶釵，三寶琴，四晴雯，五襲人，六妙玉。

秦可卿爲人温婉，得上下歡心，賈母以下兩府諸人，無不相憐相愛，賈珍夫婦尤覺佳婦勝於佳兒。小宛之在宫中，人人悦服，太后眷之尤篤，故追封之詔，以得懿旨爲詞。世祖所爲《董妃傳》中，叙妃事甚悉，均有與可卿相似處。妃之死後，宫人有欲以身相殉者，則寶珠一流人也。

小宛不得爲后，悒鬱而死，死後乃追封爲端敬皇后，故世祖所爲《傳中》，推美甚至，皆爲追封張本。《紅樓夢》叙可卿才德，亦從賈珍口中竭力道出，亦正爲重其喪儀也。溢美過情，事或相類。第十三回死封龍禁尉一段，即爲董妃贈后而作，不然禁尉一職，妻封僅五品宜人耳，何以鄭重書之，寫得如此密密層層，熱熱鬧鬧，直與辦埋大喪無異？其後史太君之殯，遜此遠甚，正可見董妃之喪，當時因世祖過悼，故爲隆重其儀，奢侈其費，世祖罪己詔中，深以爲悔，即言其喪逾濫不經，宜作者之染以濃筆也。

一説小宛因不得封，更多疑謗，自裁而死，故世祖痛悼。至於出家，《紅樓》書中，明言可卿病瘵。而第五回中，畫一美人懸梁，後來百十一回中，鴛鴦殉主時，獨見可卿在前，又似縊鬼作導。作書人於宫闈隱事，亦難深悉，故恍惚迷離，兩存其説，亦史家存疑法也（清人集中，亦有謂琬爲高所得，不得其死者，自縊一説，有由來也）。

又一説董妃妹貞妃，因世祖之去，自縊明貞，故康熙中特謚爲貞妃。鴛鴦所見，殆貞妃，非小宛也，其説亦當。

《紅樓夢》萬萬不能以禮法繩者，如寶玉之與可卿，尤須活看。但就書中行輩而論，則可卿分爲侄婦，年歲雖長，然豈便登床，安能入夢，唯所指本君王妃子，固自無傷，以乖倫亂禮目之，是不善讀《紅樓》者。

寶釵在書中爲黛玉勁敵，而作者則不甚注重，但藉以明正位有人而已。然亦有一二處隱喻小宛者。小宛好焚蓬萊香，手製百丸，稱爲閨中異品（見《影梅庵憶語》）。寶釵冷香丸之製，即由此脱胎。况釵號曰蘅蕪君。蘅蕪者，蘼蕪之屬也。古樂府採蘼蕪之詩曰：『使君自有婦，羅敷自有夫。』小宛之與情僧，恰合此兩言境地。作者借寶釵一發，殆有慨乎。其言之紅麝串一説，當亦是琬娘常御之品，特言爲宫中所賜，其物可見矣。小宛肌香膚白，不類常人，作者既一寫其香於黛之袖，又一寫其白於釵之臂，分傳其事，可見琬娘之美本兼人，可卿又有兼美一名，亦是點睛之筆。

寶釵亦有時寫陳圓圓，因薛蟠類及之也。亦有時寫劉三秀，因周瑞家順帶之也。不可拘看。

寶琴事蹟甚少，但云嫁梅翰林。又云手折紅梅，梅指影梅，當喻小宛嫁辟疆以前事。小宛未嫁時，游蹤甚廣，楚越間屢泛蘭橈。書言寶琴幼隨父商（小宛母死亦隨父），多歷山川異國，即隱以指此。且小妹懷古之作，多藏古美人名，與小宛《奩艷》一編，專集古今閨秀者，亦相對照。作者於小宛，一聞一事，無不借人以傳，是欲人作面面觀也。

晴雯爲黛玉影子，實亦即小宛影子也。其性情剛婉，不必盡同，而情僧無緣，則與黛同慨。晴雯喻小宛處，最重在病中出園一事。清世家法，自妃以下，均不得死於宮中，視病危時，即移之吉祥房内以待其斃。晴雯被逐出園，逾夕即死，其被逐不過爲死之張本，不必戡看，惟死時則明在園外矣，骯髒一室，寂寞無人，想見吉祥房之慘狀。以妃愛眷之隆，而身賤不得爲后，其下場仍不出此。作者殆深爲致惜歟。

襲人服侍賈母時，心中眼中只有賈母；服侍寶玉時，心中眼中只有寶玉。此兩言似美其人用心之專，然天下之善改節人，隨時變志，何莫非由此而失。襲人嫁玉函，大抵一心亦只有玉函，書雖未言，而歟後可想，風塵中最多此類行逕。以琬之卓卓，而亦不知所專。在冒氏則情深，在宮闈則恩重，艱難一死，兩負夫君，以花大姐稱之，見其究不免爲倚門人物而已。

寫襲人其先愈不能捨寶玉，愈足見其後來之無耻。小宛別辟疆時，是何情況，作書人殆不免想像存之。

妙玉似小宛處，但工於烹製杯茗一事而已。然其自命過高，終歸不潔，亦正合小宛前後身分，但其大段，仍指圓圓，故關合琬處較少。

分寫小宛者七人，人各得其一體，而輕重濃淡，及抑揚褒貶，七人亦各不同。大抵七人之中，以黛玉專寓美，以寶釵專寓刺；以晴雯專寓美，以襲人專寓刺；以寶琴專寓美，以妙玉專寓刺；可卿則美刺兼之。千古美人，作者不肯輕放一步，分合軒輊處，煞費苦心。

寶、黛之婢，命名均有深意。襲人言襲人之巢以得此人也，指來時而言。晴雯言晴天一霹靂也，指死時而言。雪雁言南人之在北也，指人地而言。紫鵑言帝子善啼血也，指情況而言。均暗合事實，無一閒筆。

《紅樓夢》叙諸女子，除釵、黛數人外，惟四春姊妹最有關係。四春姊妹蓋合況陳圓圓一人者也。圓圓名沅，號圓圓，本玉峰歌妓，傳者所謂聲甲天下之聲，色甲天下之色者（見陸士雲《圓圓傳》）。明末時爲田貴妃父田宏遇所得（鈕氏《觚賸》則謂爲周后父所進，後歸田氏），以思陵憂國，進之宫中，未久旋出。書中蓋以元春入宫，未久即歿，況其初一步也。圓圓後歸吴三桂，留京師，適李自成入京，爲其帥劉宗敏所得，以賊黨之貪淫昏暴，圓圓亦曲意事之。書中又以迎春誤嫁，況其第二步也。自成敗走，圓圓仍隨三桂以行，開藩滇南，卒以不返。書中又以探春遠嫁，況其第三步也。三桂建號，圓圓知不能久，遂請於三桂，削髮爲尼，三桂爲之築園以居。三桂死後，不知所終。書中蓋以惜春出家，仍居園内，况其末一步也。作者於小宛之外，最注意圓圓，爲其爲種族之禍所由起，故亦以數人分寫，蓋重之也。

元春名元，既寓沅之半形，又兼圓之全音，其指圓圓最顯，恐人覺悟，故云生於元旦，又加一春字，以别之。露尾藏頭，作者慣技。

一説睿王妃死，用御寶追封其妃爲正宫元妃，故書中特著元妃二字，義或兼有。

元春入宫時，先有所謂周貴妃者。周字上半隱含一田字，言圓圓因田貴妃以進身耳。一説崇禎后爲嘉定伯周奎女，圓圓即奎所進，故先有周娘娘其人。此説亦當。

自成在京時，三桂疑圓圓已死，故書中有因訛傳逝一段文字。

迎春稱二木頭，亦自有説。傳者謂圓圓身事三桂，而心忠於桂王，兩桂縈心，故云二木。説亦有致。

迎春被孫氏子虐，蓋以赦老欠債故，孫氏子殆冀得財者也。自成搜括京師，宏遇被刑最重。一説宏遇被虐之日，圓圓雖受聘尚未適吴，仍在宏遇家，其同時遭遇荼毒，亦可想見。中山狼，蓋斥自成也。

一説遏必隆尚格格（即郡主），曾有禁通母家，并叱辱欺凌事，順治初被人告發，書或指此，理亦或然。是書隨意夾寫，原不必拘定一事一人，閲者不可獃看。

迎春亦兼寫孔四貞事，應與湘雲合看。

探春才能出衆，矯然於姊妹行中，惟爲庶妾所生，若或自恨。圓圓在滇，儼居宫闈，三桂欲正其位，圓圓特以身賤辭，以庶出喻其出身之微，其意隱約可見。

圓圓在滇，凡三桂軍國重事，皆有贊助，故探春有理家政一事，隱喻其能。

惜春因被盗之後，出家之念益堅。説者有謂其失身群盗者，以時地考之，强暴誠爲可慮，然書中未言，正不必拘拘作實。但入三桂之手，亦與失身群盗無殊，悔而披緇，於理亦當。况明知三桂不長，能不早自爲計耶？一説妙玉亦指圓圓，雖有自潔之心，終難出盗賊之窟。圓圓爲尼，仍不能與三桂絶，自污實甚，故作者譏之。又諸家傳志，均言圓圓不知所終，或者卒爲兵掠乎？觀於妙玉之事，殆可知矣。

襲人本名珍珠，亦兼指圓圓，珠寓圓之意也。圓圓身侍正僞數朝，其圓熟可想，以襲人譬之，殆女中馮道一流也。

圓圓亦善詞翰，特不以詩名，故書中言四春姊妹通筆墨，獨不能詩。探春更擅長書翰，亦是針對圓圓處。

湘雲有四説。一説指眉樓顧夫人。夫人字横波，嫁老夫而早死（横波爲龔芝麓尚書妾）。湘雲名湘，即取洞庭始波之意，少孤而早寡，與夫人同一傷心，此一説可通也。又一説指孔四貞。四貞爲孔有德女，有德殉難，太后養之宫中，位視和碩格格，後嫁孫延齡。延齡死復入宫中（順治末年孔有德女應册封東宫皇妃之旨。康熙初年，又有孔四貞開藩廣西之諭。不知爲一爲二？相傳四貞爲聖祖所納，當非無因)，此一説亦可通也。又一説兼指卞玉京、卞嫩姊妹。京善詼諧，嫩復早寡，故爲寫照，此一説亦可通也。又一説指明長平公主。思陵殉國時，公主尚幼，故書中云湘雲早失父母。思宗曾斷公主一臂，故書中言湘雲獨冂吃(書中凡言人一疵一美，皆有用意，特不必拘拘於部位耳。鴛鴦有雀斑，亦是此例。解見後)。清初求得公主，太后恩養之，仍待以貴主之禮，然依人作嫁，當時情遇可想，故湘雲姓史，獨爲太君内戚，依叔父母以居，事事多不如意，景况與公主正同。公主早夭，湘雲早寡，其薄命更復相似。湘雲叔名史鼎，言鼎革之義，似此一説可通也。以全書考之，究以四貞爲近。

王熙鳳指豫王也。全書以女喻女，此獨以女喻男，故於熙鳳一出場時，便言自幼充男兒教養。又云學名熙鳳，自明變例，特筆書之，閲者不可輕易略過。

寫豫王事，往往以熙鳳與賈璉合寫。豫王下江南，賈璉亦下江南；豫王得小宛而歸，賈璉亦伴黛玉而歸；璉云吾家安得再發一宗大財，説者謂璉得林氏資産，大非大非，殆指江南之子女玉帛而言也。璉夫婦房中婢妾三人，一曰平兒，言平定南服也；一曰豐兒，言得財獨豐也；一曰彩明，言蹂破明社也。賈母見黛玉時，指鳳姐爲南邊所謂辣子，曰南邊，曰辣子，可見薑桂之性，名在江南，受其荼毒者多矣。

豫王爲睿王弟，故獨得爲輔政王。賈璉夫婦以係王夫人内親，得秉榮府之政，情勢正合。元春有歸省消息，賈薔回明鳳姐，將赴江南採辦幼女，鳳姐慮其不能事，此非閒筆，實一大段公案也。大兵下江南時，淫掠最甚，幾於逐户窮搜，少有姿色者，輒被掠北去。平定後仍絡繹道路，搜求不絶，美其名曰採辦秀女。曾有御史參奏，奉旨申飭，後江南民怨過甚，内廷知其不可，乃將豫王召還，并聞當時有内廷并無採辦秀女之詔，而孝莊文皇后，亦以不準纏足女子入宫之諭，懸鐵宫門，讀《過墟志》等書，知江南民間嫁娶紛紛，想見當時採辦之虐。賈薔本鳳姐羽翼，蓋英王一流人也。

豫王名多鐸，其子名多尼，似以多爲姓者。賈璉所歡曰多姑娘，是誠多其姓矣。多渾蟲之稱，當時或有此號。

寫璉、鳳事，亦有時兼指睿王，亦或上及宫中，全不可獃看。以大觀諸人代寫一部史事，但重其事，不論其人也。

劉老老非閒人閒筆，亦當時一大段公案也。豫王下江南，得虞山黄亮功妻孀婦劉氏以歸。氏年將老而色不衰，王初得之，誓死不從。王優遇之，被以花封，許以正位，以一媪從容説之，乃委曲相就，侍王多年，大得寵幸，其母家亦常通往來，女若婿皆相依爲生活，後人有《過墟志》之作，蓋爲孀也（《墨餘録》中有《孀姝奇遇》一則，亦記此事）。書中明言姓劉，又明言老寡，又明言與婿家相倚，皆是有意點題。以老老見稱者，譏其年非少艾、女已有子而猶嫁也。孀受豫王殊知，故老老獨與熙鳳親密，處處闗合，知其事者一覽可知。惟作者義主滑稽，故描寫村嫗情態，無微不至，孀雖齒長，來自田間，特老不至是，村氣亦不至是，作者意在相諷，故特重之。

孀有兩兄，仲氏乖巧，見孀遂留，故書中與老老偕來者，有青兒一人，青言有情也。伯氏拘執，見孀輒怒而去，書中又有板兒一人。板言迂板也。此等處皆不落空。

清白家風一李紈，此讀《紅樓夢》人人所恒言者。李紈在書中誠一柏舟之賢婦。然作者本意，則借以反譏劉孀也。名之曰紈，言孀之見華衮而動也；字之曰宫裁，言孀之著宫服以居也。且正以李之寡，喻劉之寡；以李之節，喻劉之不節；李之戴珠冠，穿鳳襖，純俟子貴得來；若劉之焜耀冠帔，對之未免有媿。太虚幻境册中咏紈之詩，大都皆反譏之筆，豈果爲紈云爾哉？

李紋、李綺，皆因紈而來。想見劉孀得意時，母家往來之盛，命名亦用紋、綺等字，譏劉孀之縈心華衮也深矣。

巧姐或謂指睿王之養子多爾博。多爾博，本豫王子也。當睿王獄起之時，巽親、敬謹、端重三王，有推井下石之勢，多爾博收養於睿王，幸未得禍。正與賈環、賈薔、賈芸三人謀嫁巧姐事同。巧姐避居鄉間始免，後仍得歸，亦與多爾博終得復爵事相類。鳳姐以女喻男，故巧姐亦同此例。或謂巧姐指劉孀之女而言，故獨爲鄉人婦孀之女即可爲王之女也。此説亦通。

尤氏不必有所指，但一油滑之物而已。或謂指睿王妃博爾沩錦氏，或謂指朝鮮王女之爲初睿王妃者，二者皆有妹爲王所納，故以相譬。

尤二姐指肅王妃博爾沩錦氏也。肅王爲睿王幽縶而死，遂納其妃，與睿王妃本姊妹行，故曰二姐。二姐有夫張華，爲鳳姐陷之獄，正與縶肅王事相類。肅王名豪格，豪與華義亦可通。

尤三姐或謂指世祖繼后而言。后亦姓博爾沩錦氏，年最幼，故曰三姐，世祖冷心舍去，其決絶有如柳二郎，故后可比之尤三姐。惟伏劍身死，則似又兼指貞妃。

邢岫煙亦不知何指，或云寇白門之在朱保國家，始雖貴盛，後以國變致貧，故有岫煙之苦況。一說指鴛水黃媛介事。媛介字皆令，歸楊世功，世功久在外，皆令甚貧，倚賣文爲活，依柳夫人如是絳雲樓以居，梅村曾有詩記其事，所謂『鹿門獨有賣文錢』者是也。

夏金桂指三桂妃也，其悍妬爲世所罕有。婢中寶蟾，亦兼指圓圓。寶蟾，月也，月有圓之意，故以相況。《觚賸》言三桂妃悍妬絶倫，群姬之艷而進幸者，輒殺之，唯圓圓能順適其意。噫，所謂順適其意者，得毋助桀爲虐耶！書中描寫寶蟾，殆有深意。

香菱本名英蓮，指三桂妾蓮兒也。蓮荷一類，故太虛册咏香菱詩中有「根并荷花」之語。蓮兒以奇女子，侍三桂以終，故詩中有『兩地孤木，魂返故鄉』之嘆，『兩地孤木』隱一桂字也。蓮兒與圓圓同侍三桂，故書中又多以香菱寫圓圓。

傅秋芳似指宏光選后，中山徐女之倫名在選中而未得嫁者。

鴛鴦亦書中佼佼者，其前半寫李香君，後半寫柳如是也。香君爲秦淮名妓，與侯生朝宗善，開府田仰聞其名，欲致之，香君破面流血，血污素箋，卒不往，楊龍友就污痕繪桃花，傳爲韻事，故後有《桃花扇傳奇》之作（其事《板橋雜記》不載）。鴛鴦剪髮以謝赦老，矢言以絶邢氏，且自此遂佯遠寶玉，不交通熙鳳，與香君不欲侯生通王將軍，以絶阮大鋮之望者正同。鴛鴦面有雀斑，狀香君之面有觸痕也。其後賈母壽終，鴛鴦卒以身殉，蓋蓄志有素者，其時喪費支絀，禍盜將臨（看第百十一回自知），必俟諸事井然，殯宫將出，乃於前一夕從容就義，非忠與智兼，何易幾此。是與柳夫人如是之殉錢牧齋，直同千古。相傳牧齋晚年多債，卒後諸無賴欺公子弱，將攫其喪，柳夫人以計扃之於家，身自縊死，遺書遺人告官府，乃置諸無賴於法（事見《柳夫人傳》）。柳縊死，鴛鴦亦縊死；柳以少殉老，鴛鴦亦以少殉老；柳布置井井，鴛鴦亦布置井井；柳死在無賴肆欺之日，鴛鴦死在群奴召寇之時。情事并同，傷心無限，以鴛鴦一身寫兩奇女子，其美鴛鴦者深矣。

麝月亦取義圓圓，故人謂麝月爲襲人影子。

柳五兒取喻董年。董固小宛妹，後徵入宫者，即貞妃也。五兒爲晴雯影子，承恩在將出家之前，情況亦與年似。

鶯兒言其巧言如簧，善於籠絡而已（見三十五回），譏寶釵也。

抱琴、司棋、侍書、入畫四人，蓋合寫圓圓之兼擅其能耳，故爲四春姊妹之婢。

小紅指洪文襄也，本侍怡紅，忽依巢鳳，明示改節，大義懍然。小紅之明慧可人，正如文襄之通方能事；小紅之善於詞令，正如文襄之優於文章。且紅與洪同音，稱曰小紅，意蓋輕甚（本事詳分卷中）。

齡官指范忠貞承謨也，説詳分卷。

趙姨娘指睿王姬妾中之善妬者，周姨娘特反襯一筆，言其如雲之盛，賢否不同而已。一説指康熙時允禔一輩人，亦確。

彩雲、彩霞，均易散之意，指睿王不久即敗而言。

金釧、玉釧，殆亦合寫小宛姊妹。或曰乾隆時宮中隱事，意或然歟？

各房婢妾，有名者極多，不必一一均有所指。劇場中有正脚，便有配脚，若人人著意，必致兵少將多，何以建此旗鼓？

書名十二釵，所指均金陵名妓，最重者二釵而已。陳、董皆位列宫闈，身關世變，故書中反覆及之，餘則隨意拖帶而出，不必重寫其人，亦不必凑足其數。若因有十二釵之名，便欲向書中尋出十二人以當之，未免刻舟求劍，不知太虚幻境正册、副册、又副册中先缺額矣。看《紅樓》不可獃板，此類甚多。

寧、榮先世名賈代善。清初禮親王行輩最長，亦名代善，是有意指點處。

賈敬似指孝端文皇后，好道獨居，故不與時政。

賈赦字恩侯，言睿王革爵復爵之事也。

賈政字存周，言開國之初，攝政若存自取之心，人亦無如何者，然王卒循周公撫成王之意，故曰存周（乾隆中復睿王爵時詔書，即申明此義）。言存周，賢之也。

賈珍當指肅王一輩人，其行事驕縱亦相等。亦有時兼寫睿王及三桂之事，不可拘定。

賈璉言假廉也，想見下江南時之貪暴。

賈蓉言有容也，能容其妻，能容其父，度量非人情所恒有。然容有忍之義焉，故睿王易敗也。

賈薔言强梁也，亦指下江南時事。

賈環言儇薄也，字義與敬謹、端重等字適相反。豫王死後，攝政命巽親、敬謹、端重三王輔政，其後陷睿邸者，即三王也。環與芸、薔同理家事，與三王時事正合。其譬鳳姐亦情實也。賈芸專爲小紅而設，其命名之義詳分卷中。

賈芹言假情也，水月庵言鏡花水月也。當時以名妓而爲優婆夷、爲女道士者甚多，即陳、董之高潔，亦可以僧尼爲喻。一時王侯將相，均在鏡花水月中，可付一慨。

賈瑞言其鋭也。瑞之欲得鳳，正與豫王欲得劉嫞事相同。然王以從容得之，瑞以過鋭失之。讀《過墟志》可以見王之煞費苦心，不能不笑賈天祥之孟浪從事。有意反寫一段，故以鳳姐當之。

王公向不以字傳，故賈氏王字輩中人，均有名無字，獨賈瑞有字者，言其獲遇劉氏，如得天之祥，殆狀其矜寵過甚之態。

薛蟠指吴三桂，其荒謬略同。蟠之爲言攀也（又一説見第一回『雪澌澌』注）。其在京揮霍情狀，則夾寫明時貴戚周奎、田宏遇輩之驕縱豪奢，雖犯法而不顧。蟠爲賈府外戚，故可兼喻。

甄寶玉是暗指福王。寶玉在北，甄寶玉在南，遥遥相對。福王不慧，而書中特反寫之，殆不忘故國之意。其抄家復職，亦言明季諸王屢興屢橪而已。

邢大舅，指順治時之所謂國舅者。

冷子興是書中一緊要人物，藉以叙述賈府來歷。書中凡言冷，大抵均指滿族，言北方苦寒之族解見分卷。

焦大言驕且大，故敢於使酒罵主。不必實有其人，特藉其口中點明時事耳。又一說是指圖賴，也。冷子興者，言滿人從此興盛。作者不無種族興亡之慨。

包勇亦指三桂，以明臣爲清滅寇，雖勇而未免包羞矣。

倪二言二尼也。巽親王名多尼，敬謹親王名尼堪，均敗睿王者。

書中凡隨時隨事命名者，均不必有所指。以音合者，如封肅不過言素封，嬌杏不過言徼倖，詹光言其沾光，聘仁言其騙人；以意合者，如碧痕不過言弄水，小鵲不過言報信，茫茫、渺渺言其子虛，大荒、無稽言其難信，均此例也。

寧國、榮國兩名，特言其過榮過寧，卒歸於不榮不寧耳。

書中寧字，常藉以諷慈寧中人。

書中榮字，常藉以諷睿王。王名多爾衮，取榮於華衮之義，故以榮字暗指。

大觀之名有上林春苑氣概，園中布置有離宫别館規模。

通靈玉及金鎖，贊文均與傳國璽文相似，亦隱指身分處。

冒氏有水繪園，賈府有蕙芳園，惠繪同音，巧於闕合。

全書最重人口吻，每一開談，惟妙惟肖，上下三等人，其口吻人各不同，并顯然各有其等。書中襲似釵，麝似襲，而麝口吻終遜於襲，襲終遜於釵，黛玉、晴雯、柳五兒三人亦同是分上下三等也。格律精嚴，故人不覺其爲假語。

全書於宫廷制度、國家政令，言之最詳，可見其託體所在。

全書叙三教九流、五方百技，無所不有，是京師繁盛氣象。

書中有南安、忠順諸王，是爲清開國封異姓恭順、懷順、平西、平南諸王寫照，非賈氏，故知其爲異姓也。

全書叙兒女閒情，三五回後必插寫一段真事，閒情中亦往往隱寓譏諷，全不可忽略看過（分卷中二指出）

書中明言恒王殉國事，是事在明亡以後可知。作者偏言朝代失考，而讀者又偏愛考定朝代，一掩耳盜鈴，一捉緼尋馬，亦大可笑。

書中所寫爲滿人，爲漢人，爲滿裝，爲漢裝，本迷離難考，然作者亦自有故意流露處。大抵宫闈之内皆北地胭脂，惟董惟劉的是南朝金粉，故劉老老到瀟湘館，忽提出繡鞋二字，則妃子爲蠻足可知；老老言時，偏自滑倒，則劉寡亦不耐走可知。無意中針綫穿成，直是天衣無縫，巧妙不可思議。

寶玉指明珠一説，但取姓名之對偶，餘無可證。雖傳者孔多，然非本旨，殆不足辨。

是書内廷進本，義取吉祥，特以湘雲匹寶玉，俾得兩不鰥寡，故三十一回有白首雙星之目。此説流傳已久，全無實證，殆不知本回所伏何事，故創爲是言。豈知目中所包，正是老年夫婦，并非他日雙星，與二十九回參看，自易明也（分卷中略及之）。

焦大口中明言爬灰，則新臺之耻也；明言偷小叔，則陳平之辱也。其事何指（并非指寶玉、鳳姐），看第十三、第十八、第二十九、第三十一四回自知（卷中略及之）。

看《紅樓》須具兩副眼光，一眼看其所隱真事，一眼看所叙閒文，兩不相妨，方能有得，拘拘於年齒行輩時代名目，則失之遠矣。

看《紅樓》人專有從暖昧著想者：如迎春受虐，爲非完璧；惜春出嫁，爲已失身；寶釵撲蝶墜胎，故以小紅、墜兒二名，點醒其事；湘雲眠藥裀是與寶玉私會，爲襲人撞見，故含羞向人。如此之類，亦自具隻眼，然非作者本意所注重，故不必好爲刻深。

看《紅樓》須與吴梅村集參看，爲其多紀舊聞也。

看《紅樓》又當與王漁洋集參看，其作證處亦不少。

不看《板橋雜記》，不可讀《紅樓》，不知諸人來歷，從何説起，直夢中夢。

不熟清初掌故，不可讀《紅樓》，不知當時大事，何能看得親切？

書中所隱之事，所隱之人，有爲故老所不傳，載記所不道者，索隱亦無能爲役。然爲存一代史事，故爲苦心穿插，逐卷證明，其鬥筍交關，均已一一吻合，神龍固難見尾，而全豹實露一斑。以例推之，餘藴亦復有限，後來者更加搜訪，似不難完全證出，成爲有價值之歷史專書，千萬世僅有之奇聞，數百年不宣之雅謎。彼雖善隱，我却索而得之，宣而出之，以贈後人，亦大快事。譬之松之紀異於陳志，誼何讓焉；若以裴駰索隱於龍門，則吾豈敢。

空前絕後之大著作出現

紅樓夢索隱

紅樓夢一書描寫人口風行社會然百餘年來讀人皆以言情的眼光
注視之而未知以歷史的眼光注視之也書中所言蓋前之論者亦知
其隱有所指而私揣臆度未能得其真相本局近得王夢阮君紅樓夢索隱一
書乃知其中事實確爲清初野史之一種於順治康熙兩朝宮闈
隱秘暗譬曲喻以匣劍帷燈之筆出之事事皆有關合處處皆有證據一經
揭破莫不豁然開朗於是百餘年來家絃戶誦之名著始露
其真面目得有真價值謂非空前絕後之大著作乎此說京師治
國聞者歷有流傳從未見諸記載亦無人詳加考證民國告成以後王君乃
苦思力索博考周諮窮兩年之力始成此編逐句疏證纖悉靡遺至原書文字
之優美早爲讀者所共認內幕既揭面目一變王君於書中精采及其
結構上賸點睛伏脈之處無不詳細指出與大某山民
護花主人太平閒民諸家之評批迥不相同篇首復有提要一卷發明大凡本
局現已排印就緒除將提要登入中華小說界自第六期起逐期登載
外全書分前後兩集前集付印不日出版愛讀紅樓夢者獨前此之疑團錯後
來之信史不可不人手一編也

上海中華書局啓

四（第一百廿一號）

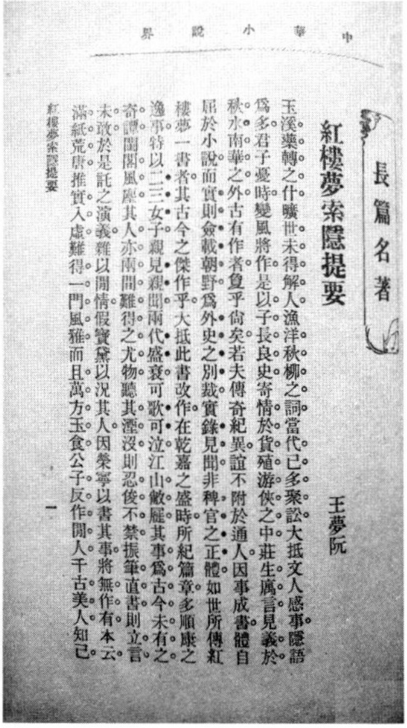

中華小說界

長篇名著

紅樓夢索隱提要

王夢阮

玉溪藥轉之什曠世未得解人漁洋秋柳之詞當代已多聚訟大抵文人感事隱語
爲多君子憂時變風將作是以子長良史寄情於貨殖游俠之中莊生寓言見義於
秋水南華之外古有作者夐乎尙矣若夫傳奇紀異誼不附於通人因事成書體自
屈於小說而實則僉載朝野爲外史之別裁實錄見聞非稗官之正體如世所傳紅
樓夢一書者其古今之傑作乎大抵此書改作在乾嘉之盛時所紀篇章多順康之
逸事特以二三女子親見親聞兩代盛衰可歌可泣江山敝屣其事爲古今未有之
奇譚閨閣風塵其人亦兩間難得之尤物聽其湮沒則忍俊不禁振筆直書則立言
未敢於是託之演義雜以閒情假寶黛以況其人因榮寧以書其事將無作有本云
滿紙荒唐推實入虛難得一門風雅而且萬方玉食公子反作閒人千古美人知己

紅樓夢索隱提要　一

小説談

新舊廢物　撰

載於《香豔雜志》一九一四年第二期、一九一五年第九期。新舊廢物，即王文濡。文濡字均卿，別署新舊廢物、學界閒民、吴門老均等。浙江吴興人，南社社友。曾主進步書局、國學扶輪社輯政多年，後又爲中華、文明兩書局編刊各家詩文集及楹聯尺牘甚多，尤以《説庫》、《筆記小説大觀》、《香豔叢書》費力更大。一九一四年冬與鄒翰飛、高太癡、張芎孫等編刊《香豔雜志》。本文論小説，多一般之筆。然於《金瓶梅》一則所談古本及附王曇《考證》誠爲《金瓶梅》演變史上爲人注目之事。所謂《古本金瓶梅》及王氏考證初見於此，隨即於一九一六年五月存寶齋初次印行該書，名曰《繪圖真本金瓶梅》，并於卷首附印了王氏考證；後卿雲圖書公司又翻印，改名爲《古本金瓶梅》，也附王氏考證。然細校三種王氏考證文字，相互出入頗多，足見本無所謂王氏考證原本，而僞造者不得不多次加以修補潤飾。王均卿首次披露此説又故意閃爍其詞，故所謂潔本《古本金瓶梅》，很可能即出自此老之手。

小説之原始

予幼時即喜誦小説，家貧不能具書，嘗從親友借之。庭訓綦嚴，背人私閲，帳中一燈熒然，自宵分以至昧旦不倦，屈指三十年中，瀏覽所及，新舊不下五千餘種。雲煙過眼，苦無記事之珠。兹就追憶所得，一知半解，拉雜書之，謹質諸嗜痂同癖者，或可爲酒後茶餘之談助云。

小説始虞初。初爲漢武帝時人，以方士爲郎，嘗撰《周説》九百四十三篇。《西京賦》所云『小説九百，肇自虞初』者也。

章回小說起於宋時

漢唐小說，傳記爲多，古雅可喜。至宋，始尚章回小說，文俗互用。相傳起於仁宗時，四境風清，太平無事，内侍倩士人爲之，以爲宫禁消閒之品。

傳奇之盛於明代

予友黄摩西云：雜劇盛於金元，作者多不知誰何之人，而流傳特盛。明承餘波，有心之士以文字之易觸忌諱也，遂一志於製曲。中郎《琵琶》，見賞太祖，風氣之導，厥有由來。作者首數康對山、王漢陂、沈青門、陳大聲，至以審律名者，有梁伯龍、魏良輔等，而《臨川四夢》尤膾炙於人口。此外則《粲花五種》、《天池四聲》、《浣紗》、《鳴鳳》、《明珠》、《玉玦》、《玉簪》、《紅梨》等，均有獨到處。即圓海之《燕子》、《春燈》，亦不能以人廢言。此可知閭巷瑣屑兒女爾汝傳述較易，觀聽倍捷也。

最古之小説

小説之最古者，爲《開闢演義》一書，於創造日月星辰事，大要從佛經篡取。語雖不經，然有所本。《大集經》所云『驢唇夫人布置日月星辰』，語極怪誕，演義因而衍飾之。《女媧補天傳》尤荒唐可笑，文字淺陋，與《開闢演義》一律。太西神話，此爲近之。

少康中興傳

予館潯溪蔣氏時，曾見《少康中興傳》抄本，書凡八本，約四十餘回，文筆極似《列國志》，敘述均有根據。此書未見刊本。

封神傳

《太公金匱》云：『武王伐紂之明年，雨雪十餘日。甲子平旦，五丈夫乘馬車，從兩騎止門外，尚父曰：「四海之神與河伯、風伯、雨師耳，使謁者各以其名召之。」五神皆驚。武王曰：「天陰乃遠來，何以教之？」皆曰「天伐殷立周，謹來受命」云云。』《封神傳》似本此。至九天玄女、元始天尊、赤精子、廣成子等，散見他書，亦非臆造。或曰明永樂時，有姊妹二人，一信道教，一宗佛教，此爲信道教者自炫神奇之作。

西遊記

世傳《西遊記》元邱長春撰，所以宣揚佛教之神通廣大也。余以爲不然。長春當元時，習見番僧之恃勢横行，斂財漁色，時主又從而崇信之，優容之，終元之世，爲禍不淺，特舉恪守戒律之玄奘以諷示之，蓋有爲而作也。

新西遊記

近日小說進步社所刊行之《新西遊記》，即董說之《西遊補》也。說爲吴興南潯人，字若雨，明之遺民也。中年而後，獨皈净域，有《豐草庵雜著》十種。先生當鼎革後，目擊世變，腥羶遍地，書中所云『青青世界』及『殺青大將軍』等，頗寓微意。其尤顯者，『鯖魚』指平西而言。蘇湖方音，吴、魚兩字，并讀若痕。又『倒挂天山』、『鑿開天口』等詞，亦屬隱射吴字。且逆數曆日，孤臣心事，於無可奈何之日，猶冀天地之旋轉。全書以牡丹始，以桃花終，花王世界不宜異種羼入，輕薄之桃花雖能乘時獻媚，亦終於逐逝水之流耳。此作者立言之本旨也。

《水滸》非誨盜之書

《水滸》，元施耐庵作，世所謂誨盜之書也。談因果者，至謂耐庵後人，受七代喑啞之報。此等讕言，本不足信。予謂耐庵當元世，憤元政之不綱，官吏之不職，群盜之毛起，蒙漢南北界别之分明，特影藉宋事，以洩其不平之氣、難言之隱。梁山起義，經内攘外，同甘共苦，破貴族之階級，有平等之自由，『盜亦有道』，此之謂也。至其寓意可見者，則及時雨宋江（宋送同音）、智多星吴用（吴何同音）、霹靂火秦明（秦晴同音）等是。通篇描寫盡致，器量口吻，恰如其人，無一語雷同，自是作者擅長處。如以爲誨盜，則王婆『十分光』之説，尤足開後世拉皮條、吊膀子者無數智慧，則誨盜而兼誨淫矣。嗟乎！盜能如此，足以爲法治國而有餘。今之爲國者，其能步宋江等之後塵否耶！

不作《小説談》久矣。客之閲我雜志者，書來屢以爲言勉。應其意，聊貢數則，專説《金瓶梅》事。其書不久當發現於世，愛讀者當不河漢我言也。

不作小説談久矣，客之閱我雜志者書來屢以爲言勉，應其意，聊貢數則專説《金瓶梅》事。其書不久當發現於世，愛讀者當不河漢我言也。

金瓶梅

《金瓶梅》何以爲才人之作？以其所描寫，爲下等社會情事也。中上兩等社會，吾人固習見而習聞之。執筆狀之，則連篇累牘，勢不難舉身所接構，心所蘊蓄，目所見，耳所聞，一一如數家珍。况我國下等社會，情事尤爲複雜，描寫更難着筆。西人小説家，如司各脱、迭更司輩，其著作膾炙人口者，亦以此。元美爲有明一代作家，文字古奥，直追秦漢，何以降心爲此。即曰有所爲而爲，懲淫可也，導淫誨淫不可也。今之青年，知識初開，身礎未固，誤於喜觀此書而夭其天年者，自有此書以來，其孽已蔓延而不可勝數。政令所在，非不循例以禁之，而下之流傳賈利如故也。由是觀之，元美不爲千秋萬世之罪人耶？以元美之才、元美之行，不應留此穢史，供人指摘，向蓄此疑久矣。今春過某氏（某氏素富藏書，以藏此書故不願宣其姓氏），其有此書原本，則與俗本全異，爲乾隆時揚州馬氏小玲瓏山館所藏抄本，以贈大興舒鐵云，鐵云轉贈諸秀水王仲瞿者。仲瞿有考證四則，中有評注，則其妻金云門氏之筆也。簡首有蔣劍人序。計此書經過之歷史，由馬而舒，由舒而王，由王而蔣，由蔣而歸於某氏。近某書局請於某氏，擬藉鈔以刊行之，以存王本之真，以正俗本之誤，甚盛舉也。

原本之異於俗本者，王氏仲瞿之考證四則，言之詳矣。至其内容所在，俗本專寫西門之淫濫，原本專寫西門之貪酷，其納賄害人各事，按諸正史，一一皆可指實，非憑虚臆造者。同一用俗語演成，而命意措詞，原本之藉下等社會，描摹上等社會之情事，匣劍帷燈，有不脱不黏之妙。且所指尤不止於此者。明代君主之專制，政府之萬惡，觸類抒寫，淋灕盡致，使讀者知西門之所以亡家，即有明之所以亡國也。人第見其父死非罪，切齒嚴氏，特作是書爲口誅筆伐之舉，以報其陷父之仇，而不知其思深慮遠，逆料危亡之不遠，而有此沈摯迫切托詞隱意之警告，其愛國之心，憂時之計，一篇之中，三致意焉。諺云：求忠臣必於孝子之門。吾於元美信之矣。

俗本之作僞於何時？王氏謂明季浮浪文人所作。予意殊不謂然。有清開國之初，《金瓶梅》有殿本，清書與漢文相對照。其意之所在，當時人士，厭習清書，藉此以餌誘之，使其同化於不覺也。予聞友人蔣桐生説，我潯朱氏，藏有殿本一部，伊曾見之。桐生人甚篤實，朱氏亦素有藏書之名，其言非嚮壁虚造可知。鄙意作僞者不在明季而在清初。皇太后之下嫁，洪承疇之尚主，躬爲其事，不以爲奇，佞臣媚子，因而托名元美，造作此書，爲獻媚宫闈計，如明憲宗時萬安之貢春藥等伎倆而已。當時文人，如牧齋等，廉耻道喪，亦復無所不至，又安知非若輩所爲耶？恨不起仲瞿於九原而質問之。

附：王氏《金瓶梅考證》

《金瓶梅》一書，相傳爲明王元美所撰。元美父忬，以灤河失事，爲奸嵩遘死，其子東樓，實贊成之。東樓喜觀小説，元美撰此，以毒傅紙，冀使傳染入口而斃。東樓燭其計，令家人洗去其藥，而後翻閱，此書遂以外傳。舊説如此，竊有疑焉。元美爲一代才人，文品何等峻潔，不應有此穢褻之作。陰險如東樓，既得其情，安得不爲斬草除根之策，明知之，而故縱之，亦非東樓之爲人。得此原本，而諸疑豁然矣。

曾聞前輩趙甌北先生云：《金瓶梅》一書，爲王元美所作，余嘗見其原本（隨園老人曾有此本），不似流傳之俗本，鋪張床笫之穢語。紙上敷藥以毒東樓，其説支離，不足信也。元美當父難發後，兄弟踵嵩門哭籲貰罪，嵩以謾語慰之，而卒致其父於死。元美於嚴氏，有不共戴天之仇，當時奸焰薰灼，呼天莫訴，用作此書，以示口誅筆伐。西門者，影射東樓也。門下客應伯爵等，影射吴植、白啓常、王材、唐汝楫諸人也。玳安等僕，影射嚴年也。金瓶梅，影射東樓姬妾也。西門倚蔡京之勢，影射東樓倚父嵩之勢也。西門之盜人遺産，謀人錢財，影射東樓之招權納賄筐篚相望於道也。西門之傷發而死，影射東樓之遭劾而死也。一家星散，孝哥死後吴月娘之寄居永福寺，影射東樓服罪，家産籍没，奸嵩老病寄居墓舍抑鬱以終也。本忠孝而作此書，而顧以淫書目之，此誤於俗本，而不觀原本之故也。

原本與俗本有雅鄭之別，原本之發行，投鼠忌器，斷不在東樓生前，書出傳誦一時，陳眉公《狂夫叢談》（此書曾於舒丈處見抄本）極嘆賞之，以爲才人之作，則非今之俗本可知。俗本或云李卓吾所作，卓吾即無行，何致留此穢筆，大約明季浮浪文人之作僞。何物聖歎，從而扇其毒焰，揚其惡潮，今安得舉僞本一一而催燒之（按：今本每回有聖歎長批，大半俗不可耐，或亦是後人僞托）。

按此原本乃小玲瓏山館主人贈舒丈者，不知與趙氏所見之本有無異同（趙所見是隨園本否，他日當問之），珍珠密字，楷法秀麗，余妻尤愛玩不置，以意爲之注，尚足喚醒惡人不淺，擬與舒丈力謀付梓，爲元美一雪其冤。

秀水王曇識於鑒湖偕隱廬，時乾隆五十九年十月十四日也。

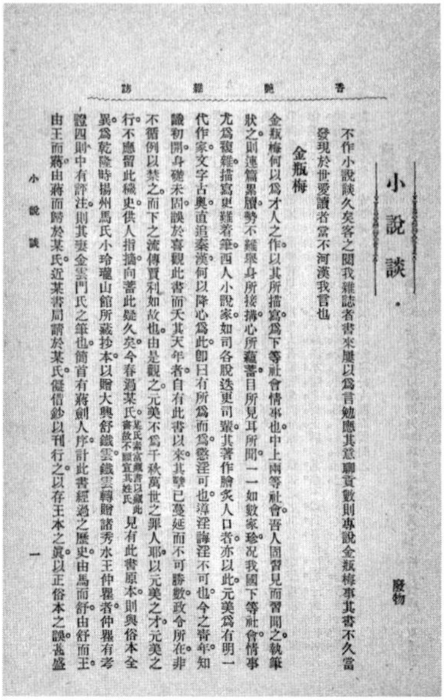

小說談

廢物

不作小說談久矣客之閱我雜誌者書來屢以爲言勉應其意聊實數則專說金瓶梅事其書不久當發現於世愛讀者當不河漢我言也

金瓶梅

金瓶梅何以爲才人之作。以其所描寫爲下等社會情事也。中上兩等社會。吾人固習見而習聞之。執筆狀之。則連篇累牘。勢不離乎身所接。攄心所蘊。耆目所見耳所聞。一一如數家珍。況我國下等社會情事。尤爲複雜。描寫更難著筆。西人小說家。如司各脫迭更司輩。其著作膾炙人口者。亦以此。元美爲有明一代作家。文字古奧。直追秦漢。何以降心爲此。卽曰有所爲而爲。懲淫可也。導淫誨淫不可也。今之青年知識初開。身礎未固。誤於喜觀此書而夭其天年者。自有此書以來。其孽已蔓延而不可勝數。政令所在。非不循例以禁之。而下之流傳買利如故也。由是觀之。元美不爲千秋萬世之罪人耶。以元美之才。元美之行。不應留此穢史。供人指摘。向蓄此疑久矣。今春過某氏。某氏素富藏書以藏此書故不願宣其姓氏見有此書原本。則與俗本全異。爲乾隆時揚州馬氏小玲瓏山館所藏抄本。以贈大興舒鐵雲。鐵雲轉贈諸秀水王仲瞿者。仲瞿有考證四則。中有評注。則其妻金雲門氏之筆也。簡首有蔣劍人序。計此書經過之歷史。由馬而舒。由舒而王。由王而蔣。由蔣而歸於某氏。近某書局請於某氏。假借鈔以刊行之。以存王本之眞。以正俗本之誤。甚盛

小說與社會

啓明 撰

本文載於《紹興縣教育會月刊》一九一四年第五號。作者啓明，即周作人（一八八五—一九六七），浙江紹興人。原名櫆壽（後改爲奎綬），字星杓，又名啓明、啓孟、起孟，筆名遐壽、仲密、豈明，號知堂、藥堂等。新文化運動的重要代表者。一九三九年成爲漢奸。本文從比較中西小説的不同源流入手，指摘了中國古代小説的『流弊』在於『務爲悦俗，以一般趣味爲主』，但他同時也不同意小説『以輔益群治』、『教以道德』。既反對當時所謂舊派小説家高舉『興趣』的旗幟，也否定了梁啓超的『小説家革命』。他指出的一條小説改革的道路是：『以雅正爲歸，易俗語爲文言，勿復執著社會，使藝術之境蕭然獨立。』後來，他强調翻譯西方的小説來作爲樣板，改變了這裏所説的『易俗語爲文言』的觀點，但這裏所宣導的藝術的獨立，則是他的一貫主張。

世界小説皆起源於詩歌。上古之時，文字未興，故藝文草創，詩先於文，以其節句調整，取整記誦。其最古者爲史詩，綜其國之神話世説、古英雄事迹，編爲歌吟，隨歌人之蹤，流行遍於國中，此實小説之祖也。及後，幾經變遷，乃有散文、小説，復漸以進化，其範圍亦轉隘，由普遍而爲單一，由通俗而化正雅。著作之的，不依社會嗜好之所在，而以個人藝術之趣味爲準，故近世小説，不復盡人可解，而凡衆之所賞，又於文史爲無值。人知不齊，上下殊絶，正無可如何，抑亦謂非進化之恵，益不可也。

中國小説，其源流乃無可考。《詩經》中《國風》正猶他國之民歌，而不聞有史詩，即神人傳説亦復稀有，則小説之萌芽且盡焉。《漢・藝文志》雖列『小説』一項，而其言曰小説家者流，蓋出於裨〔稗〕官，又曰街談巷語道聽涂説者所造，其流乃迥别。唐時所作小説，多述鬼神兒女事，審其趣向，頗近西方小説，而目爲一變，顧與近世説部，如元明以來章回體小説，猶大有徑庭，不可驟相聯接。元時，説部忽起，其體例文詞，皆前此所未有。推測源流，當地異地，非中國文學之産物也。英人迦耳斯著《支那文學史》，謂源當出中央亞細亞，其地説書之業最盛，元時兵力曾及其處，故流衍入中土。其言頗近理。觀中國小說，皆用俗語，着重事實，章回之末，陡然而止。以此數例，而知說部之興，與說書同源，蓋無可疑也。

如上所言，中國小說之異，可以見矣。西方小說已多歷更革，進於醇文。而中國則猶在元始時代，仍猶市井平話，以凡衆知識爲標準，故其書多蕪穢。蓋社會之中不肖者，恒多於賢，使務爲悅俗，以一般趣味爲主，則自降而愈下。流弊所至，有不可免者，因以害及人心，斯亦其所也。或欲利用其力，以輔益群治，慮其效，亦未可期。蓋欲改革人心，指教以道德，不若陶熔其性情。文學之益，即在於此。第通俗小說缺限至多，未能盡其能事。往昔之作存之，足備研究。若在方來，當別辟道涂，以雅正爲歸，易俗語而爲文言，勿復執著社會，使藝術之境蕭然獨立。斯則其文雖離社會，而其有益於人間甚多。淺鮮此爲言，改良小說者所宜知者也。

（一九一四年《紹興縣教育會月刊》第五號）

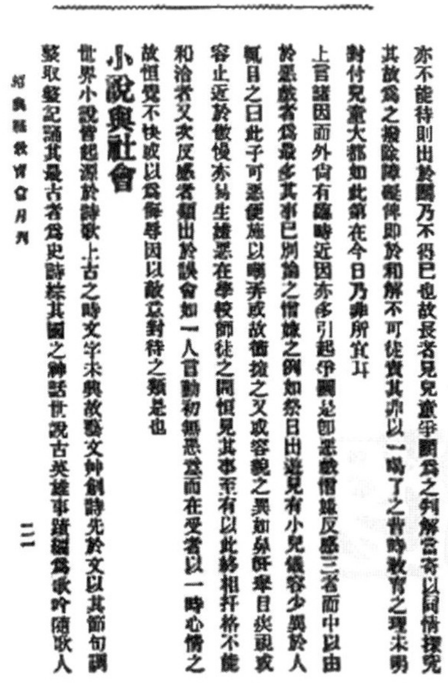
亦不能待則出於鬬乃不得已也故長者見兒童爭鬬爲之判解宜寄以同情探究其故爲之撥除障礙俾即於和解不可徒責其非以一喝了之昔時教育之理未明對付兒童大都如此第在今日乃非所宜耳

上言諸因而外尚有臨時近因亦多引起爭鬬是即惡戲憎嫉反感三者而中以由於惡戲者爲最多其事已別論之憎嫉之例如祭日出遊見有小兒儀容少異於人輒目之曰此子可惡便施以嘲弄或故借撥之又或容貌之異如[illegible]舉目疾視或容止近於傲慢亦易生嫌惡在學校師徒之間恒見其事至有以此終相扞格不能和洽者又次反感者類出於誤會如一人言動初無惡意而在受者以一時心情之故恒覺不快或以爲侮辱因以敵意對待之類是也

小說與社會

世界小說皆起源於詩歌上古之時文字未興故藝文肇創詩先於文以其節句調整取便記誦其最古者爲史詩綜其國之神話世說古英雄事蹟編爲歌吟隨歌人

紹興縣教育會月刊　二二

周作人

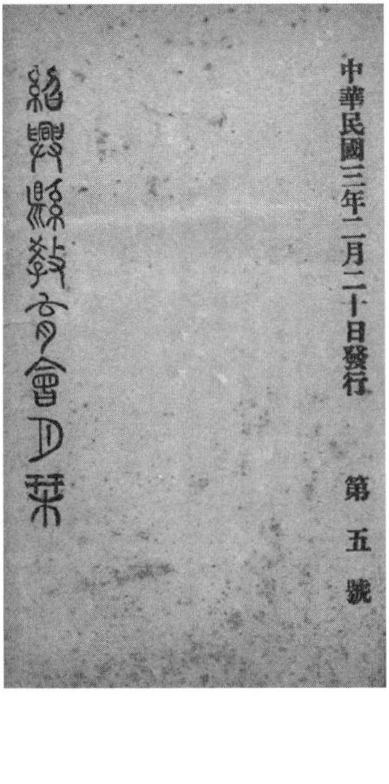

小說譚

雲衢　撰

載於一九一四年十一月十六日《群强報》。作者雲衢，待考。本文的主旨是强調小説的功用。他認爲，當時在翻譯小説的影響下，逐漸都拿小説當作『茶餘酒後、閒譚消遣的資料，於小説效用，倒反失掉了』。因而他呼籲『不可單把他（小説）當個遊戲物、娱樂品』，『頂要緊的，是勵增我們志氣，唤醒世界愚夢，破除社會習染』，『要是净拿他當娱樂物，那流弊就大了』。

愛看報的主兒，差不多的，都愛看小説，并且看小説，比那看演説、看時評、看新聞的興味，還要濃厚。因爲人的心理，最喜的是熱鬧兒，提起劉備、曹操、張生、鶯鶯、彭公、施公、宋江、李逵等等的故事來，誰不是興高采烈、眉飛色舞！『大學之道』、『學而時習之』，管教誰聽着誰膩煩。就以看報説，净講國事怎麽危迫，財政怎麽緊急，歐洲怎麽戰争，看來看去，許要勾煩，就得拿報上小説，來解解悶。作小説的人，再作得有趣味、有意致，更得要引人入勝了。

看小説，如看戲，戲唱的好，能叫座，小説説的好，看的主兒多，普及社會，能叫洛陽紙貴。久看小説，能把小説的事情，深印腦筋，慕英雄則可爲英雄，慕豪傑則可爲豪傑，喜俠客則可爲俠客。可是，要掉過來説呢？奸淫邪盗，也是打這裏頭出來的（義和拳大師兄，想是摹仿俠客，摹仿的以殺人放火爲俠客了），由這兒説來，小説於世道人心、風俗教化，大有關係。

我們看小説，第一要獨具隻眼，看那正人義士，是怎樣歸宿，狹邪奸盗，是怎樣結果，諸如此類，不勝枚舉。在一部小説裏頭，是五花八門，樣樣都有，我們看小説的，可得有個真正眼光，尋楞縫兒、找綫索，并起因收場，倒底如何，别净貪看熱鬧，反把意思錯會。

我國小説，像《三國》、《西厢》、《紅樓》、《西遊》、《水滸》等書，都是最有聲譽、最有價值的小説，普通人們，差不多都看過。頂到現在，外國小説，來到我國書肆，於是文人墨客，從而譯述，什麽言情小説啦，偵探小説啦，歷史、科學、哲理小説啦，花樣是翻新，種類是日多，可是一般人們，不差什麽的，都拿他當個茶餘酒後、閒譚消遣的資料，於小説效用，倒反失掉了。

論小説效用，是很多：過去的忠臣義士、俠男烈女，都可以表彰出來，使人興感；奸詐强盗，都可以活現出來，使人懲戒；現在社會的情狀，五光十色，魑魅魍魎，都可以拿燃犀之筆，描寫出來，使人取鑒。他如理想、哲理等小説，亦可使人有遠尚思想、進化智識。有這些效用，無論是莊嚴、是詼諧，是嘲、是諷，總而言之，小説之勢力，是很大的。

話既是這麽説，我們看小説，就不可單把他當個游戲物、娱樂品，頂要緊的，是勵增我們志氣，唤醒世界愚夢，破除社會習染。比如看了許多報恩救難的事，就增長義俠；看了許多殉國死難的事，就鼓勵氣節。言情小説，本是醒世，并不是男女戀愛，鑽穴踰墻；談鬼説怪，本是小説寓言，并不是導人迷信。其餘社會不良之習慣，小説家都可以罕譬曲喻，讓人默化，要是净拿他當娱樂物，那流弊就大了。

比如咱們中國，北方人性剛强，愛看《三國》、《水滸》諸書；南方人性柔靡，愛看《西厢》、《紅樓》諸書。假如一個鬧不對，必至狹邪之人，都要假托寶玉、張生；野悍之徒，都要學李逵、許褚。甚至聽外國小説中，有手槍决鬥啦，就想學暗殺；有男女自由戀愛啦，就想學自由結婚；有催眠術、偵探隱身法兒啦，就想學盗竊。像這個樣小説，不但不能轉移風氣，倒足以誨盗誨淫、傷風敗俗，那叫作不會看小説。

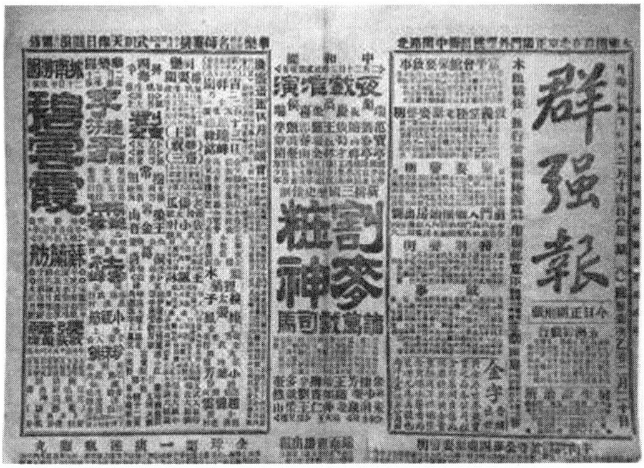

群强報

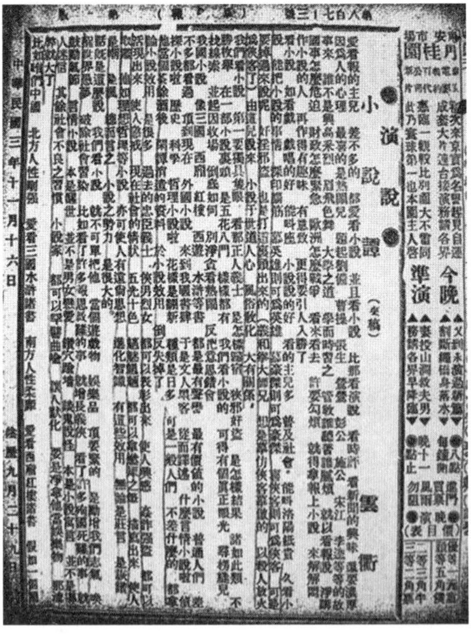

小說演說譚　（安稿）　雲衢

愛看報的主兒　差不多的都愛看小說　並且看小說　比那看演說　看時許　看新聞的興味　還要濃厚

中華民國三年十一月十六日　陰曆九月二十九日

紅樓夢新評

季新 撰

載於一九一五年《小説海》第一、二期，一粟《紅樓夢卷》，黄霖、韓同文《中國歷代小説論著選》均全録。作者汪精衛（一八八三——一九四四），名兆銘，字季新，生於廣東番禺，早年參加中國同盟會，曾任《民報》主編。一九一〇年因參加暗殺攝政王載灃被捕。辛亥革命後曾組織國事共濟會，擁袁竊國。袁失敗後，又投奔孫中山。一九二五年在廣州任國民政府主席。以後歷任南京國民黨政府行政院長、外交部長等職。抗日戰爭爆發後，以國民黨副總裁身份公開投降日本，組織僞國民政府，任主席，爲大漢奸。一九四四年死於日本。文章以『去專制，重人權』及『自由平等博愛』的思想爲指導，從《紅樓夢》『是中國之家庭小説』這一角度出發，分析了小説對賈府的『紛紛然相傾相軋、相攘相竊』，『極殘忍、極陰鷙、極詭譎、極愁慘』的醜惡現象及對一些人物形象的刻畫，從而批判了封建婚姻制度和家庭專制對於青年男女的迫害，主張自由婚姻和愛情專一。作者認爲：『國家即是一大家庭，家庭即是一小國家。』他在揭示『中國家庭種種之癥結』時，實即批判了當時國家政治的專制。這在當時具有積極的意義。

讀《紅樓夢》，并讀其批評。大某山民之評最有識見，雖著語不多，已見一斑。護花主人之意勤矣，然何其庸也。太平閒人心勞日拙，可笑可憐。余前此欲批《紅樓夢》一過，因事未果，今度此炎炎如火之夏日，百無聊賴，乃匿居池館，日草數篇，以寫夙懷，且消永暑。

此書是中國之家庭小説。中國之家庭組織，蟠天際地，綿亘數千年，支配人心，爲中國國家組織之標本。國家即是一大家庭，家庭即是一小國家。西國政治家有言，國家者家庭之放影也，家庭者國家之縮影也。此語真正不錯。此書描摹中國之家庭，窮形盡相，足與二十四史方駕，而其吐糟粕，涵精華，微言大義，孤懷閎識，則非尋常史家所及。此本書之特色也。

中國之國家組織全是專制的，故中國之家庭組織亦全是專制的，其所演種種現象無非專制之流毒。想曹雪芹於此，有無數痛哭流涕，故言之不足，又長言之，長言之不足，又嗟嘆之。可惜雪芹雖知此制度之流毒，却未知改良之方法，以爲天下之家庭終是如此，遂起了厭世之心，故全書以逃禪爲歸宿，此亦無怪其然。

中國之國家組織向來是專制的，若無民權與之相形，豈不以爲天下古今之國家終是如此？然則受家庭組織之流毒而不知悟，又何足怪？余今批此書，欲以科學的真理爲鵠，將中國家庭種種之癥結一一指出，庶不負曹雪芹作此書之苦心。

然而變更家庭組織，較之變更國家組織，更難十倍。蓋國家組織以威力合成，家庭組織以情意合成，威力能支配人之恐怖心，不能支配人之感愛心，故其力甚爲薄弱。欲變更國家組織，只須把國家學憲法的學理明白透徹的講演，聽的人若以誠相感，没有不明白的；明白的人能協力同心去做，没有做不到的。家庭組織却不然。不用説他人，先拿我來説，才一及家庭問題，即覺有無限纏綿，歌也有思，哭也有懷，早已神游其中，更無辨理的餘暇了。

我既如此，以己之心，度人之心，誰人没有相依爲命的家庭？感情既已如此其深，欲與之辨理，正恐不易。故曰變更家庭組織難於變更國家組織十倍也。然而國者由家庭發達而成，欲變更國家組織，而不先變更家庭組織，正如水之無源，本之無根，必不能久。故今日中國救治之策，第一須變更個人對於家庭之觀念，明知其難，却是不能不如此辦去。

但是變更家庭組織，與變更國家組織，辦法大大不同。前已説過，國家的組織由專制的威力合成。惟威力可以勝威力；由惻隱心所發之威力，可以勝殘忍心所發之威力。故我前此於革命軍中，甘心做一個馬前卒，絶無半點餒怯。至於一般新少年所倡家庭革命主義，以及種種牽强之行爲，我却頭一個反對。因爲家庭組織雖亦是專制的，然其元素却是由情意相結。既以情意結，還得以情意去感化他。故我對於變更家庭組織之方法，以感化爲第一義。感化的功效是緩的，然亦無更急的法。惟其如是，故我不能不大有望於《紅樓夢》了。此書凡識字男女，人人愛閲。如今批了出來，準科學的學理，以指中國家庭之種種癥結，使人閲之，驚心怵目，知道這種家庭組織是不能不改的，這是區區的一段心事了。

昔時法國革命，小説家福禄特爾鼓吹之力居多。將來中國家庭組織改良，安知不是起點於此呢？我們能將曹雪芹推到同福禄特爾一樣，也不枉了他做這一本好書給我們看了。

如今先説一段。一個黛玉，一個寶釵，皆立心要嫁寶玉的，但是看書的人，無不恨寶釵而憐黛玉。雖説因爲黛玉爲情而死，死得可憐；寶釵倖而如願，未免可妬。然果如是，可謂不善讀書了。須知黛之於寶玉，純以愛情相感，不失男女愛情之正。試觀兩人情意未通以前，黛時時有疑忌心，有刻薄語，這都是放心不下的原故。及至《訴肺腑情迷活寶玉》一回之後，黛知寶心，寶知黛心，黛之情已定，自此心平氣和，以後對於寶玉没有一點疑心，而對於寶釵諸人亦忠厚和平，無一些從前刻薄尖酸之態。（此層疏析，從前未經人説過。但試將此書從頭至尾讀了一遍，訴肺腑以後，實實如此，并非强爲附會。至雅謔則不能以尖刻論；蓋不如是則不成其爲謔也。）其愛情之純摯，心地之光明，品行之誠慤，胸懷之皓潔，真真不愧情界中人；抱恨而死，所以可傷。至於寶釵却不然。綜其生平，未嘗以愛情感動寶玉，但知於賈母、王夫人、諸嫂、諸姑以至僕人等，處處使乖，處處獻勤，四方八面布置了一個風雨不透，使人人心目中皆以將來之二奶奶相期。彼其心直以寶玉爲一禽，而張羅以捕之，以爲捕得之後，以我之美，何難使其心悦誠服。唉！這便是娼妓行爲。夫婦愛情，借此縫合，就有限得很了。究之不能長久，只落得孤孀一世。論他的行爲心術，真正與黛玉相隔天淵，這情界中斷不容彼羼入一步的了。然問寶釵這種手段，何以有效？是蓋由於婚姻制度，都由父母硬作主張，不管他的兒女愛情如何，所以上了此當。以至王夫人垂老之年，喪了愛子，墮於至愁極苦之境，真正是何苦如此呢！當老人家的看了此段，尚不肯主張自由結婚，便是安心給他兒女過不去，更安心給他自己過不去了。

這一段只好算總批，尚有隨時隨處的眉批以證之。

説了這一段，有人駁我道：『你所説都是不幸的事。你没看見過《兒女英雄傳》麽？他這本書，便是反對《紅樓夢》。以爲賈政夫婦若能如安學海夫婦，釵、黛若能如金、玉二鳳，襲人若能如長姐兒，則何至有不了事？何必一定自由結婚纔是呢？』我答道，照他這部書所説，必定安夫婦、金、玉二鳳、長姐兒皆是好人然後可。若有一個不是好人，便不成《兒女英雄傳》，成了『糟糕傳』了。試問能家家皆是好人不能呢？天下所以有制度的緣故，專門學者言人人殊，然其大意不過曰，不使好人吃虧，不使惡人得志而已。如人人皆是好人，便連婚姻制度也都可以廢，還講什麽自由結婚呢？自由者對於不自由而言，不自由從壓制中來，你如今不辨自由之善不善，却分人之好不好，這見便太差了。

寶玉一生鍾情於黛玉，而又往往濫及其情於旁人，此不足爲訓。雖則一夫多妻制度中，不能以此責之，然究非情之至者。曩論及此時，有人駁余曰：『情者，明通公溥而無所私者也。隨受情之分量，以有大小廣狹之殊，非其情之有所斟酌於其間，厚於此而薄於彼也。譬如明月在天，大地之上，靡不照臨：河海汪洋，表裏通明，受光最多；郊原平曠次之；山林陰翳，則又次之；至於曲房密室，有爲月光所不到者。是豈月之有成心於其間哉？毋亦受者之量各殊而已。寶玉之愛情亦猶是也。』余笑曰：子之言辯矣。以言愛情，誠無以易。儒之言仁，墨之言兼愛，耶之言博愛，佛之言慈悲，皆不外乎此。然以言愛情則可，以言男女的愛情則不可，蓋男女的愛情雖與其他愛情同其性質，然其關係故有異耳。吾人生於此世，以民胞物與爲念，以舍己爲群爲事，所以順其情之所之，而行其心之所安。故舉世非之，力行而不惑，衆醉獨醒，蹈死而不悔，只以盡其在我而已。月明之喻，誠哉其然也。男女的愛情則不然。既有我之愛情，又有他之愛情，兩情相遇，如磁針相吸，此其關係固與其他愛情迥然不同矣。歐人一夫一妻之制，非特緣於宗教觀念，亦以男女的愛情必如是而後安也。我既重我之愛情，又重人之愛情，緣於自由，歸於平等，庶幾人我兩無遺憾。若一夫多妻之制，直視女子如飲食之物。八大八小，十二圍碟，樣樣不同，各有適口充腸之美，下箸既頻，又欲辨其味，大嚼之後，便已棄其餘，直不視爲人類，又何愛情之有？多妻之男子不知愛情，非苛論也。推而極之，則婚姻之制度亦爲愛情之障礙。蓋多妻之制，以女子爲飲食物，固是私心；一妻之制，以女子爲珍寶，亦是私心。西人斥多妻者之言曰：『汝有鑽石如此，將以之嵌戒指乎？抑將搥爲無數之碎顆乎？』此以喻愛情之宜專也。殊不知視婦女爲珍寶之心，皎然如見，此不可爲諱者也。中國之俗，結婚不得自由。西國之俗，結婚得自由矣，而離婚不得自由。法律雖不絶對的禁人離婚，然必須訴之裁判所，得其許可，乃能爲之。故多有愛情既渝，徒以無所藉口，不得不隱忍相處，其苦乃甚於桎梏。法蘭西法律禁人離婚，數年前南逵博士於國會力持通過離婚案，法人稱之爲『離婚之父』。誠以婚姻者以愛情爲結合，愛情既渝，其婚姻自然當離也。於是社會學者，倡爲廢去婚姻制度之説，其大旨謂婚姻之事，當純任人之自由，不當以制度爲束縛。使其相愛，久久不可渝可也；使愛情既失，去之可也。何須法律强預人事？（主此説者，所生之子，不以爲一姓之子，而以爲國家之子。出世之後，哺乳諸事，皆國家設機關以專司之。其説甚詳，附識於此。）此爲歐美近日最新之學説。以余論之，男女相合之事約可分爲四期：草昧之世，榛榛狉狉，男女雜媾，無所謂夫婦，此一期也。定以法制，以防淫縱，然野蠻故態，仍未盡去，於是有一夫多妻之制，又有一妻多夫之制，此爲二期也。一夫一妻，著於法律，至於情夫情婦狎妓等事，只能以道德相規，不能以法律相繩，此第三期也。爲離爲合，純任愛情，此第四期也。以理言之，自以第四期爲最宜；然必俟其男女道德皆已臻於純美，又知以衛生爲念，然後可行，否則將復返於榛狉之世矣。法制者，道德之最低級，使不肖者跂而及之者也。因世界多不肖之人，不得已設爲法律以制之；使不肖不絶跡於世，則法制終不可廢。故爲今日計，仍以一夫一妻之制最爲合宜。（第四期之時，仍是一夫一妻，不過其離合純以愛情，不限以法律耳，并非雜然并進，不可誤會。）然使慕一夫一妻之名，而濫情如故，則納妾之與外婦，庶子之與私生子，不過五十步與百步之别，但能不生關係於家庭，而墮行則無以異也。欲救其失，當使人人知有自由之觀念，尤當知有平等之觀念，知自重其愛情，尤當知重他人之愛情。試思寶玉逃禪時，丢下寶釵、襲人等，揆之佛法慈悲，寧不内疚？人以爲悟澈，我以爲自私自利，不顧他人，斷不能成佛。寶釵始雖强合，其後已不能自持。至於襲人，雖爲小人，然在寶玉，則無以自解於始亂終棄之咎矣。設時晴雯未死，未知作何發遣？設使紫鵑上當，又不知作何發遣？凡此皆濫用其情，而未將他人之愛情略一重視，故其極終爲平等之蟊賊；佛法最重平等，是亦佛之蟊賊也。願有情人一思之。

中國儒者嘗言先王之所以治天下，無一不出於禮。此言誠然。非惟中國如此，凡世界一切專制政體之國，莫不如此也。禮爲專制政體之輔翼，捨此則專制政體失其憑依，其詳見於孟德斯鳩所著《法意》，不具論矣。今日在立憲政體之下，而猶昌言禮教，欲藉以維持，真可失笑。此書不涉政談，置之不論。今所論者，中國之家庭組織與國家組織同一基礎，其爲專制同，其以禮教維持專制同。然而國家之成立由於威力，以禮教爲威力之保障，其極也使人馴伏於威力之下，於專制政體之本意未爲失也。家庭之組織由於情意，而以禮教爲之經制，其極也使人斫喪天真，滅絶情意，相率而趨於僞，而家庭之内，天倫之樂，幾幾乎絶，此真可爲痛哭流涕長太息者也。今欲剔抉其弊，千條萬端，不知從何説起，姑舉一事以明之。

昔王陽明先生居父喪時，吊者至，或不哭，門人有言賓至宜哭者。先生曰：『哀至則哭。若以賓至而哭，則是非發乎哀慕之誠，自欺以欺人矣。』此真光明純潔之言，而一時多以先生爲非禮者。今按之《禮經》，則先生誠爲非禮矣。《禮經》之於喪禮也，其哭也有節，且往往有『哭聲三』之規定焉。夫哭而有節，則其非哀至而哭也明甚；哭必規定以三，則其不必發於哀慕之情也明甚。然而所謂禮者固如是也。於是有湯金釗者，以爲所謂哭聲三，期於有哭而已，只以循禮，非以爲哀也。噫！《水滸傳》之言曰：『凡哭有淚有聲謂之哭，有淚無聲謂之泣，有聲無淚謂之號。』乾號者，潘金蓮之醜態，乃以爲盡禮乎？夫湯金釗者，以名儒居相位，又以純孝名天下，而其言若此者，亦以此言爲人人意中所有，而又爲人人口中所不敢言，惟已以名儒孝子賢相之資格，不妨一言之，知人必不以爲非焉爾。而世之人只知譏陽明爲違禮，未聞有斥湯金釗爲作僞者，且以爲知禮者固如是也。嗚呼！然則所謂禮者可思矣。

夫專制之組織，已足逼人爲不孝不慈不友不悌之人；而禮教之維係，更是强人爲假慈假孝假友假悌之人。坐是之故，家人父子之間，不講心事，惟講面子。無論其如何父不父，子不子，兄不兄，弟不弟，但使於面子演孝慈友悌之態，即怡然可以見人，而人亦群以知禮目之。相習成風，成爲中國之家庭。今吾輩試就所見所聞者而平心論之，所見所聞諸人家中，姑媳相安者幾何人？妯娌相安者幾何人？姑嫂相安者又幾何人？不過智者取巧，愚者吃虧，悍者發獷，馴者飲泣，或陵人以自喜，或鬱抑以自戕，達者小事糊塗，得過且過，賢者委曲將就，苦心調和，大奸慝者則博循禮之名，而因以爲利而已。

唐末張公謹家五世同居，唐主旌其門，且問何以能此，公謹書百『忍』字以進，世多稱之。吾則謂公謹此百『忍』字，蓋抱無數委屈，受無數氣苦，積無數牢騷，蘊無數感慨，鬱深恨極，藉此一泄，故一而十，十而百，如齡官之畫『薔』，累累而不止也。吾意世人於此，已當惕然而悟，乃反嘆爲美談，然則中國人之家庭思想，亦可知矣。

今讀《紅樓夢》，見其父子叔侄兄弟姊妹之間，姑媳妯娌之間，宗族戚串之間，紛紛然相傾相軋，相攘相竊，加膝墮淵之態，袗臂奪食之技，極殘忍，極陰鷙，極詭譎，極愁慘；鬼谷之捭闔，不足喻其險；孫、吴之兵法，不足擬其詐；戰國之合縱連横，不足比其亂；使人傷心慘目，掩卷而不欲觀。然其外則彬彬然詩禮之家也，周旋揖讓，熙熙然光風霽月之象也。嗚呼！吾不得不嘆專制組織能逼人爲不慈不孝不友不悌之人，如是其甚也；吾尤不得不嘆禮教之維係能强人爲假孝假慈假友假悌之人，更如是其甚也。今試舉一端以明之：賈珍、賈蓉之居賈敬之喪也，寢苫枕塊，儼然孝子，而聚麀之行，公然爲之而不恤。此猶曰狗彘之徒不足齒也。賈赦夫婦之事賈母，於表面無甚失禮，然其心恨老厭物之不速死，昭然如見也。此猶曰彼二人者固非人望所歸也。賈政夫婦宜若能盡孝矣，然其聲音容貌之間，非有至情至性足以使人感動，不過循禮而已。其心以爲吾惟循禮，乃可以爲完全人，吾惟循禮，乃可以爲子孫之法式，至其戀慕之心，固漠然也。此猶曰彼齷齪者不足以語此也。若鳳姐者，承歡色笑，宜若能盡婦道者矣，然其心但以能博老祖宗之歡喜，爲一已顔面上之光榮，益得以遂其攬權專制之志云爾。

綜觀諸人，無一孝者，無一不假孝者。孝字爲中國第一注重之美德，而實際如此。至於其他骨肉之間，眈眈逐逐之態，隨事隨處一一標而出之，足令人劌目怵心者，不一而足。是故詩禮之家，其面子之禮數彌周，其骨肉之情意彌薄，反不如田家茅舍食菽飲水者真有天倫之樂也。此無他，閥閱之家，組織較密，專制之力較重，禮數之束縛較繁，故其所製造之人格亦較爲污雜；田舍之家庭組織較單，則受毒亦較輕耳。使國人而長此不變則已，苟其欲變，則不可不於組織根本上著手。所謂根本者何？去專制，重人權而已矣。於一人也，當視爲國家中之一人，社會中之一人，而決不可視爲家庭中之一物，以己意爲處分也。如是，則賣買奴婢之制當廢矣，納妾之制當廢矣。不寧惟是。於其子弟，當導之以自立，而不宜視爲一己之附屬品矣。導之以自立，使能不依賴於人以爲生，於是以自立之故而得自由，於是家庭之間，所生關係，乃由愛情而生，非由强力而生。其大異之點，此則自然親附，彼則硬作主張也。專制之組織既撤，則無須以禮教爲之維係，而骨肉之間，一片爛熳天真，是所謂真慈真孝真友真悌者也。然則其時可無禮乎？曰：是又不然。禮所以行吾敬，猶樂所以宣吾和，蓋至是而禮之本旨乃不爲失，非若叔孫制禮，專以便專制者之私耳。一笑。

或問：『子之斥禮也至矣，而又言禮所以行吾敬，猶樂所以宣吾和，何也？』曰：吾固言禮之本旨在是也。敬存於心，禮現於外。有一分之敬，即表一分之禮；有十分之敬，即表十分之禮。若無敬而飾禮，是僞也；有一分之敬，而表十分之禮，亦僞也。或曰：『然則子之所惡者，僞禮耳。』曰：與其謂之僞禮，毋寧謂之專制者之禮也。彼專制者之以力服人，知人之非中心悦而誠服也，慮力之有時而窮，乃不得不以禮爲之輔。力之爲用，能使人之肢體失其自由；禮之爲用，能使人之良心失其自由。舉其喜怒哀樂，不惟良心之是從，而惟禮之是從。禮所謂喜，則從而喜之；禮所謂哀，則從而哀之；馴至禮所謂可，則從而可之；禮所謂否，則從而否之：是不啻去人之良心，而代之以禮也。宗教之能使人迷信，專制之能使人盲從，其妙用皆在乎此。蕭何爲漢高祖治宮室，甚壯麗，高帝怒。何曰：『非壯麗無以示天下。』王船山推論其意，至爲精詳（見《讀通鑒論》）。叔孫通製朝儀，高帝曰：『吾今而後知天子之尊。』秦漢以來，所謂禮者，其精神全在於擁護專制，章章如此矣。抑非獨秦漢以來爲然，即古先王之制禮，其意亦未嘗不在於是；考之《禮經》，不可掩也，特未如秦漢以來之甚耳。

或又曰：『禮豈無與良心相合者？子何言之過也！』余曰，欲問禮之合於良心與否，當先問專制之合於良心與否。專制既不合於良心，則專制者之禮，其不合於良心明矣。既不合於良心，而又不得不如是以行，則必須相率而爲僞，所謂無敬而有禮，與有一分之敬而行十分之禮者也。人人皆以假面目相嚮，而中國於是乎不可救矣。或曰：『專制者之禮，不免率天下而爲僞；然如子之所言，以視野蠻時代之恣睢獷戾，則有間矣。今子欲去周末之文勝，而返於太古之鄙野，是亦老莊之餘論，不足以經世也。』曰：胡爲其然也？野蠻時代之恣睢獷戾，謂之質直的野蠻；專制者之禮，謂之虛僞的文明。按人群進化之理以言，此後當力致於質直的文明而已。夫專制者之文明所以至於虛僞者，以專制者先自處於野蠻之地，而日以文明責天下。夫已自處於野蠻，則所以爲文明者已不免於虛僞矣；而人之應之者必不以誠，徒以文明相搪塞。是故舉天下之人皆竊文明之名而行野蠻之實，與所謂質直的野蠻者面目雖異，心術不異也。今欲進於質直的文明，在不於矯揉造作之面目求文明，而於本原之地求文明。博愛也，自由也，平等也，使人與人之關係無復有傾軋攘奪之可生，則野蠻時代恣睢獷戾之情自然内絶於心，於是則又何須以矯揉造作之面目爲之維持？此所謂本原的改革也，與老莊之説相去若天淵矣。質直的文明時代固不廢禮，然敬生於心，則禮形於外，有一分敬，即行一分之禮，有十分之敬，即行十分之禮，無復有矯揉造作之行，强良心之所不安以爲禮；而禮以行敬，不過與樂以宣和同其效用，無須恃爲治國之大經大本，而治國之大經大本，則有所謂自由平等博愛之公理，較之以禮治國爲孰愈乎？（此時禮只爲公理中之一事，故言公理，即可括禮字也。）

中國儒者之重言禮教，由來舊矣。吾今之反對之，固有所大不得已，而其得人之同情亦至難，然終不敢不言。今試舉一最易知者而言之。魏、晋、宋、齊、梁、陳，皆以篡弑得國，而以忠教天下自若也。遼、金、元、清，皆以篡奪得國（臣子篡統謂之篡竊，外夷篡統謂之篡奪，歷史的名詞也），而以攘夷教天下自若也。吾所謂自處於野蠻而責人以文明者，誣乎否乎？使彼悍然以弱肉强食自命，吾猶服其質直；乃彼亦知如此則亂無已時，故欲胥天下之人皆爲息夫人。一辱之後，不可再辱。而天下之人，其始屈於力，而不得不從；其後習於禮，則靡然以從之矣。中國之禮教，其價值不過如此。然則以公理易之，寧爲得已？願世之有心人，一深長思之也。或又曰：『如子之言，有以公理便其私者，將如之何？』曰：惑乎子之言！禮爲專制者所定，專制者謂之非禮則非禮矣；夫如是，故便其私。公理者非强者所指定，而乃人人心所同然者也，孰得而便其私乎？不寧惟是，且將循進化之例，日進而不已，是非不泥於古矣，此其所以能應人群進化之需而無所滯也。

探春、環兒皆是庶出，而二人之用心截然不同。探春一生大恨，是不在王夫人肚里爬出來，却在趙姨娘肚里爬出來。但既已如此，却亦無法，只可拿定主意，爬在王夫人身邊，而與趙姨娘斷絶關係。觀其一生對於趙姨娘，斬釘截鐵，深閉固拒，全無一點毛裏之情。蓋知與王夫人近，則與趙姨娘不得不遠；與趙姨娘近，則與王夫人不得不遠：事無兩可，故不能不出於此也。觀其對趙姨娘論趙基事，陳義何嘗不正？而辭氣之間，凌厲鋒利，絶無天性，真令人髮指。爲維持自己之地位計，而不顧其母，至於如此，真無人心者。至於環兒，自知庶出，亦知人以其庶出而賤之，於是生出兩種心事：其一，人既賤我，我即自賤。觀其對鶯兒之言曰：『我拿什麽比寶玉？都欺負我不是太太養的。』其情如見。一種自輕自賤之心，皆由此生出來也。其二，因人而賤己，而羞，而忿，而恨，而毒，處心積慮以求報復，而忘自己已入於下流不堪之地，於是有掠賣巧姐兒之事，是更不足論矣。作者特寫出此二人，以爲庶子之寫照，於以見爲孤臣孽子之難也。然則竟無法以處之乎？是又不然。爲探春者，若能至誠惻怛以感其母，動之以至情，曉之以是非，喻之以利害，親昵戀慕，委曲婉轉，以冀其母之一悟，吾知趙姨娘雖下愚不移，亦未至於爲惡，亦未至於若是之甚也。然苟如是則與趙姨娘密，王夫人者愚暗險人也，與趙姨娘密則王夫人必疏之，王夫人疏之，則衆人從而疏之，必不能如是得權固寵矣。雖然，何能以此而易彼？即令以是之故，見疏於王夫人，而見輕於衆人，固將甘之而不悔也。身既受人之疏且輕，則愈謹慎以自持，此決非如老子陰柔之術也，但於歡娛宴樂之地，默然處之，以免爲衆所憎厭而已。設一旦不幸，而家庭之間，忽生禍變，風雨飄搖之際，人心離散，此時則挺身以赴之，此決非乘危自見之心也，自覺其責任之當盡，行吾心之所安而已矣。誠如是也，可以對其家，可以對其母，可以問其心而無愧。彼探春者，未足以語此也。夫爲此初不甚難，不失其良心斯可矣；惟動静語默之間，須有學問涵養耳。不能如是，而探春、賈環之流塞於天壤。其甚者，或如吾所云，用老子之陰謀，以退爲進；或者乘時自見，攬權勢於危疑之時，則家庭之間，所損實多。此中國之家庭，多常有不可告人之事也。悲夫！

於《紅樓夢》得深於情之人二焉：一曰紫鵑，一曰鴛鴦。夫二人生平，皆未有鍾情之人，而顧謂其深於情者，以愛情之淺深，不必於其有所鍾而後見也。紫鵑一生心神注於黛玉，惟其於中有耿耿者存，故一語一默一動一止，其精專真摯之意，宛然如見。其爲人也，捨爲黛玉打算之外無思想，捨遂黛玉愛情之外無志願。其始未知寶玉之愛黛玉亦如黛玉之愛之與否，故設詞以試之。既試之後，其日夜所不忘者，惟二人之好合而已。遲之又久，知黛玉之無援，而此願之必不可遂也，鬱鬱不知所出，終乃憤而自矢曰：『我只盡我的心，伏侍姑娘，什麽都不管。』嗚呼！此蓋深審己之無能爲力，故只得鞠躬盡瘁，少盡其關愛之情，其情可悲，其志可憫矣。至於披緇入道，則尤非有極强之決斷力，極深之堅忍力，不能爾也。夫紫鵑生平，只知爲黛玉之愛情打算，而絶未嘗於自己之愛情作一打算，此當爲讀書者所共見。獨至其披緇入道之故，則罕能言之者。吾觀於第一百十三回末一段，及一百十六回末一段，而深思其意，知其痛心於黛玉之愛情受人踐踏，而又旁觀於寶玉之愛情受人愚弄，且又慨夫痴心女孩兒白操了半世的心，終不得一當，故寧將此一片愛情葬之於心，而不出以授人，此爲自重其愛情也。夫人能自重其愛情，非深於愛情者能之乎？

鴛鴦之死，以爲殉賈母者，固第就事以言。至於曲爲之説者，又謂鴛鴦本有情於寶玉，徒以賈赦爲之梗，自知其情必不可遂，故以一死了之，此則有意穿鑿，而不顧其無當於實者矣。今觀書中，何嘗有鴛鴦鍾情於寶玉之迹？讀書者何得妄造事實，以誣古人？以余之見，則鴛鴦者存愛情而死者也，爲自重其愛情而死者也。鴛鴦不云乎：『誰收在屋裏？誰去配小子？』此意如見矣。蓋鴛鴦者，深自重其愛情，而不欲草草以授諸人。然而爲丫頭者，捨是二者，無他結局。彼不忍其愛情之如是狼藉也，寧一死以葆之。彼之重視其愛情，十倍於生命，故寧捐生命以葆愛情，而不願辱愛情以全生命也。然則雖無賈赦以爲其終身之梗，吾知鴛鴦亦必不就『收在屋裏』、『去配小子』之途矣。蓋身既事人，不輸以愛情，則爲不婦；輸以愛情，又非所願：此其抑鬱楚痛，誠有倍於死者。中國之女子，身受此苦者多矣，不過委之於命，糊塗者習久而安之，認真者則侘傺以死耳。鴛鴦知其然，故有『横竪一輩子不嫁男人，落得一世乾净』之説，其重視其愛情者至矣。使一旦而遇鍾情之人，吾知其必爲天下之賢婦，可决言也。

中國之言貞德，由來舊矣。吾故於貞字下一定義曰：貞者自重其愛情之謂。此於今日盛言自由結婚之時爲尤要也。能自重其愛情，則未鍾情以前，必不至於濫，既鍾情以後，必不至於變。

不然，吾恐淫濫薄幸之風滿天下也。夫今日自由結婚之國，濫淫薄幸者固未嘗絶於世。然在專制結婚與自由結婚過渡之時代，則其弊將尤甚。蓋前此男女隔絶不相見，今者交臂覿面，各以色身相示，此猶久餓之夫忽睹膏粱也。一時嗜欲狂熾於中，懦者如過屠門而大嚼，口角流涎，不能自支；賤者則如之東郭墦間之祭者，乞其餘而不足，又顧而之他；强者則如日食萬錢，猶云無下箸處。社會之紊，風俗之壞，將不知其紀極矣。故吾於紫鵑、鴛鴦之用心，不憚表而出之，以質世之言愛情者。

《紅樓夢》一書，叙人婚姻事，不祥者爲多，蓋明專制結婚之必無良果也。全書惟邢岫煙、史湘雲爲得佳偶，蓋專制結婚，雖無得佳偶之理，未必無得佳偶之事，亦猶專制政體中，未必無一二善政可道也。邢之歸薛，在其家中落之後；然此二子者，必能爲梁鴻、孟光，可決言也。史雖早寡，然得婿如此，愛情得所托，雖早寡亦不爲非幸矣。寶琴之嫁也，只言其足食豐衣，不詳其夫婿如何。探春之嫁也，只言富貴，不言愛情，以其人本不足以言愛情也。以專制結婚的眼光觀之，則寶琴、探春不爲非得所矣。至於尤二姐之於賈璉，夏金桂之於薛蟠，曲盡人間男女淫妬之情態，爲縱欲忘情者言之也。迎春之嫁中山狼，爲婚姻不自由者懸一般鑒，於寶玉口中快然一吐，賈長沙之痛哭流涕不是過也。尤三姐之於柳湘蓮，司棋之於潘又安，一則以男女隔絶之故，而愛情不能相感，一則以男女隔絶之故，而以愛情相感者，至爲專制者所不容，此又皆專制結婚所自然而生之結果也。綜觀諸人婚姻情事，無一同者。惟司棋、潘又安事，與黛玉、寶玉事相類：其愛情相感同也；愛情不遂而皆以身殉之亦同也；雖寶玉有愧於潘又安，然大致不相遠矣。司棋之母，本以爲棄一潘又安不足惜，而不知并女兒而死之；賈母、王夫人以爲死一黛玉不足惜，而不知并寶玉而失之。然而司棋之母雖死了女兒，究竟得了一把金珠；王夫人雖失了親兒子，究竟得了一名舉人：所以刺爲人父母者之用心，至爲深刻矣。

吾今綜全書婚姻事而下斷語曰：自婚姻制度以言，不自由結婚，無有是處；自男女愛情以言，人不自重其愛情，無有是處。於此設一問題曰：古來行專制婚姻之制，故必隔絶男女以杜其相感。今者若行自由結婚之制，則男女之界限不得不去。而自來男子以女子爲飲食物，已成普通人習慣，一旦以餓夫入屠肆，欲其不朶頤得乎？吾恐賈璉、尤二姐之事不絶於書，而自由結婚更趨人以入苦海也。應之曰：此所以當使人自重其愛情也。不此之務，而務於隔絶男女，此不過用老子『不見可欲，使心不亂』之説耳，殊不知以名學之例言之，不見可欲使心不亂。然則見可欲心斯亂矣。此所以鑽穴逾墻之事，所在皆然，而下淫上蒸之風，且揚於中冓也。焦大之言曰：『爬灰的爬灰，養小叔的養小叔。』賈蓉之言曰：『連古今來還説脏唐臭漢呢，何况咱們這種人家？就拿那邊府上説，大老爺這麽利害，璉二叔還和那小姨子不乾净。鳳嬸子那樣剛强，瑞大叔還想算他的賬。誰家没風流事？別讓我都説出來！』亦可謂言之無餘藴矣。蓋於不可見者無所用其欲，則於其可見者自有以用其欲矣。不於其心之欲不欲下針砭，顧於其目之見不見爲關防，下愚之策，必有過於此者也。使人人能知自重其愛情，則爲男爲女，於其愛情所屬者，將以全神貫注之；而愛情所不屬者，雖日見千萬人，曾不足以動其心也。以視掩人耳目之政策爲何如耶？則又設一問題曰：然則於人人能自重其愛情之後，始行自由結婚制度，不其可乎？應之曰：此與言人民程度已足而後可行民權者，同一見解，而不知其蔽也。夫專制政體最爲民權之障礙物，而偏欲於專制政體之下養成民權，專制結婚最爲愛情之障礙，而偏欲於專制結婚之下保全愛情，此其爲愚，不止於望寡婦之生子，直呼仇讎爲將伯矣。以吾之意，於制度上決行自由結婚，於教育上使人知自重其愛情，如是則開放之初，或不免於如或者所慮之什一；教育之力既行，而此風自絶矣。蓋人人自重其愛情，實爲自由結婚時代所不得不然之事；即微教育之力，猶將趨於此；第輔以教育，益易收效耳。此其理固易知。前此男子以女子爲飲食物者，以女子無人權也。自由結婚，則女子有人權，非如飲食物之得以一方之意思爲處分矣。如是則非以愛情相感，末由合也。且男女隔絶時代，其見也難，其亂也易。夜拒奔女，侈爲盛德；坐懷不亂，播爲美談：餓夫之喻，誠哉確也。若夫相處既久，則習爲恒事，此心理所必然者。天下二男子同居，未必即爲鷄奸之行，何獨於男女相遇，而疑其必不免於苟合耶？脱令有之，亦爲少數，而大多數之得以自由遂其愛情者，固遥足以償其所失矣。於此又設一問題曰：自由結婚，以愛情相感，固矣；然使我所愛之人，而不我愛，則如之何？曰：此男女愛情中一大難題也。以理言之，則移其愛之心於他，斯爲至當。然愛情深者往往不能移，而能移者，或非甚深之愛情也。於是第二法曰：不問彼之愛吾與否，但蓄吾之愛於心，終其身而已矣。蓋知其愛之必不得遂，然既不强求，又不能强遣，惟如此而後不斯其志，斯亦貞介者之所爲也。不然，而於愛情之外，别用手段以求達其目的，斯者寶釵之流，而新樣之《紅樓夢》時有爲之導演者矣。

紅樓夢新評　　季新

讀紅樓夢并讀其批評大某山氏之評最有識見雖著語不多已見一班護花主人之意勤矣然何其庸也太平閒人心勞日拙可笑可憐余前此欲批紅樓夢一過因事未果今度此炎炎如火之夏口百無聊賴乃匿居池館日草數篇以寫夙懷且消永晝

此書是中國之家庭小說中國之家庭組織蟠天際地緜亘數千年支配人心爲中國國家組織之標本國家卽是一大家庭家庭卽是一小國家西國政治家有言國家者家庭之放影也家庭者國家之縮影也此語眞眞不錯此書描摹中國之家庭窮形盡相足與二十四史方駕而其吐精粕涵精華微言大義孤懷閎識則非尋常史家可及此本書之特色也

中國之國家組織全是專制的故中國之家庭組織亦全是專制的其所演種種現象無非專制之流毒想曹雪芹於此有無數痛哭流涕故言之不足又長言之長言之不足又嗟歎之可惜雪芹雖知此制度之流毒却未知改良之方法以爲天下之家庭終是如此遂起了厭世的心故全書以逃禪爲歸宿此亦無怪其然

中國之國家組織向來是專制的若無民權與之相形豈不以爲天下古今之國家終是如此然則受家庭組織之流毒而不知悟又何足怪余今批此書欲以科學的眞理爲鵠將中國家庭種種之癥結

紅樓夢新評　二

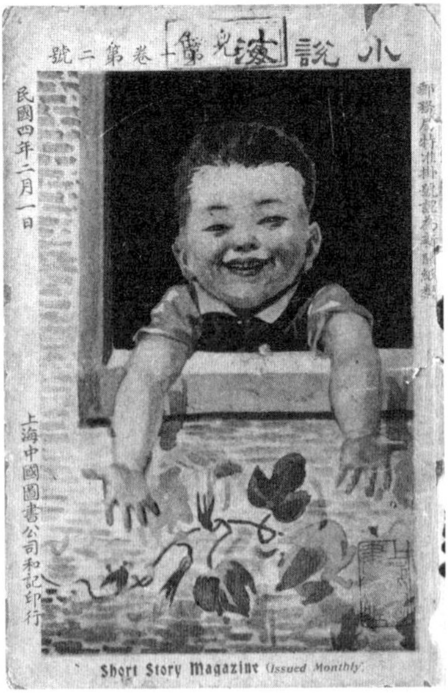

紅學發微

雪岑 撰

一九一五年三月二日、十六日、四月十六日連載於成都《四川公報》增刊《娱閒録》第十六、十七、十九三期。作者雪岑，姓俞，曾在《娱閒録》上發表不少劇評、小説與其他文章。據其《弁語》，擬作《哲理中之紅樓夢》、《書記中之紅樓夢》、《鈎稽中之紅樓夢》、《文藝中之紅樓夢》四章，然目前所見僅見首章，尚未完。文章掇拾數例，以佛家色空觀予以闡釋，乃所謂之『哲理』也。

弁語

悼紅軒主人，番慈悲舌，演肉情藏，影萬痴心，道群生迷。典憲初乾，揭名禁載，淫輪繼墮，屏迹儒林。一爐古香，飄忽無定，至舊清末季，始順運潛滋，隨數昭著。東鄰重譯，西洲争傳，幽光雖闡，色幟競樹。目玉爲藩（《琅環紀聞》指寶玉爲明珠，十二釵俱珠幕府人才。妙玉隱指姜西溟太史），指珠作宛（王欒溪指黛玉爲小宛董妃，説見彼著《紅樓夢索隱》）。是黑非白，至理轉晦。古賢心作，義雖可徵，事難深究。一葫蘆藥，舉足迷人。罩頭遁尾，貌似神泄，間有割截伐奇，鈎摘矜新，綴斷語，搜遺編，式已以博，牽人入誤，不澈真理，妄談空如。弱水三千，一瓢穩渡；絳死瑛僧，旨匿形外。蓋精萃爲情，神流入欲，果於親疏，均以久暫。感至性應，不歧湯火，求全召毁，欲即轉離。掩淚向天，空呼恨恨，今古情場，孰證清净圓寂者？怡紅公子以總髻年華，纏綿胸次，修息香闉，左右粉陣。點染雖該，空瘞惟一。比子結春濃，禪坐青燈，早虚席待主矣。設玉果應聘，鵑俠隨妃，琴榻侍柳，嬌閣藏花（柳五兒、花襲人）。俗情固昌，欲團誰破？幻無從訾，色何由空？一窠孽蟲，徒種惡果。浮光泡影中，艷幾蒂富貴花耳。美人黄土，才士荒壟，骨偷地露，肉散郊風。古事枉懷，伊人不反，何如妬火斬愛，緇披皈真，法相非空，静境失色，宛轉輪回，至情難滅。著者濁世俗兒，魔窟迷子，未沾慈滴，不泛法航。奴財妾色，日叠惡事，惟少分造過之暇，縱治野説，對石談機，藉紅證素，寸進尺得，并入年力。飲苦食愁，領十九度之春光矣。門祚浸衰，親昵殆盡，綜憶往事，昧如他生。私契多以財疏，心交半隨勢淡。家國兩蛊，聚吮一身，面界冷淚，筆凝稚血。長歌當哭，掉舌鼓唇，悉是作者傷心事。雜拉陳語，借作新杯，攻愁鬱，澆魂礧，穴螻自恃。知無裨大雅，茶酒餘時，假以敵悶耳。欲窮流別，請次章目：

哲理中之《紅樓夢》　書記中之《紅樓夢》

鈎稽中之《紅樓夢》　文藝中之《紅樓夢》

哲理中之《紅樓夢》

四蘖悉幻，八緣眠色。擾擾群甿，半肖瞎馬。奸賢聖盜，辟正供淫。邪運所浸，劫戮斯育。拈明性花，揭澈情諦。覺人證我，了往空來。共擺三因，同皈五律。爰刺舊説，傅以俗釋。匯作篇章，名之哲理。

春夢隨雲散，飛花逐水流。寄言衆兒女，何處覓閒愁？

衆生心本静寂，苦爲俗情所牽累耳。俗情寡力尋人，人自致俗情。夢隨雲散，花逐水流。撂下一片茫茫净土，疏無點滴塵印可步。何處覓閒愁？非覓愁也，生昧來路耳。意清靈臺者，請三默此唱。

寶玉看了對聯後，心下自思道：『原來如此。但不知何爲古今情，何爲風月債？從今倒要領略一二。』寶玉只顧如此一想，不料把些邪魔招入膏肓了。

苦惱暨净樂，同爲因緣。進止生絶，常恒不離，一恃無明不覺爲汲引。寶玉未見聯語，心妙明心也；既領聯語，心即情心也；猜度聯語，心染境心也。層叠相間，難糝黍米，古今情風月債，倒人來去路，一瞥螢燈耳。操戈威主，潔净之靈府竟爲所篡據。倚手目爲綫索，恃舌智以彍張。排奡欲情，恣意攻至德之旗壘，一念慳貪，路岐頓入迷轍。飄泊欲渦中，空流司度者之。美人殺眼即骷髏，半病秋花。尚張何媚態，苦拈戀不釋耶？欲固起念不迷，當從世人厭接物外之土饅頭著想。

可望先以情欲聲色等事警其凝頑，或得使彼跳出迷人圈里，歸於正路。

智乘佛宣法景南地，景南勝女閭，智時立杖淫叢間，徒衆多腹嫉之。故衣宗所至，信受無幾，明性悟本初，人就問秘道。智扶榻點首曰：『道，倒。世人顛末作本，吾輩含空吸静，以範其偏。溺色不邪，截流未污，一卷無字心經，皆塵劫觀聽瀉機；如來拾以欺人，反照内視，法無他耳。』（智佛事迹多不詳，其名亦未見歷傳。佛印巾作者近構有道成，咸人自記日程内購，載於明刊《禪宗語録》，見有記智師事數則。原書已被蟲蝕，漫漶不可卒讀。惟此則字雖殘缺，尚略可以意會，因注其原委，以質世之精究梵理者。景南即山東濟南）四生七趣，三細六粗，天設以迷人，即以警人者。雖異能聖秉，亦必旋轉於造化圈里，但墮落淺，回頭速耳。警幻以色情悟寶玉，適默合智師邱道（即長春真人），困身淫窠之旨。蓋心不茁五欲，未證空真，不接七情，難堅拒守。佛座不以醉醒泥人，擲刀即可學步，要於萬流奔競中，細擇一瓢痛飲耳。

周瑞家的問香菱：『幾歲投身到這里，父母今在何處，今年十幾歲了，是本處人嗎？』香菱摇頭説：『不曉得了。』金釧兒和周瑞家聽了，倒反爲嘆息感傷一會。

八相四色，一緊蓋鐵釜耳。型生塑死，束沙數毒鱗於内。蛀已噬人，輪旋不息，子裔果何物？揭其欺世假面具，亦曲伸垢滓中，蠕蚓一微蟲也。吮精髓以鑄胎，耗心力而鞠育，拼身心性命，悉聚一滴濁膿中，萬綫千絲，苦替傍人速嫁。業賤怒，勢高喜，喜怒俱無，由三寸桐棺還送君入殼。彼面慘心怡，懷妻膝子，另承他人色笑矣。香菱不知有父母，插足饅團中，即證了覺去。彼淀底入夢之周瑞家、金釧兒，且寃流搔靴淚，傷人薄命。風花瞥眼即涴枯，情鬱未捐，已步岳家貞姬後塵去（金釧投井）。生隨耶娘來，死則單另無伴，三尺靈帷，尤令老親飲泣。香菱非真不知葫蘆廟側之甄士隱，摇首自斷蘖根耳。我既失相，人何具相？彼此同空，孰是父母？塵勞中多一無主名稱，性根上即枷一有利牛縻。幾度重來之甄郎，（士隱）坐蒲盧片語（士隱對雨村道：『老先生草庵暫息，我還有一段俗緣未了，正當今日完結。（中略）』士隱道：『也不過兒女私情罷，只因小女香菱幼遭塵劫，老先生初仕時曾經判斷，今歸薛姓，産難完劫，此時正是緣塵脱盡之時。只好去薛家接引接引，以了此一重公案。』），遽束身寸楮中，爲一穴蠹蟲。收拾前蹤老影，彼非不憚凡繁，覺根未凝，生受惡緣驅使耳。拈空花一葉，唱孝順兒孫不見了，廣度世之昵戀性外俗情者。

甚麽大家彼此，他們有大家彼此，我只是赤條條無牽挂的。

青埂峰之石兄，欲夢將醒矣。赤條無牽挂物，尚有可赤條者，至牽挂無赤條，則八大皆虚，四空悉滅，應無所住，自生其心（二語出《金剛經》）。不待瘋僧顛道之破迷，早打出綺麗圍，登有情無情地矣。脱手一歌之秘機已預伏於此。

原來是取樂的，倒招得自己煩惱。

及地呱呱，魔殺已并此嬰聲至。一年三百六十日，辛風酸雨，灌頂浴腸，果何樂可取耶？煩惱中另辟有清涼界，要爲俗人所不識耳。衆生以爵高、禄厚、妾美、妻嬌、子孝、孫賢、媳柔、僕順，爲畢生榮幸，堪以助娛樂，該八者，雨餘夕暉，雖舒艷逞妍，但惜其已近黄昏，無久長之壽命，波裏撈月，徒增人懊喪耳。生花爽目，冷月泌神，欣賞之興未闌，凋缺之期又屆，至彼托根天地者，且時形變幻，况一胞臭血，幾根僵骨之迷漢，可據樂長怡，舒螳臂以傲煩惱耶？苦放無端，一恃播種者。（未完）

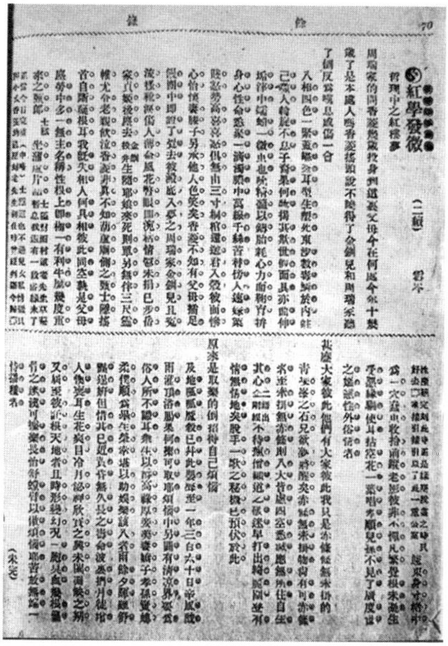

紅學發微 （二續） 君平

哲理中之紅樓夢

古今筆記平議

瓶　庵　撰

載於《中華小説界》一九一五年第一期至第四期。作者瓶庵曾與王夢阮合著《紅樓夢索隱》，斷言『是書爲清世祖與董鄂妃而作』，爲舊紅學索引派的代表作之一。陳玉堂《中國近現代人物名號大辭典》認爲即沈其光，字瘦東，號瓶翁，江蘇青浦（今屬上海市）人。沈當時爲中華書局編輯，主編《中華小説家》。我國古代筆記，包括辨訂、叢談、瑣聞、雜録等，範圍比較廣泛，但歷來多視之爲『小説家言』，且其中確也包括今天所理解的小説，故本篇論列之對象雖然較雜，而仍將它作爲一部不可多得的筆記專論而收入。本篇寫作的宗旨和體例均見其前言。一九一四年《中華小説界》第十一期曾專門發了一則預告，稱本篇『仿《四庫全書提要》之例，將各種筆記原委、卷帙、著者姓名撮叙大要』云云，抱負不可爲不大。但實際上，正如有讀者給《中華小説界》編輯部信中指出的那樣：『古今筆記，浩如煙海，儻準此所登之數，平均計之，則非十稔，不能卒讀。』（一九一五年《中華小説界》第五期）瓶庵恐有感於此，故即輟筆停刊，後也未見單本印行。今從揭載數篇提要而論，也能抉隱微，記得失，有一定參考價值。其中如論及較冷僻的東軒主人的《述異記》，就頗可注意。

予於四五年前，曾有新小説提要之作。後閲各報中新書紹介及商務印書館自撰小説廣告，已備大凡，因遂中輟。比來主任《中華小説界》，遍購各種筆記小説讀之，踵續前旨，隨筆記述，撮其要略，附以評議。一得之見，自多未當，殆如俗説所云『戴紅玻璃者，所見皆紅；藍玻璃者，所見皆藍』，姑備一格而已。閲者諒之。

一、古今筆記，不下千數百種。此編隨閲隨作，不復依時代爲次序。俟將來全書成後，另行訂正。

一、凡論列一事，必有其眼光與宗旨所在，然後能系統分明，自樹一幟。此編之作，偏見謬論，明知必貽譏大雅，然適成其爲瓶庵之眼光，瓶庵之宗旨也。

一、海内外讀者如有匡駁，務乞隨時賜教，以當師事而備修正。

一、近代私家著述，或未刊板，或已刊板而流傳不廣者，若蒙惠寄以擴眼界，尤所歡迎。

瓶庵附識

夢談隨録

儀徵厲秀芳惕齋氏著。書凡一卷。惕齋以孝廉出宰山東之武城。此卷所記，皆自陳其作令時之政績。中如聽訟折獄之明，催科撫字之勤，敬賢禮士之誠懇，事上接下之圓融，靡不臚列炫耀。察其實際，可謂能吏而不可謂循吏，至記調簾一則，心摹口追，津津有味，未免貽笑大方，非筆記正軌也。

庸閒齋筆記

海昌陳其元子莊氏著。子莊爲江蘇知縣，歷宰繁劇，所至有聲，曾、左、李諸公俱激賞之。書凡十二卷。首述陳氏祖德，次及游宦見聞，凡康乾以來各名人之遺聞軼事，時有記載。然身處咸同之際，思想言論不免爲時會所囿，粉飾承平，鋪張盛治，或援親諱尊諱之例，意存曲筆，未可據爲定論。即如所記馬新貽一案，謂汶祥奸狡凶惡，各官嚴刑訊問，無一實供，但云係浙江海盜餘孽，前來復仇，餘無一言，外間謡傳種種，均不足據，卒乃諉之夙冤，謂與張差梃擊，成得行刺，同爲千古疑案。其實張事傳說，不盡無稽。成德行刺，當是林清黨羽。至所載俄國使臣義兹柏阿朗特義迭思所著《聘盟日記》，未知是否與原文相符，抑或譯人删改。果如所記，則是殊方異服，懷德畏威，追念前休，不勝陵谷滄桑之感矣。

平等閣筆記

溧陽狄翠楚青氏著。楚青工書善畫，篤信内典。書凡上下二卷。上卷記庚子後聞見，而雜以論畫諸作。下卷闡發大乘奥義，確有心得。筆記中具微妙理想，自抒所見者，紀氏而後，此其嗣音。卷中如『愛之専者，有類於殺』，『羅斯福、塔虎脱之屈節，乃任也，非争也；巢父、許由之高尚，放棄也，非讓也』，『凡人之害我者，决不可存報復之心。此心一發，必有所著環空一周，此毒仍射於吾身，無異自殺』等語，均極精粹見道之言。狄氏謂夢不盡由於意造。如夢中往往現極複雜之事件，證極精微之妙理；又或夢中所見之詩文，所作之詩文，有醒時萬不能到，亦有醒時所不及知者。如是則决非意想一層所能盡夢之範圍云。然其後又謂凡夢中之所見者，皆吾人之能見者。東坡謂凡人夢中從無乘大車以入鼠穴之事。即此意也。則又似夢由意造，人無此意，即不能有此夢。予謂夢見詩文或夢作詩文者，必爲讀書識字之人，彼工人農夫罕聞作此等夢。至夢中微妙之句，有時或超過於現時之意想，是本人意想中實已暗具此能力。所見如此，其當否，願狄君之有以教我也。

雨窗志異

錢塘施可齋著。可齋一號浩歌子。書凡四卷，都四十九首，曾經隨園老人評定。筆墨爽辣，寓意極深，其中論淫惡之報，則如《田再春》、《蕭翠樓》等篇；闢迷信之謬，則如《唐城隍》、《續五通》等篇；均透闢精警，足以發人深省。而予尤愛其《鍾鼎》一首。大鍾小鍾，分途并進，各爲其難，洵可續史公《游俠傳》也。

游梁瑣記

雲橋黄軒祖著。凡十五篇。大半紀汴中近事。義俠各則，雖姓名備列，恐是作者寓言。燕趙固多佳士，而劍仙游俠，輓近中實不易多覯也。筆墨老當，所記『周三麻』一段，尤虎虎有生氣。

棲霞閣野乘

無錫孫静庵著。書凡十卷。静庵曾輯有《夕陽紅淚乘》。此編所記，近時聞見十居三四，餘則取材於《郎潛紀聞》、《嘯亭雜録》、《庸閒齋筆記》、《梁氏八種》等書，而於百餘年間名人顯宦、趣聞軼事，搜集頗備。手一編閲之，固足發興味而資談助也。

印雪軒隨筆

德清俞鴻漸著。鴻漸爲曲園先生之父，以績學世其家。書凡四卷。鴻漸生於嘉道間，所記多當時軼事，而偏於雷火神明、妖狐鬼怪之蹟，言之鑿鑿，迷信未除，亦囿於當時之風會也。第二卷《筆記優劣評》一則，推崇紀文達之《閱微草堂》，貶抑袁隨園之《子不語》，而蒲留仙之《聊齋志異》，尚介乎兩可之間，識見其高，持論精確。然不知《閱微草堂》之所以可貴者，因雖記述狐鬼，而皆能發揮名理，自抒其獨具之見。彼其記載，不過借以爲立説之資料耳。《印雪軒隨筆》於迷信諸端，娓娓不倦，毋乃捨本逐末，知其然而不知其所以然歟？至第三卷《雷擊之不可解》與第二卷《雷神之明察》、第四卷之《味銀遭雷擊》數則，主張不一，自紊其例，又無宗旨之可言。《岳祠聯》改易後半，語落俗套，實不能勝於原聯，亦爲文人好事。全書所載，其事實之出於吴興、嘉興、常州各郡者，幾占十之三四。前三卷間及史事，多所發明，實爲此書特色。

右臺仙館筆記

德清俞樾蔭甫氏著。先生自號曲園老人，文采風流，與袁隨園相掩映。而此筆記十六卷，體例精審，實較《子不語》爲有價值。蓋先生爲一代經師，記誦極博，關於事物之名稱狀態，無不引據經史，考證而疏明之。即其所録遺聞軼事，一皆以正人心厚風俗爲指歸，於綱常名教之防，兢兢三致意記日本事數則，恐係道途掇拾之言，不足徵信。扣槃捫燭，雖通人亦所難免，時會使然也。焉，洵不愧爲儒者淑世之論。首卷開始記馮孝子事，自附於左氏潁考叔之義，其見端矣。第十二卷

儒林瑣記

皋蘭朱克敬著。取清初以迄同光文人名儒數百輩，各爲小傳一首，論列其生平，雖篇幅無多，而其人之遺聞軼事，藉以表著，去取謹嚴，論斷亦殊平允，足爲修《清史》者《儒林傳》之根據。克敬隱身小官，咸豐十一年，洪兵至龍川，知縣守備皆走，克敬以典史偕士民守之，歷四月，城賴以完，湘撫薦之於朝，不果用，後以盲去職，歸隱著書，號曰暝庵。惟此書標名爲朱克敬著，而其後復有《克敬小傳》，豈原稿爲先生手筆，後人復從而賡續之歟？

南野堂筆記

嘉興吴文溥澹川氏著。都凡十二卷。澹川爲乾嘉時人，其詩見賞於袁子才，時相唱和。編中於當代詩家，殘篇斷句，零紈碎錦，搜集宏富，而間及於前朝作者以及文辭傳記各體，末一卷爲閨秀詩詞。綜觀全部，確是詩話體裁，名之筆記，未正確也。

夕陽紅淚録

無錫孫静庵輯。書凡八卷，大都明季遺聞軼事，由各書採輯而成者。其中《毛文龍傳辨》一篇，持論明允，足補史乘闕失。意者西河當日，果不免懷挾私見歟？《洪承疇軼事》，或即梁章鉅《歸田鎖記》中《泉漳會館》一節，由傳聞者變易其事實。至第八卷以下，忽雜入南宋時事，已覺駁雜，倘或抱鑾夷猾夏之旨，連類及之，然中有數則，又復漫不相涉，體例紊亂，殊不可解。

逸廬筆記

上海張煥斗逸槎氏著。書凡一卷十六篇。先生爲無錫徐雪村先生之高弟，邃於理化機器之學。當同光之初，海内風氣閉塞，談及製造者，非鄙爲賤役，即詫爲不經。先生獨澄思渺慮，極深研幾，萃畢生心力爲之，冀與泰西製作家抗衡握手，亦世之振奇人也。顧困於末秩，在粤、在鄂、在滬小試其技，輒見阻於社會，不得一展所長，垂垂以老，乃本其平日之所經歷，與其發明之理想，筆而記之，爲後來講求實業者之考證，而於迷謬之説，闢之尤力，使知製器尚象，其事麗於實而不騖於虚，爲吾國實業前途，撥開翳障，厥志偉矣。先生又長於丹青，所列銅版圖數十幅，凡機械構造之尺寸，山川形勢之詭異，一一手自摹寫，以備參考。在筆記中極有價值之作，非泛言狐鬼，掇拾瑣聞者比也。

聊齋志異拾遺

民國編譯書局出版，托名爲蒲留仙先生遺著。書凡一卷，計二十七則。雖逢場作戲，聊藉孫叔之衣冠，而無病而呻，顯露東施之跡象。蒲先生書，千篇一律，予向不甚崇拜，然於行文造句間，時露一種幽秀之致，亦非凡手所能及。《拾遺》諸作，筆墨如何，明眼人自能識別。至《陳世倫》一篇，述及某相侍姬，《聊齋》原書中決無如此明顯之筆。《解巧璇》、《沂州案》等篇，尤歷來各筆記中所習見，掇拾演繹而成之者也。

檐曝雜記

陽湖趙翼雲崧氏著。雲崧以軍機章京受知於汪文端由敦、傅文忠恒，後以一甲三名通籍，出爲貴州鎮安府，旋遷至貴西道，乞假歸。書凡四卷。第一卷記爆直時之聞見，第二卷記當日僚友之言行軼事，第三、四卷則記其平日之經歷。凡黔滇桂粤四省風土民情，奇異之俗，瑣屑之事悉備焉。雲崧以文學著稱，然究係急功近名之士。乾隆辛巳殿試，已定大魁，得而復失，觀其第二卷所記，歉然不足之意，見於言外。公書本學石庵，因是科劉文定主試，恐其引嫌擯斥，變爲率更體以眩之，已裒然首列，而拆封引見時，卒與第三名王傑卷互易，則信乎詭道而求，人定終不能勝天也。公與袁隨園同時，而心不善其所爲，曾作文以謔之，語殊刻薄。蓋隨園以風流才子自命，而公則又有理學名臣之見横亘胸中，所謂道不同不相爲謀者與？

翼駉稗編

宛平湯用中芷卿氏著，武進徐子楞加評，書凡八卷。芷卿本常州人，寄籍宛平，以乙榜出爲鹽官。文人不得志，寄於筆墨以自寫胸臆。其專仿《聊齋》，記狐鬼事者十之四五，記前輩遺聞軼事者十之二三。然如《栗恭勤公軼事》、《冒充親藩賢母》等篇，他書先有記載。其他空中樓閣，以意匠經營者，亦多與前人不謀而合。寒檠孤館，手而讀之，亦足爲消閒遣興之助，未能於虞初三百中分占一席也。

述異記

書凡三卷，不著撰人姓字，自署别號曰東軒主人。書中所記，皆怪異悖常之事，比於《齊諧》、《搜神》一流。其自序曰：『客有談及朝事者，則塞耳止之。』又曰：『始知光天之下，乃有暗洋。魑魅晝行，何傷日月？』味其意旨，决非無爲而作。蓋順康之時，滿清入主中夏，爲期未久，文字之獄迭興，馭民政策，惟以嚴酷壓抑是務。一二有心人，不敢顯觸文網，乃托於隱詞廋語，以寄其諷刺，意謂朝野方歌功頌德，侈言符瑞，而反常蔑禮之事，乃接迹於當世。中卷云：『東海有獸名犼，能食龍腦，騺猛異常，與龍鬥，龍輒不勝。』又云：『某山中一黄龍墮死，長十數丈，蓋爲犼所殺。』又云：『犼從海中逐龍至空中，鬥三日夜，人見三蛟二龍合鬥一犼，殺一龍二蛟，犼亦隨斃。』顯屬寓言。下卷云：『一日忽駭而走者曰：「流賊至矣。」已而聞殺掠焚毀之聲，啼號遍野。後數日又有駭而走者曰：「官兵至矣。」其焚毀殺掠號啼之聲亦如之。又歲餘，忽聞數人過其旁相語曰：「今天下已爲清朝，吾人稍可甦息矣。」』指斥之間，若明若昧，若即若離。書成於康熙年間，當爲明季遺老滿腔憂憤，不忘故國者，亦吕晚村、戴南山之流也。

漁磯漫鈔

爲雲間雷曉峰、汪少湖、莫治堂三人所同輯。雷名琳，汪名琇瑩，莫名劍光，皆乾隆時代人。書凡十卷，大都從各説部中鈔撮而成，惟不存原書姓名，殊爲缺憾。書中所載，偏於文墨一方面，藝苑叢談之類也。

茶餘客話

山陽阮葵生吾山氏著。原書本三十卷，稿未及蕆而吾山卒，烏程戴先生菔塘從其子方圃之請，爲先選十二卷梓行，即今所傳本也。吾山曾膺司諫，值綸閣，歷卿垣，長刑部，回翔禁近，幾二十年，凡朝政之沿革，僚輩之言行，知之最稔，而又博考載籍，廣搜聞見，隨時紀録，故於清中葉之掌故，最爲閎備。下至蟲魚禽鳥、書畫服物，靡不講貫精核，獨出己見，論斷而折衷之。大抵清代值樞垣者，地居機要，得窺秘室之藏，而交游晋接，尤多一時之彥，取精用宏，輯録較易，故如趙雲崧、陳勾山輩，皆有筆記行世。一時之遺聞軼事，籍以流傳，備他日野史之採訪，人亦因而重之，此書亦其一也。

耳食録

書凡五卷，計共一百五十則，爲臨川樂鈞蓮裳氏著。蓮裳本粹於詩詞駢儷之學，爲嘉道間名士。此書尤才人寄興之作。大凡筆記小説，以識見理解獨闢蹊徑者爲上，如《閲微草堂》之類是也。次則遺聞軼事，有關掌故者，如《郎潛紀聞》、《嘯亭雜録》之類是也。次則考據經史，賞奇析疑，以資引證者，如《居易録》、《容齋隨筆》之類是也。若掇拾瑣聞，泛記狐鬼，無關宏恉，等諸自鄶矣。書中措詞構局，雅近《聊齋》。而《章琢古》、《魏翁》、《石孝廉》數首，寓意深遠，有弦外音。至《胡好好》、《西村顔常》兩首，尤顯豁。一則爲漁色者當頭棒喝，一則爲貪財者清夜鐘聲。樂君云『囚錢神不智，逐錢神不仁』，信乎觥觥名論。若好好對何生末後數語，乃曰：『我素性廉潔，不欲媚人而有所取。適所受於君者，願仍還之君妻，吾事畢矣。』雋永冷酷，極筆墨之能事。

冷廬雜識

書凡八卷，桐鄉陸以湉敬安氏著。敬安通籍後，改官爲教諭，蓋亦恬退之人。書中所記，上自典籍考據之學，下逮鳥獸草木之名，旁及醫卜星相之術。偶有所得，即筆而録之，無體例之可言，無門類之可別。其自序曰：『學貴於純，純則不雜，著之爲書，可以闡淵微之藴，成美盛之觀。此必具過人之質，復殫畢生材力以圖之。自念半生呫嗶，於道無聞，且以心悸疾不克爲湛深之思。蓋惟學之不純，乃降而出於此，良自愧也。』誠可謂甘苦自知，純道其實者矣。名曰『雜識』者，蓋取不賢識小之義。然其闡發經義讀書得間之處，亦足與《容齋隨筆》、《居易録》等相頡頏，洵足稱好古篤學之士矣。

輟耕録

天台陶宗儀九成氏著。原書本三十卷，今分爲上下二卷，共五百八十五則。九成又號南村先生。南村生元之季，遭明鼎革，隱居不出，結廬於淞城之北，泗水之南，躬耕課讀，藝蔬果以自給，遇勝日引觴獨酌，高歌大噱，竊比於晋之陶淵明。上卷之首，冠以元代宗室統系；下卷之首，冠以陶氏族譜支派，其用意可見。而其時朝野之風俗，閭巷之歌謡，搜載頗廣，足以備輶軒之採擇，供史乘之考據，亦集部之宏著也。先生并輯有《説郛》一百卷行於世。

竹葉亭雜記

桐城姚元之伯昂氏著。書凡四卷，第一卷所記爲康、乾、嘉三朝之宫庭軼聞，第二卷爲各名臣之陞遷遇合，第三卷爲滿州八旗及外藩邊徼之風俗，第四卷雜記師友言行以及當時聞見。伯昂通籍後久直内廷，迭掌文柄，故其所記，多關於一代之典章文物，足資考證。然其叙『汪文端廷珍』、『汪閣學滋畹』二則，至以仕宦通塞，歸於子平家所言之生年月日，以爲事由命定，何所見之不達也。

人海記

書二卷，計二百九十七條，海昌查慎行初白氏著。書向未鋟版，故多散佚。至咸豐元年，始由同邑張士寬搜輯殘缺，校而刊之。初白始入太學讀書，又九年舉京兆試，又十年捷南宫，其後供奉内廷者七年，從事書局者三年，至六十四歲始移疾歸，客居京邸凡三十載。且又珥筆宫禁，獲窺秘籍，故於歷朝文獻，多所掇録。其書隨時記載，不尚文采，零金碎玉，於宋元明事收集最多，與《茶餘客話》、《郎潛紀聞》等書專志本朝掌故者不同也。

東坡筆記

筆記分上下二卷，非東坡先生所自輯，乃湖南毛晉民搜取本集所不載者，彙而存之。上卷皆交游登臨間小品文字，下卷爲品評題跋。公文章事業，昭然在人耳目，然亦有未能免俗者。觀公記載，禄俸所入，頗好求田問舍。公詩有云：『我謝江神豈得已，有田不歸如江水。』公後亦自悟其非。記中言『今有田矣而不歸』，無乃食言於江神也耶？至載妓縱游，非惟當日法令所不禁，一時之仰望風采者，且引爲佳話。公不能飲而喜供人飲，不能弈而喜觀人弈，風流放誕，極才人之本色。後來唐六如、袁隨園輩，刻意摹仿之，别成一派，則公之遺澤遠矣。

洪容齋隨筆

宋洪邁容齋氏著。書凡五筆，七十四卷。先生自序謂作《容齋初筆》，首尾十八年，《二筆》十三年，《三筆》五年，《四筆》不及一年，《五筆》其絶筆也。初、二、三、四筆，每筆十六卷，《五筆》僅十卷，其爲未成之書可知。先生以博學通儒爲宋學士，出鎮浙東，歸自越府，謝絶外事，聚天下之書而遍閲之，搜集異聞，考覈經史，攟拾典故，言之最者必札之，遇之奇者必摘之，雖詩詞文翰曆讖醫卜，鈎纂不遺，從而評之，參訂品藻，津逮後學，蔚然巨觀，與沈存中《夢溪筆談》、王伯厚《困學紀聞》先後并重於世。先生於此書外，并著有《夷堅志》、《支志》、《盤洲集》三種。僅《夷堅》十志、《支志》四志，已得三百二十卷，著述宏富至此，古今僅見。書經歷代編刻，不無遺失闕佚之處，即如《初筆》第一卷《六十四種惡口》，僅存五十二，知非完本矣。又《初筆》第二卷所載《月非望而食》一節，謂『頃見太史局劉孝榮言，月本無光，受日而明，望夜正與日對，故一輪光滿。或月行有遲疾先後，日光所不照處，則爲食。朔旦之日，日月同宫，如日在月上，掩太陽而過，則日光爲所遮，故爲日食。非此二者，則無薄蝕之理』，與歐西天文家言，訢合無間。吾國於南宋時代已有發明之者，莫謂凡百藝術，中不如外，古不如今也。

名著

古今筆記平議 續前期

瓶菴

印雪軒隨筆

德清俞鴻漸著。鴻漸爲曲園先生之父。以績學世其家。書凡四卷。鴻漸生於嘉道間。所記多當時軼事。而偏於雷火神明妖狐鬼怪之蹟。言之鑿鑿。迷信未除。亦囿於當時之風會也。第二卷筆記優劣評一則。推崇紀文達之閱微草堂。貶抑袁隨園之子不語。而獨留仙之聊齋志異。尙介乎兩可之間。識見甚高。持論精確。然不知閱微草堂之所以可貴者。因雖記述狐鬼。而皆能發揮名理。自抒其獨具之見。彼其記載。不過借以爲立說之資料耳。印雪軒隨筆。於迷信諸端。娓娓不倦。毋乃舍本逐末。知其然而不知其所以然歟。至第三卷雷擊之不可解。與第二卷雷神之明察。第四卷之味銀遭雷擊數則。主張不一。自棄其例。又無宗旨之可言。岳廟聯改易後半語落俗套。實不能勝於原聯。亦爲文人好事。全書所載其事實之出於吳興嘉興常州各郡